诺贝尔文学奖获奖者散文丛书

旅美书简

Listy z Podrózy do Ameryki

{波兰} 显克微支 著

Henryk Sienkiewicz

王海颖 译

江苏凤凰文艺出版社
JIANGSU PHOENIX LITERATURE AND ART PUBLISHING, LTD

图书在版编目（CIP）数据

旅美书简 /（波）显克微支著；王海颖译. — 南京：江苏凤凰文艺出版社，2015（2022.8 重印）
（诺贝尔文学奖获奖者散文丛书）
ISBN 978-7-5399-6772-1

Ⅰ. ①旅… Ⅱ. ①显… ②王… Ⅲ. ①散文集－波兰－近代 Ⅳ. ①I513.64

中国版本图书馆 CIP 数据核字(2015)第 000024 号

书　　名	旅美书简
著　　者	（波）显克微支
译　　者	王海颖
责任编辑	孙金荣
出版发行	凤凰出版传媒股份有限公司 江苏凤凰文艺出版社
出版社地址	南京市中央路 165 号，邮编：210009
出版社网址	http://www.jswenyi.com
经　　销	凤凰出版传媒股份有限公司
印　　刷	三河市燕春印务有限公司
开　　本	880 毫米×1230 毫米　1/32
印　　张	8.5
字　　数	200 千字
版　　次	2015 年 3 月第 1 版　2022 年 8 月第 2 次印刷
标准书号	ISBN　978-7-5399-6772-1
定　　价	59.00 元

（江苏凤凰文艺出版图书凡印刷、装订错误可随时向承印厂调换）

目录 CONTENTS

纽约掠影

大理石、青铜雕像、地毯和镜子绝对是装点美国旅馆缺一不可的四大法宝。和银行、邮局一样，旅馆毫无争议地跻身于纽约最漂亮的建筑行列中。除了卧室之外，旅馆里还设有多间宽敞的会客厅供旅客接待访客，而女眷们则可以随时享用装饰奢华的梳妆室。我逗留数日的中央旅馆其规模之宏大几乎可以同一座小型城市相媲美。每当夜幕降临，旅馆里的常客或过客，还有纽约城里众多的市民都会聚集在旅馆大厅里，有人读报，有人会客，有人优雅从容地吸上一支雪茄，有人不拘小节地大嚼烟叶，还有人躺在摇椅里优哉游哉地颠来晃去，颇有一点偷得浮生一刻闲的味道。

中央旅馆坐落在百老汇大道上，这是纽约最热闹繁华的街道，无论是长度还是宽度在城中都是首屈一指的。因为抵达纽约时已经入夜，不再适宜到处闲逛，所以我和同伴只好在旅馆里四处溜达。走着走着，我们便来到了餐厅。眼前的大堂无比开阔，可同时容纳数百位客人用餐。整间餐厅布置得富丽堂皇，可惜，俗丽有余而雅韵不足。支撑天花板的石柱既粗且短，偌大的空间也因此显得局促逼仄，置身其中，不免感到几许压抑。环抱餐厅的巨大双开门一通到顶，乍眼望去竟让人想起了乡村农场里粗头笨脑的大谷仓。

旅客们每天都会到楼下的餐厅用餐。在美国旅馆，你无须为餐点埋单，因为这部分开销已包含在房费中。旅客每天可在餐厅里免费享用五次餐点，不过大多数客人主要还是在这里解决三顿正餐。就餐时，一桌的客人们像是旧相识一样相谈甚欢，不过仅此而已，一旦面前盏空杯尽，他们便会立即起身离去，既不会等候同桌的食客，也不会因为他们的陪伴而特意致谢①。女士们经常光顾餐厅，而且总是独来独往。事实上，许多女士都独自出门旅行，即便是待字闺中的少女，身后也鲜有年长的妇女亦步亦趋地随行伺候。女士们身上的华服简直美轮美奂，其精工细作的程度几乎能让欧洲任何一个地方的裁缝都自叹弗如。就餐时她们都不戴帽子，故而放眼望去餐厅里就像正在举办大型私人家宴一样隆重而正式。这里的侍从基本上都是黑人，客人们从来不给他们小费。当地的服务行业一般都雇用有色人种，因为他们的劳动力相较白人要廉价许多。每张餐桌边上都站着两三个黑人侍从，每个人都长着黑羊般的脑袋。他们彬彬有礼，手脚麻利，身着燕尾服，系着白色领带，配上这一身行头，黑人侍从即便谈不上英俊潇洒，也端的教人眼前一亮。他们的工作并不复杂。按照美国人的饮食习惯，盛满各种菜肴的瓷盘被一次性端到客人面前。于是，桌上一溜排开了琳琅满目的汤、肉、鱼、蛋、布丁、西红柿、土豆、冰激凌、草莓、苹果、杏仁、咖啡，简而言之，就是花色齐全、分量简约的食物大荟萃。至于哪一道是头盘，哪一道是主菜，那就全凭个人喜好了，想吃什么，尽可以无所顾忌地大快朵颐，全然不必担心因为礼仪不周或吃相不雅而招致四面八方投来鄙薄苛责的目光。整个就餐过程中身材高大的黑人始终尽忠职守地杵在你边上，那感觉有点像是刽子手寸步不离地看押着临刑的囚犯。每当你端起杯子啜上一口，他就像条件反射似的立即往你的杯中添满冰水，对于你的任何要求他都会以不变应万变的方式回应道："好的，先生！"于是你一边"享受"着机械刻板的服务，一边品尝着冷冰冰、硬邦邦的食物，

① 在波兰，人们习惯在离开餐桌前向一同就餐的食客道谢。

即使在一流的餐厅里，情形也不会有多少改观。美国饭菜口味之糟糕世上绝无仅有，它从不会为你的营养、健康着想，只会挖空心思地想尽办法让你能够风卷残云般地消灭眼前的食物以便尽快回到工作中去。所有一切仿佛都唯速度马首是瞻，只有晚餐多少花了一些心思，而这也是托了公司五点下班的福。

入住旅馆的第二天，我没有效仿之前华沙某位女同仁的做法，把自己关在阅览室里埋头编撰美国风俗习惯的文章(她似乎天生就有闭门造车的才能[①])，而是走出旅馆，打算至少走马观花地浏览一下城里的风土人情。前一天晚上，我一夜无梦，睡得分外香甜，丝毫没有体验到那位女同仁笔下所描述的惊心动魄。据她所言，她来美国的头几个晚上几乎成宿无法入睡，屋外到处都是噼里啪啦的枪声，听上去美国人似乎对深夜喋血街头这码事情有独钟。然而，现在我却不由得开始怀疑那位女同仁耳朵里听到的动静究竟是血腥残酷的社会现状的真实反映，还是仅仅出于她天马行空的想象力。我没有太过纠结于这个问题的答案，而是迫不及待地一头栽进旅馆外的世界，准备在这座城市里尽情畅游一番。

可惜纽约非但没有让我心醉神迷，反而大失所望。欧洲的每一座城市都有几处不容游客错过的标志性景点。在巴黎和伦敦，名胜古迹如同恒河沙数；在维也纳有圣斯蒂芬大教堂[②]；在柏林有考尔巴赫[③]；在布鲁塞尔有威尔兹和圣米歇尔大教堂[④]；在威尼斯有名闻遐迩的水道；在罗马有教廷和古罗马竞技场；在科隆有举世闻

---

① 这位女同仁暗指克里斯汀·纳博特(Christine Narbutt)，她曾在1875年发表过名为《在美国》的文章，文中详细描述了她在纽约旅馆下榻时楼下发生的激烈枪战。

② 圣斯蒂芬大教堂(St. Stephen's Cathedral)以其450英尺高的哥特式尖塔闻名于世。教堂始建于十二世纪。

③ 威廉·凡·考尔巴赫(Wilhelm Won Kaulbach，1805—1874)，德国著名历史画家和插画师。他在柏林新博物馆的大楼梯中绘制了一组名为“文明的变迁”的巨幅壁画。

④ 安东尼·威尔兹(Antoine Wiertz，1806—1865)，比利时著名历史画家。圣米歇尔大教堂(St. Gudule's Cathedral)，以布鲁塞尔的守护天使命名，其哥特式尖塔建筑风格堪称同类建筑设计中的典范。教堂始建于十三世纪。

名的科隆大教堂；在克拉科夫有瓦维尔和马特伊科[1]。还有华沙，那个让人爱恨交加的地方！一方面，那里有的是天花乱坠的美好意愿，瞅着满地西瓜不捡、抱着芝麻绿豆不放的首脑领袖，世上最擅长搬弄是非的精英栋梁，象征着王朝统治的撒克逊花园[2]，还有漏洞百出、形同虚设的社会福利制度。而另一方面，华沙的每一样东西又无不浸透着传统的浓墨重彩，几个世纪的风云沧桑从城堡的壁垒之上睥视着芸芸众生，每一堵墙壁、每一块砖石都与历史浇筑为一体；每一道缝隙、每一个角落都彰显着民族精神以及发端于历史黎明的高贵品质。然而，所有这一切你都无法在纽约寻得半点踪迹。这个城市的观光胜地只限于旅馆和银行，换言之，你在这里看不到一座纪念碑或一处历史遗迹。若想探古寻幽，那你只好动身前往华盛顿，而在纽约，你只能看到满大街的商人。生意、生意！从早到晚除了生意还是生意，这就是你在纽约所见、所阅、所闻的一切。城市里居住着的似乎不是一个特定的民族，它更像是一个由商人、实业家、银行家、政府官员组成的共同体，一个兼容并蓄的世界大市场，你会感叹其海纳百川的宏伟规模，生机勃勃的运转模式，以及先进发达的工业文明，但你也会因为它单调乏味的生活方式、唯利是图的生活理念而感到百无聊赖，无所适从。当你想要描画这座城市时，你竟不知该从何处落笔，你也不知道应该站在哪个视角，秉持怎样的标准去观察、研究这座城市。每一条街道就是另一条的翻版，街上挤满了私人坐骑和公共马车，到处都是嘈杂纷乱的人群。行人们个个神色焦灼，步履匆匆，仿佛所有的理智与淡定都已抽身离去，他们就这样被躁动和狂热牵着鼻子，急不可耐

---

① 瓦维尔山上建有圣斯坦尼斯洛斯大教堂（St. Stanislaus' Cathedral）和皇宫。波兰的历代国王都在这座教堂里举行加冕仪式，如今教堂已成为波兰万众景仰的圣地。扬·马特伊科（Jan Matejko，1838—1893），被称为“波兰画坛的显克维支”，克拉科夫是其出生、成长以及去世的地方。

② 撒克逊花园（Saxon Gardens），欧洲最美的花园之一，它位于华沙市中心，占地十七英亩。花园始建于十八世纪，当时波兰正处于撒克逊王朝统治之下。

地赶往四面八方。你会发现这份焦躁无处不在，甚至连房舍、街道、人行道的开挖建造也透着一股刻不容缓的态势，往往一处未及完工，另一处已着急慌忙地掘地打桩了。比如百老汇大道上有一幢白色大理石打造而成的旅馆，紧挨着旅馆建有一排红色砖房，再往前一些你会看到一堆焦黑的残垣断壁。就在昨晚，那里刚发生了一场火灾，可今天，一栋崭新的房屋已经拔地而起。如果明天又一场大火将它付之一炬，那么后天肯定还会有一栋新屋紧跟着破土而出。

在远处的教堂里，人们扯开嗓门赞美恩主，歌功颂德；换一个地方，你会看到虔诚的信徒浑身颤抖，诚惶诚恐；隔着几条街，另一座教堂里的人们毕恭毕敬地依循天主教的仪式顶礼膜拜。但是现在，所有这些教堂都大门紧闭，为什么？因为今天是工作日，所有人都忙着做生意、谈业务，日理万机的他们实在抽不出空约见主祈祷忏悔。无论从建筑规模还是建造年代上看，这些教堂都显得平平无奇，丝毫没有什么与众不同的地方，这不禁让人心生疑窦，莫非连教堂都是一夜速成的产物？教堂旁边是一片占地不大的公墓区，比起其他地方，或许也只有这里才能让人们从夜以继日的劳碌奔波中彻底解脱，真正地息劳归主。街道更远处有几家棺材铺，主要经营棺椁和墓碑生意。

在另一条街上有许多商店橱窗，里面陈列的商品件件宝光灿烂，无比张扬地展现着其不菲的身价。从物件的陈设摆放上能看出设计者的确花了不少心思，可是整体效果依旧俗不可耐。橱窗前的人行道上到处都是一堆堆的垃圾，街上满是泥泞，污秽不堪，路面的砖石铺得高低不平，低凹处积着一个个黑黢黢的泥水潭。堵塞的下水道一直乏人疏通，所以雨水永远无法将脏乱的路面冲刷干净。大街上随处可见残如败絮的报纸，被行人踩得稀烂的果皮。满载货物的货车、金碧辉煌的私人马车还有装满乘客的公共马车把道路填塞得水泄不通。几头无主的流浪猪耷拉着伤痕累累的耳朵泰然自若地徜徉在车水马龙中，而像这样视死如归的猪绝非少数。“在这儿，有一头孤独的猪正坚定不移地朝着家的方向走去，”狄更斯曾这样描写过以猪为主角的纽约街景，“它只有一只耳朵，在漫游途中不幸和同伴走失，随后加入到一群流浪狗的行列中，而事实证明，没有同伴它一样可以过得很好。它到处游荡，四海为家，那种怡然自得、从容不迫的风姿不禁让我们想起了走在归家途中的俱乐部会员。每天早晨，它按时离开留宿地，义无反顾地投身于城市的茫茫人海中，逍遥自在地度过漫漫长日，等到了晚上，他就像是吉尔·布拉斯[①]那个神秘莫测的主人一样雷打不动地出现在自家门口。它是一头无拘无束，大而化之同时又宠辱不惊的猪。它交游甚广，认识许多气味相投的猪们。它不愿大费周章地停下脚步，正儿八经地寒暄攀谈，通常它只须一番打量就能判断出对方是否是同道中‘人’……”[②]

比起狄更斯初到纽约那会儿，现在漫步街头的动物数量一定少了许多，然而即便是在今天的纽约，尤其在下东区，你和动物们擦肩而过的次数肯定大于你在十座欧洲城市与其同类邂逅次数的总和。总之，我平生从未见过比纽约更杂乱无序的城市，而且我敢断定，华沙市政当局如果想就乌七八糟的市容同纽约一较高低，那么无论它花多大的力气也是白搭。在脏、乱、差的榜单上纽约铁定独占鳌头。这也难怪，谁让人家天生就占了先机——纽约是一座人流量与物流量都大得没边的港口城市。不过话说回来，世界上也确实没有哪座城市能像纽约那样在市政管理和公用事业维护上舍得投入如此巨大的人力和物力。然而不巧的是，就同其他各国政府一样，纽约市政当局也是硕鼠当道，而且其胃口之大、手段之

---

① 吉尔·布拉斯是法国著名作家阿兰·列内·勒萨日的长篇小说《吉尔·布拉斯》中的主人公。小说描述了吉尔·布拉斯坎坷的一生，他出身寒门，没有受过多少教育，他伺候了一个又一个主子，在此过程中渐渐学会了察言观色，阿谀奉承，终于他依靠攀附权贵获得了显赫的社会地位，但在取得成功之后他又恢复了其纯良的本性。——译者注

② 节选自查尔斯·狄更斯(Charles Dickens，1812—1870)的《旅美札记》(*American Notes*)，该书于1842年出版，狄更斯曾在1841年游历美国。

高明让欧洲的腐败者们自惭形秽。打个比方，如果欧洲某个城市盖起了一座市政大楼，当地的官员会想办法让这座大楼衍生出自家的一栋宅院，可要是换成纽约的同行，他断不会只满足于小小一栋宅邸，如果市政大楼不能为他催生出一座私人山庄，那他宁愿冒着山庄“死于难产”的风险也要将中饱私囊的“宏图伟业”进行到底。在纽约，所谓公款与公共福利无非就是那些想要趟过泥沼却又不想湿鞋的人用来抹在鞋底的那层欲盖弥彰的油脂。之后我会再度提及此类贪赃枉法的社会现象以及导致这些现象出现的原因。不过现在还是让我言归正传，继续向各位介绍这座城市。

现在，我们正沿着百老汇大道接着往前走。离市政大楼不远处耸立着雄伟的邮政大厦，里面配备的先进设施让其他国家望尘莫及。所有的大商号、大公司以及有钱人都拥有自己专属的编号邮箱，他们每天都可以通过这个邮箱收取信件、包裹甚至钱款。在银行也设有类似的服务。只要每年支付一定的租金，客户就能进入一个由铁将军把门、花岗岩砌成的地下金库，租用一个自己专享的铁抽屉，在里面存放重要的文书、黄金、珠宝以及诸如此类的贵重物品。抽屉的主人来去自由，想取走或放入多少物件全凭个人意愿，他也可以随时剪去存放其中的债券息票以兑换利息。简而言之，虽然他将钱存入了银行，但他依旧是这笔款项的绝对主人，完全可以自由控制钱款的进出。重重门锁、坚固的铁栅栏，再加上训练有素的保安，所有这些都让盗贼望而却步，由此确保客户的财产万无一失。另外，客户也不必担心他的家当会在火灾中灰飞烟灭，因为这里所有的银行都是用经得住烈焰炙烤的巨石盖建而成的。

在市政大楼附近有一个广场，环绕广场建有一排砖房，众多具有影响力的报社，比如《先驱报》、《论坛报》、《纽约时报》还有《国家报》就坐落在那里。这些报纸每天的发行量高达好几十万份，而让它们成批面世的印刷设备对于整个欧洲而言还是一个闻所未闻的新生事物。贝内特家族拥有的《先驱报》被公认为是美国最出色的日报，该报业集团雇有成千上万名员工，每年能创造数以百万美元的收益。《先驱报》的编辑团队中没有一个是等闲之辈，对于这些真正的无冕之王，就连国会和总统都不得不另眼相看、小心应付。每天，无数的电报线将无数条新闻从全美以及世界各地传送到报社。不单单是《先驱报》，还有《论坛报》和《纽约时报》（该报的发行量在很久之前已经超过了英国与之同名的报纸[①]），它们对于欧洲新闻事件的报道之迅速、之准确，比起欧洲本地的报业有过之而无不及。

重金聘用的报道大军驻扎在世界的各个角落，他们伸展着敏锐的触角不分日夜地捕捉着空气中的异动，每一个值得关注的事件都逃不过他们的火眼金睛。这里任何一家报刊的周印刷量远远超过华沙所有报纸一年发行量的总和。在《先驱报》的记者中甚至有像斯坦利[②]这样不同凡响的人物，在贝内特家族的大力资助下，此时此刻他正深入广袤的非洲大地，站在了报道的最前沿。美国人甚至夸口说许多欧洲的大使、政要都在扮演着通讯员的角色，为美国的报刊输送当地的政治要闻。当然，这种说法未免有些言过其实，但美国报刊其新闻覆盖范围之广、影响力之大从中也可见一斑。

然而，就文学性而言，美国的报纸比起欧洲的同业就要相形见绌许多。在欧洲，只要是见诸报端的文章无不文情并茂，但美国的报业并不特别看重文采。相较于锦绣流丽的辞藻，他们更加注重新闻的内容，而即时性与精确性更是他们追求的首要目标。故而，这里的报纸其实就是一种媒介，它无法成为文人墨客围炉而坐的

① 该处“英国与之同名的报纸”指的是《泰晤士报》，美国《纽约时报》的简称与《泰晤士报》的名称在英语中都是“Times”，同名之说由此而来。——译者注

② 亨利·莫顿·斯坦利（Henry Morton Stanley，1841—1904），美国著名新闻记者、探险家。1869年，斯坦利工作的报社《先驱报》出巨资派他前往非洲，寻找在那里失踪的英国探险家戴维·利文斯通。途中他曾在埃及停留，报道了苏伊士运河的开通。1871年11月10日在坦噶尼喀湖岸的乌吉吉，斯坦利终于不辱使命找到了利文斯通。——译者注

那盆激荡人心的炭火。记者的个性湮没在了庞大繁杂的报业机构中，他们只是拿钱做事的雇员。诚然，总体来说，他们每一个都承担着繁重的工作，起着举足轻重的作用，可就个人成就而言，他们不会因为一支生花妙笔而成名成家。

美国报业和欧洲报业的一个主要差异就在于前者对新闻稿件的政治性与信息量的要求远远高于文学性，而美国的新闻业也精准地反映了公众的需求，大众希望能在报纸上看到关于政治、工业与商业方面的最新动向，至于文章是否具有精妙的文辞、优美的文体、斐然的文采，则不在他们关心之列。

另一个显著的不同就是报纸在两地民众的日常生活中所起的作用大不相同：在波兰，阅报纯粹是为满足精神上的渴求，而绝大多数波兰人早已将之视为一种奢侈享受，故而毅然决然地和报纸划清了界限；而在美国，读报就像吃饭一样成为了每个人一天中最基本的生活需求。这也就充分解释了为何美国会有数以百万的报刊读者，为何成千上万的报纸不仅出现在了城市的大街小巷，就连在昨天刚刚初具规模的新兴小镇上报纸也一样成为了人们必不可少的生活必需品。

让我们暂别报社，走进一条虽然狭小，但其存在意义甚至超越了百老汇大道的著名街道——被称为“银行一条街”的华尔街。一大清早，这里就已经人头攒动。短短一条小马路却堪称富可敌国。每年，华尔街银行的交易量总额高达1700亿法郎。如果对这个天文数字缺乏概念，那么我们不妨回忆一下俾斯麦曾妄想通过强征巨额赔偿从而让法国一蹶不振，而当时赔款的数额仅为50亿法郎[①]。从外观上看，华尔街貌不惊人，若说有什么能让这条街显得不同一般的话，那也许就是蜂拥而至的人群。他们个个满脸兴奋，彼此简短地打个招呼，匆匆聊上几句，随后便脚不沾地地奔赴各自

---

① 为结束普法战争，法兰西共和国与德意志帝国签订了《法兰克福条约》，其中一项条款即为法国向德国赔偿50亿法郎。

的战场。显而易见,这里正有重大事件发生,重要到关乎众人的身家性命。

除了银行之外,华尔街上还有许多证券交易所,不过,或许将其称之为收治财迷的疯人院更为恰当妥帖。只消看一眼交易所里的情形,任何一个冷静稳重之人都会大惊失色。这里人声鼎沸,振聋发聩,就好像是一场恶战迫在眉睫一般。眼前晃动着一张张涨得通红的脸,耳朵里听到的全是声嘶力竭的叫喊声,这里没有人稳稳当当地走路,所有人都处于奔跑状态,他们一边挥舞着拳头,一边像着了魔似的大喊大叫,每个人都憋足了劲以寡敌众,恨不得自己那一嗓门能力压群雄。不明所以的人会以为他们肯定是患上了某种无法医治的疯病,照这样下去,真让人担心他们非杀了彼此不可。谁会想到眼前这一幕不过是一种商业交易的方式,所有这些吼叫、挥拳其实只是为了让别人能更好地理解自己的意图而已!当交易所的主管最后打铃宣布交易结束时,同样是这些人,眨眼工夫他们身上的歇斯底里就被友好平和取而代之,彼此挎着胳膊离开了不见硝烟的战场。

除了银行、证券交易所、黄金交易室,以及粮食、木材、棉花期货市场,华尔街就再也没有什么地方值得你驻足停留了。

现在,我们正沿着街道向港口走去。那里虽不及市中心热闹,但混乱的场面倒是更胜一筹。路上的淤泥厚得让人无处落脚,要想穿过马路简直难如登天。相较于城市的其他地方,你会在那里看到更多的黑人。他们受雇充当车夫、苦力、装卸工,或承担着其他体力劳动。黑人们大都穿着长裤和法兰绒衬衣,这些人的头发与我们的不太一样,有点像一粒粒贴着头皮的小羊毛球,面对这种发型,梳子和剪子显然找不到任何用武之地。他们中有些人在干活,另一些则双手插在裤袋里无所事事地站在屋前,使劲地嚼着满嘴的烟叶,目光呆滞地看着过往的行人。黑人的长相实在让人不敢恭维,他们穿着邋遢,举止懒散。黑人妇女更加令人侧目。判断黑人是男是女的依据不在面容而在穿着,因为他们都长着一色一样扁而宽的塌鼻子，又短又怪的头发，还有一身黑不溜秋的皮肤。这些黑人“女士”和她们的男性同胞一样脏。她们不戴帽子，而且不用手，而是用脑袋运送着各种包裹、商品、容器甚至食物。只要是白人用手的场合，黑人一般都会动用自己的脑袋，从身体构造而言，这显然也是最坚硬结实的部位。我曾见过一个黑人妇女将买来的橙子搁在她那头乱蓬蓬的头发里，那枚橙子一会儿往左、一会儿往右，来回晃个不停，不过周围又粗又硬的卷毛一直庇护着它，愣是没让它从脑袋上掉下来。当她注意到我正盯着她的脑袋和那颗岌岌可危的橙子一个劲猛瞧时，这位黑人“姑娘”一边平衡着脑袋上的橙子，一边跳起了一段快步舞。一曲舞毕，她大喊一声："还不赖吧，先生！"接着就冲着我露出了一排饱满锃亮的白牙。喊完一嗓子后她就走开了，看上去对自己刚才的表现颇为自得。

与黑人们毗邻而居的是众多贫困的移民，他们落脚的地方狭小拥挤，卫生条件极差，生存状况之恶劣简直难以形容。他们都听信了美国遍地是黄金的传言，于是倾其所有换来船资漂洋过海来到这里。确实，在美国讨生活比在他们的家乡要容易许多，可是这种情况只限于美国中部和偏远的西部。另一方面，纽约已经人满为患。故而，那些挣扎在社会最底层的移民在存够钱买上一张去内陆的火车票之前，就纷纷倒在了饥饿、寒冷和绝望中。眼前的情景让我想起了伦敦的贫民窟，唯一的不同就是这里还要脏上百倍，因为此处的居民是来自各个国家的赤贫阶级，他们是穷人中的穷人，处境比伦敦的贫民更加糟糕。各种各样的疾病，无论会不会传染，都一视同仁地屠杀着这些一无所有的可怜人。如果他们可以去西部，进入那些人口稀少甚至人迹罕至的州界，那么他们不仅能在美国安身立命，而且也能通过自己的劳动为这个国家的建设和文明的发展做出贡献。

还有一个自救的途径就是入伍参军，但能依靠此法脱离苦海的人数极为有限。首先，美国的军备人数限额只有 25000 人；其次，只有那些没有家庭负累的年轻人才有资格入伍。所以，绝大多数移民只好过着没有稳定工作，也没有固定收入的生活，他们远远地望着锦衣玉食的百万富翁，目光里有艳羡也有嫉恨，要知道富人们拥有的家产数额之庞大已经远远超过了他们的计算能力。贫富悬殊导致许多穷人铤而走险，他们中的确有人不惜违法乱纪以谋取钱财，但另一些人，据我所知，就是想借这个机会被送入监狱，因为在那里他们至少不必过着风餐露宿的日子。

这些不幸的人绝大多数来自爱尔兰，据说他们在美国的人数已近千万。无论从他们的穿着，更确切地说，从他们的传统服饰，深邃的蓝眼睛，漂亮的金发或乌发，健硕的体格，还是盖尔人特有的热烈奔放的语言和手势，你都能轻而易举地将他们和其他移民区分开来。这些特质与盎格鲁撒克逊人的国民特性截然不同，你几乎不可能将二者张冠李戴。爱尔兰人爱酒如命，嗜赌成性，行为处事随心所欲，毫无节制，而且他们脾气火爆，只要一言不合，立即就会拳脚相向。若不是因为宗教信仰从未舍他们而去，爱尔兰人在美国的犯罪率也许会更高。好在他们都是虔诚的天主教徒，为了能在死后去往“眼观美景、耳听仙乐”的极乐世界，许多人甘愿默默地忍受着尘世间无尽的苦痛折磨。

在西部诸州同样有许多爱尔兰人，但他们的境况与在纽约同胞的悲惨境遇有着天壤之别。有的人自给自足，生活安定；另一些人已经为自己挣下了一份殷实的家业；甚至还有人的身家已逾百万。他们树立了宗族团结的典范：互帮互助，聚居一处，并且在参政投票选举中一致行动，即遵照牧师的意志作出统一选择。他们从未忘记自己的民族归属，也从未将故乡抛之脑后，他们热爱爱尔兰，仇视英格兰，即便岁月更替，物换星移，祖先的爱憎分明传承至今。爱尔兰人在美国建立了一个不容小觑的群体，日后，它所具有的能量、所发挥的作用更加不可估量。

之所以得出这样的结论主要是基于爱尔兰人在美的人数持续激增的缘故。他们就像兔子一样一窝窝地繁衍后代，而美国本土居民的情况恰恰相反，每户家庭通常只有两个孩子，最多也不会超过三个。尽忠职守的爱尔兰父母认为孩子是上帝恩赐的礼物，于是他们像播撒罂粟籽般地把孩子们一个接着一个带到世上。“每年生个先知”，他们身体力行着这句老话，于是年复一年，爱尔兰人在北美大地上迅速地生根发芽、开枝散叶。

爱尔兰人无与伦比的生育观让美国坐收渔翁之利，因为要想实现国家利益就必须具有源源不断的劳动力来开拓这片辽阔荒凉的疆域。爱尔兰群体在美国的建设与发展中所起的作用无法取代。然而，占尽便宜的美国人甚至还没有意识到这个群体为他们带来的好处，以及在经济建设中所发挥的不可或缺的作用，或者说虽然有所认识，却没有因此心怀感激。爱尔兰人为这个彻头彻尾的拜金主义社会注入了某种理想主义色彩，并使两者平分秋色，和谐共存。我知道这个观点一定会让我那些抱有实证主义观念的同仁们嗤之以鼻，但是我依然坚持我的看法。诚然，过度的理想主义倾向对于任何一个社会都是有百害而无一利的，它会助长虚无缥缈的空想，催生众多政界的堂吉诃德，遇到困难便指望神灵伸手搭救，身处寒冬只会唉声叹气，眼巴巴地坐等春日来临，然而真到了春季，他们依旧游手好闲，软弱的意志、穷困的处境没有丝毫改变。以上所述都是无可辩驳的事实，但是任何片面、极端的思想都会带来恶果。以华人为例，他们是一个摒弃了一切理想主义的民族。现实主义在他们身上已经进化到了登峰造极的地步，它是如此深入人心，已然渗透到了民族血液之中，于是极端的现实主义掐断了所有社会变革的萌芽，断送了一切伟大思想的前途，而为了注入新鲜的血液、革新的理念，欧洲人即便抛头颅、洒热血也在所不惜。当一个民族抛弃了梦想，那么他们无论在社会事务，还是在科技、艺术领域里都会同时丧失创新精神与进取心。一言以蔽之，他们掐灭了梦想的火种：创造力。

也许，一个民族的特性无形中决定了一个民族的命运。然而，这些代代传承的特质并非唯一的主导因素，就像民族性可以影响文明的特质，反过来，无论好坏与否，后者也一样会对前者产生作用。在我看来，虽然美国人身上确实具有诸多优秀的品质，但他们同样也在创建一种片面、极端的文明，而爱尔兰人的民族特性恰似一贴能起到中和作用的良药，对于美国的社会福祉而言是很有必要而且也是绝对有利的。

然而，爱尔兰人也有自己的弱点。首先，他们懒得出奇，特别是来美的第一代移民。其次，要论争强斗狠，美国人绝不是爱尔兰人的对手，而且爱尔兰人总是唯恐天下不乱，一门心思地热衷于政治动乱。这样的性格在任何一个地方，特别是在一个共和制的国家必然会被视为社会不安定因素。另外，由于他们对牧师言听计从，没准日后会组建一支强大的牧师党。对于任何一个国家而言，此类党派的存在无疑会造成极大的社会危害，因为在他们眼里，自己的集团利益高于一切。假以时日，像这样一教独大的党派也许会破坏目前众多教派和谐共处的安定局面。

还是让我们再度回到纽约城内。虽然这里没有历史纪念碑，没有宏伟的圣殿、教堂、美术馆或博物馆，虽然这里脏乱无序，所有的一切都毫无品味可言，然而无论你会因此留下一个多么糟糕的印象，不可否认，纽约依旧散发着其独特的魅力。而其中让人感触最深的就是势如破竹的工业发展，勇往直前的创业精神和市民们风风火火、使不完的干劲，这一切的一切无不昭示着这座年轻城市与生俱来的蓬勃朝气。

纽约之所以能形成一日千里的发展态势并成为世界瞩目的商业中心，其优越的地理位置绝对不是唯一的原因。里约热内卢和布宜诺斯艾利斯同样占据地理优势，就商业发展前景而言就算比不上纽约，至少也是旗鼓相当的。然而它们的重要性却不及纽约的十分之一，原因很简单，无论在创业精神还是活力干劲上他们都无法与美国佬相提并论。目前，在纽约、布鲁克林区和泽西城生活着 100 万人。如果没有什么不期而至的重大变故，五年之后，纽约的人口将赶超伦敦与巴黎的人口总和。

短短五天的停留使我无法细致入微地观察这座自诩为“帝国

之都”的庞大城市。但是，我还是游览了其中几个最主要的地区，而这已足以让我窥一斑而知全豹了，尤其是当我肯定其他地方都大同小异，无非是彼处更加乏人管理、更加乱七八糟而已。一个极端的例子就是大街上经常能看到动物的尸体，而那些揣着一颗火热事业心的青年才俊们不放过任何一个打广告的机会，所以就连肠穿肚烂的动物腐尸上都贴满了小传单。这虽然不是我亲眼所见，但我确实在哪里读到或听人说起过这一番无与伦比的纽约街景。

在纽约的城市公共设施中比较值得一提的是中央公园。它坐落于百老汇大道，对于纽约的意义就像布洛涅森林公园之于巴黎一样。它和大多数城市公园没有什么区别，但在我心目中，它无法与伦敦的海德公园和柏林的蒂尔加滕公园相比。而且它的人流量也不及两者，因为在工作日纽约人要埋头处理大小业务，无暇在公园里闲庭漫步，而周日，按照美国人的习俗，他们都爱待在家里打发时光。

在所有的教堂中，除了布鲁克林的教堂（该地区被称为“教堂之城”）之外，没有一处能让游客留下深刻印象。其中最著名的是建于英国殖民时期的三一教堂。主体建筑占地颇广，高耸的尖塔屋顶有那么一点似是而非的哥特式建筑风格的影子。教堂的四周是一个小规模的公墓区，如今虽然已不再有新的逝者安息于此，不过你还能在这里看到几位美国著名人士的墓碑。

据我所知，无论在纽约还是其他城市，美国没有一座符合严格意义上的国家剧院。当然，剧院还是有的，而且几乎座座都是宏图华构，高堂广厦，但是在那里登台的演员和歌唱家大部分都是砸下重金从欧洲请来的名角大腕。甚至舞台上演出的剧目都出自欧洲剧作家的笔下。虽然美国原创的剧本偶尔也会被搬上舞台，但都是平庸之作。每一出剧目的开头都牵强拙劣，注定之后的情节发展也难以引人入胜。

不仅仅是纽约这座城市，就连它的市民也乏善可陈。坦白说，他们身上具有许多美德，但只有在深入交往后你才有机会发现这些闪光点。他们大都举止粗野，缺乏教养，言行中还带有许多令人不快的习惯，这一切都让欧洲游客瞠目结舌。自然，许多一直在欧洲游历或者大半生都在欧洲度过的上流社会的美国人和欧洲相同阶层人士的行为举止别无二致，然而，在普通大众身上那种一目了然的鄙俚浅陋，甚至让最忠实的亲美派们都不得不承认，就礼仪教化而言，欧洲诸国将美国远远抛在了身后。接下来我所要描述的风俗习惯不只是我在纽约逗留的短短五天中所观察到的，还有很多来自于之后我在美国生活中的所见所闻。

首先，如果一个外国游客想在美国找到一个热心和善的指路人，就像他在法国随处都能遇见的绅士那样，那么他肯定不会如愿以偿。纽约人永远处于忙碌状态，当碰到有人问路，他通常会用一句“哦，我不知道”加以搪塞，其实他并不是真的不知道，他只是不愿意停下脚步和一个不相干的人多费口舌。对于法式礼节，这里的人几乎一无所知。就算外国游客偶尔遇到一位愿意为其指路的美国人，后者提供帮助的方式也一定和拒绝时一般粗鲁无礼，求助者闻之忍不住要回敬一句：“无知者狂妄。”[①]

总体而言，这里没有人愿意把宝贵的时间浪费在外国人身上。原因显而易见。游历巴黎和欧洲其他城市的游客大多来自上层阶级，他们非富即贵，四处旅行的目的不外乎是为了怡情养性。然而滞留美国的旅人基本上都是一些一贫如洗的移民，他们出身市井，举止粗鄙，而且许多人身上都背着一段经不起推敲的历史，他们来美的目的不是为了游山玩水，而是要想方设法地从美国人的碗里分得一杯羹。无怪乎美国本地人对新移民一直怀有戒心。不过，倘若换成一个欧洲的名门望族，那么他反过来会站在传统文明的制高点上倨傲地打量着美洲大陆上这些自以为是的民主之子。自然，这对于促进相互理解、建立和谐关系也是毫无助益的。欧洲人

① 原文为法语。——译者注

在礼节上的高标准、严要求更衬托出美国人天生的那种浅薄粗野，明白了这一点，你就不难理解为何与美国人打交道，特别是他们留给你的第一印象是如此让人难以忍受了。

美国人并不是不知道自身的问题。其中一些受过良好教育的美国人甚至想大展拳脚，一改自身乃至全民身上的陋习。然而，大部分的民众却认为不拘小节的言谈举止本身就是共和制与民主制国家所应该彰显的特质，故而他们非但没有意愿改正，反而处处表露出他们不以为耻，反以为荣的优越感。

这种愚蠢可笑的民族自尊心比比皆是。在自我膨胀心理的操控下，无论国家还是个人都戴上了玫瑰色的眼镜，将自身的缺点瑕疵看成了我有人无、所向披靡的优势所在。你很容易在个人身上发现这个问题。如果杰克一口气灌下一整壶酒，在明眼人看来，他无非是以实际行动证明了自己是个无可救药的酒鬼。但是杰克却对自己的酒量颇感自豪，若是有人对此不屑一顾，他甚至不惜大打出手。于是，我们会听到有人总爱喜欢把“我中风了”、“我得了流感”、“我打小就是个暴脾气”之类的话挂在嘴边，张口闭口间他们非但不感到一丝难为情，反而一副趾高气扬的样子，可见，对于自己的缺点短处已然迷恋到了极致。上升到国家的高度，问题同样如此。

美国人也不例外。他们坚信自己的国家位列世界之首。然而绝大多数有识之士却认为美国只是一个政治共同体，如果按照欧洲人的严格定义，它根本就不能算是一个国家。在他们看来，美国是一个由不同国籍、不同民族的人组成的巨大的利益集团，他们在这里买卖商品，开展贸易活动，从事农业与工业建设，彼此间建立了千丝万缕的合作关系，并听命于其自成一格的政府与法律。然而，这个集团始终缺乏一个国家所必备的、将所有个体凝聚在一起的核心特质。这么说并非空口无凭，不过现在我想还是点到即止为妙，因为想必读者会对接下来的话题——美国人的个人习惯——更感兴趣。

美国人的风俗习惯中究竟具体有哪些登不了大雅之堂呢？我的回答是没有一个能上得了台面。不过，还是让读者自行判断吧。从早上一直到下午四、五点，几乎所有的纽约人，事实上应该是几乎所有的美国人都在为积累财富而拼命工作。衡量一个人价值的主要标准就是他所拥有的财产，这种价值观甚至在习语中都有所体现。美国人从来不说一个人“有”多少钱，而是说他“值”好几万。到了晚上，所有的公司、商行都打烊了，人们吃过晚饭后终于能稍事休息放松一下。这时候，所有美国人（在此我仅指中产阶级）都不约而同地从口袋里掏出一块压制而成的烟草块，用小刀切下一点，塞入嘴里，随后有滋有味地咀嚼起来。这时，他通常会坐在摇椅里，两腿搁在窗台上，手里把玩着那把小刀，得着什么就削什么，甚至连摇椅的扶手、窗框，或是身边的桌子都不放过。要是他正好在一墙之隔的屋外，那么倒霉的就是走廊上的格栅。这个削东西的嗜好简直成了国民大爱，以至于许多美国人会特地随身带上一块小木块，以便随时随地都能掏出来过上一把瘾。其实这种举动本身就说明了美国人精神空虚，愚昧无知。如果一个美国人恰巧和一群欧洲人待在一起，当他发现同伴们正引经据典，高谈阔论，而光凭自己那点少得可怜的常识压根就无力招架他们瞬息万变、火花四溅的思维碰撞时，他也只好无计可施地掏出小刀，闷声不响地削东西，以此来掩饰无处置喙的失落与尴尬，他的沉默中带着明显的不以为然，仿佛是在无声地告诉旁人，作为一名货真价实的共和主义者和民主主义者，所谓的博学多才、温文尔雅在他眼里全都一文不值。然而，在内心深处他并非无动于衷，他羡慕那些见多识广、出口成章的欧洲同伴，对于胸无点墨的自己着实感到羞愧懊恼。

嚼烟叶的习俗，特别是在大城市中，已不如往日那般蔚然成风，但直至今日依旧非常普遍。只要你稍加留意三五成群的人们，你就会发现他们中大部分人的下巴正像某些反刍动物那样张弛有度地开合律动着。隔上一小会儿，他们就会吐出令人作呕的汁液，而满嘴的烟叶让他们的双颊看上去永远都是鼓鼓囊囊、不得空闲似的。只要是铺着大理石的旅馆、饭店，就会张贴友情提示，提醒公众务必在痰盂里吐痰，以免触目惊心的烟草汁液弄脏大理石地面。无论在私人住所还是公共场所，你都会发现痰盂无处不在。

美国人的陋习还不止这些。他们离开餐桌时从不会向同一张桌子就餐的食客致谢，他们打招呼的方式已经精简到了仅仅点一下头或挥一下手，交谈时他们会抓住对方的外套扣子或衣领，就连主仆之间也毫不避讳。回到家中或去别人家里做客时，他们从来不记得要脱下帽子，但对于外套却总是随处乱扔，就算有女士在场或其他讲究礼节的正式场合也不会稍加注意。

因为行程仓促，我没有时间在纽约观摩了解政府机构的日常办公情况。不过数月之后，我在加利福尼亚州州府的萨克拉门托有幸旁听了一次陪审团庭审。亲爱的读者们，如果当时你们也在场，也必定会和我一样叹为观止。审判长安坐在庭上，嘴里隔三差五地冒出一个响嗝，下巴像牛反刍一般极富节奏地咀嚼着烟叶，他目光涣散，无神地看着听众。一众审判员没有一个穿着外套，他们同样嚼着烟叶，与其说是坐着不如说是躺在椅子里。没有一只脚是安安分分地踩在地板上的，所有人都不约而同地伸直了双腿翘在栏杆上。律师们也同样只穿衬衣，而旁听席上也没人脱下帽子，所有人的腿都举得比头还高。每个人不是咳嗽就是吐痰，仿佛咳嗽吐痰能拿到额外的酬劳一样。我早已习惯了欧洲法庭的庄严肃穆，故而眼前这番景象让我顿生错觉，仿佛自己正置身在一个污浊得让人透不过气来的德国地下啤酒馆里，只盼着能尽早离开才能舒坦自在地呼吸到新鲜空气。

毫无疑问，若是在小城市，情况更是糟得无以复加。如果良知秉承着民主的精神，如果审判裁定公正无私，那么法庭上随处可见的民主的粗糙简陋与大而化之将无伤大雅。然而，就连美国人自己都承认，世上没有哪个国家的司法制度比他们的更加腐败。就像老约翰说的那样，要想趟过泥沼而不湿鞋，那就必须在鞋上涂抹上正义的油脂以避人耳目。每一个国家都是如此。而在美国这条公理不仅适用于司法界,在所有的行政机构它都同样大行其道,因为世界上没有哪一处的公义道德像在美国一样尚沉睡在酣梦之中。而个中原因请听我细细道来。首先,政府官员的薪水很低,而且他们没有养老金可拿;另外,共和党与民主党之间互相倾轧,争斗不断,往往是你未唱罢,我就登场,没有哪一方能长期执政。一旦掌权,执政党立即铲除异己,在所有的职位上安插自己党羽以示犒劳奖赏。正是因为每个人都心知肚明自己屁股底下的这个位子坐不长久,所以他们就更要抓紧时间趁着大权在握肆无忌惮地谋取私利。

这是一种蠹政病民的体制,美国国内以及国外的报纸对于此类政治丑闻的报道从来就没有间断过。然而,这种体制已然和美国共和制紧密交织在了一起,已经成为其中不可分割的一部分,要想改变无疑是天方夜谭。

但即便能够根除这种政党分赃制,还是会有其他罪恶的制度取而代之。在任何一个共和制国家,无论其本质是什么,所有官员的一举一动必须与政府的意志,也就是当权者的意志相一致。不然,就会出现法国所面临的尴尬局面——虚有其表的共和制政府和一群拥护君主制的官员①。在激烈的党派斗争中,这个处于迷途的国家显得茫然无措,它既不知道怎样才能从这轮恶性循环中脱身而出,也不知道在摆脱沉疴痼疾之后自己究竟应该何去何从。

拯救共和制的出路并非一定要改变现有体制或推翻政府,而是要在今后几代人中推行彻底的教育制度改革,要把时下风行于全美的价值观——只有金钱才能造就个人价值,只有物质追求和物质享受才是人生奋斗的唯一目标——连根拔除。必须承认,美国人已经意识到了这一点,所以他们委托妇女担当起了教育大任,

---

① 法国于1875年起草的宪法规定其政体为共和制,然而在贵族制历史悠久的法国,拥立君主的思潮依旧高涨。

因为在思想上，女性比男性更具有理想主义色彩，她们会怀揣着一颗火热的心，满腔赤诚地投身于教育事业。

然而，我认为在波兰若要让妇女承担教育年轻人的责任并不是什么明智之举，因为我们的国民性与美国人的性格截然相反。如果仅仅因为外国的制度在当地能够大放异彩于是就盲目地全盘采纳，这种做法势必贻害无穷，任何想要彼唱此和的人无疑就是在重蹈美国庸医的覆辙：对于所有疾患，他唯一的处方就是芦荟，并扬言无论患者最后是病愈还是病逝，作为医者，他不过是在协助其顺应天命而已。这对于波兰公共教育改革的领导者而言都是应该引以为戒的教训。

在美国，让妇女担负起教育后代的职责还能带来另一个永久性的裨益，即提高全民的文明素质，而在这一方面，美国就像是一块无人开垦的处女地一样长满了荒草。一位端庄优雅、知书达理的女性教师只要往讲台上一站，无须她呼三喝四，学生们无法无天的行为就会自行收敛，而一位男性教师永远不可能具备这种潜移默化的强大影响力。只要我们回想一下在美国女性所受到的礼遇就不难理解这一点了。通过特有的言传身教，美国的女性教师确实肩负起了重大的历史使命。我曾经参观过加利福尼亚州科森尼斯河边的一所小学校。那个地方四周都是荒野，时常有印第安人出没。当地的居民都是一些贫苦的农夫、羊倌、淘金者，还有许多华人。自然，在一个由贩夫走卒、文盲白丁组建而成的定居点里触目所及的必然都是些粗俗不堪的举止。现在请想象一下，在这样一个地处荒蛮的小镇，孩子们被送进学堂接受教育，学校的老师是一位年轻的小姐，纤弱秀美得恍若一株含羞草，一看就知道这里和她的出身与她所熟悉的生活环境不可同日而语。你们真应该亲眼看一看当这位老师一出现，所有的地痞混混一下子变得多么慌乱尴尬，他们手忙脚乱地从头上摘下帽子，抓在手里反复拨弄，一脸无措地看着与周遭环境显得如此格格不入的姑娘。在她面前，没有人再敢放肆地乱开玩笑或出口成脏，因为他们本能地感觉到这些习惯行为在此时此刻是多么不合时宜。如果这时还有人不识相，那么他的左右会自发地冒出拳头和手枪等着给他一顿教训。我敢肯定无论是现在还是将来，人们会在这样一种耳濡目染的影响下逐渐变得斯文有礼，最终脱胎换骨。

在旅居加州的日子里，我经常扛着枪漫步在科森尼斯河畔，四周群山环绕，景色如画。受好奇心的驱使，同时我也必须承认被端丽的年轻女教师所吸引，我总是会在那座小学校停驻片刻。校舍小得只有一间屋子，板凳的摆放方式既便于开展课堂活动，又有利于师生间的交流互动。墙上挂着美国、欧洲还有其他区域的地图。在两张地图之间孩子们用晒干的鲜花排列出一句谚语："知识就是力量。"正对着一排排板凳的是老师的讲台，但是她很少待在那里，相反，她喜欢走到学生们中间，可以说像是在实践逍遥学派的做法那样一边漫步，一边上课。因为孩子们的接受程度不一，几乎每一个学生都需要个别指导。阅读、书写、算术是这里的主要课程。除此之外，动物学、植物学、地理等课程也都有所涉及。

学校采用的教学方式是当今最普遍、最实用的演示教学法。比如在地理课上，老师首先从孩子们上课的这所学堂说起。学生们从中了解到盖起一栋房屋的整个过程以及房间的用处。之后，老师带领他们走出学校，熟悉学校周边的环境、城镇、河流，然后是整个州以及全美国。老师不断地拓展学生的知识面，直到他们对整个地球有了一个初步的认识。在动物学和植物学的课程上，孩子们先从身边的小动物和花草树木学起。他们认识了许多每天在上学、放学路上都会见到的植物，老师细细地告诉他们这些植物中哪些是有害的、哪些是有益的，她还会采用同样的方式来教授动物学和矿物学。

幸亏有这样一种卓越的教育体制，美国年轻一代中鲜有人目不识丁、不会加减乘除，或对政治一无所知。简而言之，美国青年都或多或少地了解了一个公民的职责所在并为此做好准备。因为有了这样的学校和这样的教师，唤醒公民的良知、重塑社会公德就不再只是一个不切实际的美好愿望，虽然眼下只有顽皮的孩童对此津津乐道。

在美国，像上文中描述的学校数不胜数。只要有几座农场在大草原上落户，那么在印第安人、水牛、灰熊、美洲虎和响尾蛇出没的地方就会立即建起一所学堂，孩子们每天都会按时上学，哪怕他们的家都在好几里地之外。美国比其他任何国家都要舍得在教育上投入大量的人力、物力，在不久的将来，这份巨额投资必将带来巨大的回报。

年轻人的教育，尤其是初级阶段的教育重任几乎完全落在了妇女肩上。我已经描述了这一教育体制的优点，但就像每一个硬币都有正反两面一样，接下来我会谈一谈它的弊端。由于老师们几乎都是清一色“可爱的年轻女郎”，身处旷野的寂寞与无助就会悄悄地滋生出浪漫的遐想。即便是在一无所有的大草原上，年轻与热血也同样渴望情感的满足。于是，草原上的猎户或农人经常会在女教师一厢情愿的英雄主义幻想中幻化成了身披霞衣、高大威猛的勇士，他们如同扑向大地的瓢泼大雨一般义无反顾地陷入女教师为他们设置的角色中不可自拔，于是梧桐树下出现了幽会的情侣，他们喁喁私语，“我是你的，你是我的”，然后，互诉衷肠的低语渐渐归于沉寂。片刻之后又响起一声呢喃，“永远，哦，永远！”于是，干柴遇到烈火，最后演变成了斯沃瓦茨基笔下

> ……曾在圣经中出现过的
> 伤风败俗、罪大恶极的丑事。①

女教师道德感和责任心的沦陷致使魔鬼趁虚而入。在美国，这种情人关系就像一把通天入地的梯子，你要么一不小心跌下来，

---

① 尤里乌斯·斯沃瓦茨基(Juliusz Slowacki，1809—1849)，波兰最著名的诗人之一。该处诗句摘自长诗《贝尼奥夫斯基》第二段“初恋”的诗节中。

从此身败名裂，要么就顺杆往上爬，一路爬到婚礼的圣坛，不过总体而言，还是第二种情况更加常见。告知弊端很有必要，哪怕仅仅是告诫那些一旦身居国外，就会奋不顾身地跳入情感漩涡的男同胞们，切记要洁身自好，若不然，当真一失足成千古恨。

现在，我还想花上一些篇幅描述一下我所见识的美国妇女。“收拾房间，纺织羊毛，虔诚祷告”①，你若想在美国女人身上印证罗马人对于女性的刻画描摹，那么你肯定会无功而返。这是美国的家庭模式，就是丈夫终日在外做牛做马，妻子成天在家称王称霸。曾经有这样一位奥地利驻瑞士总督②，他把自己的帽子挂在杆子上，并要求瑞士人见帽如见人一般向帽子鞠躬敬礼。以此类推，美国人肯定会煞有其事地把女士的拖鞋挂到那根杆子上，而且女士们完全没有必要下达命令，因为每一位丈夫都会心甘情愿地对着鞋子脱帽致意，俯首称臣。

美国妇女的穿着奢华炫目至极。在百老汇大街上站了短短半个小时，我就看到了丝绸、山羊绒制成的锦衣华服，黛青、鹅黄、翠绿、朱红，五颜六色，晃得人眼花缭乱，即便在巴黎大街上你都看不到如此缤纷夺目的盛况。然而这些服饰仿佛只是为了招摇过市，几乎没有哪怕是一点点的审美情趣包含其中。在旅馆里，女士们就算进餐厅吃个饭都要披金戴银，一身穿戴隆重得就像是去参加一场盛大的舞会一样。她们个个华冠丽服，翠围珠绕，似乎不把人看得弹眼落睛誓不罢休，难怪这里阴盛阳衰，女人看上去确实比男人气势逼人。这里并非没有诗情画意的才女，不过欧洲人所盛传的美国女性博学多闻的传言实在让人觉得有点不知所谓。就中等教育而言，我认为欧洲女性的水平远高于美国女性。

美国女孩过着自由自在的生活，她们每个人几乎都有那么一两段开始时逢场作戏，最后却弄假成真的风流韵事，有些女孩甚至

---

① 原文为拉丁语。——译者注

② 该处指盖斯勒，是席勒所著《威廉·退尔》中的暴君。

直接跳过打情骂俏、相互挑逗的阶段直奔主题。“我从来不过问我丈夫的过去，所以希望他也不要来打听我的私事”，这种观念在美国女性中间相当普遍。然而，如果没有积极而冷静的秉性以及能够自如驾驭感性的理性形成一种强大的自制力，那么这种态度无疑会纵容女性走向放浪形骸的极端。

美国女性对外国人情有独钟，在她们眼中，外国男性风度翩翩，文质彬彬，而美国男同胞们在这方面几乎毫无胜算。然而，外国男人的眼光却有失水准，他们总能把假冒伪劣的赝品当成真金白银，不过，就算他们百里挑一地找到了真爱，那么情况只有更糟，因为正如我之前所说的，在美国，步入婚姻殿堂往往就意味着你偷食了禁果，犯下了上帝严令禁止的罪行，同时也坐实了你举止轻佻，行为失检。

最后，美国女性毫无魅力可言。她们既不优雅贤淑，体貌上也没有什么出类拔萃的地方，最让人难以忍受的就是她们的专横跋扈。这份霸道简直举目皆是：家中，车厢里，大街上，甚至女士们乘坐的马车也像玩命似的横冲直撞，丝毫不顾及路上行人的安危。而美国的法律非但没有设法对此加以限制，反而添柴加薪，助长了这种嚣张气焰。加州有一条法律规定，如果丈夫殴打妻子，那么就要承受 21 下鞭刑以示惩戒。为什么是 21 下？为什么不是 20 下或 25 下？美国立法当局对此讳莫如深。总之，无论是碰到了马路女杀手，还是在家里得罪了太太，男人若不赶紧开溜，那么当真就只有死路一条了。如果丈夫的家暴行为的确恶劣到了令人发指的地步，或者法规的制定是为了杜绝虐待女性案件再次发生，那么这样的立法自然会受到大众的认可和拥戴。然而当一个国家几乎所有的丈夫都在外面埋头苦干，拼命赚钱，而为人妻者却成日里摇着摇椅打发辰光，见丈夫下班回家，若是心情不好连个笑脸都欠奉，那么这样的立法无疑就是在变相地鼓励妇女作威作福，得寸进尺。凡是有头脑的人都会认为这纯属是对仁爱的误读与滥用。某些报纸这样盖棺定论，从今往后，那些想要用拳头教训贤内助的丈夫还是离开加州为妙，等法律时效期过了之后再回来。他们还断言，火车客运量会因此大幅增加。不过，我怀疑那些铁路局的官员，特别是那些已经步入围城的好好先生们肯定会认为这种预测纯熟无稽之谈。

美国的女性之所以会受到如此优待，其实可以用经济学术语——供不应求——来加以解释。相较于男性，美国女性的数量少得可怜，特别是在新兴的城镇中，男女比例已经达到了20∶1，甚至30∶1。光凭这一点就不难理解为什么那些五大三粗、言行无状的男人对待女性就像对待玻璃娃娃那样温柔体贴了。

然而，美国式的尊重女性与法国或欧洲的传统礼仪不能混为一谈。美国男人会当着女士的面脱下外套随手乱扔，或者毫不顾忌地做出其他不合礼仪规范的举动，这在欧洲女性看来无疑是失礼、怠慢的表现。不过，法国男人的殷勤周到往往带有某种不可告人的目的，他们总想乘机揩点油、占点便宜，而美国女性完全不必担心有人心怀不轨。要是有狂蜂浪蝶胆敢以任何方式企图冒犯她，四面八方立即会伸出拳头和手枪叫那个混蛋吃不了兜着走。女士们自然知道身边有众多的护花使者，也难怪她们会自命不凡地认为享受男人们的讨好奉承是理所当然的事情。

对于美国人还有美国这个国家，欧洲人持有许多误解。我之前已经谈到过宗教这个问题，现在请允许我顺便再谈谈美国人的宗教生活。人们一般都以为美国是世界上最笃信宗教的国家。这里几乎没有不可知论者，人人严守宗教教规，一到周日和宗教节日，整座城市、乡镇就会陷入一片死寂——商店停止营业，马路上的出租马车和公共马车形单影只，剧院里漆黑一片，所有的公共场所门可罗雀。总而言之，我从没在其他国家见识过如此肃杀萧条的周日。然而，通过进一步了解，我们发现，这层庄严的外表包裹的不是诚挚热烈的信仰，而是不经思考、近乎麻木的生活习惯。美国人的务实精神简直无人能及。没有哪个美国人会为了不切实际、无关利益、看不见摸不着且不能转换成数字的东西浪费脑细胞。何为宇宙的起源？造物主是否真实存在？灵魂能否永垂不朽？这些让欧洲青年、教授、哲学家、知识分子心驰神往的问题，这些最初导致原有哲学体系土崩瓦解，之后又引起百家争鸣的热门话题，在美国却显得无足轻重、乏人问津。再也没有哪国国民比美国人更不待见哲学思考了。对他们而言，具体明确的活动远比抽象虚幻的冥想重要。每个人都忙着在商业、农业、工业中挣钱，他们没空去探究宗教形式下的实质与内涵。于是，在每个周日，美国人去教堂礼拜无非是因为他已经习惯了这么做，他读圣经也是基于同样的原因，而他之所以待在家里而不去别的地方也只是因为礼拜天压根就没人出门。于是，我们不禁要问，在严守安息日的外在表现下究竟有多少是发自内心的虔诚礼敬，又有多少是走走过场、刻板因循的表面文章？

另一方面，多如过江之鲫的宗教派别，彼此之间的明争暗斗，以及与不断强大的天主教的激烈斗争都导致了宗教情绪带上了偏听偏信的色彩。然而不得不承认，正是这种派别间的偏见和势不两立为其发展提供了一种纯粹的世俗的助力。传统教派的成员若想力保本教得以存续并进一步发展扩大，那么他们就必须为其他人树立典范。一个派别通常都想牢牢抓住它的追随者，于是团体的共同利益与个人的切身利益如胶似漆般地纠缠交织在了一起，他们由此变成了虔诚而狂热的信徒，以至于到最后他们发现自己和整个教派已然唇齿相依，就算他们对于本教宣讲的教义不置可否，但是他们既不愿意也不可能脱离所属的教派。

另外，所有的美国人都视宗教信仰自由为美国宪法中最为耀眼夺目的瑰宝之一，他们通过参加不同的教派来展示他们享有这份自由，同时，他们认为自己有义务严格遵从所属教派的戒律。然而，我还是坚持我的观点，美国人缺乏深沉的宗教情感，他们的宗教信仰只流于表面。世俗的追求占据了美国人全部的时间，那些玄妙深奥的问题只好搁置一边。于是这些问题始终悬而未决，所有的宗教事务只有继续依靠习惯和传统撑起门面。

关于美国与美国人，特别是以纽约为主角的速写即将收笔。在这里提及的许多问题也许在之后的书信中会旧话重提。我只想在此强调一点，虽然我批判了诸多缺点、弊病，但对于这个国家的未来我却不存有丝毫怀疑之心。美国的前途不可限量，她是如此年轻、无所畏惧、充满活力。她对自己的缺陷了若指掌，并且正想方设法地去一一弥补、纠正。因为她像初生牛犊般不畏艰难险阻，所以任何可能的方法她都敢于放手尝试。实践将会证明其中大部分方法都是错误的，但没有人会因此在挑战面前偃旗息鼓。这片国土的进步与发展将不会等待上帝的垂怜或重走其他国家走过的老路。他们不会向法国人、英国人或德国人开口求助："嗨，伙计们，捎带我一把，别把我拉下。"美国人是开历史先河的勇士先驱。那些昏聩老朽的保守派们只会对着革新创举大摇其头，就像他们在看到奇维耶尔恰凯维支[1]新研制的烤薄饼时大惊小怪地叫嚷道："老天爷，烤薄饼是什么东西！我们这代人里谁也没吃过这玩意儿！"我要重申一遍，像这种不值一哂的保守言论绝不会磨灭美国人的斗志，迫使他们停下前进的脚步。正因如此，美国人能够毫无羁绊地萌生全新的想法，并采纳其中最优秀的理念付诸实践。

在接下来的书信中我将向各位描述横贯美国大陆的铁路之旅，详细介绍途中的所见所闻。

---

① 奇维耶尔恰凯维支夫人（Mme. Cwierciakiewicz）被誉为波兰的"范妮·法默"，在她撰写的《360道美味佳肴》中，她向读者介绍了许多新研发的菜谱。范妮·梅里特·法默（Fannie Merritt Farmer，1857—1915），美国著名烹饪专家。——译者注

横贯大陆之旅:从纽约至奥马哈

只要一想到我即将成为第一个踏上横贯大陆之旅的波兰人,我就抑制不住内心的激动,就连收拾行李时也变得手脚利索,劲头十足。抵达纽约的第五天,我和同伴来到纽约西站,准备搭乘火车前往芝加哥。临上车前还发生了一段小插曲,我们和站长差点吵了起来,这个地地道道的美国佬非要让我们买下一根贵得离谱的绳子,说是可以用它来捆绑行李。等绳子风波好不容易平息后,我们终于踏上了通往大西部的旅程。

离开纽约时已是暮色沉沉,我只能借着月光打量哈德逊河两岸的景致。所幸皎洁的月光与满地的雪色相映成辉,让我能够尽情地饱览铁路两边雄浑壮美的风光。宽广的河道流水汤汤,波澜起伏,如同一匹闪着银光的巨幅绸缎。河的两岸静静地蛰伏着黝黑寂静的森林,在夜色的掩映下,显得广袤无垠,神秘莫测。在我的想象中,这里原本应该是印第安人和水牛的栖息地,可实际上,在很久很久以前这片土地上已经失去了他们的踪迹。当地人对于印第安人和水牛的了解想必不会比华沙或卢布林的居民多多少。

由于我的地理知识贫乏得一如三年级的小学生,所以我一度想当然地以为北美洲,或者至少美国的气候应该要比欧洲暖和许多。我离开欧洲的时候那里已经入春,在比利时、法国甚至英国早已冰雪消融,溪水潺潺,麦田里抽出了成片的嫩芽。可是在地处与意大利南部相同纬度的纽约，皑皑白雪依旧覆盖着大地，湿冷的空气中透着彻骨的寒冷，凋零的树木在低垂的夜幕中留下了尖锐突兀的剪影。可是哈德逊河却未遭冰封，几艘大型客轮正在这条浩浩荡荡、深不见底的大河中劈波斩浪，此情此景在迷蒙的夜色中显得尤为气势磅礴。不过河流很快便从我们的视线中消失了。火车所行驶的路基开凿在坚硬的岩石带上，两旁石墙高耸，遮住了所有的景色。有时候，火车会一路疾驶着穿过隧道，不过它的时速和传说中的相比似乎有着不小的差距。后来，我坐遍了美国的各种火车，走过了全国各条线路，所谓实践出真知，我在这里可以非常负责任地告诉各位，所有关于火车速度的说法大都言过其实。美国的火车不仅没有像传言中那样跑得风驰电掣，反而还比欧洲的普通列车慢上许多。速度较快的列车仅属个别，比如横贯东西的数条线路，据说从纽约到旧金山，火车大概只要开三天三夜。不过这样的说法主要还是为了宣传造势，诱哄更多的乘客乖乖掏出腰包。

火车行驶了七天七夜，就车速而言和波兰的火车没有什么区别，而每次靠站停留的时间基本上都只有一、两个小时。不过，我没有把某次因为受风雪所困被迫在其中一站停靠的数天时间计算在内。那七天里我们吃、喝、睡、住都在车上，对车里的一切都已习以为常，反倒是下车之后因为少了熟悉的汽笛声和颠簸摇晃，以至于有好几个晚上我们都辗转反侧，难以入眠。卧铺车厢的乘客可以睡在床上，那张床可一点都不比家里的逊色，没准反而更加舒服，于是漫长的旅程对他们来说就没有那么辛苦。普通车厢的乘客可就遭罪了。坊间流传着太多关于美国火车上的设施有多么方便、多么舒适的传言，数目之巨几乎和关于车速的传闻不相上下。事实上，常规美国列车的一等车厢就像一个大型棚屋，面对面各设有一排座位，每排座位上可坐两个人。车厢中间设有一条通道。两排座位上铺着褪了色的长绒垫或是破旧的绿色油地毡。座位非常狭小，两个正常体重的人几乎很难并排挤进去。而两排座位又靠得太近，若是有人的腿长得稍微长一些，而且他又不想入乡随俗地把腿伸到对面的座位上，然后像把钳子一样夹住对面旅客的脑袋，那他简直就不知道该拿自己这双腿怎么办好了。

在每节车厢的后面都放着一个小铁炉，列车员昼夜不断地往里头添煤加炭。烧煤时散发出来的热量简直能把车厢变成一个巨大的蒸笼，而呛人的废气更是让人陷入了随时窒息的危险境地。乘客们在车上走来走去，售票员不停地在车厢之间来回穿梭，车厢门总是刚被合上又被打开，一股股冰冷刺骨的寒气夹带着各种病菌在车厢里一路穿堂而过。旅客们就挤在你的身边大嚼烟叶，随地吐痰，吃饭睡觉，目之所及几乎没有一块稍微干净点儿的地方。地面上到处都是随手乱扔的果皮和坚果壳，还有遍地的搪瓷痰盂，每走一步都能让你栽个大跟头。有人吹着口哨，有人哼着小曲，还有人打着呼噜。孩子们尖叫，男人们不穿外套，女士们披头散发，总而言之，就跟乱哄哄的市场没什么两样。

尤其是到了早上，车厢简直变成了战场。在一片喧嚣混乱中，售票员开始检票。他不像欧洲的同行那么和蔼可亲，不会督促随处乱坐的乘客回到自己的座位上，也不会收了我们一支烟就心照不宣地不再让其他乘客坐进我们的车厢。相反，他是一个威风凛凛的售票员，总是不苟言笑地在车上不停地来回巡逻，看他那架势就像是剧团里不可取代的台柱子，或是邮轮上一言九鼎的船长。当他在卧铺车厢或休息室里歇息时，两条腿能以一种不可思议的角度搁在高处。他走到哪里外套就扔到哪里，通常连招呼也不打一个就一屁股坐在女士身边。对于乘客们的不端行为，很多时候他都睁一只眼闭一只眼。有时候他显得傲慢自大，有时候又不怒自威，有时他会纡尊降贵地和你套套近乎，有时会委婉含蓄地批评乘客。不过，他也有对着某个乘客大打出手的时候，特别是当对方居然不把他这么一个重量级人物放在眼里。

这些事情在火车上司空见惯。如果你胆敢对售票员不敬，他就会毫不迟疑地举起拳头捍卫尊严，先把你揍个鼻青脸肿，然后直接扔出车厢。不过，如果你的身手更加厉害，那么被打掉下巴、“驱逐出境”的就是售票员了。列车员的职责主要是为乘客铺床和生炉子，他的脾性气质和售票员的如出一辙。不过美国和世界上其他地方一样，只要一个人不多管闲事，不自找麻烦，那么麻烦也不会找上他。当然，如果你是一个外国人，那么旁人一定会以礼相待。

在卧铺车厢，或者按照原版的说法，在所谓的“铂尔曼式银色宫殿”里，相对而言还是比较舒适整洁的。晚上会有一个黑人仆役将车厢两侧的折叠床板打开，并组装成一张张床铺。床铺分为上下两层，沿着车厢长长的侧墙整齐地排列着。每一组上下铺组成一个铺段，一面缎子挂帘将每个床位隔成一个独立的空间。一般而言，下铺更受人欢迎。如果两个人搭伴旅行，他们通常会预定一个铺段，等到了晚上，帘子一拉，各回各“房”，各睡各床。不过独自旅行的乘客因为只能占一个床铺，所以一般都不太愿意掏两份钱买下一个上下通铺。于是，尴尬的事情时有发生，最夸张的就是两个不同性别的乘客被随机安排在了同一个铺段里。

我这可不是在信口开河。一个推销雪茄的德国老人和我们同坐一节卧铺车厢前往奥马哈，他那个铺段的下铺就睡着一个骨瘦如柴、和他年纪相仿的老姑娘。每天早晨起床后，他们两个就会飞快地交换一个不以为然的眼神。一到晚上，可怜的德国绅士都得使出吃奶的力气地爬到上铺，每每这个时候，老爷子总是累得上气不接下气，仿佛每次攀爬都能要了他的老命，而下铺的床单也总会在他刚才那番惊天动地的挣扎中被踩得乱七八糟，面目全非。

欧洲的铁路公司在铺位安排上特别注意男女有别这个问题，旅客们完全不必担心搭乘列车后会惹上什么桃色绯闻从而毁了自己一世清誉。不过在美国，男女上下铺的情况则屡见不鲜，而且也没有哪个美国人会对此大惊小怪。原因就在于这里的女性享有非同一般的尊重与礼遇。每一位妇女，哪怕是年轻的女孩子，只要她独自上路，那么她身边萍水相逢的男性都会主动请缨，充当她的护花使者。甚至连单纯的矿工或农夫见到女子受辱都会化身成侠义之士，抡起拳头或掏出手枪（在某些流行动用私刑的地方，男人们会甩出专门用来勒人脖子的绳索），为受辱的女士报仇雪恨。这种对于女性的重视与呵护不同于法国人的文明传统。与我们同车的美国绅士，虽然他们属于上层阶级，但并不觉得在女士面前不穿外套甚至不穿鞋子有什么不妥，当我们善意地提醒他们应该稍加注意时，他们则回答这些均属小节，不是什么原则性的大问题，而且过分拘泥于形式反倒显得别有用心。不过，我们并没有照搬美国人的行为规范，而是打算将备受美国女性倾慕的波兰式或欧洲式的彬彬有礼进行到底。

在火车上安然度过第一晚，第二天的早晨我和同伴都起得很晚。大部分床铺已收拾干净。一些早就梳妆打扮好的女士正坐在小桌旁喝着咖啡或红茶。男士们有的穿着外套，有的仅着衬衣在位于车厢末端的方寸之地——男士洗手间进进出出。售票员双手插着口袋坐在车窗边，他睡眼惺忪，不住地打着响嗝。我走到窗边，想从火车上看看白天的美国是什么样子。

现在，列车正在穿越一片开阔的平原地带。这里地势较低，四周环绕着树林，林中的树木裸呈着光秃秃的枝桠，叶子掉得一片不剩。这一带住着许多居民，你能在火车两边看到农庄，还有一座座小巧玲珑的瑞士风格的房舍，看上去和波兰的景致非常相似。虽然同样是在冬天，这里的农庄却比不上德国、比利时或法国的同类。建筑显得破败老旧，周围既没有结实的栅栏，也没有排水沟，人们不禁会想起波德拉谢和平斯克[①]的荒凉地带。那里的土地无疑相当肥沃，但也许也正因如此，反而没有得到充分开发。对于任何看惯了西欧繁忙农耕景象的人而言，这里的画面实在令人沮丧。眼前随处可见仓促建造中的农舍，它们大多粗劣简陋，好像随时都会被弃之不用一样。眼下，列车仍旧在美国最先进、人口最多的纽约州内行驶，然而喧嚣繁华已经离我们远去。在森林的空地上我

---

① 位于波兰东部，那里有许多森林、沼泽和湖泊。

们看到了一个个孤寂的小屋，它们都出自拓荒者的斧头与双手。这些小屋周围既没有成荫的绿林，飘香的果园，也寻不到花园的影子，有的只是无边无际的原始森林。如果看得再仔细一些，你就会发现一排排烧焦的树桩，一堆堆树枝和点燃的木柴，遍地都是大片大片浑浊的泥水塘，四周残留着一座又一座脏兮兮的雪丘。

我想起了波兰境内屡遭采伐的森林。不过在美国，砍伐森林具有截然不同的积极意义。这里的森林依旧郁郁葱葱，绵延不绝，而拓荒者们伐木开荒是在为这个国家的建设与发展做贡献。森林中零星地散落着几栋孤独的小屋，周围开挖的田地就在一年之前还覆盖着茂密的灌木丛。无论白天还是黑夜，斧子砍伐树木的声音始终在林中寂寥地回荡，不堪其扰的动物和受惊的小鸟们只好一路西迁，重新寻找宁静的家园。每一天旭日东升之际，几乎都会有新的空地出现在森林深处，等着勤劳的双手和坚固的犁具将它们变成一亩亩良田。

基于我的亲耳所闻和亲眼所见，恕我直言，美国人实在算不得田间好手。他们野心太大，总是急功近利，从来不会在一个地方长久驻留。所以，一个美国人买地的目的往往是用来投机倒把。他没有兴趣在这片土地上安家落户，然后把它传给子孙后代。投机者没花几个钱甚至不用一个子儿就能拥有大片森林和处女地。他用栅栏把自己的土地圈起来，建上一栋房屋，象征性地刨了刨地，让它看上去像是一座马上就能投入运营的“农场”，然后就以高价转手卖给新移民或当地的资本家以牟取暴利。不过必须指出的是，虽然在许多州，人们能以极低的价格购买那些归政府所有的土地，有些甚至可以免费占有，但大城市周边能产生经济效益的地界价格却高得让欧洲人啧啧称奇。许多人的运气简直让人眼红，他们免费获得了大量的土地，过了一些时日，这些土地边上突然在一夜之间冒出了一个商业大城市，当然这在美国不是什么稀罕事，然后他们就能以每亩 500 美元、600 美元，甚至 1000 美元的价格把自己的土地抛售出去。比如，若干年前政府认为芝加哥的市郊地带如同一块鸡肋没有什么价值，于是将它转手送给了几个老兵作为他们为国而战的犒赏。然而今天，这块地的售价已翻了不止百倍。

但也有不少投机者，虽然他们拥有新兴城镇附近的大片土地，可到头来却是竹篮打水一场空，因为美国人既然能在一个晚上兴起一座城市，那么他们也同样可以在眨眼之间弃它而去。这种情况并不少见。比如，在大草原上出现了一个拓荒者的聚集地，不久之后就发展成了一座日益繁荣的城镇。后来，也许是因为地理位置不太适合，气候不够宜人，或者自然资源已被消耗殆尽，于是当地的居民毫不犹豫地带上妻子、孩子，赶着装满家当的马车开始迁徙，想去哪里就去哪里。昨天还有着几千个住户的城镇一夜之间便成了人烟稀少的荒村野店，甚至用不了多久，这里曾经有人居住、生活过的痕迹就会被大自然擦干抹净。

对于那些不拿土地当做投机工具，而是用来开垦拓荒的人来说，他们的付出必定会获得回报。一个在欧洲饱受贫困折磨，或者在人生的变故中一蹶不振的移民，他没有什么豪情壮志，只想与世无争地度过余生，于是他买了一辆马车、几头家畜、一些农用机械和劳作工具，然后拖家带口地向遥远的西部进发。他在紧挨着树林或溪流的空地上建起房舍，用围栏圈起一块土地，然后就成为了美国境内的合法定居者。从这一刻起，这片地界就毋庸置疑地变成了他的私有财产，无论谁想强取豪夺，那么这个强盗所面临的不是法律诉讼，而是穿膛而过的子弹。如果该区域盛行动用私刑的话，那么抢夺土地者就会落入自发的民间治安维持组织手中，等待他的将是更加让人不寒而栗的惩戒。

尽管这样的定居者不太可能大富大贵，但他至少可以旱涝保收，不会落得一穷二白的下场。就算没有人用现金购买他的粮食和牲畜也不打紧，本来在这片一望无际的草原上钱就没有什么用处。他衣食无忧，孩子们的身板和橡树一样强壮，等到羽翼丰满，他们就离开父母，在离家不远的地方结婚生子。日子虽然过得简单粗糙，却平静恬然，无须为了明天的生计愁肠百结。不知不觉中，人生已近黄昏，无需多时，他的生命就会像渐渐西沉的太阳一般安详地陨落在旷野尽头。

不久，这座孤单的草原农场会迎来两三个新邻居。慢慢地，在此定居的住户数量发展到了十个、百个。再过上一阵，这片免费入住的土地开始飞速增值。不出几年，原本除出劳力之外几乎没有任何投入的土地就会坐拥高达几十万美元的身价。

不过，并非所有的土地都能占为己有。在纽约州境内搭乘火车通往五大湖的所经之地，以及在东部各州，几乎没有能让拓荒者占据的闲置土地或政府用地，就连犄角旮旯都已经被开发了个遍。所有的土地都归私人所有，由于土地肥沃，交通便利，所以那里的土地和欧洲一样昂贵，甚至更贵。

就像我之前所说的那样，美国的农场不能与欧洲的媲美。如果我见过夏日的乡村风景，也许我会发现它们也自有动人之处。然而，这一路从纽约市直到锡拉丘兹，沿途的冬日景象却无一例外地单调乏味、灰暗凄清、死气沉沉。

到了锡拉丘兹站，火车停靠半个小时以便让旅客享用早点。然后列车继续朝着位于安大略湖边的罗切斯特市前进。当我们离罗切斯特市越来越近，地势越发低平，不过周边的风景还是一样寡淡无味。随着田野中、树林里出现大片的水域，我们知道大湖区域就在眼前了。在树林的某些地方，成片的树木都浸在水流里，这给人一种错觉，仿佛这些大树原本就生长在湖水中一样。水鸟或是三三两两或是成群结队地从眼前悠然飞过——有野鸭，还有从海里飞到内陆的海鸥。有时候，火车会冷不丁钻出森林，驶入一片矮矮的草场，那里铺着厚厚的青草，浓密的白菖蒲，还有去年冬天枯萎的芦苇在风中摇曳生姿。农场与农场毗邻而建，比波兰村落之间的距离还要再近些，只不过因为农场周围全是一片连着一片的水塘，所以看上去似乎比坐落在锡拉丘兹东部的农场群还要疏离。地面上的冰雪正在融化，底下翻开的黑土地得以重见天日。犁沟中的积水在阳光的照耀下泛着耀眼的金光。扑面而来的风中已尽收冬日的锋芒，带着融融暖意，让人感觉到了春天的气息，虽然那气息依旧微弱，但的确透着一股喜人的生机。一度冰封的湖面也终于卸下了冬日的枷锁。最后，我们终于看到了安大略湖湛蓝的湖水。我有些恍惚，以为自己又一次回到了无边无涯的海上。铁路依水而建，湖水时不时地拍打着路基。对乘客而言，整列火车就像是行驶在湖面上一样。天空一碧如洗，湖水波光潋滟，蓝莹莹的湖面上时有点点白帆飘然而过，水天交界处偶有缕缕青烟袅袅升起，那是已经远得看不见影子的邮轮留下的痕迹。湖水时而从堤岸退去，与湖岸边的水滨融为一体。湖畔建有几栋小屋，几艘拴在木栅栏上的小舟在离岸不远处的水面上颠来晃去，它们不耐烦地拉扯着绳索使劲地挣扎，仿佛迫不及待地想要挣脱束缚，从此浪迹天涯。屋前晒着湿漉漉的渔网，阳光一照，就像在上面撒满了闪亮的金粉。渔网底下堆满了海藻，空气中充满了鱼鳞的腥味和菖蒲淡淡的芬芳。一群鸟儿张开翅膀在天际飞翔，就像是一枚枚小巧的十字架在蓝天白云间时隐时现。

之后我们来到了尼亚加拉吊桥，在那里，火车停了下来，好让乘客尽情观赏尼亚加拉河和大瀑布的风采。不久，火车便带着我们的行李继续开往休伦湖，而我和我的同伴还有一位已记不起名字的英国青年留了下来。我们租了一辆马车，准备穿过吊桥去往瀑布近处寻幽探秘。吊桥横跨尼亚加拉河，将美国和加拿大连接在一起，因此桥的一端是美国海关，另一端则是英国海关。由于瀑布不在美国境内，所以我们必须经由吊桥进入英国属地。站在吊桥上可以看到两座瀑布的全景，但或许是因为烟波浩渺的河面和淫雨霏霏的天气，又或是因为瀑布一落千丈后不断喷溅而起的飞沫，所以我只看到了从脚下深渊冲向高空的漫天水雾。不过那不绝于耳的隆隆巨响却昭告天下在重重白色雾帘之后隐藏着怎样的惊心动魄。

我们穿过吊桥，来到了与瀑布顶端毗连的悬崖峭壁。参天拔地的堤岸上面建有一排小屋。我们站在屋前，瀑布的雄浑壮观尽收眼底。回想当时那摄人心魂的一幕，我依旧心绪激荡，以至于手中的笔都掉落在地上。伊利湖丰富充沛的水量在流入安大略湖的途中经过一道横亘在河道中的巨大断崖后陡然骤降，并一分为二跌入深渊。乍眼一看，真让人怀疑底下的大地能否承受住这震天动地的千钧水势和巨大冲击力。眼前的景象带着远古洪荒的蒙昧，包含着超越人类理解范畴的力量，还有那无法名状、却椎心刺骨的惊骇恐惧。不期然间，你会不自觉地冒出一个可怕的念头，是否有什么灭顶之灾已悄然降临，这个世界是否已经天崩地裂，于是，你下意识地拒绝相信这场灾难会无休无止地继续下去直到天荒地老。天空中满是阴霾，如同一块褴褛的破布，浮云如同一群无拘无束的野马，一会儿成群结队，一会儿又一哄而散。四周全是阴森森的峭壁，大自然的鬼斧神工将它们凿刻成了奇形怪状的魑魅魍魉。瀑布水声如雷，震耳欲聋。阴冷的风中夹带着四溅的水花如同锋利的刀剑逼得你步步后退。有时，脚底下突然升腾起浩瀚的水汽将你卷裹其中，你恍若坠入迷雾，不知身在何处。等到水雾散去，飞沫扑面而来，瀑布似乎又一下子撞入视野，变得近在咫尺。

不过这一刻转瞬即逝。大部分时间里，雾气、泡沫、水流、空气，所有这一切都融为一体，在一片混沌中你丧失了视觉和听觉，就连意识也离你远去。你不清楚周遭究竟发生了什么事情，天地万物仿佛都陷入了扑朔迷离的境地，每一样东西都像被一种疯狂的魔力牢牢掌控着。五分钟之后，你筋疲力尽，眉眼之间挂满了由深渊吐出的寒气凝结而成的水珠，你想高喊："够了，打住！"不过瀑布无视你的乞求依旧怒吼咆哮，底下的深谷照旧喷雨嘘云；这边苦苦告饶的哀求呻吟刚刚消停，那边豪迈的笑声转眼间又变成了癫狂的哭号，伴着振聋发聩的喧腾，地狱里的妖魔鬼怪像是被放虎归山一般沉醉于无穷无尽的狂欢之中。

尼亚加拉会让人产生这样一种感想，更确切地说，是一种难以言传，飘忽不定的感觉。有一点点感伤，还有一点点欣喜，当你完全忘掉自己，当你臣服于大自然的威严之下，那一刹那，你就会萌生这样复杂而矛盾的情绪。当你从最初的敛声屏息中缓过神来，你的眼睛就再也无法从眼前的景象上移开。脚下的万丈深渊仿佛在蛊惑你、引诱你，某种无法抗拒的神秘力量似乎吸引着你走向绝壁的边缘。你心甘情愿地不断靠近，也想加入它们成为大自然中永恒的一景。你想探身而出，哪怕只是短短一瞬，去体会悬于生死一线的刺激。湖底的岩石凹凸不平，奔流而下的湍流因此形成了可怕的漩涡，像是随时都能把你一口吞没，而高高溅起的白浪如同高举的手臂，想要一把将你抱住而后挟持而去。悬崖峭壁在你耳边低语，“随我而去！随我而去！”不过直觉这样回答道，“可以，不过我会有备而来！”

无论再怎么不可思议，只要“有备而来”就能去到瀑布底下，因为它的水势和流速使得水流落下时形成一道抛物线，于是水流和悬崖的凹壁之间就留下了一块泡沫横飞、满是薄冰的空间。要从瀑布底下穿过，你必须要有合适的装备。我们来到一个黑人的小屋，他不仅在当地充当导游，而且还出租防水服。在他的屋子里，我们邂逅了一对已经穿戴妥当的英国夫妇。其中那位相貌平平、身材瘦削的老妇人穿着一身用鱼鳔做成的外套，戴着鱼鳔做成的头罩，整套装束毫无款式、风格可言。从她的头顶往下打量，只能看到她的鼻尖和金色的眼镜框，整个人看上去就像个呆头呆脑的稻草人。我们也穿上了一样的斗篷，戴上了头罩，然后我们一行人朝着目的地出发了。

黑人向导把我们带到了一栋木质的建筑中，他撬开地板，露出了通往底部的楼梯。一进入通道，我们就立即置身于一片黑暗，峡谷中冷冰冰的空气一下子从脚底下蹿上来把我们紧紧包裹其中。那个长得更像是大猩猩的导游一边带路一边发出“哦！哦！”的声音在黑暗中为我们指明方向。往下走了十几级台阶后，突然底下透出一道白光。随后，我们拐入一条直抵瀑布下方的甬道。这时，导游让我们停止前进，并挨个为我们的靴子系上了镶满铁钉的鞋底。英国老妇人一开始对此举颇感“震惊”，不过最后还是垂下了眼睑(或是她的眼镜?),勉为其难地以示默许。她矜持地朝黑人伸出腿,看上去倒更像是两截一拗就断的扫帚柄。接着,我们就进入了瀑布下方。

不知道为什么,我觉得雷鸣般的水声反倒不像在瀑布外面时那么惊天动地。淡淡的日光透过瀑布的水帘照了进来,为整个洞穴染上了朦胧的光晕。背后是黑色的石壁,嶙峋的岩石上横七竖八布满了裂纹,地面上结着厚厚的冰层。身边一片蛮荒,所有的一切看上去都了无生气。从大瀑布主体旁逸斜出的纤细的水流噼噼啪啪地敲打在冰层上。空气中弥漫着雾霭与细小的水滴。风(我也搞不懂它究竟从何而来)在如同魔鬼巢穴般的石洞里窜来窜去。寒气穿透了我们的防水服和防水帽。尽管水声不再那么震耳欲聋,但我们还是听不到彼此说话的声音,所以压根就没办法交流。那双能排除万难的钉鞋帮助我一步步走过了滑得像玻璃一样的千年玄冰,最后我终于到达了离瀑布最近的地方。导游开始朝我喊着什么,不过我只看到他夸张的手势和翻飞的嘴唇,而他的声音却湮没在雷鸣般的水声中。

再也没有哪个角度比从这里更能观赏到瀑布的动人之处了。当我抬头仰望,那道水帘像是一面巨大的冰墙一般静止不动,要不是脚下的水潭如同一口大汽锅一样不住地吞云吐雾,我真以为瀑布被冰封住了。不过,外面不时飘来的水雾轻而易举地驱散了所有的遐想。然后,我又低头俯瞰。地面上的豁口是如此深不可测,从天而降的洪水必定经过了千年万载地冲击才凿穿了这一眼望不到底的深渊。倾泻而下的水柱在深渊中掀起了滔天巨浪,它们不停地翻腾汹涌,凶猛地撞击着岩壁,击碎的浪花泛起了雪白的泡沫。我从结满冰的边缘退了回来,如释重负般地深深吸了一口气。岩洞的内部似乎一片寂静。涓涓细流轻轻地溅落在冰层上,半空中挂起了一道美丽的彩虹,与几步之遥水势磅礴、声震如雷的瀑布大异其趣。现在,我的眼睛已完全适应了洞内暗沉的光线,黑色岩壁上的每一道细缝和纹路,还有罅隙中沾着晶莹水珠的苔藓都变得格外清晰。

阴冷与湿气越发砭人肌骨，我们不得不往回撤。不过我们的英国朋友却迟迟不肯离去，他们正忙不迭地往每个口袋里塞石块。我怀疑如果有机会，他们没准会把整个尼亚加拉都装进口袋里，然后搬回英国博物馆，就像他们曾经对雅典卫城所做的那样。我们终于从瀑布低端回到了地面。

回程中，我的同伴和英国青年就尼亚加拉大瀑布的归属问题争执不下，后者言之凿凿地声称瀑布是属于英国的，因为加拿大原本就是英国属地。最后我们告诉他，因为英国已将尼亚加拉河的捕鱼权并入了美国的大湖，所以尼亚加拉大瀑布其实也已经被让渡给了美国。英国青年一听此言闭上了嘴巴，一脸气呼呼的样子，不知他这是在生美国佬的气，还是责怪我们将真相告诉了他。

等我们到达地面后，瀑布便隐入在了一片茫茫白雾中。我们参观了堤岸边的小屋子。其中有一间博物馆里陈列的展品号称是尼亚加拉的珍品奇玩，其实都不过是些寻常之物，比如贝壳，石化的小东西，被水流卷走的动物骨骸，还有当地的一些风景照。实际上，这些小屋子都是等着游客跳下去的陷阱，每个人的钱袋里都会失去一笔巨款，然后换来一大堆没用的纪念品。最糟糕的是，售货员是一位年轻迷人的姑娘，她的魅力几乎无人能挡，所以哪怕游客们事先都告诫自己一定要适可而止，可最后装进背囊的纪念品远远超过预算计划。接着，游客们被带到博物馆的屋顶，那里有一座小小的角楼，抑或是瞭望台。站在那里，四处的景色一览无遗。角楼的墙壁和栏杆上刻满了成千上万个用英语、法语、意大利语以及其他各国语言书写的人名。我甚至还看到了波兰语和俄语。每个游客似乎都认为只有在这里留下了自己的姓名以及到此一游的日期，才算真正不虚此行。至于我，我不仅刻下了自己的名字，还非常厚道地将我所能记起来的新朋故交、我的堂表兄弟姐妹，以及他们孩子的大名都留在了角楼上，希望这些代表着凡夫俗子的符号能像大瀑布一样永垂不朽。那位英国青年在他的名字“亨利”边上又写下了“玛丽”，接着用极其复杂的曲线把两个名字圈了起来，然后他往后退了几步，得意洋洋地欣赏着自己的杰作。下楼的时候，我们又被逮住按在了一段原木上，就穿着那身傻不啦叽的鱼鳔防水服，被人狂拍了五分钟照片。当然这项周到的服务又让我们破了一笔财。

这时，天色暗了下来，浓厚的雾霾将瀑布整个遮挡了起来。天空下起了毛毛细雨。我们坐上那辆租来的马车回到大吊桥。到了桥的另一端，美国海关官员拦着了我们，非得让我们为刚才买来的每一件破铜烂铁缴税。我们偷偷往其中一个管事的手里塞了一美元，成功地收买了他的责任心，于是他不再义正辞严地逼着我们为合众国的国库添砖加瓦，大发慈悲地协助我们成功地蒙混过关。从大吊桥上我们朝着大瀑布的方向最后看了一眼，只是现在我们只能闻其声而不能见其形了。

火车很快就进站了，我们登上车穿过了加拿大领土，直奔美国的汉密尔顿。从那里火车又开了一整晚，经过安大略湖的最西端，到达了伊利湖边上的底特律。地势开始逐渐平缓上升，伊利湖的海拔比安大略湖高了几乎两百英尺。尼亚拉加河其实不过是从伊利湖流入安大略湖的湖水而已。河水途径一块大岩石被分割成两股后骤然下降，由此形成了瀑布。从安大略湖开始，地势再次缓缓下降，湖水注入五大湖的出口圣劳伦斯河，最后流入大海。圣劳伦斯河蔚为壮观，它也许是世界上最为宽广的大河了。

第二天早上，我们到达底特律，这是密歇根州的一个城市，位于连接休伦湖和伊利湖河道的旁边。对于底特律，我所有的地理知识加起来不过是知道它的确存在，除此之外基本上一无所知。所以，当出了火车站，眼前豁然出现一个无比干净整洁的大城市，而它所展现的一切比我之前所见过的所有美国城市都要漂亮迷人时，你们能够想象我有多么惊讶。天色尚早，大多数市民还在梦中酣睡。我们沿着一条宽敞的马路缓步前行，路边坐落着的似乎是天主教教堂。排列在马路两边的不是毫无特色的红砖房，而是精巧美观的私人宅邸。长长的金色栅栏将建筑物与马路分割开来，栅栏后面是花圃，矮矮的灌木丛已抽出了点点绿芽，雪白的围墙后露出了云杉挺拔秀美的锥形倩影，宅邸的玫瑰色大窗棂擦得油光锃亮。随处可见叼着烟斗的黑人一边哼着歌曲，一边打扫院落。我们来到一片开阔的空地，那里是城市广场，广场中央树立着几座南北战争时北军著名将领的雕像。虽然广场四周围绕着纽约常见的砖房，但这里的建筑庄严华美，显得卓尔不群。那里开设着许多装潢精美的商店，橱窗不设卷闸，供行人自由观赏。我们到的时候，广场上已颇为热闹。骡子拉着堆满了木材的马车走在人行道上，车轮在路面上发出隆隆的滚动声。

不多会儿，我们便返回车站。离火车发车尚有半小时，足够我们从容地吃顿早饭。在一位混血招待的殷勤招呼下，我们享用了一顿美味的奶油炖牡蛎。这是我第一次遇见一位具有印第安血统的人。他拥有健美的体型，古铜色的皮肤，一头浓密的乌发黑得几乎泛着蓝光，长相也称得上温厚可亲。他的额头偏窄，于是多少显得颧骨有些突出，除此之外，五官并没什么有异常人之处。他让我想起了到处流浪的吉卜赛人。对于客人们的要求，他总是不亢不卑地回答“好的，先生”，上菜摆盘时动作纯熟迅速。用完早点后，我一反美国人的习俗，在他手里塞了一些小费，他看着手中的钱低声喊道：“哦，先生，谢谢，先生！”带着一抹充满成就感的微笑，他主动为我们递上毛皮大衣，并帮我们把旅行袋搬上了车。

列车横穿密歇根州，来到密歇根湖，芝加哥就坐落在湖的西岸。窗外的风景像极了波兰普鲁士。沿途遍及大大小小的湖泊、河川、溪流，极目远眺，水几乎无处不在，这也许就是最好的佐证：很久以前这里曾是一片汪洋，浪花曾在这里自由地翻滚流淌。现在，绵延的树林代替了一望无际的水域。由于靠近湖区，这里的气候也温婉缓和了许多，至少一路走来，我们再也没有遭遇过冰天雪地。林中的树木爆出春芽，草坪上也泛起了星星点点的嫩绿。我的目光不时在风景中逡巡，好奇地寻找着印第安人的身影。多年前，无数印第安部落曾在湖区边安营扎寨，而其中一个部族的名字永远地流传了下来，因为休伦湖就是以它的名字命名的。然而现在，不仅是密歇根州，就连俄亥俄州、印第安纳州和伊利诺依州，印第安人的踪迹都已无处可寻。早在白人西进扩张之前，他们就和野猪、熊、丛林狼、美洲虎一起不断地西迁，或是在同白人的殊死搏斗中销声匿迹了。

在离开底特律整整一天后，我们来到了芝加哥。这座大城市位于密歇根湖西南岸，而且也是所有来往于加拿大和美国的船只必经的港口。就在几年前，芝加哥几乎被一场大火付之一炬[①]，然而不过短短几年，一座新城已然在废墟上涅槃重生，只不过那场大火的残迹仍旧随处可见。

虽然我们抵达时已近黄昏，我还是走出旅馆来到大街上。纽约的脏乱无序使我对这座帝国之城的好感一扫而光，而芝加哥却给我留下了庄重大气的美好印象。整座城市看上去雄伟壮观。街道异常开阔，高大的住宅建筑器宇轩昂地列队在街道两旁。人行道比马路高出一截，你会惊讶于它的宽敞，而将其铺就的厚重石板也定会让你一见难忘。简而言之，这里的一切都显得高耸巍峨，威仪堂堂。有人也许会说这是一座出自巨人之手、专为巨人而建的城市。它具有独一无二的风格。很明显，芝加哥是一座顺应现代生活要求而建的新兴城市。我曾读到过关于类似先进城市的介绍，以及它们将在二十世纪中展现的风采。芝加哥就让我想起了那些文章，它与文中的描述非常相似，所有的建筑都呈对称排列，笔直挺拔而且四方周正，城市里的很多东西都是在其他地方从未见过的新鲜事物。街边竖起了成排的电线杆，上面架着数不清的电线。有些电线从这栋房子连到另一栋房子，上面悬挂着刻有房主姓氏的标牌。等到暮色迫近，电线在黑暗中悄然隐形，而通电发光的标牌却各得其所地悬浮在半空。当你遥望长长的街道，你会

① 芝加哥大火发生于 1871 年。

看到整排整排或大或小的标牌在夜色中闪烁着五颜六色的光芒，整座城市就像被闪闪发亮的小旗子装点一新，正在欢庆某个节日一样。

人行道上行人川流不息。无论是白人还是其他肤色的人，他们都带着一种富有美国特色的工作狂般的激情匆匆忙忙地奔向属于自己的战场。私人马车与出租马车在街上来来往往，有轨电车的铃声时不时在耳边回荡，这个年轻的城市到处都洋溢着勃勃生机。夜幕降临，千万盏煤气灯将城市映照得如同白昼。大商店的橱窗里灯火通明，像极了家中暖意洋洋的壁炉。我随意拐入一条街道，脚步跟随着目光自由地徜徉。伫立在街边的房屋队列有时会在某处戛然而止，断开的空地上散落着破砖碎瓦，这就是先前那场大火留下的遗迹。遗址之上，一座崭新的大城市正破茧而出。放眼远眺，脚手架铺天盖地，连绵不断，造了一半的新屋裸露着空荡荡的窗框，楼房就像搭积木一样一层接着一层往半空叠加，成堆的砖头和石灰就像数不清的小山丘一样矗立在路旁。然后我看到了一条竣工的大街，那里人声鼎沸，到处都闪烁着温暖的灯火——总之，芝加哥已如同凤凰一般浴火重生了。

在这些美国城市中，最让人难忘的就是当地民众身上所显示的那股斗志昂扬的干劲。这里曾经发生过一场在现代社会中史无前例的惨烈火灾，所有的一切都被烧成了灰烬。工商业全部歇业，汗水换来的财富弹指间化为乌有，许多家庭妻离子散，数不清的市民三餐不继，无家可归。然而仅仅过去了数年，原来的废墟上又矗立起一座新城，四十万居民找到了工作，重新在这片土地上安居乐业。公寓、豪宅、教堂、工厂、旅馆、商店，公共设施应有尽有。再过几年，大火留下的残迹将被永远抹去。要是再来一场火灾，城市一定会再次重建。无论是重建两次或是十次都难不倒这里的市民，他们充沛的精力和不屈的精神将击退一切灾祸与不幸。

芝加哥的蓬勃发展不仅得益于市民们的刻苦耐劳，同时也归功于它得天独厚的地理位置。位于密歇根湖畔的芝加哥有着“五湖女王”的美誉，它掌控着连接加拿大和美国的整套水路系统，是内陆湖泊所有贸易航路的必经之地。因此，芝加哥可以被称为大陆中央的港口，其内陆位置与口岸地位让它双重获益。另外，由于芝加哥是纽约至旧金山横贯大陆铁路沿线上最发达的城市，故而它成为了文明的东岸与有待开化的遥远西部之间的重要纽带。东部将先进的工业产品送往西部，西部则报之以李，为东部源源不断地输送着自然资源和农产品，而芝加哥就是两者进行贸易的巨大市场。

我在大街上漫无目的地闲逛，走着走着便来到一处空旷寂静的地方。城市仿佛在这里突然收住了前进的步伐，人间烟火就此统统熄灭。在我眼前，密歇根湖静静地展露着它雄浑辽阔的身姿。清朗的月光下，银色的波浪拍打着脚下的护岸。此刻，我只能隐隐约约地听到远处城市的喧嚣。这里没有熙熙攘攘的人群，空气分外清新，周遭是那么祥和，宁静。只有浪花拍岸的声音还有远处汽船偶尔的鸣笛声点缀着肃然而富有诗意的寂静。

然后，我回到了帕尔默豪斯酒店，这家旅馆以巨大的大理石块砌成，辉煌壮观一如巴比伦塔。里面的陈设无不金光灿灿，窗帘、座垫、桌布所用的布料不是绸缎就是天鹅绒。就在前一刻，我的目光还漂浮在幽暗、空寂、水波荡漾的湖面，而现在，身边的流光溢彩就像漫出杯沿四处流淌的香槟酒泡沫一样，闪得我头晕目眩。的确，这座旅馆是全城首屈一指的地标性建筑。只可惜芝加哥就和美国其他任何一座城市一样没有恢宏的历史遗迹，没有能让人们缅怀过往的教堂和博物馆。所有的一切都是簇新的，产生于当下这个时代。每个人都在憧憬着“明天”，对他们而言“昨天”只意味着荒原、丛林，还有草原上无边无际的死寂。

第二天，我们参观了城市的其他地方。不过，因为美国的城市基本上都大同小异，只要逛几个小时就能了解个大概，所以我们并没有找到什么让人眼前一亮的惊喜。这一天过得飞快，等到破晓时分，我们又踏上了旅途，继续西行。

我们花了整整一天时间穿行在伊利诺依州的最北端，那里人口稠密，良田万顷。与我之前描述过的州不太一样的地方就是这里几乎没有树木和森林，也许是少了生机盎然的绿色，大地看上去显得消沉而忧郁。不过，铁路两边都能看到精耕细作的田地和一座紧挨着一座的农场。

就像在其北面的威斯康辛州一样，在伊利诺依州同样居住着许多波兰移民，他们在教区牧师的管理下过着日出而作、日落而息的农耕生活。这些居民虽然为数不少，但大多数都在贫困线上挣扎。尽管这里肥沃的土地和便利的交通设施为他们创造了脱贫致富的大好条件，可是他们中的很多人依旧缺吃少穿，心中永远惦念着远方的故土。造成这种情况的根本原因在于他们不会说英语，对于美国的习俗和当地的风土人情都不甚了了①。

经过了十二个小时的颠簸，我们来到了位于伊利诺依州和爱荷华州州界、密西西比河畔的克林顿。日薄西山。虽然从我们这个角度看，密西西比河这条波澜壮阔的“老人河”并不显得十分辽阔，然而在余晖的照耀下，曲折蜿蜒的长河如同一匹随意泼洒的巨幅金色绸缎，闪着粼粼波光渐渐消失在幽暗的丛林深处。河岸两旁长满了奇异的灌木丛。白人占领这片土地不过是短短几年前的事，炎炎烈日和凛冽的寒风还没来得及把克林顿拓荒者们的木屋摧残得面目全非。这里仿佛是昨天刚刚建立起来的定居地。几栋房屋就直接盖在黑色的淤泥上，满地都是成片的水塘。屋子边上堆放着木柴。再远一些的地方能看到建造中的房屋，原木和板材叠放在一边，一些树桩上还插着弯斧。周围一片喧闹嘈杂，你能想象一个正在建设中的定居点有多混乱扰攘。四处乱跑的牛和猪更是忙中添乱，它们时不时躺在地上打滚撒欢，溅得一身泥浆。火车逼近的时候，它们挣扎着从泥坑里哼哼唧唧地探出鼻子想要一看究竟。这是我第一次亲眼目睹了在一个初见雏形的定居点中拓荒

① 关于波兰移民的详情参见第十三封信。

者们的日常生活。有了一条横贯密西西比河的铁路，谁又敢说几年后这里不会变成一座了不起的大城市呢！[①]

“老人河”上船流如织。河上行驶着驳船，漂浮着木筏，还有载满各种货物的商船正开往圣路易斯或者更远的地方。筏公和船员都穿着法兰绒衬衫，戴着破烂的帽子，一身美国拓荒者的代表性装束，他们通常住在文明的边缘地带或大草原上。我曾在库柏[②]，布莱特·哈特[③]，还有其他作者的书中读到过许多关于他们的事迹。满脸的络腮胡子，戒备的神色，随时从屁股口袋里掏出的手枪，一身的匪气，所有这些都赋予了他们传奇般的浪漫色彩。他们大都来自威斯康辛，也有人来自两岸如同大草原般蛮荒原始的“老人河”支流流域。以下的描述可以概括他们的生活情形：酒不离手，一点点挑衅行为都能让他们豁出性命，任何事情都能成为导火索瞬间点燃他们的火爆脾气。然而，他们都是正直诚实的男子汉，虽然在替天行道的时候，他们的正义感往往与冷酷仅隔着一步之遥。

不过爱荷华州已经是经过开发的文明区域，只有等穿越密苏里州，过了大城市奥马哈才算进入真正意义上的大西部，而在那里，火车线路依然贯通。为了避免一连串地理名词提前出现，导致叙述变得凌乱跳跃，所以在这里我必须要让思路折返，回到之前提到的克林顿。火车停了半小时后继续前行。现在窗外已经看不见什么树木，地势不断升高，我们正在靠近美国的腹地——大高原，那里是一望无际的干草地，也是美国人口中的大草原。铁路两旁依旧能看见农场，只是它们不再像在伊利诺依州境内那样频繁地出现。

---

① 1876 年，克林顿人口约为 7000 人；而 1950 年人口普查统计数据显示，该地人口已达到了 30400 人。

② 詹姆斯·库柏(James Cooper，1789—1851)，美国小说家，被誉为美国民族文学奠基人之一，作品大多反映印第安人和拓荒者的探险经历。——译者注

③ 布莱特·哈特(Bret Harte，1839—1902)，美国诗人、小说家，作品多以探险题材为主。——译者注

借着月光，我看到窗外不时冒出一片玉米地，高高的茎秆在夜幕中留下了幢幢黑影，这些枯萎的作物就这样垂头丧气地从去年站到了现在。随着火车不断加速西进，沿途的景致越来越荒凉。虽然爱荷华的铁路纵横交错，但它还是像大草原的环抱式门廊一样围住了从密苏里州远至内华达山脉的辽阔疆域。草原地势平坦，偶尔也会有山丘和山谷为这一片坦途平添几许起伏跌宕。这里连树的影子都看不到，眼前只有空无一物的草原，目光都不知道该落在哪里。

这里是远离文明的边远地区，你从沿途登上列车的旅客身上就能看出些许端倪。他们不是衣冠楚楚、温文尔雅的绅士，每个上车的人都胡子拉碴，衣着褴褛，肩上扛着脏兮兮的捆包，腰际别着左轮手枪，说起话来吆三喝四，如同在听者耳边刮过一阵呼啦啦的狂风，而且每句话里都少不了脏字。烟草点燃后的烟雾执着地盘踞在车厢的天花板上挥之不去。这些人进出车厢时，手下从来不知轻重，无论开门还是关门，一律带上了咬牙切齿的狠劲。他们的交谈中经常会提及在布拉斯加和达科他落户的印第安苏族人和波尼人。

我原本以为随着深入西部内陆，火车靠站的间隔应该越来越长，没想到每一个站头上都等候着大量的人群。最后，每个车厢里都塞满了人，拥挤得几乎让人寸步难移。在欧洲人看来，这里的旅伴简直糟糕透顶。之前就不断有满脸胡子，屁股口袋里戳着枪的男人陆续上车，可现在上来的乘客看上去更加粗野蛮横了。我开始疑神疑鬼，这么多奇奇怪怪的男人挤在火车上一定事出有因。所以，当我听到边上有乘客正在用法语交谈时，我连忙问他到底出了什么事。他告诉我这些人都要去奥马哈，因为当地自苏城到黑山一带刚发现了金矿。这一车的人原来都是淘金者，或是各色各样的冒险家，他们放弃了其他所有的营生，一心巴望着能在山里挖出一生享用不尽的财富。法国游客还告诉我，已经有许多这样的人群赶往黑山，而且每天都有越来越多人闻风而动。连怀抱婴儿的妇女都加入了淘金的行列。她们有的独自行动，有的跟随丈夫一同前往。同样的事情也正发生在爱荷华的铁路支线上。总而言之，在边陲州界，你满耳听到的都是同一个声音："去黑山！去黑山！"

可是，这个梦中天堂却成了许多人的葬身之地，因为周边地带包括黑山在内都处于苏族人的管辖范围，这是北部最大的印第安人部落，他们随时都能召集上万勇士奔赴战场。美国政府在很久以前就将黑山划为印第安人的领地，承认了他们在那里的自治权，因此印第安人与白人就这块地界向来井水不犯河水。然而，现在这里一下子有这么多白人淘金者无视政府的法规接踵而至，而在这种情况下，政府是无法出兵来保障他们的人身安全的。不过对于那些终日带着武器、将与印第安人火并视为家常便饭的冒险家们而言，他们压根就不在乎有没有正规军队为他们保驾护航，就像他们压根就不把政府条令放在眼里一样，只要他们愿意，金子就是他们的囊中之物。这样的戏码每天都在全国境内上演，而印第安人也因此永远失去了家园，最终绝迹于这片辽阔的大地。

印第安人派出了使者，他们带上盖了章签了字的羊皮纸文书来证明他们才是这片土地的真正主人。然而这些努力都无济于事。政府没有权力阻止淘金者。另外，当越来越多的白人在某个地方驻扎下来，当那里如同雨后春笋般冒出了一个又一个的农场和城镇，政府便顺水推舟地默认了白人对该地的占有权，进而将其划归入美国的领土。这在达科他、内布拉斯加、堪萨斯，以及印第安人的属地，总而言之，在任何地方，都是一条虽不成文却顺理成章的规则。虽然政府把某块土地拨给了印第安人，但是白人却无视条约将其占为己有，一旦他们把印第安人驱逐出境，美国本土又多了几个新的州。面对这样的现实，印第安人又能做什么呢？他们向入侵者宣战，这场战争旷日持久却毫无胜算。今天，印第安人已经彻底醒悟，和他们口中的"长刀[①]"开战只有死路一条。尽管如

① 北美印第安人对白人殖民地拓荒者的称呼。——译者注

此，他们还是不放弃，继续垂死挣扎，发誓要一雪灭族之耻，即便此生壮志难酬，那么等到来世他们也定要扒下无数入侵者的头皮，将它们敬奉在“大神[①]”的脚下。然而不管怎样，这个骁勇善战、野性十足的种族正在美国大地上逐步凋零，日渐消亡。所谓的文明以其最丑恶的嘴脸出现在了印第安人面前，它没有给红人勇士们留下哪怕是一点点与之化干戈为玉帛的余地，它从一开始就要把他们从这片土地上连根拔起，斩草除根。

现在厄运降临到了苏族人头上。勇士的脸上已经抹上了赭色条纹，每一个都蓄势待发准备迎接一场已经拉开序幕的战争。报纸上铺天盖地都是关于黑山的恐怖新闻，所有的事件报道都被别有用心地夸大其词了，目的只有一个，那就是煽动白人的仇恨情绪，挑唆贪得无厌的人们对印第安人进行疯狂血腥的掠夺和报复。有些传闻听上去就像是小说里的情节一样匪夷所思。我曾经听说过这样一个故事：有一位貌美如花的大家闺秀名叫内丽，她不顾家人的反对嫁给了一个穷小子。父母没有给她任何嫁妆，于是小夫妻两个只好节衣缩食地过着清苦的日子。每天，可爱的内丽用她那双纤纤玉手洗衣做饭，她的丈夫就靠挨家挨户兜售杂货勉强维持生计。后来，黑山发现金矿的消息传到他们那里。小伙子还有他心爱的妻子二话不说，立马动身前往那些山头。有一天，丈夫扛着枪离开营地，想打些野味准备晚餐。这一去就再也没有回来，留下了可怜的妻子独自一人面对淘金的乌合之众，她没人保护，也没有谋生度日的一技之长。所幸的是，在她暂住的营地边上每晚都能看到闪烁的篝火，那是草原上的猎户，他们一辈子都在平原上游荡，不是捕猎就是和印第安人厮杀。一天晚上，脸色苍白的内丽来到了猎人们的篝火边。

“好心的先生们，我孑然一身，孤苦无依，这些天来我已经筋疲力尽，再也撑不下去了，”她对他们说，“印第安人抓走了我亲爱的

---

① 北美许多印第安部落所崇拜的神灵。

丈夫，恳求好心的先生们能够收留我，在这世上我已经没有亲人，请你们可怜可怜我这个苦命的人吧。”

老猎人们动了恻隐之心，他们不仅收留了她，而且还把她当成亲身女儿悉心照顾。第二天，他们一同出发去寻找内丽失踪的丈夫。他们打听到小伙子被关押在苏族人的营帐中，他生了重病，挨了毒打，已经命在旦夕。头领的棚屋前竖起了刑具，随时要将小伙子处以极刑。那天晚上，猎人们悄悄潜入印第安人的营地，他们振臂高呼，把印第安人打得措手不及。手中连发的步枪让他们很快占了上风，印第安人几乎被一网打尽。然而，在战斗中，勇敢的内丽不幸被漏网的印第安人一箭射穿胸膛，弥留之际，她依依不舍地与丈夫和好心收留她的猎人们一一告别。从那一刻起，小伙子就不再做他的黄金美梦，猎人们也不再策马扬鞭，追逐猎物，他们一心只想着为内丽报仇，要让印第安人血债血偿。草原的风沙早已将印第安人的帐房吹为尘土，红人勇士们的灵魂早已去到大神的猎场上横刀跃马，而他们的妻儿也已长眠于茵茵绿草之下，然而寻仇的猎人依旧不肯罢休，直到今天，他们附身野狼，化为鬼魂依旧在印第安人的棚屋周围徘徊游荡。

这就是关于内丽的传说，情节大起大落，扣人心弦，几乎可以和库柏还有加布里埃尔・费里[①]的小说媲美。不过，这个故事并没有多少可信之处，说不定通篇都是胡编乱造。能肯定的只有一点，我亲眼目睹印第安人与白人互为死敌，这种不共戴天的宿怨世仇确实能催生出类似内丽这样的故事。

火车飞速开往奥马哈，从那里穿过苏城直至黑山的路途中我遇见了许多像内丽故事中出现过的勇猛刚毅的猎人。他们中有人静静地坐在吸烟车厢里，或是叼着烟斗吞云吐雾，或是合上双眼打盹小憩。他们戴着皮帽子，系着水牛皮制成的皮带，身上穿着皮夹

---

① 加布里埃尔・费里(Gabriel Ferry，1809—1852)是一名法国作家，他曾在美国游历，并以新世界的生活为蓝本创作了许多小说。

克。他们中间还坐着一个披着长发的冒险家，正有一下没一下地拨弄着手中的吉他。有好几次，眼前的情景让我误以为自己正在做梦或是沉浸在小说的某个情节中。

突然间，一股浓烈的气味扑鼻而来，它让我猛然间回过神来，身边的一切不是梦也不是小说的情节，而是真实的场景。在火车驶向爱荷华州西部边界的时候，鼻子经常遭受这种气味的偷袭。不知是火车刚从臭鼬身上碾过，还是铁路附近挤满了这种臭烘烘的动物，反正车厢里充斥着可怕的味道，熏得人几乎没办法呼吸。尽管我们用手帕捂住了鼻子，可那无孔不入的气味却乘机钻进了我们的嘴巴，甚至连味蕾上似乎都沾满了恶臭。我打开窗，不料却是雪上加霜。要是能瞥见臭鼬的影子那多少也是个安慰，可是透过车窗朝外打量，除了长满青草、洒满月光的大草原，连半个活物也没瞧见。法国游客告诉我，等火车到了下一站一定有人带着活的臭鼬，或至少带着臭鼬皮上车，所以我肯定有机会一睹真容。于是，我们就这种动物打开了话匣子。臭鼬，或者按照波兰语里的标准称法，美国臭鬼，是一种体型较大的貂属肉食性动物。它们以小鸟、鸟蛋为食，同时也是家鼠、仓鼠、地松鼠、土拨鼠的天敌。这样说来，臭鼬倒是农民的好帮手，因为它们爱吃的美味都是那些专门破坏农作物的小动物。臭鼬的一些亲戚，比如黑鼬，它们的皮毛非常漂亮，售价昂贵，而它们的美名甚至已经传到了华沙。爱荷华臭鼬的背部和腹部长有白色的条纹，因为掺入杂色，它们的皮毛就变得一钱不值。既然没有人捕杀爱荷华臭鼬，那么它们就乐得无忧无虑地在这里繁衍后代了。在动物界，臭鼬几乎没有什么天敌，或者更准确地说，它们拥有无懈可击的防御武器，只要一有风吹草动，它们就会立马放射出熏天臭气，但凡是个有鼻子的活物都恨不能多生出一条腿来逃之夭夭。我身边那位法国旅客多年来一直和印第安人打交道，对于他们的习俗了若指掌。他告诉我印第安人捕食臭鼬，而且将其视为珍馐美馔。一开始我还不相信，不过现在我已经知道印第安人和华人什么都敢吃，只要那东西足够柔软，能够入口咀嚼就行。

列车一直往前开了半个小时才驶离了弥漫着臭鼬气味的地带。车厢里终于迎来了无比清新的草原空气。东方的地平线上天色微明。虽然那抹婉约的曙光略显羞涩,然而它已向草原和天空庄严地宣告:“晨光将至!”我走出车厢,来到通过台。悠长孤寂的铁轨伴着伫立在两边的电线杆渐渐地在晨曦中露出了身影,就这样一路通向天地尽头。这里的黎明既欣赏不到百鸟朝歌的盛况,也听不到闪着露珠的树叶在晨风中沙沙作响的美妙乐章。窗外的景致荒凉而苍茫,没有花草树木,也不见湖泊溪流。火车头像是受不了周遭的死寂,于是呼哧呼哧地喷出一声声轰鸣,一边怒吼着一边急速狂奔。

有很长一段时间,我都一直盯着铁轨,看它绵延着伸向地平线。再也没有什么比一条横穿大草原的铁路更让人充满无力感了。电线杆的顶端连有横梁,有点像耶稣受难的十字架。四周延伸着灰蒙蒙的长满野甘草的平原,偶尔也会看到几处补丁般的残雪。除此之外,还有长长一排伸向无尽远处的十字架,它们静静地站在那里,无声地哀恸着,仿佛预示这是一条通向死亡的不归路,又恍如一座座肃立在流浪者孤冢前的墓碑。

它们确实是墓碑。墓碑之下安息着这片土地上最初的居民。十字架出现在哪里,那儿的土著、森林、水牛,以及原生态的大地就会永远成为历史。眼前这片无边的寂静终将被讨价还价、尔虞我诈的喧闹纷扰所取代。印第安人的墓地上会出现一位满腹经纶的教授摇头晃脑地论述国家的权利;狐狸的巢穴上会建起一座气势不凡的律师办公楼;远处,就在野狼闲逛的地方,将会成为牧师为教徒宣讲福音的道场。唉,人类孜孜不倦地追求着所谓文明和幸福,其实这就像一条狗不停地兜着圈子妄想追上自己的尾巴一样愚蠢、徒劳。

当哈特曼和叔本华[①]的伟大思想从我脑海中一一闪过,天际已

---

① 卡尔·哈特曼(Karl Hartmann,1842—1906)和阿瑟·叔本华(Arthur Schopenhauer,1788—1860)同为德国悲观主义哲学家。

经无比敞亮了。车厢里的灯光慢慢变暗，最后完全熄灭。一脸凶相的冒险者们现在看上去个个脸色苍白，满是倦态。这时，火车停了下来。我们来到了凯彻姆。这个小站位于爱荷华州边界，离奥马哈不远。站台上又有一大批淘金者等着上车，火车不得不临时加挂几节车厢，没人知道到底什么时候才能继续发车。这次滞留却为我带来了惊喜，因为在凯彻姆，我生平第一次亲眼见到了印第安人。

一下火车，我就注意到车站附近有一群人围着圈站在那儿，圈子的中央像是有什么东西引发了他们的好奇心。我打听了一下，有人告诉我那群人驻足观望的是苏族人的使团，他们好像要去东部会见格兰特总统，要不就是去找爱荷华的州长，或是管辖黑山地区的某位将军，不过后者听上去似乎更加可信些。也有人说，这群印第安人是受邀去参加费城展览的。我好不容易从人堆里找到那位法国游客，这位仁兄不仅会英语，而且还能说苏族语，天知道他统共会几门语言。我们俩一起急急忙忙地走到印第安人面前。六位年华老去的勇士围蹲在用干树枝搭起的篝火旁。他们身上的穿戴简直包罗万象，有些是动物的皮毛，有些虽然破烂，但还能看出是欧式服装，身上还披挂着印有“美国”字样的马毯，一看就是来自政府的赏赐。他们中有人披着一头又黑又粗的直发，不戴一点装饰，另一些则在头上插上了羽毛，缠上了丝带，或佩戴着其他鲜艳的装饰物。大部分人都带着肯德基来复枪，每个人都配着短刀和被称为印第安战斧的短柄小斧。有几位的腰带上还悬挂着从敌人头上直接扒下来的头皮，上面还残留着前主人的发丝，不时地随风飘扬。这些头发有时还被当做印第安人衣袍上拼接用的绣边装饰。他们静静地坐着，一动也不动，没有人说话，就像一座座青铜雕像。周围的人群对他们充满敌意。“该死的！”“去死吧！”各种各样具有代表性的美式脏话向他们兜头兜脑地泼溅过去。白人的嚣张蛮横与印第安人的无动于衷形成了鲜明的对照。他们谁也不看，脸上不露一丝表情。他们似乎都沉浸在冥想中，目光里流露出一种近乎麻木的淡漠。

其实，印第安人和所有自然之子一样拥有自己的喜怒哀乐，然而，在印第安人的心目中，只有那些不配为人的苟且之辈才不知隐忍。真正的勇士能驾驭自己的情绪和感情。即便心中的怒气已翻江倒海，但他依然能不动声色，波澜不惊的神态就是最有效的威吓，它能让对方心里发虚，浑身发冷。要是他被敌人擒获，五花大绑地带到刑具前，就算受尽酷刑，他也不会皱一下眉头向敌人示弱。相反，他会极尽冷嘲热讽之能事，并将此生加诸敌人身上的沉重打击一一道来，不把敌人气得暴跳如雷誓不罢休。

这就是印第安人与生俱来的秉性。当然，能拥有钢铁般的意志，并在任何险境中都能做到临危不惧的勇士毕竟是凤毛麟角。然而南部的阿帕奇人和科曼切人的勇猛彪悍据说比苏族人更胜一筹①。尽管如此，苏族人仍然竭力保持着族群的坚韧不屈，哪怕仅仅只是表象，因为坚忍不拔是成就这个半开化种族矫矫不群、令人由衷敬服的首要特质，在他们中间已经诞生了某些只有具备更高智力水平的民族才拥有的观念与智慧。

即便如此，苏族勇士却与我在库柏、贝勒马尔以及其他作者笔下看到的印第安人形象大相径庭。细细打量之下，我发现他们个个衣衫褴褛，蓬头垢面，整伙人看上去邋遢不堪。他们身上散发的气味比臭鼬的味道好不了多少，幸好焚烧石楠的浓烟多多少少驱散了那股臭味。我和法国同伴没和他们打招呼就径自在火堆边坐了下来，而印第安人依旧如同磐石一般纹丝不动，甚至连看都没朝我们看一眼。不过，当我拿出一大包雪茄烟和巧克力，再加上身边的法国人不失时机地告诉他们(之后他如是向我解释)，我来自北方某支与印第安人世代为友的白人族群，这次专程带着礼物前来拜会印第安兄弟时，他们的脸上终于拨云见日。虽然目光与表情

---

① 作者注：在之后爆发的战争中，苏族人以实际行动推翻了这一先人之见。苏族人的领袖坐牛，在一场血流成河的激战中一举歼灭了一支美国军队，并亲手杀死了率队的卡斯特将军。然而，苏族人最终难逃厄运。之后，坐牛逃亡加拿大。

依旧漠然，不过总算听到了含糊沙哑的寒暄问好声。数不清的褐色爪子贪婪地伸向那包礼物，顷刻之间，所有的雪茄和巧克力都被塞进了新朋友们的嘴巴。有好一阵子，耳边只听到嘎巴嘎巴的咀嚼声，一想到那些巧克力是故乡的一双素手赠与我的一片款款心意[①]，我就不免哀叹它们的悲惨命运。等到巧克力集体“香消玉殒”之后，四周又重归沉寂。

好歹这也算是破冰之举。现在我终于有机会和他们交流了。不过，我还没来得及问清兄弟们的名号，并给自己也起上一个响当当的名字，火车的汽笛便急吼吼地响了起来，催命似的叫我们快点上车。我的法国同伴倒是从红人兄弟们那儿获悉高原上刚下过大雪，“白人的大货车”恐怕是不能再继续往前开了。我想弄清楚“我的红皮肤手足”会在凯彻姆逗留多久，他们这是准备去哪里，可是我们没时间问个究竟了，谁让我们之前跟默哀似的在火堆边上静坐了那么久呢。

我们一上车，淘金者们就斥责我们不该和“那些恶棍、红皮魔鬼、杀人犯”搭讪，听他们的意思，好像真把自己当成了正人君子。不晓得是我们俩异口同声，还是那位法国同伴回敬了一句，反正就是叫他们少管闲事，然后我们走进了自己的车厢。几乎车上所有的乘客都在议论印第安人。美国边疆的拓荒者们对于印第安人与日俱增的仇恨和蔑视究竟从何而来，这一点着实让人费解。的确，一场你死我活的战斗如火如荼，而掠夺与谋杀也让这两个民族之间的关系不断恶化。另一方面，白人拓荒者从来不把印第安人当人看，他们理直气壮地认为把红人赶尽杀绝是对人类作出的一大贡献。在他们眼里，印第安人和响尾蛇、灰熊以及其他一切危及人类的猛兽同属一类，故而将印第安人从地球上连根铲除简直就是天经地义的善举。在纽约那样的大都市，道貌岸然的慈善家把印

---

① 当显克维支从华沙出发时，《波兰报》主编的妻子斯蒂芬妮娅·利奥(Stefania Leo)曾送给他一盒巧克力。

第安人当做小丑、怪物带到慈善舞会上大肆展览，而在边远地区，白人与印第安人之间终年战火不断。我们必须明白，虽然拓荒者们彼此赤诚相待，然而在对待印第安人一事上，他们就和后者一般野蛮凶残。落入印第安人手中的白人会发现人间所有的祈祷哀求都失去了意义。红皮肤的勇士面无表情地看着他的俘虏，苦苦的哀告在他的耳朵里变成了悦耳的歌谣。他乐此不疲地折磨俘虏，尽情地享受着主宰他人生死的乐趣。而白人对付印第安人的手段，其狠辣残酷的程度绝对称得上青出于蓝而胜于蓝。印第安人剥下俘虏的头皮作为战利品，白人如法炮制，一样剥下囚犯的头皮耀武扬威。鉴于以上种种，若是有人问我白人和印第安人孰对孰错，那么基于我的本心与公道，而不是诡辩谬见，我的回答是印第安人才是真正的受害者。

让我们来看一看这浮夸虚妄的文明是如何出现在印第安人面前，并且无情地宣判前者与后者存在云泥之别，印第安人注定永远无法跨入文明世界。最初，美国政府曾向印第安人承诺他们可以拥有自己的土地，然而深受政府庇护的子民们却对政府的明文规定置若罔闻，他们深入腹地，不断地将印第安人的辖地占为己有。印第安人从一开始就面临着一次又一次的背信弃义，作为一个单纯质朴的民族，他们以为政府与它的国民是一个概念，国民自当严格遵守政府的法令。然而，他们所遭受的深重苦难已经让他们幡然醒悟，他们错了，错就错在他们从一开始就不该相信白人。另外，印第安人发现，白人所谓的文明就是彻底毁灭他和他的父辈、祖辈赖以生存的一切。首先，辽阔的草原被白人夺走，然后他们被赶到了一块不知如何耕种的土地上。他收获了一块美国政府赠与的马毯，却因此永远失去了自由。这是一种多么无耻的交换啊！野性难改的勇士跨上了野马，在大草原上四处流浪。他狩猎、搏击，自由自在地呼吸着新鲜的空气。对他而言，无拘无束的草原生活就像无边无际的天空对鸟儿一样重要。失去了草原，他就失去了生存的家园，他只有日渐枯萎，最后死去。让我们再来思考一下，如果印第安人接受并归顺于这所谓的文明，那么他们现在的生活状态又会是怎样的一番光景。首先，那一小块土地无法让他吃饱穿暖。当初向他鼓吹文明有多好的“兄弟们”如今却将他们视若弃履，就像当年欧洲人对待吉卜赛人一样。而后，白人夺走了一切，什么都没给“兄弟们”留下，印第安人束手无策，只好走上了吉卜赛人的老路：乞讨，偷窃，吃了上顿没下顿，日子越过越窘迫，人也不复当年英姿勃发，豪情万丈，变得日益萎靡不振，猥琐卑贱。

最后，让我们再来看看印第安人都遇到了哪些文明的忠实信徒。首先是阴险狡诈的商人，接着是强取豪夺的冒险家，然后猎户们跑到了他们的茅屋前追捕水牛——那是印第安人的主要生活来源，最后政府的官员带来一纸公文，字里行间隐匿着对于全族的预言：迈纳，谢克尔，半个迈纳！①

之后，我在内布拉斯加州和怀俄明州大草原的许多站台上见到了那些所谓接受了文明教化的印第安人。他们每一个人的脸上都无一例外地镌刻着悲伤与绝望。男人们衣不蔽体，看上去毫无尊严，女人们在车窗下伸着干枯的手，乞求乘客施舍个一文半分。也许你会问：他们为什么不去工作？因为他们不知道自己能干什么活儿，也没有人在乎他们的死活，关心并教会他们谋生的技能。他们宣布退出与白人的战争，放弃了在曾经是自己家园的土地上的狩猎权利。最后，他们得到的回报就是——马毯，还有耻辱。

所有这些原始部落所接受的最大利益就是来自文明的直接产物：威士忌，天花和梅毒。因此，当我们目睹了文明给印第安人带来了如此深重的苦难之后，难道我们还要对他们与这所谓的文明展开殊死搏斗，而不是张开双臂热烈欢迎它而大表惊讶吗？

绝大多数的印第安人就此灭绝。一个又一个的部落，无论他们最终被文明招安，还是继续坚守自由野性的生活方式，都以骇人

---

① 巴比伦王朝最后一位国王伯沙撒在宴会举行到一半时，一只人形手在墙上用阿拉语写下了上述谶语，预示伯沙撒去日无多，其王朝也将很快倾覆。（《但以理书》5：25）

听闻的速度在大地上消失殆尽了。他们既无力抵抗，同时又难以承受文明加诸他们脆弱肩头的重负。无数的原始族群都曾经历过这样毁灭性的灾难。学识渊博的波兰旅行家斯切莱兹基[①]已经证明了这种现象的存在，他的理论已经成为了一条科学定理，英国人将之冠名为“斯切莱兹基定理”，直到今天它依旧是人类学家所信奉的金科玉律。对于印第安人而言，至少对于他们中的某些部落而言(印第安人部落与部落之间差异甚大)，如果他们最先接触到的是文明世界中温良和善而非穷凶极恶的一面，是期盼与之和平相处的美好意愿而非鸠占鹊巢的狼子野心，也许这些部落最终会心悦诚服地接受同化，然后相安无事地继续在地球上生存下去，从而避免遭受灭族之灾。文明原是一位亲善和蔼的老师，她本该循循善诱、殷殷教诲，而不是兵戎相见，赶尽杀绝。永久性定居与开垦土地，这在今天看来似乎是国家建设的必要手段，然而对印第安人而言却是完全颠覆了祖祖辈辈延续至今的生活方式，这种原本需要长年累月逐步进化演变才能自然而然形成的结果，如今却在一夜之间强加在了他们身上。这无疑是一场灭顶之灾，印第安人要么垂死挣扎，要么坐以待毙，除此之外他们别无选择。

在我看来，抵制文明的种族之所以会灭绝，其实并不能从他们绝对无知无能这一角度来加以解释，而是因为他们不像欧洲各个民族那样拥有足够的时间去创造、去体验、去适应文明，因为他们被剥夺了逐步发展的权利。许多部落多少年来一直处于蒙昧原始的生活状态，有些甚至还保留着嗜食同类的落后习俗，突然之间高度发达的文明劈头盖脸地砸在他们面前，其形式、内容之繁复远远超出了他们能够理解的范畴。所以我们不难明白，在这样的情况下，蛮荒的部族非但没有获得启蒙开化，从此走上康庄大道，反而因此迷失了方向，变得混沌错乱，他们的脾胃无法消受文明的累累

---

① 保罗·埃德蒙·斯切莱兹基(Paul Edmund Strzelecki，1796—1873)是一位周游世界、之后定居英国的波兰旅行家及探险家。他于 1845 年出版了一本关于澳大利亚探险的游记。

硕果，所以最后走投无路的他们决定孤注一掷，拼尽全力想把文明这个恶魔一头撞出他们的世界。

还是让我将话题转回到印第安人身上。和印第安人打过交道的人都告诉我，很多部落其实拥有很高的智慧，对此我深信不疑。比起一样在俄罗斯和亚洲草原上游荡的卡尔梅克人和巴什基尔人，印第安人一点儿都不比他们逊色。他们拥有自己的习俗传统，神话寓言，甚至还有战歌与挽歌组成的诗集。部落中口口相传的古老传说构思巧妙，足见他们有多么喜欢观察人与自然，并善于以独具匠心的视角诠释着他们眼中的天地万物。其中有这样一则传说，大神决定创造人类，他用一把黏土捏出一个人形，然后放在火中烘烤。但第一次尝试时，由于烘烤的时间过长，人形被烤成了炭黑色。不过，他依然赋予人形生命，这就是黑人的祖先。第二次烘烤时恰恰又太过仓促，于是白人的祖先应运而生。大神从之前两次尝试中吸取了经验教训，第三次他时间拿捏得刚好，泥人既没有烤过头，也没有半生不熟，于是完美的红色人种就此问世了。

这则传奇中蕴含着某种哲理，它对三类人种由来的解释简直让人拍案叫绝。不仅如此，即便是最寻常不过的日常对话中也充满了对比与隐喻，诗情画意的语言本身就证明了印第安人具有相当成熟的思维。还有一些印第安土著，他们天生就是令人称奇的智者，他们目光犀利，洞悉一切，能够一眼识别真话与谎言，口蜜腹剑的伎俩在他们眼前根本无法遁形。另一方面，智慧的印第安人依旧保留着孩子般的天真烂漫，而他们的人性也因此闪耀着无可比拟的魅力。

总而言之，无论关于这些部落的评价是褒是贬，他们的确创建了属于自己的文明。如果不是我们的文明硬把他们逼上了一条所谓的捷径，那么在适当的调教与帮助下，他们原本可以走得更远，直至水到渠成地达到与我们不相上下的水平。可惜，对于不如我们的弱势群体，文明非但没有给予鼓励、伸出援手，反而让他们遭受亡族灭种之灾，最后在美国大陆上永远地销声匿迹了。

以上所述就是当我到达位于爱荷华及内布拉斯加交界处的奥马哈，也就是当火车在连接两片大洋的铁路上行至一半时的见闻与感想。至于从奥马哈至旧金山的下半程的情形，我将在下一封信中向各位一一道来。

横贯大陆之旅:从奥马哈至旧金山

我曾在报纸上读到过很多关于从纽约到旧金山途中乘客们可能会面临的各种风险。大约两年前,我们的报纸曾登载过这样一则新闻,说是印第安人在火车必经的森林里放了一把火,火车司机临危不惧,他非但没有把车停下来,反而以最高时速迎着火海冲了过去,巨大的气流劈开了火墙,火车和乘客除了擦破一点表皮外居然全都安然无恙地穿越险境。我还在法国和德国的杂志上看到过关于这一惊人事件的新闻图片。如今,当我亲自走在这条铁路线上,我才恍然大悟,无论是那则报道还是那几幅图片无非都是些拾人牙慧的东西,不是从美国报纸上照搬照抄的谎言鬼话,就是来自于游客们的胡编乱造,他们只要来到大西洋的某个港口,还没等上岸,就已经开始兴致勃勃、有板有眼地编排起美国这个国家,事无巨细,尽在掌握,仿佛美国只是一块巴掌大的地方,只要爬上某座教堂的尖顶,它的每个角落就都逃不过他们的眼睛。

为了证明上述那场森林大火纯属无稽之谈,我觉得有必要先阐明以下几个事实:广袤无垠的森林位于美国的东部诸州,那里没有一个印第安人;而以爱荷华州为起点的西部诸州中,旅行者几乎看不到一棵树木,等到他继续西行,大概走过了相当于从华沙到马德里之间的距离,他才能在加利福尼亚和内华达的交界处看到一片绿荫。而在此之前,他所经过的爱荷华州、怀俄明州、犹他州和内华达州，放眼望去只有无边无际的草原，那里不会出现一棵树，草原上除了青青绿草就是野甘草，只有河床两岸偶尔点缀着一些低矮的柳丛。

在美国境内，内布拉斯加的草原首屈一指。当你厌倦了东部诸州摩肩接踵的人潮、星罗棋布的农场，一心渴望饱览大草原的辽远开阔时，那么内布拉斯加一定会让你得偿所愿。有时，你会在铁路边看到拓荒者搭建的临时小屋，除此之外，眼前只有空空荡荡，寂静无声的大地。你的目光如同盘旋在茫茫大海中的小鸟，因为没有一寸可以歇脚停留的陆地，最后只好筋疲力尽地坠落在无边汪洋中。有时，只要火车在某个站头停靠的时间稍长一些，我就会冲出由几栋简陋木屋草草搭就的车站，奔向一望无际的草原。脚下的雪地嘎吱嘎吱作响，寒风吹拂着石楠的枝头，山蓟的毛刺顶着一小球积雪探出了脑袋。四周悄然无声，看不见一只鸟儿、小兽或其他活物。

然而，就是这样一片寂静的荒原却蕴含着别样的魅力。置身于此，你不仅失去了视觉，甚至连你的灵魂，你的思想都被旷野所吞没。灵魂迷失了原有的方向，忘记了自己姓甚名谁，它不再是一个独立鲜明的个体，而是与周遭的环境融为一体，它低下了高贵的头颅，谦卑地匍匐在了大自然的脚下，就像涓滴之水心悦诚服地汇入宽广辽阔的大海。而正是在这样的感怀与体悟中，众多泛神论的理念初见雏形。

还是让我们回到内布拉斯加中西部的大草原上。那里容天纳地，浩瀚无边，看不到丝毫人工雕琢的痕迹，气势磅礴的原始风貌令所有亲见者在叹为观止之余无不感慨自身是多么渺小、卑微。脚下的平川从四面八方无限地延展，将除加利福尼亚州之外密西西比州以西的所有州界都纳入怀中。在内布拉斯加、堪萨斯、印第安人保留地和德克萨斯，流传着许多秋天的传奇。那里的土地尚未被白人拓荒者所占据，只有数不清的印第安部族和各种各样的野生动物在那里繁衍生息。据说在密苏里和密西西比河之间横卧着大片的森林，不过除了几个小站附近零零星星地栽着几棵树，在整条穿越大草原的铁路沿线上，我几乎连一棵树的影子都没有瞧见。无论从哪个方向极目远眺，除了草原还是草原，遍地长满了石楠、柯罗辛，还有一种毛刺长得有点像莨菪的植物，看得人满心满腔都是凄惶惆怅。

我是在三月中旬经过那片草地的，彼时彼刻一切尚未从冬日的沉睡中完全苏醒。尽管爱荷华州、内布拉斯加州、怀俄明州、犹他州和内华达州的草原都地处北纬四十二度，和葡萄牙、西班牙以及意大利南部处在同一纬度，但是那里的冬天却极其漫长寒冷。因为海拔较高，故而那里的气候环境异常严酷。以大湖区为起点，严格地说，以密西西比河为起点，草地高原的地势开始持续走高，等到了怀俄明州及犹他州，已攀至海拔数千英尺，那里气温极低，终年积雪。然而地势并非陡然升高，而是循序渐进的，一个旅行者往往在不知不觉中突然发现自己其实已来到了相当于勃朗峰或圣哥达山口的高度了。火车似乎正在匀速地穿越草原，只有窗外逐渐增多的吹雪和雪堆才会让人们意识到海拔的变化。

虽然内布拉斯加州的地势要相对低许多，但其西部的冬天依旧要延续到四月中旬。不过，那里夏天的气温却超过了一百华氏度。毒辣的阳光几乎毫无阻挡地照射在没有绿荫的草原上，地表的温度几乎可以和冶炼炉一较高下。青草、杂草、柯罗辛和山蓟都被暴晒成了干胡椒，蔫头耷脑地趴在地上，缠结成了一团团黄不拉几、不分彼此的枯枝烂草。小河、小溪，甚至稍大一些的河流都被似火的骄阳烘烤得不剩一滴水珠。柳丛的叶子蜷缩成了又薄又脆的枯卷，轻轻一碰，一抹焦黑便成了掌中灰烬。空气像是凝固了一般，没有一丝捎带凉意的轻颤。天空万里无云，涂抹着厚厚的一层铅灰色，仿佛随时都准备朝着大地喷上一口滚烫的热气。大地龟裂，草原笼罩在一片死气沉沉的倦怠中。地上甚至找不见四处爬行的虫子，天上也没有鸟儿飞翔的影子，野兽们也对暑热避之不及，只好整日躲在巢穴里打发时光。

就连美洲虎、美洲豹，还有长着黄褐色鬃毛的狮子都不敢在正午阳光最霸道的时候出来巡视，而草原上最强悍的掠食者大灰熊不是赶往长年积雪的山上避暑，就是无精打采地跟在水牛群后头，一起前往尚未被阳光吸干舔尽的河床寻得方寸阴凉之地。连向来温驯的水牛也无法忍受酷暑的煎熬，它们时不时低下积满尘土、插满杂草的脑袋，用那一对犄角撅着石头般硬的土地，仿佛巴望着能从那里挖出点水来。牛群的首领，几头体型健硕的老公牛不耐烦地踢着蹄子翻刨着泥土，气咻咻地扬起鼻孔使劲地嗅着空气，一会朝着这个方向，一会又转向另外一边，希望能捕捉到从河边湖畔吹来的一丝凉风。一双双充血迷蒙的眼睛还有拖在外面的舌头无不显示着它们的干渴已濒临极限。

只有到了晚上，当那个巨大的火球完全沉入地平线之下，草原上才算恢复了一些生气。耳边不断传来美洲虎低沉的嘶吼。有时，一头灰熊也会嚎上一嗓子遥相呼应。不一会儿，大地又陷入片刻的沉寂。然后，阵阵微风送来了土狼的哀鸣，这些生活在草原上的小型狼群通常跟在大型捕食动物之后，靠吃别人剩下的残羹冷炙填饱肚子。

大部分动物的活动范围都靠近那些还未被太阳晒干的河流湖泊边上。岸边的芦苇丛和灌木丛中通常隐匿着一支又一支的兽群。在落日的余晖下，水牛巨大的黑色剪影显得格外清晰。它们一路小跑着赶去草原高地上的水域，然后欢天喜地一头扎进水里。几头身形俊美的羚羊轻盈而优雅地跳跃着来到河畔，而几头虎视眈眈的猛兽正亦步亦趋地尾随其后。有时，某处的灌木丛突然被拨向两边，随后便出现了一个头上插满羽毛的印第安人的身影。他蹲伏在马背上，手上举着一把标枪，一双精光四射的眼睛正在兽群中逡巡，不消多时，眼前这些生猛的家伙就会成为他枪下的猎物。

烈日当空，草原上的所有生灵都恹恹欲睡，就连无所畏惧的印第安人都躲进了帐篷，而此时，天底下只有一种生物敢将自己暴露在骄阳之下，那就是白人。通常，就在气温攀升到一天的极限高度时，你会在一片飞扬的尘土中看到一支浩浩荡荡、被人称为“草原大篷车”的车队朝你徐徐走来，每一辆车通常由六头骡子拉着一路前行，但有时候也会配有八头，甚至十二头的骡子。你在很远处就能听到车队的铃声和车体发出的哐啷哐啷声，每头骡子的脖子上都挂着四个铃铛，铃声能刺激它们打起精神，不停地赶路。车身上覆盖着印有条纹的帆布，底下坐着妇女、孩童，还安放着全部的家当。骡车后面紧跟着由黑人或梅斯蒂索人①看管的牛群和羊群，他们一边扬起手中的皮鞭，一边发出“吽、吽”的叫唤声，有时他们骂骂咧咧地诅咒这该死的天气，有时你一言我一语地拌嘴玩笑，吵得不亦乐乎。每支队伍中都有个男人不紧不慢地跟在边上，他穿着法兰绒衬衣，带着遮阳的宽边草帽，肩上背着一把来复枪。

这些人是谁？他们就是拖家带口赶往遥远西部的拓荒者。很多时候，他们并不十分清楚自己到底要去往何方。有时他们也能把目的地说个笼统大概。“我们这是要去堪萨斯，科罗拉多，内布拉斯加，”他们说，“或是去大草原。只要哪儿有地、有树、有水，我们就在哪里安家。”

旅途中的艰险已无须赘言。如果随时都能保持警惕，不让自己陷入印第安人的埋伏，那么二十来号全副武装的勇猛之士确实无须害怕上百号苏族人、波尼族人或休伦人。要是探明战利品少得可怜，又没有几张头皮好剥，印第安人也绝不会轻举妄动。另外，在这样一个烈日炎炎的日子，再加上深知白人有仇必报的脾气，即便是孤立无援的旅行车队，红皮肤的勇士们一般也不会随便招惹。但另一方面，他们不会放过任何小偷小摸的机会，尤其是马匹和骡子，他们总能轻而易举地偷到手。这就让草原车队不得不日夜严防死守，绝不让印第安神偷们趁机顺手牵羊。

当拓荒者打算在印第安部落附近定居，从此以草原为家，他们

---

① 拉丁民族与印第安族的后裔。——译者注

就更不会掉以轻心。印第安人的新邻居们声称，只要前者出现在以农场为圆心，某个指定距离为半径的范围之内，无论他确实图谋不轨还是在无意中误闯禁地，新邻居就会毫不迟疑地举起枪，像射杀一条狗一样地将他击毙。不过这种做法收效甚微，白人必须时刻准备着抗击印第安人的进攻、抢劫，甚至纵火，后者经常只是为了惹是生非而焚烧白人的粮食。这样的事情特别是在印第安人保留地里屡见不鲜，因为越来越多的白人拓荒者罔顾政府的规定，不断地将原本划归为印第安人的土地占为己有。

然而，对于穿行大草原的旅人来说，最大危险还是来自在夏季频频发生的草原火灾。其中有些是印第安人的杰作，但还有许多却是因为旅行者没有及时熄灭篝火，或是因为太阳的烈焰隔空点燃了草堆而引发的。一经平原上的大风推波助澜，火焰蔓延的速度简直世上无敌。被当地人唤作"早熟禾"的干草丛一旦烧起来，其威力堪比硫磺。星星之火刚刚溅起一簇火焰，肆虐的火舌立即便以燎原之势吞噬成片的山蓟和柯罗辛，树脂横流的野草秆瞬间变成了熊熊燃烧的火炬。只见它呼地一下蹿过了被烧得寸草不留的焦土，金光闪耀的火星噼里啪啦地在四下里炸开，眨眼工夫就化身成了滚滚火浪疯了似的咆哮着四处狂奔。它紧咬着妄想逃离这场无妄之灾的野兽穷追不舍，被热气烟雾熏得半死的动物们吐着舌头累倒在地上，而烈焰毫无怜悯之心，残忍地将它们一口吞噬，等片刻之后火焰呼啸而去，这些前一刻还在苟延残喘的逃难者转眼便成了一具具面目全非的焦尸。

旅人有时会在夜间看到远处地平线上升起一道红光，如同旭日东升时第一抹艳丽的绯色，毫无经验的他并没有赶紧在身旁点燃草堆烧出一圈防火带。若是他没有及时意识到危险正在逼近，而身边又没有那圈能救他一命的防火带，天可怜见的，那他也只有束手待毙了。就算大火没有要了他的命，他也无法逃脱烟雾、热气，还有缺氧的重重杀机。不过，简单的自救方法——就像刚才所说的把身边的易燃干草全部烧光——也并非万全之策，它没准会引起一场新的火灾，前赴后继地吞噬大片的土地。焚烧后的草原惨不忍睹，一眼望去全是灰烬，死寂如同厚重的帐幔悬于大地之上，在烈焰鞭笞下的焦土散发着巨大的热量，没有任何生命能在这股铺天盖地的热浪中自由地呼吸。

然而，毁灭一切的大火却又以独特的方式滋养着草原。当冬日雨水落尽，当湿润的大地换上春日的新装，原本焦黑的土地这时就显得格外青翠欲滴。同车的游客经常指着告诉我某片宽阔的地带是去年夏天大火横行过的地方。那儿很好辨认，因为那片绿色更加苍劲深沉，那里的草丛更加茂盛葱郁，如果有人骑着马在草丛中经过，那你顶多只能看到骑士的脑袋和肩膀。

春日的草原美得就像一首诗。当冰雪在阳光下慢慢消融，大地在雪水的滋润下变得丰润饱满，干涸的河床中又开始汩汩地冒出潺潺的溪流，晶莹的水花四处流淌，所经之处便留下一洼浅浅的水塘。在你的眼前万物复苏，花蕾绽放，吐露芬芳。平原像是铺上了一匹望不到边的五彩锦缎。草丛中开满了明艳的花朵，她们就像一群快乐可爱的疯丫头一般你推我搡，憋足了劲争奇斗艳。无数种已知和未知的植物交汇成了名副其实的洪流，在春风的吹拂下翻滚着深浅不一的碧浪。空气中糅合着变幻莫测的芳香，一会儿是类似百合和天芥菜那甘美如蜜、闻之欲醉的香味，一会儿又变得分外地浓郁辛辣，过了不久，鼻端又飘来阵阵让人神清气爽的青草味儿，可不消片刻，馥郁的花香再次独领风骚。

在花草之间还存在着另外一方天地——动物世界。有时候，狭长的草丛中一阵晃动，突然，一头水牛猛地从那里钻了出来。也可能是一只美丽的羚羊，它睁着一双无辜的大眼，顶着一对精致秀丽的犄角，在草丛中惊鸿一瞥后又随即无影无踪了。土拨鼠，还有惹人讨厌的小个子囊地鼠，不停地在脚下窜来窜去。有时候，在一片矮矮的草丛中你会看到一只小兔子正鼓着眼睛，支棱着耳朵蹲坐在那里。它吓唬你似的冲你抽搐了一下胡须，紧接着掉头就跑，好像它有十足的把握你已经被它吓了一大跳，所以不必再浪费时间留在原地确认一下你惊慌失措的模样。最后，你还能听到响尾蛇游走于地面时尾巴甩出的声响，干巴巴、阴恻恻的声音一下接着一下，听得人心里直发毛。它没有停下来，而是飞快地从你身边一溜而过，因为它很清楚，人类这个天敌杀起蛇来时那叫一个心狠手辣，毫不留情。

就算在飞驰的列车上我们还是能瞅见土拨鼠在草原上安置的家。眼前就是它们的营地，一座座小土丘毗邻而建，小丘的顶端就是门洞，钻进去就能通往地表之下宽敞的洞穴。小不点居民在土丘之间来回窜个不停，一会儿相互扭打成一团，一会嬉闹游戏，一会儿又忙着收集青草和草根。还有一些土拨鼠就蹲坐在小土丘的入口处，一脸端庄持重地俯视着洞里发生的一切，就像是女主人站在自家门廊前端详着一手辛苦打理的家。营地边上站着一列值勤的哨兵，仿佛是在庄严宣告："我们的土地不容侵犯。"[①]总而言之，这里就同人类社会一样每个个体各司其职，安居乐业。

一路上我见到很多土拨鼠的营房，不过我总是会提醒旅行者靠近的时候千万要小心。因为就在几码之外几条黑乎乎、长溜溜的家伙正躺在阳光底下，偶尔懒洋洋地挪动一下身子。这里遍地都是响尾蛇，从表面上看，这些危险分子和小居民们似乎相处得相当融洽。不过经验丰富的草原百事通则告诉我，这些蛇经常吞食土拨鼠，而后者对这一无法改变的自然规律只好选择逆来顺受。响尾蛇与土拨鼠的相处方式也许就是白人布道者及他们所宣扬的上帝和印第安人之间的关系的写照。

春天的草原是鸟儿们的乐园，它们不远万里从林区飞来，经常在长满柳丛的河岸边栖息驻留。有时候你会看到小小的灰色猫头鹰闭着眼睛端坐在树枝上，就像是被阳光晒眯了眼。它们以家鼠、田鼠和囊地鼠为食，因此深受拓荒者的喜爱。苍鹰、雀鹰和猎鹰在天空中展翅翱翔，它们低着头，眼睛紧盯着草原，很长一段时间都

---

① 原文为法语。——译者注

保持着这一固定的姿势，仿佛正出神地欣赏着被太阳投射在地面上的影子，看那自恋痴迷的模样似乎已经到了走火入魔的地步。

不过比起猛禽，草原上更多的是鸣禽。清晨时分，整片草原上都回荡着啁啾啼啭，自学成才的小小音乐家们携手举办了一场别开生面的演唱会。它们之中最出色的歌唱家当属蓝嘲鸫，而人们更愿意把它叫做模仿鸟。这种小鸟可不同寻常。因为它们常被人豢养在笼中，所以我才有机会近距离一睹芳容。从体形上看，它长得有点像云雀，只是通体灰色，少了一身绚丽夺目的羽衣，而唯一显眼的地方就是在它的翅膀上长有一些独特的白色小斑点。不过它非凡的歌唱才华早已弥补了相貌平平的遗憾。蓝嘲鸫的歌声不仅悠扬悦耳，而且它们能惟妙惟肖地模仿它听到的所有声音。

只要边上有猫儿在喵喵叫，它就立刻张嘴凑热闹；听到狗吠，它就马上像只狗一样汪汪汪地喊开了嗓。这些还远远不足以展现它的天赋，若是被养在家中，小鸟还能学人说话。有一次，我去拜访加利福尼亚州的一位农场主朋友，在他家门口，我看到门梁上悬挂着一只鸟笼，里面就关着一只蓝嘲鸫。于是，我站在鸟笼边自顾自地和它聊了起来。小家伙跳到一根低一些的栖枝上，歪着脖子从鸟笼的铁条中间探出了脑袋。然后它闭上一只乌黑闪亮的小眼睛，仿佛正在很认真地倾听我说话。过了一会儿，它好像听明白了，于是又跳到较高的小木棍上，张开了羽衣，而后有模有样地喃喃自语起来。我忍不住捧腹大笑，而小鸟立即有样学样，就好像我刚才对它说了一个笑话，而它完全听懂了一样。它最自然本真的歌声有点像夜莺的啼叫，虽然不及后者那般清脆甜蜜。在草原上，蓝嘲鸫一刻也闲不住，它总是在草丛中飞来飞去，然后攀着一株山蓟来回摇晃，一边以自己特有的方式尽情歌唱，或者自得其乐地模仿着其他鸟儿的歌声和动物的鸣叫。

然而，好景不长，如此欢腾喧闹的草原风光转瞬即逝。等气温飙升，天上飞的，地上跑的，都逃的逃，躲的躲，大地归于静默，直到下一个春天才又重新迎来缤纷与喧哗。草原的秋季就和春日一样地美，但也一样地短暂，很快大地便被冬日的死寂紧紧围裹。那时，漫天雪花飞舞，草原上了无生气，只有风中沙沙作响的山蓟和一路向西轰鸣而去的火车才能打破朝着四面八方扩散弥漫的寂静。

而南部各州的草原却是别样的风景。比如印第安人保留地的草原四季如春；德克萨斯南部的草原却总是酷热无比；内布拉斯加则四季分明，既有严冬，也有酷夏。

虽然辽阔的草原上目前人烟稀少，但它的未来却不可估量。富有开拓精神的美国人已准备甩开膀子大干一番，他们打算像阿根廷、巴拉圭和乌拉圭那样在草原上建起多如繁星的牧场。铁路公司甚至将车站附近的土地以极低的价格出让给了拓荒者，并且还提供了长达十多年偿付期的优惠政策。而对于铁路公司通行权之外的土地，拓荒者更是无需获准、无需偿付便可直接获得所有权。

3 月 11 日(1876 年)，火车到达了位于内布拉斯加西部边境的大站悉尼站。每年中的几个时节，就会有好几万头往南迁徙的水牛声势浩大地经过这里，总有几头背运的水牛逃不过火车猎人的子弹，惨遭猎杀后它们的脑袋被挂在了悉尼火车站的墙壁上，成为了那里永久的装饰品。就在铁道的不远处栖息着大群的羚羊，透过列车窗户你就能欣赏到它们秀美的身影。这里同样是波尼族人的地盘，有时他们会到火车站用动物皮毛换取各种小商品。

草原的地势不断升高，现在我们已经来到了海拔几千英尺的高度，然而这个攀爬的过程对于乘客而言几乎是毫无感觉的。窗外的大地上覆盖着寒霜与冰雪，而车厢里却始终跳跃着温暖的炉火。看着窗外的景致，我们知道落基山脉就在眼前。

同一天晚上，我们来到了内布拉斯加和怀俄明交界的派恩布拉夫。一望无际的草原渐渐淡出视野，取而代之的是连绵起伏的层峦叠嶂。虽然现在列车行驶的海拔高度没有什么变化，但透过两边车窗就能看到白雪皑皑的山脉，形态各异的嶙峋怪石让人想起了莱茵河两岸的城堡遗迹。极目四望，到处都是一派荒无人烟、落寞岑寂的景象。车窗之外，我们又看到了羚羊和草原土拨鼠的身影。火车正驶向怀俄明州的夏延站，不过在到达之前，我们先穿过了长达一英里的防雪棚。那是一条盖有顶棚的长廊，建造的目的是为了避免铁道遭积雪掩埋。关于防雪棚的传闻轶事我听得可不算少，不过亲眼见识过之后，我却再次大失所望。没错，它们的长度倒是不同凡响，不过基本上都是由木板和椽子潦草搭建而成，顶棚上的漏洞多得像筛子一样。总之，其简陋程度就和多年前波兰农民所建的棚屋相当。虽然这些建筑对于防止积雪而言绰绰有余，但硬要称它们为世界第八大奇迹实在有点莫名其妙。

当火车钻出了防雪棚，眼前顿时豁然开朗。黑山就巍然屹立在列车的右侧，这是许多人途径奥马哈和苏城后奔向的目的地。黑山有点像我们国家的塔特拉山①，它独立于其他山脉，自成一体。挺立在茫茫雪原中，头顶一方铅灰色的天空，黑山如同夜色一般阴郁、神秘、不祥。若不是山顶上永驻的那抹白雪，整座山早已湮没在山间常见的幽蓝雾霾中。而眼下，黑山则是一出由印第安人和白人共同领衔主演的恐怖片的背景②。

最后，我们来到了夏延。车站上的人群一个个口沸目赤，扼腕抵掌，狂热亢奋之情溢于言表。他们争先恐后地告诉我们就在前一天淘金者和苏族人之间爆发了一场激战，而前者在战役中一败涂地，其中八人被杀，另有十几二十人受伤。不仅如此，淘金者的马匹、武器和粮草被印第安人洗劫一空。看来，在补给从奥马哈、苏城千里迢迢抵达黑山之前，白人们不得不在饥饿困苦中艰难度日。虽然从夏延输送粮草最为便捷，但因为道路已被掐断，所以此法并不可行。

火车在夏延站停靠了一刻钟。开头几分钟我还全神贯注地听

---

① 塔特拉山（Tartras）是喀尔巴阡山（Carpathians）中部的主要山脉。

② 作者注：即便在我撰写本书的时候（六月下旬），黑山以及附近地区的战火依旧如火如荼，这场战争的双方并非淘金者与印第安人，而是美国政府和印第安人。根据最新战报，卡斯特将军率领的军队遭遇惨败。

着众人讨论昨日那场战役，可不久，一头巨大的灰熊尸体转移了我的注意力。这个家伙浑身上下布满了弹孔。就在火车靠站前，它冒冒失失地一径闯到了车站附近，把当地居民吓得不轻，于是前后左右同时举起了无数的来复枪，倒霉的灰熊就这样在乱枪之下死于非命。它看上去就像一个巨大的怪兽，脑袋足有一英尺宽，身量奇高，一般人的头顶只能够到它的肩膀。据说在夏延周边地区，这样的大熊不计其数。

夏延位于落基山脉中部，海拔 6041 英尺，约与罗姆尼卡峰的高度相当。[①] 因为地势如此之高，经常遭遇大雪，故而铁路上的防雪棚几乎一眼望不到底。而像哈泽德、奥托、格拉尼特卡农和布福德这样的小站所处的位置海拔更高。最后，我们到了谢尔曼，也是整条线路中地势最高的地方，那里的海拔已经超过了 9000 英尺。眼前只见荒山野岭，杳无人迹。在一片狭小的不毛之地上只有一座压满积雪的孤零零的小屋。周遭空气稀薄，寒气逼人，虽然我们都身着皮毛外套，但依旧无法抵挡钻心刺骨的寒冷。这里一年四季都下着雪，遮天漫地的雪花在呼啸的寒风中不停地旋转、飞扬。大风刚刚吹走了岩石上的雪片，露出了光秃秃、黑漆漆的真面目，可不一会儿又重新被大雪遮住了面容。我真是百思不得其解，人们如何能在这种只要待上片刻便会呼吸困难、耳鸣不断、唇色发白的苦寒之地上落地生根的。

3 月 12 日，火车开始沿着山脉的西侧徐徐下行，地势的下降过程也同样非常缓慢，所以我们依旧行驶在数千英尺的高度。我们最后到了怀俄明州的西部边境。当天中午，我们跨过了附近河流的起源地——格林河。铁路两边林立着无数巨大的岩石，它们奇形怪状，千姿百态，为沿途的风景平添了一番趣味。有些像直插云霄的尖塔，有些又像四平八稳的金字塔，而远处的一块巨石似乎和

---

① 罗姆尼卡峰（Lomnica Peak）是高塔特拉山（the High Tatras）的第二高峰，高度为 8642 英尺。

一座城堡别无二致，一眼望去，你几乎不敢相信这居然是大自然的杰作，因为塔楼、角楼以及环绕四周的墙壁它都一应俱全，怎么看都应该是出自能工巧匠的精雕细琢。须臾，眼前的景致突然来了个一百八十度大转变。岩石的个头一下子变得袖珍起来，它们一颗颗亲密无间地挤在一起，形成了一道又长又直的石墙。每一颗石头都排列得严丝合缝，鳞次栉比，整齐得就像是经过尺子圆规比划丈量一样。

最不同寻常的岩石造型出现在犹他州境内离厄科站不远的地方。这里被称为地狱之门和地狱之路，几座平行的天然岩壁形成了两条幽深的关隘。这里人迹罕至，鬼气森森，就连魔鬼本人也找不出另一处更加适合他居住的地方了。

等火车跨过格林河的另一条支流，我们来到了犹他州的奥格登市。盐湖和盐湖城离奥格登市不远，位于铁路主干道的支线上。摩门教的总部就设在盐湖城内。然而，就在我们即将到达车站前的几个小时，火车突然接到一份电报，说通往盐湖城的道路遭遇大雪封路，所以火车可能要等到第二天才能进城。反正我早已决定要好好地逛逛盐湖城，所以即便迟个一天半夜也无关紧要。可是糟糕的消息却接二连三地传了过来，据说一场史无前例的大雪在山区下得没完没了，接下去的几天里就连主干道也可能无法通行了。没办法，我只好放弃这次参观摩门教总部的大好机会，等到雪融路通后立刻马不停蹄地赶往旧金山。不过我已打定主意，在回程中我一定要去盐湖城畅游一番，哪怕逗留短短几天也好。

不过事后看来，当时还不如在奥格登站下车。整整一天，火车走走停停，一步一歇，好不容易才挨到了下一站——托阿诺。要是往常，列车在这个破破烂烂的小站停靠三分钟后就会立即启程，继续赶路，可就在托阿诺又传来最新消息，说火车不能再继续往前开，因为前方有一段长达好几英里的铁轨被大雪掩埋，厚厚的积雪已经有好几码深。

“那我们怎么办？”同车的旅客问。

“很简单！我们折回奥格登，从那里去盐湖城。”

这可是个振奋人心的消息！于是我们跑去售票处询问下一班开往奥格登的火车什么时候发车。

“我们这儿没有专门去奥格登的列车，只有从旧金山开往纽约的火车会打这经过。”售票员这样告诉我们。

“旧金山的火车什么时候到站？”

“那就要看铁路什么时候通车了。”

一听这话，我们不免有些垂头丧气，这就意味着我们被困在了托阿诺，除了苦等老天开恩我们别无选择。托阿诺站简直就是个无聊透顶的地方，几块烂木板胡拼乱凑成五六座小棚屋，孤孤单单地杵在雪地里。一想到五光十色的加利福尼亚州就在眼前，而我们却不得不滞留在这个鸟不拉屎的鬼地方，这不得把我们给憋屈疯了呀！更糟糕的是，没人能告诉我们这种苦哈哈的日子要熬多久。“也许一个礼拜”，“大概两三天吧”，“没准要等上十天半个月”——我们的询问换来的就是这些五花八门、前后矛盾的回答。

我们听说从旧金山方向开来了六辆机车，我们也亲眼看到另外有四辆从奥格登方向驶来，它们经过托阿诺继续艰难前行。这些火车头后面都装配着巨大结实的雪犁，它们的使命就是清除铁轨上的积雪。但是显而易见，刚被清理干净的铁轨很快又会被大雪覆盖。

为了打发无聊的时光，滞留的第一天我们练了四小时射击。等到夜幕降临，我们端着从托阿诺当地居民那里借来的来复枪准备去附近的山中一试身手，据说那里经常有熊出没。那天深夜我们空手而归，别说熊，就连熊的行踪都没发现。狩猎团队的成员个个冻得发抖，累到虚脱，有好几次我们脚底打滑，一头栽进没过脖子的雪堆里。

第一天就这么过去了。我们和卧铺车厢里的乘客相互熟稔起来，其中有几个显得非常与众不同。当人们在一个车厢里生活起居，抬头不见低头见的，要想从头到尾互不理睬倒也不是件容易的事情。不过车厢里有几位女士始终没人搭理，要知道她们中年纪最轻的也已经超过四十岁了。

美国人已经开始为打持久战做准备了，就好像我们会永远留在这个破烂小站上似的。而所有迹象都在显示这次滞留可能真会耗上些时日。就这样，一天接着一天过去了，每个晚上临睡前我们都会想："也许明天醒来我们就已经在内华达州境内了。"可是每天早晨两眼一睁开，我们都会无比郁闷地发现火车依旧趴在托阿诺。

车厢里的旅客很快就打成了一片。我们总是结伴去餐室用餐，夜里一起窝在车厢里品茶，然后我们一首接一首齐声高唱美国的爱国歌曲，特别是那首《进军佐治亚》基本上成了每晚的必唱曲目。一口气唱到夜里十一点，黑人侍从查尔斯就进来帮我们铺床，然后我们便各自上床休息。

白天，我们也有保留节目。早上进行射击比赛，奖品是女士颁发的一枚橙子。第二天，我就赢得了奖品。射击比赛结束后，我们会绕着长长的列车散会儿步，接着就开始进行女子铁轨行走锦标赛。哪位女士要是能在铁轨上保持平衡的时间最长，行走的距离最远，那么她就能获得由绅士献上的奖品：一枚橙子。你们真该看看参赛的淑女们将裙子的下摆掖在腰间，暗自较劲的模样，她们往往还没走几步就从铁轨上跌了下来。

到了第四天的晚上，我们终于等来了好消息：火车将在当晚重新启程。大家高兴得不得了，于是在火车餐室里举办了一次堪称豪华的烧烤晚宴。那天夜里，我们怀揣着美好的憧憬酣然入睡。等到次日清晨睁开眼睛，我们发现自己……仍然停在托阿诺。

这一次，我们都有些萎靡不振了，因为我们面临着一个新的危机：托阿诺的食物供给马上就会断档。目前尚有为数不少的饼干、糖、咖啡、茶和加州苹果，但是肉已经成为了稀缺物品。最让人头疼的是已经不可能从奥格登调运食品，因为通往奥格登的路线也已遭大雪封路。所幸的是就在当晚，车上又收到一封电报，据可靠消息称搭载雪犁的机车已经扫清了道路，它们马上就会抵达托阿诺。

这辈子我都忘不了机车到达时的情景。暮色笼罩大地，只有雪光冲淡了些许黑暗。突然，远处传来发动机的轰鸣声，不消一会儿，它们便冲过了薄暮闯入我们的视野。事实上，来的是一长串机车。为首的机车装载着巨大无比的雪犁，它通体雪白，盖着厚厚的雪花，一看就是劳苦功高的大功臣。它们由远及近，这一路上机车的铃铛声、引擎的咆哮声不绝于耳，烟囱里不时地喷出一团团烟雾，其中夹杂着一丛丛四溅的火星。这些黑色的庞然大物像在为自己成功挺进站头大声庆贺着，各种各样的喧嚣嘈杂就是它们历经一场苦战，终于获得阶段性胜利时所迸发而出的欢呼。虽然所有的机车都已累得气喘吁吁，但它们依然斗志昂扬，从自身体内爆发出来的巨大力量让它们心潮澎湃，陶醉不已。它们像是一个个鲜活的生命体，而欢呼的声响更加深了这种错觉。它们散发着无可比拟的能量，仰天喷发的浓烟很快融入夜色中。这组由机车组成的黑色列队恍若昼伏夜出的巨型幽灵，它们就这样与我们擦身而过，只留下机械部件的摩擦声、发动机的轰鸣声，还有叮呤当啷的铃声在远处隐约回荡。

接着，车厢颤抖起来，车厢之间相互轻微碰撞，不一会儿，整辆车开始慢慢往前移动。一天一夜之后，我们来到了内华达州。

如果古斯塔夫·多雷生在美国，那么他肯定会把我们现在经过的地方当做他描绘地狱的蓝本。[①] 满地的黑色岩石像一座座寸草不生的山丘，再也没有什么比眼前的萧索荒凉更教人心生愁闷、郁郁不乐了。我觉得这里就是月球表面没有任何生命迹象的死地，所有的一切都不带一丝一毫的生气。你看不到哪怕是一点点绿色的植被，也没有一只半个飞禽走兽经过的踪迹。岩石就像墓碑，整个平原就是一座巨大的坟场。大地如同遭受了恶魔诅咒一般陷入了无尽的昏睡中。这种触目皆是的倦怠感更加重了盘踞在

---

① 古斯塔夫·多雷(Gustave Dore，1833—1883)，法国插画师、画家、雕塑家，他曾为但丁的《地狱》绘制插图，并由此声名大噪。

你心头的苦闷，很快，你也觉得自己将沉沉睡去。

甚至于这片土地上的许多地名都透着一股不祥的气息。横卧在列车右侧的山脉叫战之山。而整片平原在若干年前就成为了白人与印第安人交火的战场，每一个角落都刻有一段悲伤惨痛的回忆。“这里曾有一支拓荒者的车队惨遭屠杀，”熟悉周边情况的旅客会这样告诉你。远处的某处洞穴中曾有两百多个印第安人在一场大火中死去。这又是什么？一个围着黑色栅栏的墓地，十字架上刻着“詹妮……”。

这个不幸的女孩到底是谁？数年前，那时铁路还没有修建，有一队旅人的车队被大雪围困在此处。所有人都陷入绝望，妇孺罹患斑疹伤寒，饥饿威胁着所有人的生命。只有詹妮不曾放弃，她在帐篷间来回奔忙，照顾安慰着虚弱的病人。夜里，她小心看管着篝火，白天她在雪地中挖掘苔藓，煮熟了给大伙儿果腹。她就像是旅队的守护天使一样悉心照料着每个旅人。然而，日夜操劳的她终于不堪重负病倒了，没过多久便撒手人寰。就在詹妮去世的同一天，另一支旅队途经此处，在他们的帮助下旅人们逐渐康复了。感念不已的人们为这个善良的女孩修建了坟冢，在坟头立起了十字架。今天，这座十字架边上开通了铁路，透过车窗就能看到上面的铭文。这天中午我们的列车经过了詹妮的墓地，我们也因此知道了关于她的故事。

我们在晚上抵达内华达州西部边境的大盐湖。因为靠近湖岸的土地中含有大量的盐碱，几乎没有植物能在那里存活生长。当地的景致和我们先前沿途所看到的几乎没什么两样，眼前半明半晦的湖面如同一潭死水，没有波澜，不见涟漪，也像是受到诅咒陷入沉睡中一样。这里的冬天同样漫长寒冷。平原上还残留着一大片去冬落下的积雪，远处的群山之巅佩戴着雪白的冠冕。狂野的寒风锐不可当，它肆无忌惮地冲进车厢，在有限的空间里横冲直撞，油灯的火焰飘忽不定，强大的气流已把它折磨得气若游丝，命悬一线。我走到车厢门口站了一会儿，到底还是敌不过凌厉的风刀霜剑，于是很快便带着一身透骨的寒气铩羽而归。如果加利福尼亚州和内华达一般苦寒，我问自己为什么还要这般披星戴月，日月兼程？难道就是为了一边被冻得呲牙咧嘴一边等着梦想幻灭吗？

这个念头久久挥之不去，于是我只好带着肉身和精神的双重负累跌入梦乡。我梦见自己依旧被困在托阿诺，惊醒之后便再也无法在漫漫长夜中安然入睡。当第一缕阳光透过绿色的窗帘，我穿上衣服走到车厢的前方。

那一刻，我有点恍惚自己是不是身处在梦境之中。内华达州境内如同但丁笔下地狱般的场景，连同寒冬以及把人吹得半死不活的狂风居然都……消失不见了。现在，我正置身于群山环抱、美丽芬芳的松树林中，周围处处洋溢着欢悦的景象，好像所有的一切都在玫瑰色的阳光下绽放着可爱的笑脸。和煦的春风轻柔地吹拂着脸庞，头顶上的天空蓝得耀眼，山间小溪潺潺，林中鸟儿歌唱。列车两旁的红土悬崖上开满了馥郁的鲜花，花瓣上还沾着晶莹的露水，在阳光的照射下熠熠生辉。总之，春天带着一股唤醒大地的活泼劲儿在每一个角落都留下了她轻歌曼舞的倩影。终于，我们来到了加利福尼亚州。

火车顺着内华达山脉陡峭的斜坡朝山下一路疾驶，很快，所有醒着的人们都拥到了连接车厢的露天台板上，每个人的脸上都绽放着灿烂的笑容。人与自然两两相望，彼此之间尽展欢颜。沿途的风光越来越让人心醉。绚烂多彩的世界几乎扑面而来，我的眼前从未同时出现过如此缤纷瑰丽的色彩，而各种颜色搭配在一起又是如此赏心悦目，相得益彰。湛蓝的天空，墨绿的森林，青翠的山谷，赭红的崖壁，在金色阳光的照耀下，所有的颜色融合成了一束闪亮跃动的彩虹。在险峻的峡谷深处，你能听到汩汩的山泉正在欢腾奔流，淘洗金子用的木质流槽在树林里足足绵延了一英里长，成群的华人拖着又黑又长的辫子正举着铁铲把混有金子的沙土装进流槽。藏身于山谷树林的白色农舍在绿荫中若隐若现。几头牛羊在山坡上四处游荡，悠然自得地在花丛中享用着丰足的青草，远远望去，就好像一幅山水画那般写意、酣畅。偶尔，你会看到有人策马扬鞭而来，他坐在高高的马鞍上，鞍桥上挂着套索，一晃眼工夫，他又沿着曲折的林间小径消失在树林深处了。

随着地势不断下降，火车所经之处的乡村景色也变得越发迷人，而独特的热带风光也逐渐地掀开了朦胧的面纱。铁道附近的几栋小屋前，成片的仙人掌和树木已经开满了花朵，各种不知其名的藤蔓植物与铁轨纠缠不清，有些索性攀上了流槽，以至于后者完全被覆盖在了大片的绿色底下。终于，群山淡出了视野，眼前出现了一片长满参天橡树的草场。有些草地被水塘淹没，而有些地方却被疯长的罂粟花占领，让你几乎看不到底下的青草地。水面上游弋着野鸭、短颈水鸭和鹧鹕。我还亲眼看到当火车呼啸而至时，田野里的一群小兔子被惊得四处逃散，有几只躲进了草丛中，可是高高支棱着的耳朵和长长的触须却暴露了它们的藏身之处。色彩斑斓的小鸟在林间轻盈地跳跃、舞蹈，它们抖落的欢歌笑语在风中久久不散。

上午十一时我们来到了加利福尼亚州州府萨克拉门托。站台上等候着大批的人群，他们都争先恐后地想看一看刚从冰天雪地中逃出生天的火车究竟长成什么样。那里还蜂拥着许多鼻梁扁平的华人，他们脑袋后面垂着一根扎着黑色绸带的辫子，长得几乎拖到了地上。我走出车厢，好奇地打量他们。见我一脸诧异的表情他们都笑了起来，仿佛由此认定了我是一个没见过什么世面的外国乡巴佬。在站头停了十五分钟后，我们再度启程。

火车沿着富含金沙的萨克拉门托河岸行驶了几分钟。萨克拉门托河与奔泻而下的山泉会合后朝着河岸和离岸不远的小屋凶猛地抛甩着红色的浪头。可不一会儿，河流便消失了。沿途的乡村中人烟渐织，每隔一会儿就能看见一座农舍，农田也越来越密集。要不是因为炙热的阳光和满眼的热带植物，你几乎会以为火车正行驶在萨克森或比利时的乡间。

几个小时之后，我终于看到了地平线上翻滚着的碧蓝的海浪。我原本以为那一定就是太平洋，但其实那只是旧金山和城郊奥克兰所在的海湾。火车并没有在奥克兰停靠，反而一鼓作气越开越快。你们肯定能想象当我看到火车两边海潮翻涌、野鸭游弋、海鸥飞翔时有多么惊讶。虽然列车看似在大海上行驶，可实际上我们正在长达两英里的木质架桥上急速飞奔，站在露天台板上我甚至一眼望不到架桥的尽头。我必须承认这种旅行方式实在太过美国化，特别是当我不知道我们还要这样继续往前跑多久。架桥的终端其实设在海湾的中央，在那里火车停了下来，而我们的旅程也就此到达了终点。下车后，我们得登上渡船才能穿过另一半的海湾，而位于对面海岸的旧金山已透过海面的薄雾隐隐地露出了它曼妙的身姿。

美国民主

在这封信中，我将进一步探讨美国社会和欧洲社会的不同之处。这些本质上的不同无异于天壤之别，以至于刚到美国的欧洲人对于这里的社会结构和风俗习惯感到难以理解，无所适从。首先，让我们先来比较一下美国人和欧洲人关于民主的定义有何不同，事实上，两者之间的差距就像实践和理论之间相隔的距离一样遥远。在欧洲，如果一个国家的人民拥有平等选举权，所得收入按一定比例缴税，那么这就算是一个民主国家。根据这条定义，欧洲大部分国家，特别是西欧诸国都毋庸置疑地归入了民主制国家的范畴。但是，美国的民主制与欧洲的民主制之间的差异并非只存在于制度本身。为了能更好地说明两者的区别，我先要声明一点，那就是一个民主的政府绝不等同于一个民主的社会，比如你会发现前者在欧洲比比皆是，但是后者却从未在那片大陆上真正出现过。

我想没有人会否认自大革命后法国政府已然披上了民主的外衣。但与此同时，应该也不会有人反对，虽然每一座教堂里都镌刻着“自由、平等、友爱”的字样，但在社会层面上，所谓的平等从来都只是一个彻头彻尾的神话。医生、商人、公务员、普通劳动者、农夫、士兵、教师和银行家，他们之间的社会平等究竟体现在哪里？在这个问题上，法国就像欧洲任何一个国家一样，在一个社会中同时并存着两个完全不同的世界，它们彼此隔绝，就如同存在于印度的等级制度一般森严，相互之间存在着难以逾越的壁垒。一边是目不识丁、穿着衬衫和无袖外套的老百姓，另一边却是富有学养、态度傲慢的贵族群体。难道事实不是这样吗？难道后者从来不曾认为较之前者，自己要高人一等吗？这些都是无须辩驳的事实。由于历史原因以及经济发展的需要，这种情况愈演愈烈，同时，它又是社会发展的必然结果，而且它准确地反映了当今社会中不同阶级之间的差异。

在美国，情况截然相反。这里的民主不止高悬于政治层面，而且已经"下凡"至社会生活。换而言之，它不再只是一种抽象的制度或是一条空泛的理论，而是已经切实体现在了具体的日常人际交往中。在这里，上文中所罗列的各行各业的人们享有真正意义上的平等。他们生活在同一个世界中，彼此为友，平起平坐。他们可以成为某个俱乐部的会员，可以在一张餐桌上吃饭。简而言之，他们没有对号入座地站在社会阶梯的不同横档上，因为在美国，压根就没有那把梯子。所有人都处于同一社会阶层，没有谁爬到某人的头顶上居高临下，作威作福。这里既不存在，也不可能存在什么普通阶级和特权阶级。接下来，请允许我直言不讳地向各位揭示原因何在。

社会民主中最重要的原则之一就是尊重劳动。如果在一个国家劳动不存在贵贱之分，那么就没有理由将从事不同工作的劳动者区分为不同的社会阶级。我们欧洲人不可能像美国人一样对任何一种劳动都表现出哪怕是一星半点的尊重。在这一方面，美国人的进步思想已经远远超越了欧洲任何一个社会。我们扪心自问，在所有关于劳动无贵贱的理论中究竟有多少是毫无实践意义的空洞口号。在波兰，一个原先隶属于上层社会的绅士如果受环境所迫不得不通过从事体力劳动来养家糊口，那么不仅他自己会觉得羞愧难当，社会舆论也会让他抬不起头来，而这和我们宣扬鼓吹的那一套根本就是南辕北辙。事实上，他会因此丧失原有的社会地位，和原先拥有的财富、身份一刀两断，被迫沦为所谓的下等阶层。然而这种情况不可能在美国发生，因为欧洲人所定义的社会阶级在这里并不存在。美国只有各种各样的“行业”，一个从事制鞋的工匠和一个从事法律业务的律师都同样受人尊敬，原因就在于舆论对于这两个职业是一视同仁的。如果欧洲人能学会尊重劳动，那么这将比通过制度变革从而实现政治民主与社会民主更加行之有效。

这种独一无二的对于劳动的敬仰就是消除一个社会中存在两个世界这一现象的关键所在。虽然一开始你会觉得有点不可思议，但只要你明白这一点，你就掌握了开启理解美国民主精髓大门的那把钥匙。美国国土之所以会产生“劳动最光荣”这样的先进观念可以从历史和经济两个角度加以解释。从历史上看，美国社会原本就是由贫苦大众一手创建起来的，他们大都是依靠从事体力劳动或一门手艺赖以生存的底层移民，他们往往会通过判断一个人的工作态度从而评定他的存在价值。掌握娴熟的工作技能或拥有一技之长在美国大众眼里无疑就等同于具备了一个人要安身立命所必须具有的最佳工具和最好保障。

经济原因同样不言而喻。美国疆土辽阔，人口相对而言比较稀少，由于稀缺的劳动力无法满足大量的需求，由此就产生了分门别类的各种工种。基于这些因素，劳动本身和劳动阶级就获得了在其他国家难以获得的认可与重视。如果用经济学术语加以解释，那就是劳动力供不应求，而需求与供应之间的比例甚至已超过了 10∶1。其直接结果就是人们不仅从物质角度，而且从道德角度也越来越重视劳动。在美国大部分州内，劳动力供求比例严重失调的现象持续存在，因此对于劳动的重视也得以延续。有了公众舆论的支持再加上教育上的强化，尊重劳动得以成为美国人身上重要的国民特性。

此外，由于地方政府能迅速将社会生活中的约定俗成变成明文规定，进而体现在政治体制中，那么建立一套表里如一、遵从重视劳动这一社会习俗的民主制度就不再只是空中楼阁、沙中建塔。这一点在公立学校的教育上体现得尤为明显。尽管在欧洲，提倡重视下层阶级教育的呼声从未停息，然而政府重点关注的向来都只是高等教育而非基础教育设施的建设。无须赘言，这些高等学府对于普通大众而言是可望而不可即的，因为欧洲公共教育的对象并非全体国民，接受教育是上层阶级才能享有的特权。当民众的智力发展出现了差异，那么要实现社会平等无疑就成了一纸空谈。

而美国的教育制度与欧洲却有着本质上的不同。相较于艺术与科学，学校更加重视通识教育。当然，这里也设有高等教育机构，但整个社会更加关注面向全民的初级学校的建设与发展。基于这个原因，美国的艺术与科学的发展水平无法与欧洲相抗衡，但毫无疑问其通识教育的推广做得比欧洲更为成功。同时，在美国，每一个个体都无一例外地享有接受教育的机会。还有一点需要补充，那就是基础教育的学科范围比欧洲更加广泛。初级学校不仅教授阅读与书写，除此之外，每一个美国人还要掌握一定程度的数学、地理、自然科学和公民学。当他离开学校后，他还能在社会实践和读报过程中继续学习新的知识。谁是投票人，谁是某个党派的成员，谁的利益与某个党派的命运息息相关，只要通过从报纸媒体了解政治动向或直接参与政治活动，美国公民不仅能掌握这方面的信息，树立自己的政见，而且还能对自己身处的社会环境有一个更为全面的认识与了解。故而，如果你想在美国找到一个和欧洲“老百姓”——一个波兰或法国农夫一样目不识丁的文盲，那么也许你只有在刚刚被解放的黑人当中才能搜寻到你想找的对象。在这里，你可以和任何一个农夫、工匠、马车夫、水手谈论各种政治体制、外交政策、外国纸币和硬币（这是当下的热门话题），总之，除了文学和艺术之外的所有话题他都能和你聊得头头是道。课堂与报纸是他获取上述知识的最佳场所和手段。作为一个选举投票人，他必须对方方面面都有所涉猎。他已经在成百上千场共和党或民主党的政治演说中全方位地了解到所有的相关信息，他的脑袋里早已塞满了包罗万象的话题。虽然他的看法见地不见得有多么高明，甚至有时候他的言辞会一不小心出卖自己不知天高地厚的浅薄鲁莽，然而，你永远不会觉得他们是一群蒙昧无知的山野村夫。我并非夸大其词。美国的普通民众不是什么学富五车、才高八斗的博学之人，但在实践经验这片沃土的滋养下，美国人民天生的慧根得以茁壮成长，他们的聪明才智得以开花结果。在欧洲，个体之间的才智水平可谓天差地别，然而在美国这一现象却无处可寻。

总而言之，美国通识教育的开展较欧洲更为普遍，其推广力度也更为均衡。国民整体智力水平的发展步伐也更为协调一致，而民众之间的相互理解也因此更容易实现。在这种大环境下，人们就不可能对不同的职业和技能产生孰优孰劣的偏见。打个比方，尽管医生具有鞋匠所不具备的专业知识，但对于制鞋他却一窍不通。无论医生还是鞋匠，他们都是心智成熟的个体，他们所专属的领域仅仅是两个不同的“行当”，这对于他们之间的交往以及各自的社会关系不存在任何影响。而这也就是美国社会实现人人平等的第二个重要原因。

现在让我们进而探讨第三个关键因素。在欧洲，上层社会与下层阶级之间的区别不仅在于前者希望从事更加高端的脑力工作，拥有更多的财富，接受更好的教育，而且在言行举止上也力求彰显高人一等的身份地位。然而一个人举手投足间所展现的教养与风范并非是个体与生俱来的，而是来源于他人的教导和环境的影响。事实上，得体的举止只有在精耕细作的土壤中才能生根发芽。优雅如同一棵需要精心培育的植株。有时候挥洒自如、口吻生花与粗浅愚鲁、哗众取宠之间仅隔着一层窗户纸，如果没有长期的耳濡目染、熏陶教化，一个人是很难区分两者之间微妙差别的。在通文达理、矩步方行的欧洲上流社会，社交礼仪已经进化到了一个美国人难以想象的高度。因此初初踏上这片国土的欧洲人往往会把美国人特有的习惯——咀嚼烟叶、将腿跷到窗台上——视为一种缺乏教养的表现。

要论社交场合的礼仪规范，欧洲确实走在了美国前面，然而在那片旧大陆，上流社会的礼仪教化与下层社会之间却存在着巨大的鸿沟！要是让一个衣冠楚楚的绅士和一个一穷二白的农民站在一块儿，你甚至会以为眼前两个人分别来自不同的星球。如果我们将欧洲底层民众的行为举止作为标杆，那么美国人的整体水平就将欧洲人远远抛在了身后。综合考虑各种因素，如果比较欧洲和美国的教育水平，毫无疑问我们可以得出相同的结论。在欧洲，不同阶级的礼仪教化发展得极不平衡，在某个阶层也许进展神速，而在其他阶层则可能毫无建树。正如欧洲的历史、社会、政治、人文因素造成了这种阶级差异，在美国，情况却刚好相反。虽然美国老百姓的言谈举止不及欧洲上层社会那般优容典雅，但也不会像其下层阶级那样混沌茫昧。这也就是美国社会实现相对平等的第三个要素。

只有明白了以上三个原因，即(1) 尊重劳动，(2) 有教无类，(3) 行为举止无天渊之别，那么你才能洞悉美国民主的内涵，才能更深入地了解美国民众的生活状态。我记得在几个月前，我们曾经雇了一位马车夫驾车带我们去一位富有的牧场主家做客。当我们到达目的地后，马车夫非但没有留在车上，反而跟着我们一同走进主人家的客厅。他坐在沙发上，和主人的女儿谈笑风生。在我们这些食古不化的欧洲人看来这简直就是惊世骇俗的行为，加上当时我不谙英语，无从知晓他们谈论的内容，所以我更是惊讶得坐立难安。然而，这一切对那位牧场主而言却像是再寻常不过的事情了。在绅士的眼中，马车夫是一个豢养马匹供人使用、勤勉踏实的劳动者，他和美国社会中从事其他行业的公民没有什么两样。时至今日，我对这样的事情已经见怪不怪了，而且我非常肯定，即便美国阔佬在举手投足间不如欧洲有产阶级那般典则俊雅，但美国马车夫所享有的社会地位却十倍于他在欧洲的同行们。

许多让初来乍到的欧洲人目瞪口呆的日常琐事其实都能归结到社会关系相对平等这一点上。这里的仆役和主人在同一张餐桌上用餐，因为他们的雇主并不属于另一个与他们泾渭分明的阶级。穿着考究入时的农场主女儿在乡村舞会上既可以和绅士们翩翩起舞，也同样可以成为农场帮工们的舞伴，原因就在于无论雇工还是绅士都和她们一样是彼此平等的人。列车上的检票员可以和雍容华贵的女乘客说说笑笑；餐厅的侍从可以和顾客们谈天说地。总之，在美国几乎看不到阶级差异，所有的公民都隶属于一个团体，都来自一个人口众多、和睦友善的大家庭。而这一切会让人不由自主地相信美国人在任何事情上的想法与做法都势必和欧洲人背道而驰。

正如上文中所提及的那样，正是因为人人尊重劳动，所以不管一个人从事何种职业，他都不会觉得自己的工作会伤及自尊或有损他的个人形象和社会地位。许多高层公务人员都同时涉足工商业或手工业，当然，前提是在时间允许的情况下。当他们离开公职后，便转而从事其他行业，而曾经是政府官员的事实丝毫不会令他们在第二份工作中感到丝毫尴尬。我认识一名前陆军准将，这位曾经的战时佐治亚州军事长官如今却当起了一家沙龙的老板，每天都要亲力亲为地为客人们端上啤酒和威士忌。① 当然，这要是搁在欧洲简直就是匪夷所思的事情，而让美国人感到惊讶的却是为什么欧洲人会对如此稀松平常的事感到大惊小怪。像这样勇于开创事业第二春的将军、官员不胜枚举，尤其因为在美国，公务人员的任期只有短短几年，于是在各行各业中永远活跃着一大批退下来的前任官员。

我之所以举这个例子，是因为我想告诉我的读者，人们愿意尝试从事各种行业的意愿在很大程度上使美国人在公共场合以及个

---

① 这位前准将指的是沃齐米日 · 克里斯诺斯基(Wlodzimierz Krzyzanowski，1824—1887)，他在南北战争时一战成名，并成为阿拉巴马州而不是佐治亚州的军事长官。他因参与了 1846 年波兰暴动而被迫逃离故土。

人生活中所享有的平等得以一直延续保持下去。的确如此，谁会看低一个昨天还是长官或议员的酒馆老板、杂货店店主或是凭手艺吃饭的工匠呢？说不定第二天醒来，他的党派又获得了多数席位，接管了政府，重新与其他党派分庭抗礼，或是独揽大权一枝独秀。于是，无论在什么地方，在何种情形下，对于劳动的尊重孕育了人与人之间的平等，而社会平等与才智上的不分伯仲进而根除了阶级差异。简而言之，在谈及美国和其民主制度时，我觉得我们可以用拉丁谚语"深渊之下还是深渊"的翻版"平等之后还是平等"①来加以概括。

有鉴于此，如果有人问我哪个地方的文明更胜一筹，那么我将毫不犹豫地将美国选为优胜一方。在欧洲，文明只是某些阶级，甚至只是某一个阶级的专宠，而这个阶级永远高高在上，贪得无厌地将一切收归囊中，世上所有的东西只归它所有，只供它享用，科学新知如此，诗歌、艺术以及所有其他形式的智慧结晶同样如此。总之，凡是使生活变得美好而高尚的事物，凡是代表着人类的审美情操、闪烁着智慧火花的事物，都只能在这个特权阶级中寻得芳踪，同时它们也能在隶属于这个阶级的成员面前大放异彩。而被这个阶级排除在外的人们却对此一无所知，更遑论能在这些领域中大有作为了。凡是有闲情逸致赋诗撰文的，端坐在高堂上断人生死的，雄踞讲坛高谈阔论的，翻云覆雨左右舆论的，财大气粗出版报刊的，还有在画廊、图书馆、剧院里摩肩接踵的，都是所谓的上层人士。总而言之，构建整个文明体系的只有这样一个阶级，而在其之外的则是无数懵懂茫然的劳苦大众，他们活在世上仿佛仅仅是为了证明其肉身确实存在，然而其精神世界却始终一片荒芜，粗野鲁钝和愚昧无知是终其一生无法去除的标签。

如果欧洲社会的上流阶层占总人口的一半，或四分之一，八分之一，甚至是十分之一，那么你至少可以安慰自己，享有特权的人

---

① 原文为拉丁语。——译者注

数也不算太少。可是我们都知道这并非事实。诚然，要精确地判断一个人究竟属于哪个阶级并非易事，但根据人们的收入情况我们可以将他们分门别类，从而获得一个关于特权阶级成员人数的大概数据。这样的归类有根有据，因为很显然，只有那些坐拥财富的人才能毫无后顾之忧地一心向学，陶冶情操。眼下，我手头上正好有一本非常有意思的书，它记载了关于1851年普鲁士政府开始推行所得税政策的官方报告。据该报告称，在调查统计的1700万人口中，仅有44408人的年收入超过1000泰勒。[①] 为了方便统计，我们姑且把这个数字折算成5万，不知读者是否明白这个数字所折射的深意呢？它意味着被普鲁士视为整个民族骄傲的文明精华所在——科学、文学、美术、真知灼见、高贵举止，其实在1851年，在全国约6800万人口中，只属于寥寥20万普鲁士人。而现在恐怕连这个数字都达不到了，因为虽然总人口在增加，但富有家庭的人数却呈江河日下之势。故而，即便普鲁士的初级教育水平已取得大幅提升，但剩下绝大多数的平民百姓和特权阶级以及其所霸占的文明世界之间始终横亘着一道无法跨越的天堑。

而在美国民主社会中，情况却截然相反。课堂里传授的知识不如欧洲那么高深玄奥，家庭成员间言传身教的行为举止也不及旧大陆那般高贵优雅，然后他们所推行的范围无疑却更为广泛，推行的效果也更加深入人心。这便是美国民主的精粹所在。现在，我想进而发表以下观点：如果文明教化不能给人们带来幸福，那么文明就该遭到唾弃，人类就该回归鸿蒙之初的原始状态，但如果像绝大多数人所认为的那样，文明能激发幸福感，那么我们就必须承认，在美国这种能给人们带来幸福的机会要远远大于欧洲的任何一片国土。美国所遵循的民主路线与我们奋斗多年、苦苦寻觅的理想化社会最为接近。

关于美国民主的话题就到此为止。其实我已经说得太多，因

① 德国的旧银币名。——译者注

为写这封信的初衷并非要开展一次能够最终盖棺定论的社会调查。不过，从以上描述中读者应该能对美国的民主制以及其得以发展的社会背景多少有了一些了解。

现在，我们要简单地谈一谈美国的道德观。在之前的书信中我已经提及美国社会的大部分贪污腐败都集中在政府内部。我也向各位解释过这种渎职行为之所以蔚然成风，究其原因是因为政客的政治生命取决于其所属政党占多数席位的时间长短，一旦执政党的交椅换了主人，那么职能部门的各级官员也自然跟着改头换面。于是，当失意的明日黄花卷铺盖走人，他便失去了赖以养家糊口的经济来源，而在之后的数年内，他将挥别仕途，无缘再度踏入政坛。于是，他只有一条出路：偷窃，在职期间肆无忌惮、不择手段地窃取一切。导致腐败的罪魁祸首便是政府的制度与机制。也正是因为上述原因，滥用职权以谋取私利并不能说明整个国家的道德体系出现了问题，尤其与欧洲某些政体相比，美国官员无论就人数还是职权都不过是小巫见大巫而已。

为了评估美国的整体道德水平，我们必须另觅标准。社会学中有这样一条颠扑不破的真理：教育的普及程度与一个国家的全民道德水平成正相关。若有人对此质疑，那他可以随机选择某个社会，翻查一下那里的犯罪记录，看看罪犯中有多少是盲流白丁，有多少能读会写，又有多少受过良好教育。因为通识教育在美国推行甚广，故而民众的道德水平已经达到了相当的高度。我这里所指的不包括港口城市，那里挤满了被贫穷逼得喘不过气来的新移民，走投无路的他们只好铤而走险走上了犯罪道路，于是街头巷尾开满了罪恶之花。显然，美国社会不应为这些犯罪事实负责。同时，我也将那些穷乡僻壤、野外边陲排除在外，那里没有城镇，没有机构制度，也没有任何条例法规，在一个社会的构建中，这些地方所起的作用微乎其微。即便有人在那些蛮荒原始的地带居住，那他也绝对不是秩序社会中的一员，而是靠着一杆枪浪迹天涯的独行客。他自由自在，放浪不羁，绝不会因为要顾及社会秩序与道德公益而约束自己的行为和感情。经久不息的争斗冲突，周而复始的涉险、攻击和复仇，以及无比恶劣的生存环境都让他变得越发暴烈、越发危险。可是除此之外，他没有第二条路可走。回想一下我们的哥萨克人，他们生活在鞑靼人的疆域边界和日常必经之地，在他们身上我们能看到美国边疆独行侠的影子。虽然勇敢的哥萨克人性格中不乏仁慈宽厚的一面，但是他们天生骁勇善战，嗜血如命，他们冷酷而狂暴，热衷冒险，绝不放过一切体验惊险刺激的机会。你在美国也能看到类似的情形，而且就其程度而言有过之而无不及。在边远地区漂泊流浪的人们原本就是不容于社会、被法制秩序过滤掉的残渣。他们要么就是不能听命于法律的管束，要么就是被迫亡命天涯，只有在渺无人烟的地方才能抬起头来重新做人，因为除了头上那片布满星辰的苍穹，再也没有高高在上的眼睛恣意地鄙视他们。他们形成的并非一个社会，而是一个集合而成的发酵体，彼此发泄着在正常社会中难以发泄的一切。

我们都不止一次地在历史书中读到过强取豪夺是原始社会中最基本的生存法则。李维乌斯[①]在其关于罗马起源的著作中曾经指出，罗马最初的居民就是"一群掠夺、驱逐本氏族成员的羊倌和牧人"。[②] 无独有偶，德国人和高卢人的祖先同样是一小群靠抢劫发家的悍匪，而诺曼人也不例外。因此，美国边疆的居民们，那些"平原骑士"，那些"西部牛仔"，同样也是一个社会起源的根基群体。当边远地带的原始部落被连根铲除，当野蛮无知被扫荡干净，当那里人烟稠密，人与人之间的关系日益紧密、复杂，法律与秩序便应运而生。起初，这里的社会秩序完全依靠由治安维持会成员自发组成的恐怖法庭和制定的私刑来加以维系。不过，当人口逐渐增长，这样的法庭和私刑变得不再合法，人们冲动易怒的情绪像是暴风雨过后的大海一般变得风平浪静，人们的生活变得有法可

---

① 提图斯·李维乌斯(Titus Livius，生卒年月不详)，古罗马史学家，著有《罗马史》，全书142卷。

② 原文为拉丁语。——译者注

依，井然有序，社会环境更加顺应更高层次的文明发展需要。原先那些狂风骤雨、铁马金戈的时代只能从某些类似“血腥的阿肯色州”的地名中，或者从老一辈拓荒者们的炉边故事里寻得一点蛛丝马迹。当然我们还不能忘了那些耸人听闻的传奇小说，作者动用了洋洋洒洒几百页的篇幅描述了这样一个故事：为了争夺一个美丽的少女，印第安人和白人之间展开了一场殊死搏斗，虽然少女被印第安人长期囚禁，不过好在最后为自己心目中的英雄保住了贞洁。

美国大部分州都经历过这样的历史开篇，而这一现象具有非同寻常的启迪性，因为欧洲诸国在创建秩序性社会的过程中也曾走过一段相同的历程，只是在欧洲，这条路他们走了长达数千年之久。而现在，我们的眼前正徐徐展开一幅社会发展的壮丽画卷。这幅画卷是激动人心、催人奋进的，因为它让我们看到了人类的自我突破与进步，这种谋求突破与进步的强烈意愿植根于人类的天性中，它是一种无坚不摧的内在力量，能够支撑着人类勇往直前，不断克服和消弭横亘在前进道路上的所有障碍，建立一个人人奉公守法、按劳所得、安定团结的社会体系。所有曾一度大行其道的违法行为和依仗体力蛮劲胜之不武的行径都将永久地退出历史舞台，成为政治与社会发展过程初始阶段为了暂时顺应优胜劣汰的自然法则而昙花一现的过去。

言归正传，当提及公共道德时，我们不应该把美国那些尚未建立管理制度的偏远地区考虑在内，因为这样做有欠公允。在此我所涉及的只限于那些各项规章制度已臻完善、社会秩序已趋井然的诸州，而若以这些州为观察对象的话，我敢说世上再也不会有哪个国家的民众能够像美国人这般遵纪守法，也不可能有任何地方的治安情况能优于这片国土。在欧洲，我曾听说过许多关于美国社会如何动荡混乱的谣言，一开始我对此深信不疑，所以等到了美国后只要出门上街，我就会在腰际别上一把左轮手枪，在口袋里揣上一个指节铜套，并在手杖的机关里藏上一把匕首以求自保。我从头武装到脚，看上去简直就和歌剧里的土匪强盗没啥两样，他们有什么行头，在我身上一件不落。在熟知美国国情的人眼中我的举动自然成了笑柄，他们揶揄，难不成去赴美人之约我也要这般战战兢兢，手指头一直扣着扳机？如今，我在美国已待了六个多月，这半年多的时间里，我造访了各种各样的地方，也和各种各样的人打过交道。我曾在远离居民区二十多里外偏僻寂然的农场里，还有牧人、渔夫们的小木屋中安然入睡。在这里，我从来不曾和任何人起过争执，而我也从来未曾感觉到自己的人身安全受到威胁，或自己的钱包遭贼人觊觎，至少美国人从来没有带给我些微的不安全感。

而生活在加利福尼亚州南部的墨西哥人和半开化的印第安人就不太好说了，他们好像随时都会从暗处窜出来，勒住你的脖子，而后抢走你的财物。不过在美国境内，这种事情发生的几率非常小，因为不仅维护治安的警察会及时制止这些犯罪行为，而且所有乐于伸张正义的公民都会跳出来见义勇为。在美国，你很少听说有抢劫案件发生或有犯罪团伙存在。印第安人和墨西哥人一般都在较为荒凉的州界上作案，而在条例法规完备的州境内，治安状况是有充分保障的。相反，只要你随手翻翻我国的《华沙通讯》，你就会发现这座城市里几乎每天都在发生入室抢劫，触目惊心的案件报道比比皆是。而在巴黎、柏林以及其他更为重要的欧洲大城市里，治安情况也好不到哪里去。但是，美国的犯罪率相较之下却要低许多，正因如此，一旦有案件发生，那就会被当成一件惊天动地的大事。各大日报会连篇累牍地报道此事，周刊上铺天盖地都是相关的新闻图片，所有的报道都众口一词，毫不留情地指谪警察与政府的无能与不作为，甚至连总统都难以逃脱这场声势浩大的口水仗。既然是一国之首，那么从道理上来说大小事务他都得负责，无论哪里出了问题，追根溯源还是因为他管理无方，诚如老话所说的那样，“谁是罪魁祸首，谁就活该挨揍。”

如果你向我们乡下的农夫打听村庄里情形如何，你百分之百会听到许许多多鸡鸣狗盗的故事，有偷粮食的，有乘着夜深人静悄悄去草场和苜蓿地里放牧的，有拆人篱笆偷人家畜的，有砍树的，还有人在夜里翻进果园，把所有果实摘光择尽的。而在美国，私人财产的地位至高无上。比如在加利福尼亚，因为气候炎热，农夫们从不给自己的马棚、羊圈、牛栏、鸡场、鸭塘关门上锁。果园外沿从来不设尖桩篱栅，村庄里也几乎看不到粮库谷仓。可是，我也不曾听谁抱怨说家里进了贼、遭了窃。在这里，私有财产神圣不可侵犯，就算有谁把自家财物掉在了大马路上，也不会有人去碰它一小指头。

这样高的道德水准在美国随处可见，它绝非上层社会专有的特质。惠及全民的民主化通识教育激发了所有人内心的真与善，培育出了高标准的道德观。虽然在诚实品格的养成中教育功不可没，然而还有一个重要因素不容忽略，那就是全境内繁荣昌盛的经济状况。

请允许我再次重申，我这里所指的不是那些挤满穷困移民的港口城市，而是针对整个国家而言。只需列出一个事实就能说明美国人比欧洲任何一个地方的国民都要富有的原因，那就是每一个美国人所能拥有的土地面积比欧洲人要大上至少一百倍，而且每人还可以几乎无偿地获得 160 英亩的土地，唯一的条件就是他能够在十年内为每英亩土地交上 1.5 美元[①]。正如我之前所说的那样，地广人稀带来的结果就是昂贵的劳动力和低廉的生活开销。因此，贫穷一词在欧美两地所指的含义并不相同。在欧洲，贫穷等同于饥饿；而在美国，贫穷另有所指。举个例子，比如在阿纳海姆，我曾听人说布朗、哈里森或唐穷得不得了。可这是一个什么样的概念呢？就让我们去这些所谓的穷光蛋家中一探究竟吧。在我们面前建有一栋像模像样的屋子，周围栽种着落叶松、加州桂、桃树

---

① 没有任何土地法规定在超出十年后仍需为每英亩地缴纳 1.5 美元。1841 年的《占地法》规定土地所有者须在居住了十四个月后为每英亩土地缴纳 1.25 美元。根据 1862 年颁布的《宅地法》规定，凡居住满五年者，土地归居住者无偿所有。

和葡萄藤。离屋子不远的畜栏里关着一头奶牛和一两匹马，田地里种满了精神抖擞的玉米秆、大麦，还有其他庄稼。门开了，“美国穷光蛋”出来迎客。没错，靴子、裤子和衬衫是他的全副行头，可是在这里人人穿戴的都和他一样。“先生们，你们好，”主人一边打着招呼一边请我们进屋。“你好，”我们应声而入。屋里有几间房间，我注意到其中一间的地板上按照美国人的装潢风格满满当当地铺着一大张地毯。房间里有一张桌子，几把摇椅，还有其他一些家具。另一间房里整齐地摆放着厨具和器皿。卧室里安放着一张床，面积之大几乎占去了大半间屋子，即便一家数口睡在上面都显得绰绰有余。无论如何，这种穷法怎么也不会让人觉得惨不忍睹。难道他已经穷到了吃不饱的境地了吗？还差得远呢！他每天三餐顿顿都能吃上肉，还能喝上葡萄酒，因为这种酒在当地最便宜。那么，为什么他会成为人们口中的穷人呢？就是因为他拿不出一百美元的现金！上帝啊！我在华沙所认识的文人墨客、律师、医生，还有波兰全国所有有头有脸的市民当中，有几个人能从口袋里掏出整整一百美元的现金呢！我们从来不会把这种情况视为“贫穷”，更别说“赤贫”了。我们的穷光蛋常常偷偷潜入酒窖，每天吃了上顿没下顿，只有透过肉店的橱窗，他才知道肉到底长什么样子。我们的穷光蛋在寒风中冻得牙齿咯咯作响，因为饥饿，他们的身体开始浮肿。他们乞讨，偷窃，为了一口面包甚至不惜杀人。这才是欧洲标准的贫穷。

而这样惨烈的穷法在美国是不堪设想的。布朗、哈里森或唐也许很穷，但他们远远没有到饥寒交迫、一穷二白的地步。没错，你当然可以把他们当做穷人，因为他们确实拿不出一百美元现金，而且没准他们还背着一屁股债，又或许他们得倾其所有才能还清债务。不过在美国，一个人的“所有”有其特别的含义，因为债主无权拿走负债者的农耕工具或家私器皿以冲抵债款，而且债主也无权阻止他在财产被充公拍卖前夕私自变卖他的牛、马、羊、鸡，然后把这笔钱款放入自己的口袋。故而到了最后，债主也许只能拿到负债人的土地，但如果这块地受《宅地法》中某些条款的保护，那么他们可能连地都得不到。[1] 不过，让我们来假设一下，如果债务人的土地被收走抵债，那么接下去他该怎么办？就在十五、二十，或五十英里之外，上万英亩的无主之地正等待拓荒者去安家落户。他只须带上家人，在森林中拾掇出一块空地，然后建上一栋小屋，于是他们的新家就此落成了。我想我已不必再多费口舌地告诉各位他之前的债务与他的新家毫无关联了吧。

不过就算破了产的农场主不愿重新立桩标地，以此声明对一块新土地的所有权，他还有成百上千种谋生手段可以选择。他可以在农场或城市里打工，他不必去找工作，因为工作会自动找上门来，而他的薪水在养家糊口之余还能攒下不少。就这方面而言，西部诸州包括加利福尼亚在内为定居者们提供了极为有利的条件。而在东部，贫穷的含义就更加接近欧洲的标准，不过，前者的严重程度远远比不上欧洲，原因也只有一个：地广人稀。

所以现在，你怎么能够想象一个受过教育、具备正常智商、拥有公民权、享有安全感、认为自己和别人一样平等、吃喝无忧、温饱不愁的美国人会自愿放弃安逸舒适的良好环境，走上一条布满荆棘、朝不保夕的犯罪之路呢？除非他像我们在剧院舞台上看到的那样，天生就是个恶棍，但即便如此，作恶多端的坏蛋毕竟只是少数。我并不是在旁敲侧击地暗示读者，在美国压根就没有违法乱纪的事情发生，和其他地方一样，美国同样有人犯罪。然而，发生在欧洲的罪行大部分都是劳苦大众在恶劣社会环境逼迫之下的无奈之举，而美国的犯罪事实却几乎无一例外地源于个人的情感宣泄，而不是源于本人的无知愚昧和贫富的两极分化。我想我也没有必要特别指出，由贫穷和无知引发的案件数目是以情绪宣泄为

---

[1] 显克维支曾对《宅地法》作以下注解："在波兰语中这部法律的宗旨即为'家庭是神圣不可侵犯的'。按照这一根本精神，配偶和子女是家产的共同所有人；当丈夫破产时，其家产不能充公变卖以冲抵债务。"美国大部分的州都设有法律以避免宅地人真正落到倾家荡产、一无所有的境地。

根本原因的案件数目的两倍。基于以上事实，比较的结果一目了然：美国社会的道德水平远远高于欧洲社会。

最后，关于个人道德标准的纯粹性我只想一言带过。如果以此为研究对象的话，城市中的个人道德水平只能说处于中流，仅仅略高于欧洲，而在大批华人聚居的地方道德水平甚至更低一些。但是，如果将所有国民视为一个整体来看的话，那么一个天生性情平和、不易冲动发怒的民族是不太会以挑衅生事为乐的，而这个年轻的民族所经营的忙碌充实、埋头苦干的生活方式则是对所有丑恶行径最为有力的约束与防范。

以上种种就是我眼中看到的美国社会的特质与属性。刚踏上这片国土时，它们曾让我倍觉反感，心生排斥，而当我进一步深入美国社会，我发现自己已经开始诚心诚意地接纳它们。我力求在我的描述中做到不偏不倚，准确到位。这封书信不是出自一个盲目天真的乐天派之手，因为我从来就是一个悲观主义者；同时，它也没有站在一个制高点，带着先入之见去怜悯同情一个新兴的制度。我很清楚世界上不可能存在一个完美无缺，并且能适用于任何一个社会与国家的制度。只有那些能与其国民性、习俗、传统相匹配，并且能够保证国家在发展过程中取得最大进步的制度才是真正可取、值得拥戴的制度。反之，如果它阻滞了国家前进的步伐，当突发的变故需要它当即整顿、改革，甚至需要它拿出置之死地而后生的胆量气魄时，它却固步自封、墨守成规，那么这样的制定就该遭人唾弃。

以上就是我关于美国民主的一些浅见。我相信，当我们深入研究美国政治制度，慢慢认识它最本真的特性时，我们一定会获益良多。而在此过程中，我们也会将之前先入为主的偏见，毫无根据的优越感以及随之而来的骄狂自负一并丢弃。最终，我们将继承这代表着十九世纪时代精神的博爱与宽怀面对整个世界。

顺便说一下，我曾拜读过很多从美国投递并登载在《华沙日报》上的书信札记，虽然它们大都文采斐然，但是由于落笔仓促，所以文章只是蜻蜓点水般地记录了一些稍纵即逝的偶发事件，或彼时彼刻的政治时局。除了流水账式的平铺直叙外，他们没有对这些社会表象进行鞭辟入里的分析。而我因为没有截稿日期的限制，所以观察得更加细致入微，从而由表及里地进行了深刻的剖析。总之，我所潜心研究的是事物的本质，是康德所说的“自在之物”[①]，我将和我的读者一同分享观察的结果和感悟，虽然促成我们沟通的媒介仅是专栏副刊一隅，尽管每封完整的书信不得不被大卸八块，以连载的形式以飨读者。

① 德国古典哲学家康德在其哲学体系中提出的一个基本概念，它是现象的基础，人们承认可以认识现象，必然要承认作为现象的基础的“物自体”的存在。——译者注

美国女性

当我完成这封信后，我将另起篇幅谈谈文学和艺术，因为我觉得这两个话题完全可以独立成章。[①] 不过坦白说，美国文学和艺术的花坛并没有像欧洲艺坛那样姹紫嫣红，满园飘香。亨利·托马斯·巴克尔[②]在其著作《英国文明史》中曾经断言，只有当一个社会开始积累财富时，文学（诗歌除外）和艺术的种子才会生根发芽，继而枝繁叶茂。换而言之，文学和艺术出现的前提是文明社会在与大自然的抗衡中处于优势地位，并开始对日常生活和现实世界产生了某种厌倦情绪。然而这两个条件在美国无一具备，所以从整体而言，美国人追求美的意愿似乎小之又小。而这仅有的一小部分人的愿望除了在本地文学之外，绝大部分都只好在英国文学著作中得以满足。关于这个话题我将在下一封信中继续展开。

现在让我们来看一看最近几年在文学界和新闻界引起广泛关注的热点问题，即美国女性解放运动。在欧洲，几乎人人都相信没有哪国女性能像美国妇女一样享有充分的自由与平等。当时我也

---

① 虽然显克维支有此打算，但他最终没能在之后的任何一封信中提及文学和艺术这两个主题。

② 亨利·托马斯·巴克尔（Henry Thomas Buckle，1821—1862），英国历史学家，曾计划撰写一部关于世界文明史的鸿篇巨制，然而他最终只完成了前两卷，即《英国文明史》。该书于 1851 至 1861 年间出版。

以为能在美国看到无数的女医生，女律师，甚至女牧师活跃在原本由男性占主导地位的工作岗位上。我无比确信至少我能看到有许多女性正在严谨求真的科研领域中奋发图强。我还以为虽然妇女解放运动被多多少少赋予了一些花里胡哨、古怪奇突的噱头，但美国女性并不看重这些无关宏旨的外在粉饰，而她们的社会地位必定在风生水起的妇女解放运动中得到了普遍提高。可说来也奇怪，真实的情况却并非如此。的确，女性在初级教育领域里扮演了男性无法取代的重要角色，为美国的社会发展做出了无比卓越的贡献，然而在高等专业教育以及参与社会公共事务方面，妇女解放运动却并没有为美国的女性带来多大实惠，她们在这些方面的成就甚至还不如欧洲的女同胞们。①

话说回来，女性解放运动具有巨大的潜在力量。美国人身上有一种无与伦比的特质，他们会义无反顾地去尝试任何有可能促进人类社会进步的理论。只要这条理论不是愚蠢透顶，能够吸引部分支持者，只要它有那么一点儿可取之处，并能引起学术界的热议，那么美国人民就会责无旁贷地将其付诸实践，敲锣打鼓地将其进行到底。

在欧洲，公众舆论成形脱胎于沙龙聚会。来自国外的新思潮突然唤醒了那里的一众热血青年，他们恍然顿悟，他们高声呐喊。然而，无论他们是想引进国外的先进理念，将其移植到自己的国土，还是以此为鉴，针对国内相应制度、政策加以修正改良，如果他们没有一点不计后果的匹夫之勇，那么他们的举动是无法在一潭死水中激起任何微澜的。然而美国的改革与发展却不需要人人争做难以驯服、横冲直撞的小马驹。只要你愿意尝试、实践一种全新的理念，你随时可以撸起袖管大干一场。

妇女解放运动同样如此。从运动初始，大众舆论就呈一边倒

---

① 这里必须指出显克维支当时并不了解美国东岸才是妇女解放运动开展得最为成功的地方。

的态势，至于官方是否认可，全然不在公众关心之列。政府也许会对某些违反公众道德或触及治安底线的举动加以禁止，但政府永远没有权利让任何运动胎死腹中。于是妇女解放运动得以自然发端，声势逐渐壮大，最后人尽皆知。可惜，它虽然攒足了吃奶的力气，却依然收效甚微。简而言之，就我上文所描述的方面而言，妇女解放运动依旧长路漫漫，远远没有到达硕果累累的终点。

在纽约，有一位陆军女上校，我记得她姓麦克莱夫坦[①]。怀俄明州有一位女牧师。毋庸置疑，美国肯定还会有几位女律师，在大学校园里你也一定能碰上一两个女学生[②]。然而正是因为这些女性的事迹被人反复称颂，甚至其盛名已然远播到了欧洲，由此足见她们也只是一些凤毛麟角的个例。这些出类拔萃的女性多半天赋异禀，而对于大部分女同胞而言，她们并不愿意追随效仿这些榜样。虽然社会舆论宽容有加，但在学术界和职场上成就不凡的女性依然被人视为冷嘲热讽的异类。

我想请教各位，你们会如何评价一位倾听她丈夫忏悔的女牧师？或者让我们换一个更能说明问题的例子，你们会如何评价一名女性陆军上校？设想一下，在一场战役中遇到突发情况，部队需要立即增援，也许这名女上校会因此下达休战命令。虽然这一举措也许要比在布鲁塞尔会议上通过的国际公约[③]更能有效地降低战争的残酷性，但无疑会令男性指挥官们感到颜面尽失。不过，那些多次经受战火洗礼的老兵却持不同意见。他们觉得一位掐着尖细嗓门下达指令、（在合身的军装包裹下）身材显得尤为出众的女将领更能激发热血男儿在战场上浴血奋战的万丈豪情。

---

① 1872 年，田纳西・克莱夫林（Tennessee Claflin，1846—1923）当选为纽约国民警卫队某支黑人部队的陆军上校。她和比她更加出名的姐妹维多利亚・克莱夫林・伍德哈尔（Victoria Claflin Woodhull）一同成为妇女参政运动的著名领袖。

② 欧柏林大学于 1834 年开始以和招收男性学员相同的入学资格招收女性学员。在显克维支撰写本书时，美国中西部大部分州内的大学开始效仿采用欧柏林大学的做法。

③ 布鲁塞尔会议于 1874 年由沙皇亚历山大二世提议召开，会议通过了一项“关于战争法规和惯例的国际公约”。

玩笑归玩笑。我想说的是妇女解放运动尚未真正成为美国一道亮丽夺目的风景，这里的女性并没能积极投身于工商行业和政治事务中。听到这话，也许有人会马上反驳说在新英格兰有许多妇女在当地的工厂干活。没错，但在欧洲不是也有许多妇女甚至儿童做着同样的事情吗？英国政府不得不因此限制妇女儿童的工作时间。只要读者随便翻一下经济学家的文章，就会发现在其他国家情况同样如此。所以从这一方面来看，美国女性的地位显然没有任何优越性可言。而事实上，这里的女性在工商业中所起到的作用甚至还不及旧大陆的女同胞们。

当然，在博览会①专设的“妇女馆”中无数件由女性制作的工艺品确实让人看得目不暇接。虽然欧洲博览会上没有专门设立“妇女馆”，但这并不意味着成千上万件展品就与妇女毫无关联。是谁的花边织物广受青睐？还有那些精美绝伦的饰物、绣品、哥白林挂毯、瓷器、丝织品、服装又是倾注了谁的智慧与汗水？即便不是全部展品，但其中的绝大部分肯定都出自女性之手。毫无疑问，欧洲工厂里辛勤工作的妇女人数大大超过了美国女性。另外，能在工厂里工作绝不是什么通过妇女解放运动争取而来的妇女权益。我们可以在欧洲的邮局、电报局、国立或私人银行里随处看到女性工作人员的身影，但在美国你却发现在这些岗位上发光发热的女性屈指可数。同样，女性排字人员在欧洲的人数也远超美国。简而言之，我并没有看到美国女性为哪个历来由男性占统治地位的工作岗位注入新鲜血液。妇女解放运动所取得的实质性成果与其大张旗鼓的声势并不相符，它也不值得我们在书本、报纸、宣传手册上大肆宣传报道。②

数遍所有行业，美国女性似乎也只有在三尺讲台上才找到了

---

① 此处指 1876 年在费城举办的百年纪念博览会。

② 显克维支对于妇女解放运动所持的观点与那些对此做过深入研究的作者的看法并不一致。比如，我们可以比较一下英国妇女政权论者埃米莉·费思富尔（Emily Faithfull，1835—1895）的著作《三访美国》（伦敦，1884）。

立足之地。但是，她们在教职中所扮演的重要角色既不是得益于妇女解放运动，也不属于运动中的某个组成部分。即便我们姑且将其视为妇女解放运动所带来的一大进步，那也仅仅是其中的一个阶段性成果，在争取男女职业平等的漫长征途中，这不过是小小的第一步，可是，欧洲人却固执地认为美国已然完全实现了性别平等。

最后，我还想谈一谈妇女的专业教育。高等学府已经向女性敞开了大门，她们因此获得了在专业领域深造的机会。医学院和法学院不再是女性不能涉足的禁地，尽管如此，却很少有女性愿意把握住这样的良机。欧洲关于美国女子大学的数字统计着实有些不着边际，他们将类似于瓦萨学院，还有纽约、华盛顿、波士顿和费城的众多学院都一并归入了欧洲人所理解的与德国大学并驾齐驱的教育机构范畴中。这个数据无疑就是美国人常说的“唬人的鬼话”。等我收集到足够的文献资料，我会在独立的篇章中专门介绍这些女子学院。[①]在这封信中我只想先谈一点，据我了解，这些女子学院无非就是档次略高的寄宿学校，所谓面面俱到的课程设置也只出现在学校用于宣传的资料手册中。

美国的男性和女性确实享有同等的机会接受初级教育和中等教育，但是在为日后就职奠定基础的专业教育中，这种平等便分崩离析了。大部分男性在完成中等教育后或是继而进入专业学校，或更多地通过实践经验学习到从事某种职业所必须掌握的技能。而绝大多数女性却从此离开了课堂，时间一长，便慢慢遗忘了曾在学校里学到的知识。

在我开来，这种情况无法避免。由于社会大环境并不鼓励女性要自食其力进而出人头地，所以她们既不会要求接受职业培训，也不会想到要参政议政，或在职场上和男性拼个你死我活。抽象飘渺的理论之所以能转化成看得见摸得着的现实，并不是仅仅因

① 显克维支并没有在之后的任何一封书信中就此话题展开讨论。

为政府为其扫清障碍，大开方便之门，而是因为理论本身能够满足日常生活中最基本、最迫切的需求。如果女性人数超出男性，以至于大部分女性虽然年及婚嫁却不得不待字闺中，既然她们无法依附于男人的羽翼生存，那么她们就必须另谋生路。置身于这样一种压力之下，广大女性自然会迫不及待地挖掘、寻找自食其力的手段，妇女解放运动的蓬勃发展也就成为大势所趋了。然而在美国，情况正好相反。虽然美国人口稀少，但是社会却异乎寻常地富庶。我已经在前文中探讨过美国的整体富裕程度。土地和生活必需品的价格极其低廉，而劳动力却非常昂贵。一个人每天工作六小时不仅能轻轻松松地喂饱自己，还能捎带养活一家人。和希伯来人一样，美国人也认为孩子是上帝派发的礼物，因为等到他们长大成人，那就是能产生滚滚财源的青壮年劳动力。

另一方面，这个什么都不缺的国家却独独缺少妇女。虽然我手边没有确切的人口统计，但是我敢肯定除了东部几个州外，全美男性的人口是女性的好几倍。而在南部和西部的若干州内，男女比例甚至达到了5∶1①。于是，一个女性可在五个男性中选择其未来的丈夫，那她就有大把的机会挑选到一个不仅能供她吃饱穿暖，而且还能为她添置几件奢华行头的如意郎君。

在加利福尼亚州生活着许多来自波兰、俄国和捷克的家庭，他们实在无法忍受这里的仆役一个个都没大没小，在衣食住行上居然和主人家不分彼此，于是他们不惜劳民伤财地从自己的国家买来一些朴实的乡村女孩供他们使唤。有了这些女仆，他们终于可以扬眉吐气地当一回主子了，只可惜好景不长，不出几个月，便会有“绅士们”登门造访——有生意人，打工仔，或是农场主——他们前来向女仆凯蒂或艾吉求亲，数日之后便将她娶进了门。他买来了绫罗绸缎供她打扮，于是原本在欧洲吃糠咽菜的穷丫头，如今摇

① 1880年人口普查显示美国男性与女性比例基本持平（男性为25518820，女性为24636963）。在西部诸州，男性人口确实高于女性，但也只有内华达、科罗拉多、亚利桑那和爱达荷的男女比例为2∶1。

身一变，成了整日躺在摇椅里晃来晃去的享福人。她很快就适应了全新的身份，一举一动都带上了“夫人小姐”的味道。我认识其中几位姑娘，她们有些人已经忘记了自己的母语，可是一听到乡音，依然会激动得热泪盈眶。总之，女性发现自己即便不工作、不劳动也不会饿死，有些人甚至还能过上锦衣玉食的生活。这些事实都是妇女解放运动止步不前的原因。

人们之所以要争取接受教育的机会，四处奔波到处求职，并不是为了追求什么遥不可及的理想，而是为了解决迫在眉睫的生计问题。可是，美国妇女却完全没有这方面的担忧和压力。无论如何，无忧无虑地坐在摇椅里打发辰光总好过日日殚精竭虑，夜夜腰酸背痛，所以也难怪美国女性会选择前一种生活方式了！

我必须得承认，在加利福尼亚有许多妇女已经放弃了原本应由女性独当一面的工作。比如在乡间，我曾看到男人给奶牛挤奶；在庄园里，男人忙着清洁地板。如果一个家庭足够有钱能雇上一个华人仆役，那么所有的家务活就全落在了他的身上。这位被唤作“约翰”或其他什么洋名的华人忠厚可靠，勤快耐心，他是这个家里的看护、厨子、花匠，而当他辛勤劳作的时候，女主人则悠闲地坐在摇椅里招待客人，或是忙着把自己打扮得花枝招展，又或者一口一个“宝贝”地宠溺着自己的孩子。数来数去，女主人的全部职责好像就这么两三件事。

我想就美国的妇女解放运动作如下陈词：妇女解放运动的可能性的确存在，但因为缺乏必要性，所以运动尚未切实开展。欧洲人却把“可能性”误以为是“既成事实”，于是造成了对美国妇女现状的一种错误认识。

请允许我对这个话题再多说几句。或许世界上再也没有哪个地方的妇女能像美国女性那样幸福地生活了。法律对她们睁一只眼闭一只眼，社会风俗不会给她们设置任何条条框框，即便她们做错了事，舆论也会对她们包容有加，而且家里还有一个将她们视若珍宝的好丈夫。优待女性这一特点与盎格鲁撒克逊人的作风颇为相似，只是美国人将其进一步发扬光大。这也就能解释为什么美国女性更像是一个被宠坏的孩子了。

如果有人让我比较一下美国妇女和欧洲妇女的智力水平、才学素养以及言行举止的优雅程度，那我得先反问一句，您是让我将美国妇女同欧洲哪个阶层的女性作比较呢？欧洲不同阶级女性在以上三方面的差异有着云泥之别，而在美国却不存在这种情况。以波兰为例，一位豪门贵妇和一个农夫老婆，或者一位社交名媛和一个乡村丫头，她们分处于两个世界，至少她们隶属于两个截然不同的阶层。也许有人会问我，为什么要把两个极端拿来比较？我的回答是，因为我别无选择。并不是我造成了这种两极分化，而是它们早就已经根深蒂固地存在于波兰社会中了。

在波兰，天晓得那些在社交界如鱼得水的富家小姐到底会说几门外语，因为自打孩提时代起，她的身后就如影随形地跟着一名精通语言的家庭女教师。她会弹奏钢琴，技艺炉火纯青，而文学、艺术的话题她更是信手拈来，说起名家流派简直如数家珍。她的目标只有一个，就是要成为一个充满魅力的女性。她思想成熟，善于随机应变。如果她想扮成贤良温婉的女子，她便会不露痕迹地藏匿好真实的性情。她懂得如何在貌似无关痛痒的插科打诨中插入意味深长的只字片语。她将这些表面上波澜不惊、底下却暗潮起伏的文字游戏玩弄于股掌之间，分寸感拿捏得毫厘不差，就像是明明穿行在一座光影交错、明灭不定的幽深树林里，可她却如同行走于自家闺房中一般轻车熟路。无须动用望远镜横瞧竖看，只消飞快的一瞥，她就能立时三刻摸清对方的性格脾气、特长才艺以及反应能力。这身本领可不是在无所事事中凭空琢磨出来的，而是得益于她平日里逗引堂兄表弟以及他们的家庭教师成为她裙下之臣的日常实践中归纳总结的经验教训。她善于察言观色，而社交界如同一块上好的磨石，将她打磨得越发千伶百俐、锦心绣肠。当然，她不是什么知识渊博的才女，但无论从心智还是审美情趣上她都到达了常人难以企及的高度。她到底是温良贤德，还是放浪形骸，是如空谷幽兰一般高洁，还是像飘零杨花一般放荡，这完全取决于她的成长环境、家庭教育还有她本人的品格良心。但无论是哪种情况，她都不失为一个聪慧灵秀、极具悟性的人。承蒙许多新知旧识为我提供了“她”的蓝本，至于这番描述究竟会让她们会心一笑还是面红耳赤，那就不在我关心的范畴内了。

现在我手中的笔将要描摹另一个极端——乡村丫头。克洛伊光着小脚丫，脚下的庄稼地满是烂残茬。[①] 她裹着长围巾，喝着伏特加，无论问什么，她只有一句话，“我怕难为情，啥也不会答。”然而，在当今的波兰农村你一样能看到诗歌中古时乡村姑娘的腼腆羞涩。问题出在孩子的教育上。克洛伊不会读也不会写，她不知道身边的世界正在发生着什么。她的眼睛只是单纯地映出她所看到的一切，就像干净的水面倒映着天空。没有什么能进入到她的心里，她的脑袋里空无一物。

那么现在我该请哪位上场来和美国女性一较高下呢？你也许会建议重新选一个“一般的”、“普通的”女性。但是在欧洲确实找不到这样一个中庸者。如果你能为我临时打造出一个来那就再好不过了，反正我是没法做到这一点的。相反，要在美国找一个普通女性却易如反掌。除去几个女性知识分子，再去掉数百个经常在国外游历、身上已明显带有欧洲女性特质的妇女，在剩下的绝大部分女性中我只要随手一指，那一个肯定就是典型的美国妇女。我之前关于美国教育的描述在此处同样适用，欧洲各阶层接受教育的巨大差异在这里无迹可寻。良好的教育和学智发展绝不会被某个阶级垄断独占。在美国，每一个女性都能读会写，她们阅读报刊，所有人都拥有成熟的思维。她们的穿着打扮看上去没有明显差别，至少都是一个类型，而她们的言行举止也都大同小异。她们的才学素养、审美情趣，还有她们的行为举止虽不及欧洲个别女

---

① 田园诗歌中的女主角大都被叫做克洛伊，文中的诗节选自公元三世纪的希腊田园诗《达佛尼斯和克洛伊》。

性，但却优于绝大多数欧洲妇女。可是刚来美国的欧洲游客总喜欢将这里的女性同欧洲那个特权阶级的妇女作比较，故此前者没有给他们留下什么良好印象。这也解释了为什么克里斯汀·纳博特笔下的美国女性形象是如此寡淡无趣。我能想象在纳博特女士看来，她们头脑简单，不谙风雅，从头到脚乏善可陈，毫无魅力可言。如果赫雷恩和纳博特一样以我们那些上流社会的女性作为对比参照，那么他同样会觉得美国女人让人兴味索然。可是在赫雷恩作品中你却找不到一丝贬损抑或不屑的痕迹，因为在品鉴女人方面他可算得上是一位越挫越勇的行家里手。①

至于我，虽然我承认通识教育在美国女性中间推广开展得极为成功，并对此表示由衷的钦佩与赞赏，然而我绝不会认为她们能与那些博览群书的欧洲才女们相提并论。我甚至还想火上浇油地添上一句，你能在她们身上发现欧洲女人的大部分缺点，然而后者的优点你却遍寻不获。从整体而言，她们既不勤劳也不顾家，对于如何操持家务、如何增进厨艺缺乏足够的热情。拜这些不善烹饪的家庭主妇所赐，美国饭菜可想而知是多么令人难以下咽了。可是，她们对于穿衣打扮的兴趣倒是经久不衰。纽约的百老汇大道或旧金山的卡尼街上挤满了穿戴时髦的女郎，就连巴黎的大马路都要自感汗颜。我之前说过，这些衣服看上去都非常相似，女仆或农村丫头身上穿的和富商阔太、高官夫人穿的只在衣料和价格上有所区别，但就款式、风格而言几乎千篇一律。

当这些精心打扮好的女人走在男人身边时，你会觉得眼前这一幕非常奇突，因为后者对于自己的穿戴完全漫不经心。在美国，你几乎看不到男人戴手套，女人穿礼服。你肯定知道格兰特总统在博览会开幕式上同样没戴手套，就穿着一身普通西装在如此重大正式的场合公开亮相。在我逗留阿纳海姆期间，曾有一个法国

---

① 波兰著名女演员海伦娜·莫杰斯卡(Helena Modjeska，1844—1909)在其回忆录中曾写道，赫雷恩绰号“我爱你先生”。“我爱你”是他会说的唯一一句英语，赫雷恩向年轻女郎作自我介绍时总自称为“我爱你先生”，以此取乐。

马戏团到城里演出。[1] 当时，整个村子里的男女老少全体倾巢而出。你能看到不管是城里的太太还是村里的女人一个个都像是从时装杂志里走出来的一样，低胸的裙子，长长的鬈发，涂脂抹粉，戴着手套。晚上，她们挽着丈夫的手一同看表演，男人们被太阳晒得黝黑，穿着靴子、裤子和棉衬衣，没有人想起来要穿上背心或外套。不过，这就是美国的风俗。美国男人的审美品味全都体现在自己太太的穿衣打扮上。

和我们一样，在美国妇女看来，法语是所有语言中的优雅典范，但是很少人会说法语。只要谈起这门语言，每一位女士都会不约而同地评价道："听上去是多么让人心醉啊！"为了赶时髦，女士们开始一窝蜂地加入学习法语的行列，可惜她们刚遇到一点困难就打退堂鼓了。虽然学业不精，可她们还总爱在不谙法语的人面前装模作样，显摆自己法语说得有多么流利。不过，只要有外国人打那儿经过并和她们聊上几句，谎言马上就不攻自破了——其实她们对于法语所知甚少，而"所知甚少"基本上就等同于"一无所知"。

美国女性对于文学、诗歌和美术的喜好几乎为零。由于她们不懂外语，所以对于外国文学也就自然敬而远之了。这里的女性教育很少关注如何发掘她们的天赋从而引导、培养她们的兴趣与才能。在美国，我没有遇见一个以丹青见长的女性。虽然有较多的妇女能弹会唱，但音律方面的知识也只流于表面，略知皮毛而已。美国人既没有恒心毅力，又缺乏音乐天赋和艺术美学上的悟性。回想我在美国人家里听到过的弹奏曲目，没有一首是出自亨德尔、莫扎特、贝多芬、肖邦、李斯特或法国、意大利名家大师的作品。走到哪里，耳朵里听到的不外乎是华尔兹、波尔卡、《进军佐治

---

① 这次马戏团的演出成为了显克维支短篇小说《奥尔索》的主题，男主人公是马戏团里的大力士。

亚》、《"请告诉我还要多久,卡提利纳"》[①]和巴达捷芙斯卡的《少女的祈祷》。每每弹奏《少女的祈祷》,女孩子们便会在琴凳上左摇右摆,纤纤玉指在键盘上起起落落,上下翻飞,她们轻声叹息,眼神痴迷,完全沉醉在乐曲的意境中,仿佛自己就是那位正在祷告的少女。在这番心醉神迷的演奏中,我们看到了她们的天真无邪,她们的理想与渴望,以及少女特有的多愁善感。

在美国社会,你既能看到清教徒们严格遵循的清规戒律,同时也能感受到欧洲人无法想象的自由奔放,而这两者非常奇妙却又非常和谐地交织在人们的日常生活中。我想世界上再也找不出两个像美国白人社会和墨西哥西班牙语社会那样迥然不同的团体了。在南加利福尼亚,我遇见过很多墨西哥人。在他们居住的西班牙语社区,一位绅士初见女郎时正儿八经问的第一句话就是"小姐,您身边可有爱侣?"如果女郎回答说,"是的,先生!"那么出于礼貌,这位绅士必须痛心疾首地表示遗憾,"我失恋了!"正如所有拉丁民族一样,诗情洋溢的墨西哥人将爱情视为美好的精灵,如果没有爱,生活将变得毫无意义。对他们而言,爱情是生命中的必需品,它就像每天赖以生存的面包一样不可或缺。所以当听到他们开口闭口总离不开一个"爱"字时,你完全没有必要感到大惊小怪。

可是在美国社会,这样的对白却无疑会让听者眉头紧蹙。不过,美国的年轻姑娘经常会口无遮拦,她们的言语无状很可能被人误解,至少会被欧洲人误解。在某次短途旅行中,我有幸结识了两位出众的女性旅伴:年长一些的是阿姨,好像在报刊上发表过几篇诗作,她的侄女长得非常标致,雪白的肌肤衬着碧蓝的双眸和赤褐色的长发煞是好看。当时,我对英语一窍不通,于是在一名翻译的帮助下,我和那位侄女攀谈起来。不多会儿,我便大着胆子说:

"非常遗憾我不懂贵国的语言,不然就能和您直接对话了。"

---

① "请告诉我还要多久,卡提利纳!"出自西塞罗反对罗马阴谋家卡提利纳的演讲,全句为,"请告诉我,卡提利纳,你究竟要我们忍耐多久?"

“这有什么要紧的，”女郎说，“如果你愿意，我来教你。”

“您真是太善解人意了，多谢您。”

“不过我可有个条件。”

“无论什么要求我都会答应您，不过请您先告诉我您有什么条件？”

“好吧，只要你答应上课的时候我可以经常捏捏你的手。”

我得承认，姑娘大胆的言辞让我大惊失色！如果当时只有我们两个人，那么男人的天性势必会被这句话撩拨得蠢蠢欲动，绮念丛生。可是这话是经由第三方传译的，我们所说的内容他都一清二楚，而且当时还有其他人在场，话又说得那么直白响亮，仿佛只是一句随口乱开的玩笑一样。要是我是一个六十岁的老翁，估计也会听到一样的话。类似的对白在美国完全无伤大雅。

只有像这样在清教戒规约束下的随意氛围中才会衍生出美国人所说的“谈情说爱”。波兰语中与此相对应的应该是“求爱”或“献殷勤”。“谈情说爱”在这里绝不等同于“暗通款曲”。青年男女可以随心所欲地单独会面。他们一起散步，甚至结伴旅行。总之，他们朝夕相处，知根知底。如果他们性情相投，那么“谈情说爱”就会升华为男婚女嫁；如果觉得彼此合不来，那么他们就会一拍两散，各走各路。

要是在欧洲，这样的男女关系百分之一百会招来流言蜚语，可在美国却不必有此担心。首先，美国女性从不会动辄就伤春悲秋，她们沉稳坚韧，理性胜于感性，这样的性格是谣言绯闻最好的绝缘体。同时，社会舆论向来对女性呵护有加，一旦出现丑闻，所有的矛头必将指向那位血气方刚的小伙子，只有他一人必须面对公众的唇枪舌剑，口诛笔伐。最后，法律规定的巨额赔偿会迫使他立即和女孩走入婚姻殿堂。在这种事件中，女性永远只扮演受害者的角色，她们永远都是天真无邪、清白无辜的，哪怕事实正好相反。

以上就是目前我对美国女性的粗浅认识。由于我并未走遍全国，所以行文中必然会出现错漏之处。不过，我已尽可能地规避以偏概全,并且努力让自己的观点和立场保持客观中立。希望我的描述能够为读者们抛砖引玉,使各位在观文后自行得出中肯、正确的结论。我只想在此重复一点,在我悉数美国社会不尽如人意的晦暗之处时,我也发现,当我越走近它,它本身所蕴含的闪光点也变得越发耀眼夺目。

圣安娜山上的牧歌（上）

我正在圣安娜群山的南部山脉为读者们写信。这里山峦层叠，名目繁多的山峰从俄勒冈州一路绵延至加利福尼亚州南部，继而到达墨西哥的索诺拉[①]。我和阿纳海姆码头酒馆的老板马克斯·尼布伦抵达这里时已是夜晚，这是我平生第一次在杳无人迹的荒郊野外过夜，而这个夜晚也因此注定让我毕生难忘。

我们在一个叫杰克·哈里森的人那儿落脚，他让我想起了鲁滨逊·克鲁索，因为他和漂流记的主人公一样离群索居，身边只有一条狗和一柄枪作伴，还有一顶帐篷为他挡风遮雨。这位鲁滨逊的追随者已经不年轻了，看上去有五十开外的样子，他的长相让人望而生畏，要是在以往只身一人的旅途中碰到类似的人物，我肯定会毫不犹豫地握紧手枪。他穿着法兰绒衬衫和一条黏鹿皮裤子，头上戴着一顶破破烂烂的墨西哥草帽，破损毛糙的帽檐遮住了一张胡子拉碴，让人不寒而栗的脸。马克斯把我们介绍给对方，这个山里人重重地握了握我的手，说了句“你好”，然后很快走进山谷开始生火做饭。我和马克斯把坐骑拴在橡树上，然后卸下了马具。树底下的苜蓿长势丰茂，我们的马匹开始大口大口地享用起晚餐来。我和马克斯走到帐篷底下坐下来，点上一支烟等候开饭。

---

① 索诺拉省位于墨西哥西北部，与美国接壤。

我打量四周。黑黢黢的山峦层层叠叠地围绕着峡谷，只有山谷底下一条南北走向的幽深的山涧突破重围。这里的一切看上去原始神秘，阴沉幽暗。山谷周围高悬着绝壁断崖，仿佛是一个大发雷霆的巨人为了发泄怒气随手抛掷巨石，不经意中一块块叠加而成一样。我总觉得这些庞然大物随时都会松动，而后轰然坍塌，坠入谷底。夜色如水，更加放纵了我满脑袋的狂思乱想。明晃晃的月光在纹丝不动的岩石四周勾勒出一道银边，让原本溶于夜色的岩石轮廓显得格外清晰。夜间的各种声响交织成一片，于是，周围的一切更像陷入重重魔咒一般。在长满树丛的岩石裂隙中，山猫发出嘶哑绵长的叫唤，听得旅人心里发毛，还有猫头鹰的啼叫和马匹的嘶鸣更加平添一份凄恻惶惑。我的狗显然不太适应野外夜间的喧嚣骚动，于是竖起了鼻子冲着月亮狂吠起来。而我那只驯养多日的獾也像是受了惊吓一样，一骨碌爬上我的膝头。这一切却让我心驰神往。虽然我骑着一匹可怜的老马一路狂奔三十里地，浑身的骨头就跟散了架似的，不过我是肯定不会效仿身边的马克斯，他竟然在帐篷前铺上了一条毯子，兀自躺下，倒头便睡。

这一刻，我忽然感到饥饿与疲惫一扫而光，在无边的沉思中我不由感慨孩提时代的梦想如今终于变成现实。那时，我总是幻想着有朝一日能静静地凝望荒无人烟的大地，那里还没有被人类的文明所侵占，自然万物便是至高无上的领主，它们无拘无束，放任自然地生长、繁衍。与古老的大自然亲密接触，置身于库柏笔下未经砍伐的森林、草原，这便是我渴望多年、一直秘而不宣的至高幸福。现在，未被人类荼毒践踏的大自然正呈现在我的眼前，它从四面八方将我团团包裹，我的肉身，我的精魂，还有我所有的感知都深深地沉浸在无边无涯的大自然中。我觉得自己如同一颗即将坠入大海的雨滴，自我正在慢慢地消失，直至与大自然融为一体。

今天对我而言意义重大，直到进入群山这一刻我的旅行才算真正地拉开了序幕。难道只有乘着豪华游轮漂洋过海，坐着舒适的铂尔曼列车穿越草原，然后住进豪华旅馆，第二天到城里四处观光才算得上是旅行吗？像这样来自文明世界的旅行家和探险家在旅途中究竟能发挥什么样的作用呢？他就像一口老旧的行李箱一样被人从这里搬到那里，仅此而已。他所能发挥的唯一具有主观能动性的作用就是掏钱埋单。然而在远离文明社会的蛮荒之地，旅人的角色发生了翻天覆地的变化，其中最为关键的就是他必须积极主动地去面对所有一切。在旅程中，手里的来复枪是你必备的护照和车票，两条腿便是跋山涉水的交通工具，有时候一匹尚未被完全驯服的野马能帮上忙，成为代步工具，不过正当你向群山迈近时，它会翻动着一双受惊充血的眼睛，这时，你必须先下马，然后拿根套索将它勒个半死好让它就此学乖，若不然它肯定会抓住一切机会把你狠狠摔在地上或是掉过头来猛地咬你一口。

在野外，你唯一的向导就是你的本能。你露宿在沐浴着星光的岩石裂隙里，不过，你得事先赶走栖息在那里的蝎子和蛇。如果你想取暖，就得学会自己生火，你的食物就是你捕猎的收获。睡觉时你得时刻保持警惕，随时防范暗处有什么奇怪危险的动静，只要一有风吹草动，你就要立刻爬起来，当你的狗竖起鬃毛开始狂叫，你就得马上抄起来复枪。总之，你必须像一个真正的男子汉那样去克服旅程中的艰难困苦，你必须激发所有尚未被安逸的城市生活磨灭的勇气和毅力去面对危险之境。旅途中所遭遇的一切完全取决于你自身，取决于你的男子气概和深谋远虑。你不能有片刻的喘息与放松。除此之外还有一个非常重要的不同之处，那就是你不仅是一个观光者，同时也是一个发现者。你必须承认，只有积极投入充满变数的旅程，这样的经历才是名副其实的旅行。

经过一番艰难跋涉，我终于暂别加利福尼亚的尘嚣，进入了泰米斯克、圣安娜和圣贝纳迪诺山脉。现在，我有好几个月的时间去亲自体验男子汉的旅行。所谓加利福尼亚文明世界是指沿着海岸由北及南从俄勒冈一直到圣地亚哥的所经区域。圣地亚哥地处加利福尼亚州和位于墨西哥境内下加利福尼亚的边界。在北面，特别在旧金山附近，文明地带幅员辽阔，几乎从太平洋一直延伸至内华达山脉，后者如同一道分水岭，将富含金矿、荒凉冷寂的内华达州摒除在外，而界内的区域却人烟繁织，几乎和整个波兰王国的人口相当。美丽的河谷点缀着群山，青山绿水间袅袅地飘荡着人间烟火。

数月之前，我曾站在迪亚弗洛山顶俯瞰着脚下的村落。当时正值破晓时分，氤氲的晨雾将空气晕染成了一片迷离的绯色，薄雾的这一边荡漾着一片如同翡翠般碧绿的海水，无数的桅杆、风帆还有五颜六色的小旗子在碧波中起伏飘荡。而薄雾的另一边，大地正从睡梦中缓缓醒来，那儿风景如画，令人心旷神怡，相信站在悬崖峭壁上的撒旦再也找不到比眼前更美好动人的事物来诱惑耶稣基督了。蜿蜒的溪流闪烁着碎金似的波光环绕在青翠的山谷间，恍若为群山缠上了金丝银带。这里同样坐落着许多城市，东方的第一道曙光轻吻着数不清的教堂尖塔和圆顶：那里有大城市旧金山，规模稍小一些的奥克兰、海沃德、贝尼西亚、加利福尼亚的纽约和布鲁克林[①]、圣莱安德罗、圣马特奥、瓦里豪、马丁内斯、圣巴勃罗，还有位于萨克拉门托河畔与河流同名的加州首府。

纵目远望，这些城市都建在以迪亚弗洛山为圆心的辐射范围内，可想而知这里的人口有多密集。若不是头顶着一方湛蓝的天空，若不是扑面而来的晨风中带着燠热的暑气，若不是周身飞舞着蜂鸟和大朵金色的蝴蝶，若不是一轮骄阳在空中喷吐着炙热耀眼的火焰，若不是因为所有这些接近赤道的气候特征，我几乎以为自己是站在布鲁塞尔圣古都勒教堂的塔顶，俯视着人口稠密的城郊，那里已建立起高度发达的城市文明，周边地带景色怡人，如同一个巨大而美丽的花园。在两座城市之间星星点点地散落着农场、磨坊、风车和数里长的流槽，它们时而被苍翠的香桃、柏树和桉树包围，时而被柔弱无骨的常青藤、野葡萄藤蔓缠绕，时而又被在房舍

---

① 在显克维支撰写此书时，加利福尼亚州确实有一个“纽约”和一个“布鲁克林”，但现在这两座与东岸同名的城市已不复存在。

边上站岗放哨的棕榈树的巴掌叶子装点。

从旧金山一路往南直到圣地亚哥，类似人烟阜盛的文明地带逐渐越来越狭小。这倒不是因为土地越发贫瘠的缘故，相反，在人口众多的海岸区域，土地反不及人迹罕至的深山峡谷肥沃。人们之所以喜欢在沿岸地区驻扎安家，是因为他们想紧挨着城镇特别是港口，这样一来他们就更容易为自己的劳动成果找到销路和市场。不过归根结底，还是因为加利福尼亚州的总人口原本就不多，在这片六千多平方英里的广袤大地上只生活着七十万人口，故而我们也就不难理解为何偏远地区虽然土地丰饶却始终乏人开垦了。

当你从阿纳海姆出发，沿着山脉走向继续东行，当你的坐骑穿越圣安娜河宽广而多沙的河床，你便会发现自己已经离开了经过精心规划、建满了私有宅邸的文明地带，离开了受美利坚合众国法律条规管辖庇护、人际关系梳理有序的文明社会。在圣安娜河的另一边，美国的疆域继续延展，然而那里不再人流如织，你只能看到零星几个拓荒者或印第安人，大部分地方几乎渺无人烟，这些土地正等待着拓荒者前去开垦耕种。那里无法可依，只有野蛮残酷的私刑，以下描述可以概括私刑的主旨：以眼还眼，以牙还牙。只要有人侵犯人身安全和私人财产，等待他的只有一种处罚——绞刑。幸好山里人生性正直善良，私刑才没有像脱缰的野马那样四处贻害。

这里的土地被分割为许多块面积为一百六十英亩的标定单位，不过这个数字并不准确，因为从来没有哪个土地勘定人员亲自来到这片偏远荒芜的山地进行勘探测量。法律允许每一个美国人或准备入籍的移民标定一百六十英亩的土地，只要他能在十年内为每英亩支付 1.5 美元，等到十年后，土地便无条件地归个人所有，他可以自由变卖、转赠或租赁，总之土地可以任他随意处置。向政府缴纳土地登记费的义务其实只限于一纸文书，因为当拓荒者占有一块尚未被认领的土地，在那里开荒耕种，建屋盖房，即便他没有支付一个子儿，也不会有任何法律能将他驱逐出去。

一看到有如此宽松的政策能让人易如反掌地获得土地，再加上这里的山谷几乎随处都覆盖着古老茂密的橡树、梧桐和月桂树林，也许你会想当然地认为拓荒者们会迫不及待地蜂拥而至，可是事实却并非如此。至于原因我之前已经有过论述——没有人！如果美国东海岸和加利福尼亚州之间不是隔着千山万水，那么成千上万一无所有、失无可失的移民一定会如潮水般涌入这片荒凉之地。另外，不要说从欧洲启程，就算是从东岸的纽约、费城、华盛顿或波士顿启程来加利福尼亚，单论旅资就已经超过了两块标定土地的登记费。

至于住在城市里的居民，他们无一例外都从事着这样或那样的工作，也就是说，他们都是工商业人士，在他们眼里，扎根山区然后认领一块什么都没有的荒地简直无利可图。另外，一个土生土长的美国佬也绝不会为了欣赏湖光山色，躲避城市的纷扰喧嚣，享受隐居独处的安宁或为了任何与陶冶情操、修身养性有关的理由而投身于大自然的怀抱。而且，也的确没有现成的路径可以直达那些秀丽的山谷。

西班牙语"卡农"一词准确说来意为"峡谷"。无论峡谷是豁然开朗还是逐渐变宽，只要在群山的围绕下形成了开阔的山谷，那么人们便可以在那里饲养牛羊，养殖蜜蜂甚至耕种田地。不过类似的山谷一般都位于群山深处，只有沿着溪流的河床才能进入腹地。入口处可能就是在乌克兰语中被称为"山崖"的一处巨大的岩石裂缝，底下浪花击石，水流湍急，四处的崖壁陡然坠落，有时甚至深达二三百英尺。

这些孕育溪流的沟壑必定是天底下最幽深昏暗的地方了。溪谷底下终年不见天日，因为崖壁顶端长满了郁郁葱葱的树木，枝桠相互交错勾叠，宛如在溪流上方撑开了一顶巨大的华盖，它遮住了天空，也挡住了旅人的视线。还有盘踞在峭壁上的野生啤酒花藤，野葡萄的藤蔓，它们和其他不知名的蔓生植物一起恣意生长，无限蔓延，它们的须藤彼此痴缠团绕，如同无数纤细柔长的手臂死死勒住彼此再也无法分离，于是一道厚重密实的绿色垂幔仿佛从天而降忽又悬于半空，厚实得连日光都难以穿透。有时候，旅人会错以为自己行走在某条地下通道。有时候，头顶上的天然华盖难得露出了一丝缝隙，旅人刚要庆幸终于能看到一线蓝天，可当他一抬头，盘旋徘徊的秃鹫、渡鸦、鹰隼，还有耳旁萦绕的呕哑嘲哳也会让人一瞬间败了兴致，坏了心情。

等到太阳西沉，溪谷的深处回荡着阴恻恻的嘶鸣吼叫，一声接着一声直抵耳膜，听得人胆战心惊，濒临崩溃。当山顶的太阳收尽最后一丝余晖，所有的野兽开始倾巢而出去往山涧小溪旁饮水。小鹿和羚羊最先抵达，然后是大角羊和长着白色斑点的北美野山羊，前者的头顶上竖着一对镰刀般的犄角，大得几乎碰到了后背。在它们之后紧跟着山林中的掠食者。一身红皮银袄的美洲狮在暮色中缓缓走来，它脚步轻悄，发出的动静不会比游走于草丛的灰蛇更大。猞猁在岩石裂洞深处竖起了脑袋，不怀好意地转动着贼溜溜的眼睛。山猫蹑手蹑脚地在树丛中不停穿梭。远处还不时传来从高空坠落的石块与峭壁碰撞时发出的沉闷的撞击声。恐怖的山林之王灰熊正拖着日间被骄阳折磨得筋疲力尽的身躯，迈着沉重的步伐走向溪流，准备跃入清洌的溪水中洗去疲乏与暑气。

许多溪流的必经之地遍布着大大小小的岩石，马车和马匹都无法轻易穿行，尤其当这些石块上还长满了滑溜溜的苔藓。在冬天的雨季或是春潮满溢的时节，平日里娴静温柔的溪水便会露出狰狞的一面，瞬间变身为势不可挡的洪水猛兽。咆哮的激流将住在山谷中的拓荒者与外界完全隔离，他们只好熬一天算一天，所有在文明社会中能享受到的安逸舒适便成了他们连做梦都不敢想的奢望。

如果山谷地势开阔，那么那里的风景自然更加美丽，土地更加丰饶，人们也因此更容易到达那里。当他们发现一处尚未有人踏足的地方，便自言自语道：这里归我了！要知道在任何荒凉的地界，是不会有人来质疑你对土地的所有权的。不过虽然占地容易，要在那里安家度日可就不那么简单了。拓荒者大都是些没有妻儿的贫民光棍。对这样的人而言，能来到山中，选择山谷落脚是再好不过了。他对自己说："我就在这里扎根了。"可是，要想扎根，你就先得建造栖身之所。除了一柄短斧、一把铁锯和一个钻子，他再也没有其他工具，而建造房屋势必要砍伐相当数量的木材。当面对着原始森林中一棵棵长了起码一百年、树干的横截面足有好几英尺宽的参天大树，他到底该从何处下手呢？一棵树干黑漆漆的巨型橡树边耸立着一棵白色树皮的悬铃木，旁边是一棵同样粗壮的灰色橡树，紧挨着它的核桃木树干无比坚硬，斧子砍上去就像是敲打在石头上一样，只听见"砰砰"声四处回响。山核桃木边上长着一棵月桂树。森林里的一切被蛇群般的藤蔓统统缠绕在了一起，如同一张铺天盖地的大网，你中有我，我中有你，辽阔的森林仿佛因此团结成了一个刀枪不入的整体。拓荒者必须在这样一片原始丛林中披荆斩棘，清理出一方安身立命之地，然后砍倒那些高入云端的大树，并将它们拖运到空地上，你不难想象难度有多大，任务有多艰巨！在之后搭建小屋的过程中，孤立无援的拓荒者还得用尽力气、想方设法地搬动那些原木、椽子，把它们一根根往上垒。有时候他得拖着那些较为纤细的树木走上一两里地，而后沿着乱石丛生的河床艰难跋涉。与此同时，你还得扛着一柄沉重的枪，若是没有它，你将寸步难行，一来它能保护你，二来你得靠它捕获猎物来填饱肚子。很显然，单单搭建一栋小屋几乎已经让你力不能逮，所以可想而知为什么拓荒者的人数屈指可数了。而选择这条生存之道的人大多是那些流离失所的单身汉，他们语言不通，身无长物，却又不想仰人鼻息，所以除了在荒野中自谋生路之外他们别无选择；也有人是因为遭遇了重大变故，于是被迫亡命天涯；还有些郁郁不得志的苦闷之人想逃避红尘烦扰，便义无反顾地扎进荒山野林过上清苦的隐士生活；最后，还有那些不同凡俗的冒险家们，他们视金银为粪土，唯有大自然中粗犷豪迈的自由才是他们至高无上的追求。

可是就像羊倌会挑出羊群中弱不禁风的羊一样，拓荒者们同样要经受优胜劣汰的考验。在这场不公平的竞争中，弱者注定失败。所以，最后在荒野中扎下根来的人都拥有强健的体魄和坚韧的意志。可以说文明世界派遣出其最强壮的成员为日后文明进军原始森林扫清障碍，铺平道路。诚然，要在印第安人出没的地界安营扎寨，坚忍不拔是必不可少的条件，然而拓荒者在疆域开拓过程中所犯下的错误却远远超过了他们所施的善行，而他们自己也因此变得和印第安人一样危险可怕。与红皮肤勇士间的冲突终日不断，他们随时随地都准备着抡起刀剑，举起手枪，久而久之，血雨腥风的生活激活了他们血液中潜伏着的暴戾因子，他们变得越发冷血无情。同时，恶劣的生存环境更加剧了生活的不确定性，他们只顾眼前，过着朝不保夕的日子，他们的行事作风也就因此变得更加不计后果。准确地说，新墨西哥州、亚利桑那州和印第安人保留区的拓荒者应该被叫做伐木工。几十号人集结起来，一同走进未经砍伐的原始森林。拓荒者可不在乎这些木材究竟是属于印第安人还是归政府所有，抑或是哪家私有企业的产业，他不管三七二十一，砍倒树木，捆扎好，搬上木筏，然后沿着红河、科罗拉多河或格兰德河漂到最近的城镇。当这些木料脱手后，他的口袋里便塞满了厚厚一叠二十美元面值的钞票，够他在镇上或附近的酒馆里寻欢作乐好一阵子。等到他花光了最后一个子儿，他又被打回原形，成了一个一贫如洗的穷光蛋，于是他只好再回到丛林中继续向大自然讨生活。这里，我就没有必要向各位再特地说明这样的日子从早到晚都少不了流血事件。

山林里倒也不像一眼望去那样杳无人迹。除了拓荒者，那里经常有猎户出没，他们追捕野兽，然后拿到镇上叫卖；在林间放牧的牛郎[①]和商人的旅队也时不时从树荫下经过；还有流浪汉，间或

---

① 原文为西班牙语。——译者注

也会碰到采矿人。等到水牛长途迁徙的时节，你还会看到成群结队的印第安人朝着这些动物们张牙舞爪地扑过去，当然，有机会的话他们还会剥下几张白人的头皮。

拓荒者经常和这些人不期而遇。有时他会和他们称兄道弟地并肩坐在林间小道简陋的酒馆里把酒言欢，不过更多时候对方一个不善的眼神或一句不当的话语就会立即点燃他心头的怒火。拓荒者打起架来从来不管对方是红人还是白人，这边刚和狡黠的印第安人展开厮杀，那边又跟如同中世纪武士一般凶狠残暴的猎户牛倌打得不可开交。另外，自恃身强力壮、无牵无挂的拓荒者总是自诩为山野之王，他狂妄自大，从不把任何人放在眼里，但凡和人打交道，他不是恶言相加就是拳脚相向，一旦出手他就绝不会手下留情。他天不怕地不怕，而世上大概也只有"林奇叔叔"[①]能让他闻风丧胆，更要命的是"林奇叔叔"那套酷刑一般就挑在荒郊野岭执行。

管"私刑"叫叔叔，拓荒者们为这个令人生惧的词语赋予了幽默诙谐而且形象化的意味，这几乎和印度人将具有毁天灭地魔力的神祇叫做湿婆的做法如出一辙。[②] 就连最胆大包天的拓荒者都认为"林奇"（即私刑）如同某位判人生死的神祇一样，它法力无边，远远凌驾于他们这些凡夫俗子之上。然而，奇怪的是，这位在天底下所有叔叔当中最臭名昭著的一员却非常矛盾地兼具着宽怀有容和铁面无私的处事作风。他允许拓荒者在不见硝烟的"战场"上射杀每一个印第安人，允许人们在口角纷争中错手杀人，允许人们为了受害的亲朋至交拿起屠刀。同时，他鼓励拓荒者将任何一片森林视作上帝的礼物，每个人都有权利在那里收获同等的利益，而对于拓荒者的个人行为他通常都抱着一种得饶人处且饶人的宽容。然而一旦有谁对他人的人身和财产造成伤害，那么他会毫不手软

---

① 英语中"林奇"一词意为"私刑"，这里作者使用了音译双关的修辞手法。——译者注

② 湿婆是印度神话中三位一体宇宙最高神祇中的一位，代表毁灭。

地追究到底。

虽然这样的刑律过于野蛮，然而它的出现却表明了白人团体休戚与共的愿望和对于公平公正的渴求，而这就是一个集团从原始蒙昧过渡到文明社会的两个缺一不可的先决条件。我也曾谈到当越来越多的人驻扎在荒原上，那么越来越复杂的社会环境就需要更加缜密完备的法律严阵以待，而这便是“林奇叔叔”退出历史舞台、让位与美利坚法典的时候了。然而，美国人似乎与生俱来就有一种个人英雄主义情结，即便是在这样一个法制相对完善成熟的社会中，美利坚政府和执法机构发现，在许多重大问题上，他们依旧难以抑制民众想要自行诠释法律的强烈意愿。这里的每一个公民都如此热衷于社会公义，他们自认为是正义的化身，他们每个人都是法官、警察和维护公正公平的执法者。

我可以提供很多这样的事例。数年前，有一个叫约阿希姆的墨西哥强盗，他率领一众土匪恶棍在加利福尼亚州境内烧杀抢掠，坏事做尽。当时的警察不仅人数有限，而且办事效率很低。最后将这个作恶多端的家伙捉拿归案的不是警察，而是美国民众。他们跨上马匹，不屈不挠地飞奔过一片又一片的草原，穿越了无数座几乎无法踏足的荒林。最后，他们在大山的峡谷中发现了目标，尽管那里有许多可容纳数千人的天然藏身之处，可约阿希姆还是没能逃过美国民众坚持不懈的搜寻，他被抓后就地正法，吊死在了峡谷中。树倒猢狲散，他的同伙们也像失去头领的野狼群一般四散在深山老林里。

我们经常在报纸上看到白人和印第安人部落之间爆发战争，而且一打就是好多年，几乎没有一场仗能够速战速决。然而，这些战事之所以旷日持久其实是白人将领们为了谋取私利故意拖延造成的。不过当周边的老百姓耗尽了耐心，抄起枪杆子冲向红人强盗的老巢，掀翻他们的棚屋时，后者离末日也就不远了。不消多日，印第安人便在这片土地上彻底消失，战火就此熄灭。

最近，我不止一次听说当地居民不依靠政府，自发集结武装力量摆平事端的事例。两年前，就在阿纳海姆，有两个印第安人把当地一个白人的妻子拖进葡萄园，残忍地将其杀害。第二天早上，整个村庄的居民全体跨上马背开始了复仇之旅。以牙还牙、以命偿命的传统意识像从睡梦中被唤醒的雄狮，它发出雷霆万钧般的怒吼朝着印第安人的部落猛扑过去。虽然也有无辜的印第安人受到牵连死于乱枪之下，但无论如何，白人的怒火还是有效地震慑了印第安人。后者找出凶手，把他们交给了白人民防团。按照白人有仇必报的性格，不要说杀人者必须抵命，就连墨西哥人在他们的农场偷了一头牛、一只羊、一匹马，左邻右舍都会齐齐放下手中紧要的活儿，不论要耗上多少时间，花费多少钱财，都会扛着枪四处寻找那个小偷，直到物归原主才肯罢休。

美国人不遗余力地占领开发原先由墨西哥人和印第安人居住的土地，在此过程中大小纷争连年不断。不过，当哪一天墨西哥人或印第安人引火上身，不知轻重地在白人地界惹是生非，那么这块土地上的骚乱不日就将终结。经过一场师出有名的屠杀，白人彻底消灭了挑拨煽惑的原住民，这里很快变得安宁祥和。当然，这和你在欧洲享受到的安宁祥和完全是两码事。这里指的是你出门时不再需要背着枪，即便背着一麻袋钞票也不会引来贪婪的目光。不过，这并不意味着白人之间就此相安无事，从此之后再也没有人会吵架斗殴。毕竟，拓荒者身上一点就爆的脾气早已融入骨血，再加上他们无处宣泄的旺盛精力，因而这些新开拓的边陲地带比其他地方飘散着更为浓重的火药味。不过，就算打架斗殴也各有不同，需要区别对待。如果两个人事先说好若把对方揍得鼻青脸肿概不负责，或是在决斗中同时拔枪向对方开火，旁人一般都不会跳出来横加干涉，因为人人都觉得那是他们两个人之间的私事。另外，在某些州内对于宗教的狂热和盲从也会引发伤害事件。[1] 而在

① 显克维支所指的伤害事件中最典型的例子就是 1844 年在伊利诺依州的迦太基县狱，摩门教创始人约瑟夫·史密斯(Joseph Smith，1805—1844)被攻陷监狱的武装暴徒杀害的案件。

其他州境，在白人和红人长年的战火洗礼中，人们早已将流血冲突视若家常便饭，他们既不打算放弃动用私刑的权利，也不想轻易地臣服于司法权威。于是，那里的政治浪潮比其他任何地方都要肆虐狂乱。不过这场洪灾来得突然去得也快，起初让洪流决堤的那股力量如今又反过来疏导分流着惊涛骇浪，牵引着它们回到平静的河底。

尽管如此，我还是不由得回想起当年的普法战争，想起当巴黎被敌军围困时法国各地被“国防政府”牵着鼻子走的民众是多么惊恐万状。[①] 我还想起有多少次兵强马壮的盗马贼开进了波兰的大小城池，而在这生死存亡之际，昏聩无能的民众只会坐等上帝的救赎，却无人站出来振臂一呼救国土于危亡沦陷之中。我陷入一种深入骨髓的悲哀，无力自拔。因此，我也更加钦佩美国佬的共和精神，哪怕这种精神中夹杂着狂暴与戾气。我想弄明白为什么我们的人民如此软弱无能，在寻求答案的过程中我并不想纠结于某一桩不平等的具体事例，而是更想从具体事例中找到不平等的根本原因：在古老的欧洲大地上，自强不息的精神和豪气万丈的激情已经式微，任何革新与创举都在重重压制之下寸步难行。

然而在美国，情况正好相反。每个人的心中都种下了一颗奋发图强的种子，在满腔激情的浇灌下它不断地爆出新芽，弱小的幼苗一天比一天茁壮。我们并不是说美国的立国之本——自由与分权——就是促使这颗种子生根发芽的根本原因，虽然它们确实为幼苗的成长源源不断地输送着不可缺少的养分。另一方面，也许正是因为美国民众百折不挠的精神和无比旺盛的精力干劲，自由与分权才得以修成正果。如果换一片土地，同样的政治体制可能就无法结出如此甘甜肥美的果实。归根结底，真正的原因在于拓荒者们不断地占据、开发人迹罕至、只有土著出没的广袤荒原。自然，当拓荒者刚在那里落脚时，他们肯定不会带去一套现成的社会

① 在普法战争中（1870—1871）巴黎曾被德国军队围困长达数月之久。

制度，但是他们就是土地的主人，他们将组建自己的政府，建立自己的法庭，成为保障自己安居乐业的治安维护者。他们必须自力更生，而且他们必须和威力无边的大自然以及茹毛饮血的原始部落抗争到底。正是在这些艰苦卓绝的斗争中，自治政府、民主自由和三权分立才开出了不败的花朵。

我勉力收回飘散的思绪，重新回到拓荒者的话题上。虽然新墨西哥州、亚利桑那州和印第安保留区的拓荒者大都铁石心肠，脾气暴躁，但是他们信守承诺，如手足般团结，对背信弃义恨之入骨。相较之下，加利福尼亚州的拓荒者既具备了他们的长处，同时又摒弃了他们身上的缺点。前者大多是伐木工和流浪汉，后者是开拓者；前者习惯了动荡漂泊的生活，而加利福尼亚州却是一派国泰民安的气象。不同的生活方式决定了加利福尼亚州的居民和内华达山脉那一边的同胞有着截然不同的性格特征。

然而，选择在荒野上定居的人其实少之又少。我进山两个月来，总共也就碰到十几二十个，其中还包括了几个印第安人和墨西哥人，而且他们还稀稀落落地分散在足够容纳一半华沙人口的辽阔疆域上。我整日无所事事，身边又正好有一匹在山里长大的野马，这家伙爬起山来就像山羊一样灵巧，于是我骑着它去找寻、拜访拓荒者们的落脚点。不过因为有时候两个住所之间相距甚远，即便花上一整个白天也到不了下一个落脚处，所以很多时候我都得顶着满天星星，在山林的篝火边草草过夜。

印第安人一般都有他们聚众而居的小部落，墨西哥人大都热衷于饲养牲口，而山里的美国拓荒者们则多以养蜂谋生。这里大概是全世界蜜蜂养殖业最发达的地方。群山环抱的大峡谷本身就是一个天然的养蜂场，蜂群被围在里面既不会七零八落，也不可能飞越高耸入云的屏障。这里不仅有蜜蜂需要的水源，而且遍地都是它们吐蜜所需的养分，尤其是山坡上终年繁花似锦。为了避开毒辣的日头，拓荒者们将蜂箱置于黑橡树的树荫下。所有这些得天独厚的自然条件使得蜂蜜的产量成倍增长，而勤劳产蜜的小蜜蜂也以前所未闻的速度迅速繁衍着后代。从五六个蜂箱起家，不出几年，拓荒者就能拥有一个大规模的养蜂场，而此时他的主要经济来源不再只靠出售蜂蜜和蜂蜡，就连卖蜂箱都能给他带来一大笔收入。蜂箱的买主大都是在海洋与山脉之间落户营生的农场主。要知道，这些蜂箱有时候必须得靠人肩扛背驮才能一个一个运送出去，不过这对拓荒者来说不过是小菜一碟。

一般而言，越是在难以进入的深山老林，那里的拓荒者就会拥有比钱更多的蜂蜜。换而言之，拓荒者拥有的蜂蜜比能卖出去的往往要多出十倍。另一方面，拓荒者的需求也非常有限，对他们来说，钱最主要的用处不过就是买些火药和子弹。

言归正传，让我还是回过头来继续讲讲我的冒险之旅。就在我们进山的第一个晚上，我正坐在帐篷边静静地感受着大自然的浩瀚无边，这时突然从山涧深处传来主人的呼唤。尼布伦和我站起身朝峡谷走去。月桂树枝点燃的篝火烧得正旺，杰克在忙着烧烤，或者更确切地说，正忙着从灰烬中扒拉出一大块已经烤好的鹿腰臀。空气中弥漫着一股浓郁的肉香。而那头被割去了一块腰臀肉的鹿正挂在不远处的树丫上，它那双圆睁着的无比明澄的大眼中跳跃着一簇簇火焰。烧得通体发红的煤炭上方悬架着一个铁罐，加利福尼亚穷人常喝的日本绿茶此时正在里面噗噜噗噜滚着水泡。杰克拨去烟灰，取出小刀割开肉块焦黑的外层，里面露出了冒着热气的嫩红色的肉。我们席地而坐，美美地享用了一顿荷马史诗里描述过的盛宴。手边只有猎刀帮忙切肉，我们弄得满手都是滴滴答答的肉汁和血水。这些猎刀的学名叫做“单刃长猎刀”，顾名思义，你就不难明白为什么印第安人会将白人戏称为“长刀”了。周遭的环境让人想起早于荷马时代的品都斯和阿塔山脉中的峡谷。一条小溪从我们脚边的石滩上潺潺流过，我们背靠着岩壁，四周林立着一块块巨大的岩石，中央的空地上燃烧着熊熊篝火，火光把附近巨石缝隙中探出身来的几棵橡树映照得通红，再远一些的地方隐隐透着来自树林深处的微光。

杰克不时把一些月桂树枝扔进火堆，细碎的爆裂声不绝于耳，四溅的火星犹如飘洒的金色雨花，一转眼又消失在一片黑暗中。因为不断地添柴加薪，篝火一直烧得很旺，火光映红了我们的脸庞，我们的来复枪，还有蹲坐在身边的狗。每当我们撕下一块肉塞进嘴里，它们就眼巴巴地看着我们，满脸垂涎欲滴的表情。很多时候我都有些恍惚，好像自己正在参演某部富有传奇色彩的歌剧，而我所扮演的角色正是唱男中音的阿尔卑斯山中的强盗。对我而言，这无疑是某种新生活的开端。不日之后，我将发现自己是如此迷恋这样的生活，如果有一天我必须弃它而去，那么我必定会万分怅然，万分不舍。

那天夜里，皓月当空，泄银般的月光和红艳艳的火光将树冠镀上了美好的光华。晚风中，林间树叶喁喁细语，石滩上，溪水涓涓流淌，夜色里，野兽纵声长啸。所有一切都如诗如画，如梦如幻，置身其中，我如痴如醉，一颗心就像被按上了翅膀，在这片群山峻岭中自由地翱翔。这一刻，我几乎开始后悔之前大好的青春年华都被付之东流，白白浪费在了冰冷的城市街道、狭隘的兴趣追求，以及和庸俗之辈的虚与委蛇中。

一开始，我们就这样安静地坐着。拓荒者原本就沉默寡言，而我则沉浸在万千思绪中，至于健谈的尼布伦，他正对着鹿肉大快朵颐，所以一时半会也无暇顾及那些停在嘴边早已等得不耐烦的话语。不过，我察觉到杰克正在饶有兴味地打量着我们，他态度大方，毫不扭捏掩饰。我很快就知道了原因所在。当吃完食物后，他开口说道：

"我已经有两个月没见到过一个人了。"

"听我说，杰克，"尼布伦指着我说，"这位先生打算在这儿呆上几个礼拜。他是一位走南闯北的游客，他将途中看到的一切记录下来，然后发表在波兰的报纸上。杰克！你在听我说吗？托他的福，我已经上报了。杰克！怎么样，了不起吧！替我好好照顾他，千万别让他在山里走丢了，不久之后，你的大名也能见报了。杰克，想想看，世界另一边的人们能在报上看到我俩的事迹。”

拓荒者对于这样扬名立万的机会似乎并不十分感兴趣，不过他还是握了握我的手，感谢我挑选了他的住所作为我山里行程的第一站。顺便说一下，他的手粗壮有力，当我们两手相握时，我感觉自己的手就像只被诱捕器逮住的老鼠一样毫无挣脱的余地。我带着欧洲人惯有的客套回答说，能遇见像他这样英勇豪迈的绅士是我的荣幸，只是我也担心我的出现会给他的生活带来不便。

“有什么不方便的！”尼布伦一边笑一边大声说，“杰克，在你眼中压根就没有什么能称得上是麻烦事的！在阿纳海姆码头我就和这位先生讨论过这个问题。当时我就直截了当地告诉他：‘我了解杰克，你千万别和他谈什么钱不钱的事，这在他看来完全是举手之劳。’”

“我从不收人钱，”杰克回答，“先生，你来我这儿对我来说其实是帮了我的忙。别着急，让我慢慢告诉你原因。我已经厌烦了一直住在帐篷里，要知道在冬天的雨季，睡在帐篷里可不是什么舒服的事，所以我早已打算要盖一栋屋子。现在，屋子的墙体已经完工，不过这费了我好大一番功夫，基本上每一堵墙都要耗上好几天。而且，附近除了树干粗得离谱的大树之外，已经没有可砍伐的树了，我得从这儿走上好长一段路去找那些树干细一点的木料。我每天要忙活好几个小时，除此之外，我还得看管篝火，给自己和狗煮饭，还要出去捕猎。我觉得时间实在不够用，如果不去打猎，就没有吃的。虽然我可以在帐篷附近打松鸡，可老吃一样东西也不是办法。我还有一些鹿肉干，不过靠这些肉干混日子也不是长久之计。所以先生，如果你愿意像其他游客常做的那样拿上猎枪去林子里一试身手，那你不仅是在帮我节省时间，而且还能为我带来新鲜的肉，丰富我的伙食。”

“不管怎样，在城里款待游客和山里完全是两码事，”尼布伦插嘴说，“在城里我为游客提供食宿，为此我可以收人钱财。我为他准备早点、午餐和晚饭，所有这些都得花钱。可是这里呢？来了一个游客就意味着多了一双手和一把枪，而且有人陪伴总好过一个人在山里自生自灭。杰克，要是我一个人住在这里，我非疯了不可。你是怎么熬过来的呀，杰克，居然没有发疯?”

“习惯了，”拓荒者说，“不过，有时候确实很艰难，特别是到了雨季无事可做的时候。先生，你预备怎样，打算一直待到雨季来临吗?”他转过身来问我。

我说我也不知道。确实，我不知道自己会不会一直待到雨季，就像我一点儿也不清楚数月之后我会在哪里一样。也许一年后我会在华沙，或者在圣巴勃罗。对于旅行的狂热就像染上了教人上瘾的恶习。迈出第一步最困难，可一旦开始，你就会发现有一股神奇的力量推着你越走越远，于是你就变得像犹太人一样四处为家。

不过与此同时，我和杰克达成了共识。为此，我们一遍又一遍地握手，而每一次握手我都疼得挤眼蹙眉。接着，我们开始享用日本茶，自然，茶里添加的不是糖而是蜂蜜。突然，我想起来那几个塞满了杂七杂八各种零碎的背包里还藏着两个小木桶，一个装着白兰地，另一个装着葡萄酒。我从包里取出木桶，把它们放在火堆边，请我的伙伴们自便。我们裹着毯子，点上烟斗，一边吞云吐雾，一边就着白兰地喝茶。然后我们在篝火旁躺下来，越聊越投机，聊到后来，拓荒者对我们说，

“明天一早我就带你们去打鹿。”

“太棒了!”我和尼布伦异口同声道。

然后，杰克开始向我们传授打猎时的一些必要常识。虽说山谷中鲜有人出现，不过那些长着犄角的动物，比如鹿和羚羊，警惕性都非常高，因为它们的天敌美洲狮、山猫，当然还有人，随时都在虎视眈眈地盯着它们。攻击一般发生在水边。众所周知，鹿儿一旦选择了一条通往池塘的小路，从此它便会从一而终地一直走这条路。这样的小径很好识别，因为只要有动物第一次从灌木丛中穿过，那么在踩踏之处原本密实的枝叶就会自然倒向两边，不过就算是没有长草的地方，那片被踢走碎石沙砾后裸露在外的土地其

实就是在告诉猎人，那个地方曾有活物走过。因此在打猎的时候，猎人必须先找到这样一条鹿儿踩过的小道，然后在拂晓时分躲在池塘另一边的灌木丛里静候猎物靠近，一直等到它走进射程内。有时候，这样的狩猎活动也相当危险，因为螳螂捕蝉黄雀在后，两条腿的猎人通常会遇到四条腿的猛兽，而后者也正垂涎三尺地盯着猎人手中的猎物。

杰克向我们描述了几次这样的遇险经历，他说那一刻他都不知道自己究竟是猎人还是猎物。你不会认为这些故事纯属天方夜谭，因为密林深处不时传来各种阴森恐怖的声响，而它们仿佛为故事的真实性提供了最好的佐证。有一阵子，黑暗中让人战栗的吼叫声经久不散，我们三个连同整个森林都被吓得噤若寒蝉。拓荒者又将几根月桂树枝丢进火堆里。

“你躲在哪儿呢？该死的！”过了一会儿，杰克冲着林子喊了一嗓子。

“它是不是就在我们附近？”我竭力克制住内心的恐惧问杰克，一只手不由自主地伸向来复枪。

“不那么近，大概在两千到三千码开外吧，”他说，“周围的岩石群扩大了音效，再加上夜里比较安静，所以听上去那家伙好像就在边上。嗨，我知道你在哪儿，天杀的！”

“这是什么动物发出的叫声？”

“一头银狮。我可怜的雷恩。”

我第三次往茶里兑了一些白兰地，然后让杰克说说银狮和雷恩的故事。

“看见没，杰克，这些游客一个个都那么好奇。”尼布伦插进来。“这些都会被写进文章里，杰克，还有你的雷恩也会登上报纸！”

“马克斯，你怎么像只聒噪的鸟儿似的，”拓荒者暗讽尼布伦翻来覆去就这么几句，然后他说，“还是那句话，我可怜的雷恩！就算它上了《先驱报》，我也不会因此觉得它死得其所。先生，雷恩是我的狗，”他转向我说，“它跟着我千里迢迢从我的出生地路易斯安那来到这里，它忠诚勇敢，任劳任怨！两个礼拜前的一个晚上那头邪恶的怪兽大概吃厌了鹿肉，于是窜向了关着山羊的畜栏。”他一边说着一边伸手指向一头蹲伏在火堆边的巨型獒犬，“这个孬种发现了狮子后一声不响地躲进了帐篷底下的苔藓丛里，可是个头不大的雷恩却像发了疯似的扑了过去。我立刻抓起枪，可是还没等我奔出帐篷，我就听见那头畜生的咆哮声，接着雷恩发出了一声短促的呜咽。我朝空中开了一枪想吓跑那畜生，紧接着就带着枪和猎刀去救雷恩。可是已经晚了。银狮逃跑了，而我的雷恩已被那畜生掏空了五脏，压碎了脊梁，它的四肢还在抽搐着……”

究竟是茶里的酒精催化了拓荒者对雷恩的怀念，还是忠犬的离去让他至今悲痛不已，我不得而知，但是他的叙述戛然而止，杰克攥紧了双拳，就像是间歇性的狂躁愤怒突然爆发一样，嘴里飞快地讷讷自语：“天打雷劈！天打雷劈！天打雷劈……”

“别这样，杰克！”尼布伦说。

很快，杰克平静下来。不过，这个一直以来都寡言少语的男人一旦开口，那就如同河堤决了口一样滔滔不绝。也许是酒精发挥了作用，又或许因为这么长时间里他没有遇见一个人，攒了一肚子话却无人可诉，反正现在的他和拓荒者惯有的形象简直判若两人，就连马克斯都觉得惊诧不已。杰克说他爱上了这种远离人群的生活，即便他遇到再大的麻烦，他也不会因此离开山谷。现在，他认为他所面临的最大麻烦就是野兽总是防不胜防地侵害他赖以生存的家当。有时候小个头的红熊会趁着夜色到蜂箱边溜达，而真正捣毁蜂箱的却是浣熊；他曾想养些鸡，可是头一个晚上，它们就变成了黄鼠狼的美餐；他还有过几头猪，可是它们却进了猞猁的肚子；最后，他豢养的山羊又把美洲狮和丛林狼给招引过来。“整个白天，”他说，“野兽都藏了起来，山里根本看不到它们的影子，可是一到夜里，所有的动物都离开老窝来找我的麻烦。有时候，一个晚上我得拿着枪起来两三趟。所以白天我还得再补上几个小时的觉。”

我接着之前的话题问他为什么会在狩猎过程中屡屡遇险。

“一般来讲，”他回答说，“银狮也好灰熊也罢都不会主动攻击人，除非被人类所伤，狗急跳墙，或是在突然受惊的情况下向人类发难。狮子通常会在受到威胁时发起攻击。可是当你埋伏在草丛里准备射杀猎物时，你必须保持绝对安静，而往往就在这个千钧一发的时刻你会不期然地和这些野兽相遇。这种时候，你所能想到可以用来保护自己的武器就只有一把锋利的猎刀和你的一双手。”

“那枪呢？”我问。

“没时间开枪了。”

“可就凭一把刀，要毫发无伤地全身而退岂不是不太可能？”

“能逃命就不错了！”他一边斩钉截铁地说，一边撸起衬衣袖管，给我们看他手肘下方大大小小扭曲丑陋的伤疤。很显然那个部位的肌肉曾经惨遭撕裂而且伤势非常严重。

“是在加利福尼亚遭袭的吗？”我问。

“不，”他说，“这还是在德克萨斯的时候，一头美洲虎给我留下的终生纪念，这家伙可比狮子和熊危险多了。”

德克萨斯的遭遇让杰克的思绪回到了遥远的过去。他在路易斯安那州出生，曾经是一名衣食无忧的农场主。南北战争爆发后，他放下了农具，和他十六岁的儿子一同加入了南方军队。从此以后，他便厄运不断：儿子战死沙场，他本人又被北军俘虏。获释后，他回到了家乡。因为农场已经无法再经营下去，所以他不得不和他妻子搬到了位于南路易斯安那州切斯特马奇湖畔的伯威克小镇。那里全都是沼泽湿地，气候环境比新奥尔良还要糟糕，没住多久他和妻子都患上了黄热病。于是，他买了几辆马车和一些牲口，带上仅有的钱款朝着干燥的德克萨斯州进发。然而不幸的是，他的妻子没能熬过漫长的旅途，死在了路上。接着，墨西哥悍匪将他的车队洗劫一空。骤然间他变得一无所有，只比大平原上的孤魂野鬼多了一口气。他别无选择，只好跟着一些拓荒者在布拉索斯河、科罗拉多还有红河沿岸的森林里伐木开垦。就这样过了几年，他好歹算是攒下了一点钱，不过他还是想换种活法，于是决定去加利福尼亚州。等到了目的地，他发现自己又是两手空空，因为路上他花光了所有的钱。幸好这次他的运气还不错，在阿纳海姆他遇到了命中的贵人尼布伦，这位好心人借给他一些钱，帮助他在山里耕地畜牧，从此杰克便成了一名山里的拓荒者。

"自打那会儿起我就一直住在这里，"他最后说，"我必须得说，德克萨斯州和路易斯安那州都比不上加利福尼亚。"

眼前这个饱经风霜的男人无疑已经阅完了人生中最惨烈的篇章。他像一枚随风飘零的叶子，最后落在了这片鲜有人迹的森林中。

火堆里的火焰渐渐熄灭，沉沉睡意压得我们几乎睁不开眼睛。杰克开始祷告，我们都准备休息了。拓荒者催我去他的帐篷。说是帐篷，其实就是几根木杆上撑起一块帆布，底下只够躺一个人。不过我更想和尼布伦在那栋尚未完工的小木屋里过夜。屋子的主人给我带来几捆苔藓，我从行李中翻出一盏提灯，点亮后开始整理床铺。地板上到处都是刨花、木屑和乱七八糟的木片。我把灯留给马克斯，让他把地上的东西都归置到屋子一边，自己跑到驼鞍那里翻找出一条毯子。从夜里到黎明这段时间还是挺冷的。我卸下了所有可能会被狼和浣熊吃掉的粮草补给，确认了一下马匹没有把自己和套索缠在一块儿，又朝狗打了声响哨，然后回到屋里。

一进屋，我就听到马克斯嘴里一个劲儿地咒骂："该死的！该死的！"一边举着枪托朝一只蝎子一顿乱砸。他刚才铺床的时候发现刨花堆里藏着几只蝎子，于是就把它们都扔出了门，可是最后一只的个头大得着实有点吓人，惊慌之下马克斯几乎乱了分寸。很快，拓荒者也闻声而至，当他明白发生了什么事后，平静地开口说：

"没啥大不了的，我帐篷底下也有。"

我打了个寒战。

"那说不定苔藓里也会有，是不是？"我指着那几捆草问。

"没准。"拓荒者答道。

“要是它们咬人怎么办?”

“不会,它们不咬人。”

我心里纳闷,难道这里的毒虫要比其他地方的同类性子要温和或是毒性弱到不足以取人性命?我不知道答案,我唯一能肯定的是山里人压根就没把这些虫子当回事。我把剩下的刨花全丢了出去,不过,我还是万分小心地把那几捆苔藓仔仔细细地抖了个遍。

“对了,这附近还有响尾蛇出没,”拓荒者说这话时就像在和我们道晚安一样自然,“所以我本想在屋子周围绕一圈套索,不过既然你们有一只獾,那就应该没啥问题了。”

这就是生活实践带来的智慧了。一说起在露天过夜,而那个地方如果又经常有蛇出没的话,那么拓荒者就会在四周绕几圈套索,这样一来蛇就无法近身。不过只要獾在,那么刚才的预防措施就显得多此一举了,因为即便是毒性最强的蛇都拿獾无可奈何,它们的毒液对獾构不成哪怕是一星半点的威胁。只要遇到獾,那些倒霉的爬行动物就无路可逃了。

拓荒者离开了,我们也躺下就寝。马克斯很快就进入了梦乡,可是我却久久无法入眠。我躺在地上,因为屋顶还没盖好,正好可以仰望满天星辰。森林里传来各种奇奇怪怪的声音,我惴惴不安地侧耳倾听。和那些住在维斯瓦河或涅曼河[1]两岸的人们相比,我也算是个胆大的,可是今晚,荒野的自然风貌和丛林深处的鬼哭狼嚎还是不免让我心惊肉跳。要是哪位先生想嘲笑我的坦白,那么就请他来这里住上一晚。对于大型动物我倒不那么害怕,可是我老觉得垫在身下的苔藓里有什么东西在爬——那肯定是只蝎子;还有堆在角落里的那堆刨花屑看上去也总不能让人放心——没错,一准是响尾蛇。这种疑神疑鬼的心理就像绕着脑袋乱转的蚊

---

① 维斯瓦河(Vistula)是波兰境内重要的河流,流经克拉科夫、华沙和但泽;涅曼河(Niemen)位于波兰东北部。

蝇一样总也挥之不去！还有林中的万种声籁，在夜色与寂静的衬托下似乎离你越来越近。这些嘶吼长啸好像就在二十步开外，有时候听上去几乎只有一墙之隔，有时候甚至就贴着你的耳朵，虽然你明知不可能，但还是会身不由己地伸手抓枪。最后你开始神经质般地讷讷自语，"如果那些木桩上突然出现一对闪闪发光的眼睛，"我瞪着原木垒砌的墙壁问自己，"谁知道那是不是一头狮子呢？虽说这种事情发生的几率很小，可谁又能保证不让我碰上呢？"不过转念一想，杰克不是说过狮子一般不会率先发起攻击吗？"我肯定不会惹怒它的，随它去！"我信马由缰地胡思乱想，然后我觉得这一刻我是一个对天下所有狮子都充满爱心的人，是它们忠诚的同盟军。而且，一想到马克斯正在我身边酣睡，我就更踏实了，没有任何道理这些贪婪的家伙不看上他而只把我当成盘中餐吧。这种礼让精神让我一下子心潮起伏，我几乎已经开始提前想象如果马克斯真的不幸成为狮子的美餐，我会如何地悲痛欲绝了。

好了，玩笑归玩笑。我自己也搞不明白为什么耳边无法辨别的动物吼叫声会让我如此心烦意乱。其中最讨厌的一个声音似乎来自附近的悬崖，听上去就像是一直在叫"啊哈哈"！我敢肯定那是鸟的叫声。既然是只鸟，那也就没什么好怕的了。第二天，我就发现这里的高山鹑的确夜以继日地叫着"啊哈哈"！

没有听过丛林狼嗥叫的人是无法想象那种声音有多么凄厉悲恻的，就连久居深山，对山里的任何异响骚动都习以为常的拓荒者听到后都忍不住咒天骂地。这种叫声仿佛是从坟墓底下悠悠荡荡地钻出来，听得人浑身直起鸡皮疙瘩。虽然在阿纳海姆我也算是听惯了狼嚎，但这里的叫声依然让我瑟瑟发抖。

有时候，整场山林音乐会像是在指挥家的示意下突然停下来，就连狗都不再叫唤，天地间万籁俱寂，似乎只剩下了马克斯的呼噜声。我想抓住这片刻的宁静快快入睡。疲倦慢慢占据上风，缀满夜空的星星开始变得模糊起来，它们似乎一改平日里的文雅安静，调皮地在眼前晃动跳跃。耳边的声响好像也越来越远，所有的思绪、念头、影像都在睡意的侵袭下渐渐变得混杂纷乱。最后，我终于睡着了。

我大概到了半夜才蒙眬睡去。五点左右我被一阵惊天动地的狗吠声吵醒。此时天际已开始泛白，满天星子正缓缓隐入天幕之后。我一个激灵，意识到可能有什么可怕的野兽正朝小屋逼近，于是情急之下赶忙抓起枪跑了出去。通常在清晨人的情绪都比较镇定，而且虽说昨夜睡眠时间不长，但睡得特别香甜，所以我打起精神跑向马匹。几条狗还在那儿一个劲儿地乱喊乱叫，可是马儿倒是置若罔闻地安卧在树下。我正准备转身回屋，突然听到树下有人说："早上好，先生！"

原来是杰克，他好像也是循声来查看马匹和蜂箱有没有遭遇什么不测。

"早上好！"我回应着转身走回小屋。

"先生，如果我们想去打猎的话，现在就该动身了。"

"好啊！我这就去叫醒马克斯。"

"让他睡吧，别管他。待会儿我们得一声不吭地埋伏在草丛里，这段时间要不让马克斯开口说话，他肯定得憋死。"

虽然我还是有点瞌睡，可要是因为这个原因而错过打猎良机那简直就是丢脸丢到家了。于是我拿上来复枪，带上了一袋弹药。我们喝了点白兰地，吃了几口昨天剩下的烤肉，之后便出发了。

周遭半明半晦，可是这样的天色不会持续太长时间，所以我们必须赶在天亮透之前找到合适的伏击地点藏起来。我们踏进乱石丛生的岩洞逆流而上。石壁上挂满了密密麻麻的藤蔓，它们阻断了所有的光线，以至于四周昏暗得几乎伸手不见五指。我不得不打起十二分精神，铆足了力气应付脚下变幻莫测的路况这才不致绊倒或滑跤。有时候，溪流陡然变宽，一下子淹没了所有的下脚之处，害得我们只好蹚水而行。一条小溪从峭壁的第一个断裂处跌落下来，直接汇入脚下的水流中。当我们经过那道裂口时，突然有一条瘦长的灰影从眼前一晃而过，说不定那是一只山猫。我有意想在杰克面前显摆一下自己敏捷的伸手，于是立马端起手枪瞄准猎物。可就在我扣动扳机前一刻，杰克伸出手掌拍在枪杆上，一下子搁开了手枪。然后他解释说在伏击地点附近开枪容易打草惊蛇，很有可能会让这次捕猎无功而返。

一路上，他都不断地耳提面命，嘱咐我务必保持高度警惕，而且还要有足够的耐心。他还告诫我千万不要轻举妄动，就算看到猎物貌似注意到有人正在打它的主意，摆开一副随时准备掉头就跑的架势都不要开枪。我把杰克的话反复默念了几遍，牢牢记在心里。过了一会儿，我们便钻出了甬道。身边没有了凹凸不平的岩石崖壁，眼前顿时豁然开朗。此时，我们看到溪流的一边斜插着一面陡峭的山坡，而另一侧则有一小块地盘，上面长满了郁郁葱葱的月桂树，我们在那里挑了两处最茂盛的灌木丛作为藏身之地。躲藏好后，我们连大气都不敢出。眼下这个时候只要每过一分钟，天色就亮上一分。终于，第一道霞光透出云翳，为碧青的山顶镶上了红艳艳的花边。晨光下我看得真切，从枝繁叶茂的山顶一直到底下的溪流，这一溜山坡上到处都是碎石沙砾，我就纳闷了，动物怎么可能从这面陡坡上冲下来而不摔得头破血流呢？不过当我看到一头鹿从树丛中探出了脑袋，我的疑窦便很快烟消云散了。那一瞬间，我的心狂跳起来，不过我拼命按捺住心头的紧张，非常缓慢地托起枪杆抵在了脸颊边。现在还不是开枪的时候，我一定要让杰克看到我具备了一个猎人最难能可贵的素质——耐心。我和那头钻出灌木丛的鹿之间大概隔着三百码的距离，然而染着红晕的空气是如此清亮透明，使得三百码开外的鹿看上去就跟近在眼前一般清晰。接下来，我终于见识了鹿在靠近水源的整个过程中所展现的超凡的机敏与警觉。不过此时此刻，鹿儿正瞪着一双水汪汪的大眼睛，两只耳朵竖得笔挺，鼻子迅速地抽动着，像是在辨析清晨空气中飘散的气味。我几乎以为它一辈子都不会从树丛中走出来了。十分钟过去了，鹿儿依旧站在树丛后面，不时转动着脑袋左顾右盼。终于，它露出了一截脖子，接着是它的胸膛，然后它又站着不动了。

最后，我终于看到了它那玉树临风的俊雅身姿。这头雄鹿身高约四英尺，它头颅硕大，一对眼睛又鼓又圆，当它竖起脑袋时，一双张牙舞爪的茸角便倚在了背上。它身上披着由深及浅的黄褐色皮袄，颜色不像波兰的鹿那么暗沉，腹部则裹着白色的绒毛。它的四肢纤细秀挺，后腿要比前肢更加颀长。当它从树丛中走出来完全暴露在外时，它再次静立片刻。它支棱着灵敏的耳朵捕捉空气中的异响，翕张着鼻孔排查风中有没有飘来其他动物的异味。然后沙砾碎石开始哗啦哗啦地从山坡上纷纷坠落，雄鹿迈开长腿跨出了第一步。

如果经验丰富的老猎人都能记得他们第一次看到大型猎物从隐蔽处曝光那一刹那的心理活动，那么他们就不难明白我这个打猎新手看到那只鹿时心情有多么激动了。我曾在克森尼斯河畔的塞巴斯托波尔打过几个月的水鸟，在阿纳海姆猎过松鸡和兔子，在奥兰治附近捕过獾，还在阿纳海姆码头射杀过小狼和海鸟，可是我还不曾有机会瞄准身型如此庞大的动物，要知道眼前这只雄鹿的体格比波兰鹿足足大了两倍。与此同时，碎石和沙砾依旧不停地往下掉，往下掉，似乎永远不会停止一样。而雄鹿似乎每跨出一步都要停下来，嗅一嗅空气，侧耳倾听片刻，紧紧盯着某个地方仔细打量一会儿。大概半个小时过去了，可它才刚刚行至半山腰，就连一半路程都没走完。突然之间，它好像受到了什么莫名的惊吓，猛地掉转头撒腿就往回跑。

我忍耐着，按兵不动。拓荒者的警告犹在耳边，他曾告诉我鹿儿经常这样使诈，目的就是要诱出埋伏在水滨草丛中图谋不轨的掠食者。过了一会儿，猎物转身继续下山，而我又再次听到了碎石掉落时互相撞击的声音。不过，无论是雄鹿下山的速度还是石头下落的速度都几乎是刚才的翻版。我的耐性已经有颇长时间没有经受过如此艰巨的考验了，端着枪的手开始一阵阵发麻，心脏扑通扑通地几乎跳到了嗓子眼……“顶多再让你往前五十码！倒计时开始!”我忍不住轻声地自言自语。四十码……三十码……我想就连杰克大概都感到诧异我居然坚持到这一刻还没开枪。只有二十码了!……我的耐心已经达到极限。终于,我扣动了扳机。

枪击的回声在峡谷中回荡,听上去就像炮声一般沉闷震耳。被锥形子弹射中的雄鹿如同一块巨石一般骤然坠入山下的溪流中。

“漂亮!”杰克喝彩道。

圣安娜山上的牧歌(下)

就这样,我在山林峡谷中住了下来,过上了拓荒者的生活。听上去似乎有些单调无聊,可事实上,却不乏惊心动魄的经历。每天早晨天还没有大亮我就起床了。当我走下山谷的时候,杰克通常已经生好了火正在准备早餐,而前一晚发生的事情便成了我们吃饭时闲聊的话题。有时候,我们哀叹惨遭浣熊捣毁的蜂箱;有时候,我们就附近发现的大型动物的踪迹展开讨论,然后研究部署伏击计划准备将它一举拿下;有时候,我们也会聊聊即将来临的雨季,看看需要去城里置办些什么粮食储备。这些都得未雨绸缪,若不然,雨季一来,这儿的溪流将联手圣安娜河飙涨成凶猛的洪水,将连接城镇和峡谷的通道淹没在一片汪洋之下。

一般在日出前我们就吃完了早饭,这时,拓荒者便拿上斧子开始继续造他的小木屋,而我呢,就背上来复枪出去寻找鹿儿走过的小路。有几次我空手而归,这得怪我自己不够小心谨慎,一个大意便惊跑了猎物。不过,更多的时候我总能带回来一只羚羊或野山羊。我们把猎物的肉切成薄片,经过烟熏后拿绳子串起来,然后挂在太阳底下晒干。到了十点,我们两个就一同来到水边,躺在苔藓铺成的“床”上,闭上眼睛休息到中午。这个时节的白天非常炎热,不过即便是冬季,你也不可能在白天干体力活或是翻山越岭,因为气温同样很高。等到了傍晚,太平洋的凉风吹至山间,我就再次拿上枪到山里打鸟，不过这次拿的不是来复枪，而是双管猎枪。

山鸡悠然自得地栖息在仙人掌上，可是只要周遭一有什么动静，它便旋即扑棱一声逃之夭夭了。它和无数生活在溪流边、山坡上的鹧鸪一样都是我最爱猎取的飞禽。在山中，我还经常和响尾蛇不期而遇，这些爬行动物爱在阳光曝晒下的岩石上游弋，借着岩石的温度来温暖自己。通常，它们只要远远瞅见我，就立马跑得无影无踪了，但有时候我却必须与它们正面交锋。一天早上，我在天亮前动身出发。走到半路看到一条响尾蛇正大模大样地躺在路中央，按照常理，它应该立即识相地自动消失，可没想到的是，这个家伙居然直起了半条身子，脑袋歪向一边，冲着我嘶嘶地吐着信子，尾巴的末端向上翘起，迅速地左右来回晃动，特有的震颤发出了一种单一而尖锐的声响。这条蛇要么就是被我这个不速之客给惹毛了，随时准备扑上来和我大干一场，要么就是吃得太饱，撑得爬不动了。当我从一边慢慢靠近它时，它的身子挺得更直了，脑袋也随着我的每一个动作变化着角度。我们万分戒备地打量着对方的一举一动。几分钟后我发现自己居然已经安然无恙地与它擦身而过了。既然我已经跑出了袭击范围，那么就算它真的发难，我也有足够的时间逃跑。很快，我在路边砍下了一根月桂树干，削去了枝枝叶叶，然后朝危险分子走了过去。一直杵得像支蜡烛似的响尾蛇见势正想朝我扑过来，我先它一步抡起了木棍狠狠朝它抽去。响尾蛇当场毙命。

我割下它的尾巴，数了数上面的响环，一共十七个，说明这是一条已经年满十七岁，成熟而且异常危险的蛇。自打那一次后，我收集了不少这样的战利品。若不算上我自己猎取的那些，单从拓荒者和印第安人那里我就收到了不下二十条响尾蛇尾巴，其中最粗壮的一条上面有十一个响环，不过常见的响尾蛇身上的响环一般都要大于这个数字。在旧金山伍德沃花园[①]，我曾亲眼见过有一

---

① 伍德沃花园(Woodward's Garden)曾是 R. B. 伍德沃的私人花园，之后成为旧金山首批公立花园之一，可惜存世时间不长。

条响尾蛇的尾巴上长着四十个响环。

还是让我们回到林中捕鸟的那个下午吧。通常来说，每次外出我都会满载而归。从早上开始直到黄昏，有时甚至到太阳下山夜幕降临我都在山林里兜兜转转。所谓熟能生巧，打猎技艺因此长进了不少。不仅如此，随着技艺日益精进，我发现自己也变得越发耳聪目明起来。这些变化都得益于生活方式的转变。在华沙，我一般都要工作到凌晨三四点，而现在，我的生活变得极有规律，日出而作，日落而息。不过能让我眼观四路、耳听八方的最大功臣还是返朴归真的森林生活。要在这里生存，我必须一刻不停地观察地形地貌，一丝不苟地打量浓密的草丛，岩石的幽暗缝隙，随时随地保持高度警觉，迅速精准地判断该如何应对突发情况。几个月里我每时每刻都在进行这样的训练，最终，我练就了一双洞若观火的眼睛。所有这些都得归功于日常生活中的实践与练习。

听力的进步同样如此。野外的夜晚各种声音交汇在一起，吵得你简直无法入睡。可是白天的山林却如同坟场一般寂静，尤其是在烈日当空的时段，就连鸟儿们都提不起兴致啁啾鸣唱。周遭没有人声鸟语，也没有其他动物的嘶鸣吼叫，人就像变成了囚徒，被终身关押在无声的牢狱中。然而，正是在无声世界的浸淫下，耳朵反而变得格外灵敏。当你独自一人漫步于山林峡谷中，竖着耳朵搜寻猎物的细微动静时，听觉就会变得更加敏锐。最后，就像密茨凯维奇在诗中所描写的那样，你的耳朵竟然能听到

> 蝴蝶在绿地上轻舞飞扬，
> 蛇儿在草丛中蜿蜒穿行。①

当我坐在还没有竣工的小木屋里，而杰克在数百码之外的峡

① 诗句摘自十四行诗《阿克曼大草原》，作者亚当·密茨凯维奇（Adam Mickiewicz，1798—1855）是波兰著名诗人。

谷内劳作时，我能一字不落地听到他和狗说话的声音，甚至还能听到他回来的脚步声和他什么时候走向森林深处。岩石群所产生的声效也无疑锻炼了我听觉的敏感度。一声短促的枪响经过岩石崖壁层层回弹后变成了震耳欲聋的雷鸣，巨大的回响声连绵不绝，直到被碎石堆弹落山崖跌得粉身碎骨，而后化为袅袅余音，最后湮没在丛林深处。

就像这样，打猎占据了白天大部分时光，但是写作依旧是我每日必做的功课。我总觉得有一种难以抗拒的力量在鞭策着我，将山中闲云野鹤般的生活细细记录下来，和亲爱的读者们一同分享这段犹如梦境一般的经历。我想我的同行中大概不会有人有机会过上这样一种生活。当青春的前半场已悄然落幕而后半场正紧锣密鼓地预备上演时，对于久居城市、日益浮躁的我而言，山林中的这段岁月不啻为一剂安神静气的良药。

写作的灵感层出不穷，然而真正落笔却不是一件易事。暂且不谈我那双青肿僵硬的手拿不了笔，还有其他琐碎的问题。虽然我的背囊里一直装着笔具，而且走到哪里就会带到哪里，但是杰克这儿没有桌椅。我们眼中的生活必需品在拓荒者看来全都成了只有姑娘小姐才会拿来装模作样的奢侈品。杰克吃饭时的桌椅就是山谷里的岩石，夜里就睡在帐篷底下的苔藓“床”上。我甚至觉得即便杰克有把椅子，他都不会想到要去用它。他倒是和我提起过，等房子盖好后他要给屋里添置一些东西，不过我估计桌子板凳也许永远不会被纳入考虑之列。

所以，我开始动脑子给自己拾掇出一个像模像样的书房来，要是没有一个理想的工作环境，作家就无法集中思想专心写作。靠着一把斧子的帮忙，我把一个类似于纸板箱的空蜂箱改造成了一张精巧的小桌子，里面还自带着抽屉，现在我就不必担心没处可放的稿纸会被夜里的露水打湿了。至于椅子，我灵光一现，想到了墨西哥人的做法。暂居阿纳海姆的时候，我曾去过几处所谓的牧场。其实那里不过就是由几块破败的木板随便围成的木头棚子或畜栏，一般都没有屋顶，那里头可以关几百头牛，白天它们被放到草场上，晚上再把它们赶回来。以牧场为家的墨西哥人和拉丁混血儿过着半开化、半蛮荒的生活。白天，他们在草原上蹦来跑去忙着放牛，晚上，他们回到简陋的木棚里，围坐在玉米秆点着的火堆边打牌消遣。他们不是斗嘴打闹，就是饮酒作乐。和拓荒者一样他们也没有桌椅，挂在墙上的牛头骨就是屋子里唯一的家什摆设。夜幕降临，牧人们便从墙上取下牛头骨放在火堆边，然后坐在两个牛角中间。我借鉴他们的做法，在碎石滩上找到几个牛头骨，挑了一个最大的带回家，然后在犄角中间缠上了厚厚的苔藓，从此我便有了一张名副其实的椅子。我安坐在上面得意洋洋地想，我这张"牛角板凳"的舒适度肯定不会亚于大文豪伏尔泰屁股底下的那把豪华的扶手椅。

自从有了桌子和椅子，我基本上每天都会写上一点东西，而所以这些记录现在正呈现在各位读者的眼前[①]，若不是因为之后发生的事情，我一定会持之以恒地写下去。至于究竟发生了什么事，请容我在后文中慢慢告诉各位。就在我坚持写作的那段日子里，有一桩新任务摆在了我面前。我身边的罗滨逊，也就是杰克·哈里森，这几个月来一直围着他那栋小屋打转，不过看情形，要给目前只有四堵墙壁的房子安上房顶还需要一段时日。

原本我也不太关心盖房的进度，可是秋天来了，天气越来越凉，而且夜深露重，天亮前我身上的厚毯子居然就像被倾盆大雨浇透了一样。由于不习惯在露天过夜，我的健康也出了点小问题，加上白天一百华氏度的高温，更加剧了身上的不适。杰克让我睡他的帐篷，不过被我婉拒了。一来我不想占了他的地方，再说了，那顶帐篷其实就是几根木棍上挂着一块破破烂烂的帆布，我实在怀疑它到底能不能起到什么保护作用。

---

① 在那段时间里，显克维支不仅继续书写《旅美书简》，而且还创作了《炭笔素描》和《塞利姆殿下》。

我由此得出一个结论，解决问题的最好办法就是帮助杰克快点给他那栋小屋安上屋顶。有了这番打算后，白天的山谷里就会回荡着两柄斧子此起彼落的砍伐声。工作进展神速，可谓一日千里。坦白说，我对木工活一无所知，直到今天依旧是个门外汉。不过哪怕是一双毫无技术的手，只要有力气，一样可以在此类工作中发挥了不起的作用。比如说，之前杰克每回走上好几里地只能搬回来一根细树干。现在，我们用绳子捆扎好后一次就能扛回来两根甚至三根木料。我本来还打过坐骑的主意，想着让它来驮运这些木材，不过最终未能如愿。通往森林深处的唯一通道就是溪流的河床，不是这一段有大大小小的石头挡道，就是那一段的河水深不见底，别说马了，就连人一个不留神都会跌到河里变成落汤鸡。

我花了八美元从尼布伦那里买来这匹马，这个价格可不算便宜。从印第安人或混血儿那里只要五美元就能搞定，如果再搭上一杯威士忌，那砍价就更不在话下了。其实，一开始马克斯并没打算要卖了这匹野马，他带它进山主要就是为了方便我在山中行走，而且回去的路上马儿也能相帮着马克斯把在阿纳海姆购买的货物驮回码头。可就在马克斯准备动身回去的时候，我一再恳求他把这匹未被驯服的马卖给我。虽然，对马克斯来说没有马匹帮忙有些麻烦，不过他转念想到可以在阿纳海姆或其他什么农场雇上一匹野马，于是我们就一拍即合，欣然成交了。

不过，事后来看这笔买卖并不划算。这匹三岁大的灰斑马长得倒是又高又壮，但和其他野马一样，它野性难驯，性子极烈。不仅是加利福尼亚州，甚至全美国的马都被安上了墨西哥马鞍，和它配套的木质大马镫上里里外外都被缠上了皮革从而保护骑手的脚不会被马咬伤。尽管如此，只要骑手一不留神松开了缰绳，野马就会立刻掉过头来咬人。除了以上这些毛病，我的坐骑还不让任何人近身。每次我想靠近它给它装上马鞍，它就会翻着那双充血的眼睛，竖起耳朵，发了疯似的又咬又踢，我不得不使出吃奶的劲儿抽紧套在它脖子上的套索把它勒个半死，也只有这个时候它才会心不甘情不愿地承认我是它的主人。就这样，我和马儿磕磕绊绊地度过了前几个月的磨合期，最后它终于搞明白我就是一直在它身边照料它、喂养它、帮它擦洗、精心看护它的那个人。虽然我俩的关系和亲密无间似乎还差着那么一点点的距离，但毕竟也算是慢慢地混熟了。

开头的几个礼拜我一直尝试驯服我的坐骑，可是徒劳无功。虽然我按时喂它麦子、玉米和苜蓿，而它也因此长得越来越俊秀挺拔，可是它始终处于焦躁戒备的状态。我想尽了一切办法还是无法改变和它之间的敌对关系，有时候我不免有些灰心丧气，觉得这辈子我们都不可能友好相处了。

这时，杰克建议让我先饿它几顿，等它学乖了自然就听话了。我照做不误。我把马儿拴在橡树上，然后故意拉紧了套索，这样一来它就没办法低下头去吃树下那些鲜美多汁的青草，接着我就走开了。等到中午，我给它喂了些水，但是没给它任何吃的。到了晚上，我用盘子盛了些玉米端到离它稍远一些的地方，把套索松开了一些，然后退到盘子后面朝它喊："来，吃吧。"这家伙旧习难改，又支棱起了耳朵，扑腾着蹄子生拉硬拽着套索，愣是没靠近盘子。于是，我上前拉紧套索，转身走了。第二天早上，还是没有什么进展，它依旧抽动着耳朵，盯着玉米，喷张着鼻孔，可一步都不肯朝我这边挪。而这时，在那一小片它勉强可以够到的草地上，所有的草都被它啃完了。饥饿的折磨让它越来越难受。到了中午，它终于来到食盘前狼吞虎咽地吃了起来。我轻轻抓住了它那双异常敏感、从不让人碰的耳朵，抚摸着它的前额，这一次，马儿没有往后缩。后来，等到喂它饲料的时候，我都会先松开它的套索，然后退得一次比一次远，而每次它都会走到我跟前。最后，它只要一见到我便撒开蹄子，撅起屁股，一边嘶鸣着，一边欢蹦乱跳地向我跑过来，一直跑到绳子勒紧了跑不动为止，那股欢喜之情就像是拴在链子上的小狗见到主人回来时一模一样。它埋头吃饲料的时候，我就在一旁轻轻地抚摸着它。不久之后，我发现如果哪一次我忘了摸它，它就会讨好似的主动凑上来。

直到那时我才意识到关心爱护对于养好一匹马而言是多么重要。就像其他野马一样，我的马儿也有一身长而蓬松的毛发，马蹄后方长着一丛浓密的距毛，背上则披着华美的鬃毛。现在，一到夜里我就会为它盖上毯子，我按时喂它饲料，每天为它清洁擦洗。经过一个月的悉心照料，马儿的脖子就像一张拉得满满的弓一样弯成了一道优美的弧线，它的双眼闪烁着灵气，神采奕奕，颈上的那排鬃毛也更加浓密紧簇，一身皮毛显得油光水滑。总之，它变成了一匹能让墨西哥人和印第安人做梦都想占为己有的骏马。

墨西哥人和印第安人一样都不懂得要善待马匹。前者下马后便立时三刻取下马鞍，把马赶到草原上，就像乌克兰的哥萨克人一样，再也不管坐骑的死活。我从来没见过哪个墨西哥人为马匹刷洗清洁或喂它们饲料，就任由它们自生自灭。春季和冬季的草场食料丰足，可是七、八月份的夏天，炽烈的骄阳把绿草烤成了灰烬，整个草原看上去就像是一个赤裸干裂的晒谷场，马儿即便不被饿死，也只能靠长在河床边的柳树或其他树木的叶子勉强果腹。在这样的环境中艰难求生，也难怪野马性情顽劣，脾气火暴了。野马一般都成群结队，在草原上漂泊漫游，往往一整年里也见不到一个人的影子。不过一旦有人出现，那野马就要倒霉了。只见那人在受惊的马群中挥动着长长的套索，圈住一匹马后就下死力勒紧，然后跃上马背，抄起欧洲中世纪武士配备的刺棒上来就是一顿狂抽乱打。

如果不是因为草原上恶劣野蛮的生存方式，这些野马也许能被调教成举止优雅的良驹，而且应该特别适合被训练成乘骑马，因为野马的血液中具有古代西班牙马种的基因，而后者又是公元711年从东方被送至西班牙的马匹和阿拉伯马杂交的后代。在德克萨斯南部的某些地区，这些野马被训练成了赛马，它们在赛场上跑得甚至比血统纯正的加拿大马还要快，并因此获得了巨额奖金，由此看来，野马具有杂交的优良血统这一说法并非虚言。不过，总体来说，野马的体貌并不出众。它们脑袋太大，前额突出，毛发蓬乱，连腿上都长满了毛。然而它们的韧性却让其他同类望尘莫及。墨西哥人骑马的方式只有一种：策马狂奔。只要马匹感觉有人跨上了它的背，它便如条件反射般瞬间提速，一路飞奔。即便这一跑便是二十、三十里地，它也不会稍稍喘息、适当减速。而跨坐在马背上的人就像睡在一张吊床上一样左摇右摆，飞奔途中他一边搓捻着烟卷，一边高唱着“嘿，我可爱的朋友！”[①]他任凭大风吹歪了脑袋上那顶巨大的宽边帽，偶尔才会想起伸出手来把帽子扶正。

当野马离开了族群，从此只为它的主人效力时，它很快便显现出了其非凡的理解力和迅速的反应力，而这些素质在主人甩出套索瞬间就可见一斑了。当骑手在它面前甩出绳索，有经验的野马会当即掉头，朝着反方向全速奔跑，这样一来，套索便会即刻抽紧，死死勒住被主人套住的马匹。另有一些训练有素的野马只要听到主人打了个响哨就会立即狂奔而至。当然，这样的好马非常罕见，自然被其主人视若珍宝了。

贩卖到城市里的野马很快便习惯了马具，但因为它们被安上马具时的年纪太小，所以看上去就像是农民身边的老马一样身形佝偻。它们最适合驮运，是草原上运送小件货物时最常见的交通工具。

在驮运东西方面，我的马儿真的成了我的好帮手。墨西哥马鞍除了在套索上捆上了一个高高的鞍桥，而且还自带着六到八条无比结实的皮革捆带。如果旅程比较长，我就会在这些捆带上系上一袋玉米，一袋面粉，一小桶威士忌，一小桶葡萄酒，再在马鞍后面放上一条毯子和一把来复枪，不算上我，所有这些东西加起来足有一百多磅重。驮着这些货物，马儿还能带着我一口气跑上好几里地，只有当我实在受不了这番腾云驾雾般的颠簸，担心我和马儿都会为此摔断脖子而不得不收紧缰绳强制它稍作休息时，它才会被迫停下脚步。可是有一次，当我和杰克走了好远才找到适合盖屋顶的细树干，想把砍下的木料拴在马儿身上让它相帮着拉回山

---

① 原文为西班牙语。——译者注

谷时，这家伙却说什么也不干了。它猛踢着蹄子，弓着背拼命地跳来跳去，我只好卸下木料以防它伤着自己。没法子，最后我们不得不赤手空拳地把木梁、椽子和木板一一扛了回来。

我们没有锯子，所以花了好长时间切割木板。不光是时间问题，手头仅有的斧子只能把一整段树干劈成一块不太平整的厚重板材，说是木板其实更像是一根稍细一些的木梁。等我们把房顶的椽子搭好之后，便开始用长钉子将这些木板交叉着钉在架子上。我们用了两个礼拜的时间准备了十条宽板条，再加上之前杰克独自完成的二十条，之后又用了一个礼拜才完成了整个屋顶的铺钉。小屋终于完工了。

我们心满意足地看着亲手搭建的小屋，自豪之情油然而生，尽管严格说来房子还有许多不足之处有待改进。整栋木屋只有一个房间，地方大得足以放下两张苔藓铺就的床铺、好几个牛头骨，除此之外还有足够的空间可以留给我当书房用。我们按照惯常的做法将三块短木板钉在一起，安上杰克从阿纳海姆连同其它废铁一起买来的铰链做成了一扇门。可是，小屋四面都没有窗户，杰克觉得这里气候炎热，装上窗户有点多此一举，所以压根就没把窗户考虑在内。在白天，后墙缝隙里透进的光线足以把整个屋子照亮，到了晚上，我们便挂上厚厚的帆布遮住这些缝隙。屋顶向两边微微倾斜，虽说表面看上去有些坑坑洼洼不够平整，但确实非常结实，从此我们再也不必害怕刮风下雨了。我们终于可以安心了，房间里的每一样东西都已各司其位。盖好房子后，我们在小屋周围挖了一条壕沟防止蛇虫爬进屋子。该有的一切都已经就绪，要说还差了些什么，也许就是小屋边上还缺了几棵无花果、橘树、桃树和杏树。

不过这些还是等到以后再说吧，眼下当务之急是要为雨季存储足够的粮食补给。不巧的是，就在这个关键时刻我的健康却出了点问题。日间在一百华氏度的高温下挥汗劳作引发了剧烈的头疼，寒气袭人的晚上长时间坐在篝火边又让我着了凉。在洪水季节生病可不是闹着玩的。再加上深夜睡到一半经常会被狗吠或附近的野兽吼叫给吵醒,我不得不钻出暖和的苔藓床,抓起枪冲到畜栏、蜂房巡视一遍,或是朝天开上几枪,这样一折腾伤风感冒肯定是逃不掉的。有一天晚上,我的马像是被丛林狼吓到了,它拼命地想挣脱套索,不料却把自己和绳索越缠越紧,我花了半个多小时才把那些死结一一解开。当时是凌晨四点钟,正是一天中最冷的时候,我几乎被冻僵了,回到屋里我整整躺了一天。

要是碰上寒冷的季节,我肯定会发烧甚至得上肺炎。不过这里好像没听说有人发过烧,而我的肺也不像我以为的那样弱不禁风。虽然没有生什么大病,可好心的杰克还是不间断地为我煮日本茶,夜里还会给我端来一杯用草药熬成的药汁,据说能药到病除。果然,到了第二天我就恢复了精神,清晨就能起床外出打猎了。

杰克对我关怀备至,他的善心很快就赢得了我的友情。虽然他谈不上多有学问,但就像其他美国人一样他也上过小学,而且他身上具有许多就连受过高等教育的绅士也未必具备的可贵品质。不过,杰克的性格多少有些沉闷。晚间坐在篝火边,他倒是蛮能说会道的,可是白天工作的时候,我们彼此之间几乎连一句话都没有。这样不善言辞的脾性在世故的社会无疑会被当作脾气古怪、不合群的象征,但哈里森的沉默却源于孤身一人的生活习惯。我相信这世上不会再有人像拓荒者,尤其是像杰克那样性情沉稳平和的人了。通常,只有在神经受了刺激或健康出了状况时一个人的性情才会变得反复无常。另外,美国人生来就慷慨豪迈,他们从不斤斤计较,所以这些开拓者不会因为鸡毛蒜皮的小事耿耿于怀,也不会无缘无故地大发脾气。

正如我刚才所说的那样,慷慨大方是美国国民人所共有的特性,而且我还想重申一遍,世上再也没有另一个民族能像美国人一样将男子气概的优点和缺点如此和谐完美地统一起来。美国人不像法国人那样机敏智慧,他没有细腻丰富的情感,也不会像法国人和波兰人最擅长的那样去察言观色,左右逢源。美国佬看待事物从来只看整体，他不会关注旁枝末节，也不会在乎细微差别。一旦决定做什么事情，他定会义无反顾，勇往直前。他知道如何去爱，却不会说甜言蜜语，他也知道如何去恨，但从不会背后使绊。他鄙视蜚短流长，讨厌像长舌妇一样搬弄是非，更不屑于降低人格无中生有。他有仇必报，但绝不会暗箭伤人。他工作的时候全情投入，花起钱来挥金如土，对于如何攒钱，如何聚少成多毫无概念。要是发了财，那就是百万富翁，若是破了产，那就打回原形。他尊重妇女，将其视为上帝至高至美的杰作。要是他爱上了某位女郎，他便毫无保留地献上爱情，就像一头发了情的公狮对母狮惟命是从那样任由女伴颐指气使。他爱美国，而且唯恐天下人不知道他心中燃烧的那份热爱与骄傲，于是毫不掩饰地成天将爱国两字挂在嘴边。当共和国陷入危难，他不会瞻前顾后，而是不假思索地取下他那把肯德基来复枪，像一头公牛一般怒吼着与他的美国同胞一起并肩而立，誓为祖国抛头颅、洒热血。

如果有人认为我在一概而论，以偏概全，或是言过其实，那我想对那些质疑者说我并没有刻意为之，我不过是在就事论事，而且以上这些描述也不是以个人行为模式大致雷同的大城市为蓝本的。你若想找到真正体现美国精神，体现她的力量，她的福祉以及她的未来的载体，那你就要去往浩如烟海的村庄和农场，去往边陲远疆，大河之畔，群山野林，深入那些朝气蓬勃、勤勉奋发的普通大众之中。啊！我几乎无法用语言来形容这个民族是多么年轻，多么勇敢，多么充满活力，多么激情昂扬！而我的喜悦之情同样无以言表，因为这封信如同一面镜子，能让大洋那边的某个国度[①]照见自己身上的沉疴痼疾。我所熟悉的那个地方不存在任何公众福利，所到之处无不蝇营狗苟，人浮于事，所谓改革、所谓苦干无非都是纸上谈兵，那里的男人个个神经脆弱，没有血性，他们唯一擅长

---

① 毫无疑问，显克维支文中“我所熟悉的国度”指的是波兰。作为《波兰报》的专栏作家，他一直不遗余力地针砭时弊，以犀利的笔触批判波兰的各种社会问题。

的就是挑拨离间，造谣生事，然后再把这些精心编造的谎言拿去和他们的姐妹、伴侣一同分享，怂恿她们继续一传十、十传百地以讹传讹。

至于这里的边疆拓荒者，他们无疑是美国这个国家整体国民性的缩影。虽然他们外表粗犷，但是绝大多数的拓荒者都具有刚正不阿的秉性和敦厚沉实的性格。孤寂的生活从未让他们幻灭或失望，故而他们的天性、品质没有遭受过消沉和沮丧的销蚀损毁。杰克就是他们中的典型代表。他不太健谈，气质内敛，喜欢在埋头苦干中消耗自己过剩的精力。虽然他不是那种天生的思想者，但鲁滨逊式的漂泊生活却让独来独往的他慢慢习惯了不断自我反省，并在不知不觉中爱上了沉思冥想。在那些被篝火照亮的夜晚，我们曾顶着满天的星子畅所欲言。杰克对我说，有时候他觉得身体里面住着两个自己，一个每天都在忙着造房子，砍伐树木，在山谷里生火煮饭，而另一个却什么也没有做，只是静静地看着那个忙碌的自己。他用简单直白的语言告诉我他这些最直接的感受，其中不断穿插着“上帝知道！上帝知道！”的惊叹。虽然有时候他甚至需要我的帮助才能顺利表达自己的思想，但是那个绽裂的思想萌芽已然具备了足够的养分能使它在日后长成一株超然物外的哲学大树。比如，如果丛林狼或浣熊又让杰克的家产蒙受了损失，那个外在的他也许会火冒三丈，拿起枪立刻要去寻仇，但那个内在的杰克却冷静地看着他，怜悯地微笑着，然后对他说，“至于吗！”简单的三个字会让所有冲动之下萌生的恶念如同风中之烛一样瞬间熄灭火花。

很多时候在野外独处的人不仅会反躬自省，同时也会经常思考身边的大自然。我很想知道杰克是否也问过自己，那些遮挡着蓝色地平线的巨大岩石，那些在群山峻岭间犹如撒开一张银色大网的溪水河流，那些树木花草、飞禽走兽，还有天上闪耀了千年万载的日月星辰是否也拥有着自己的思想。我想知道杰克是否已然洞悉一花一世界，一草一天堂的哲理，是否已将自己与自然万物视为浑然天成的统一整体。雨果《海上劳工》中的吉利亚特便是这样一位朴素的哲学家。他的精神世界里充满了看不见的动物，他与自然界如此契合，最后大自然也对他另眼相看，向他透露了自然界的秘密。

不过遗憾的是，我并没有发现杰克和吉利亚特有任何共通之处。就像所有靠山吃山的人一样，他对周遭的一切了如指掌。他知道某种灌木何时抖落旧衣，何时换上新装；他也通晓花草树木的药用价值；如果在夜里，山上笼罩着厚厚的云层，杰克就明白那是群山在无言地知会他明天必有一场豪雨。总之，他能像看懂白纸黑字一样领会大自然透露给他的一切征兆。不过就像海涅笔下的傻瓜[①]一样，他从来没有问过自己“为什么”。有一次，我乘机提起这个话题，没想到他答我以《圣经》：上帝创造天地万物，是以人类才可安居乐业，繁衍生息。

杰克信仰宗教，事实上，所有拓荒者无不如此。他的虔诚已经成为他性格中不可分割的一部分。每天晚上，当山谷中的篝火渐渐熄灭，他便爬上山坡，在一片山石中脱下帽子仰望星空，然后开始念主祷文。那一刻，我眼中的杰克充满了诗意，他身上所散发出的神圣的光芒几乎盖过了大自然的无边法力。银色的月光照在他那张果敢坚毅、长满胡茬的脸上，清晰的棱角和锐利的线条让他的脸看上去如同一尊冷峻肃穆的雕像。有些瞬间我几乎以为自己正生活在早期基督教时代，而在我面前匍匐着一个野蛮人或是辛布里人[②]，他正将其粗劣的灵魂奉于上帝脚下。英语的祝祷听上去是如此耳生，而这更加让我沉陷于错觉中：“我们的天父，愿你的名爱显扬，你的旨意奉行，”杰克凝望夜空重复着这句话。然后，他降低声线，如同修道士一样喃喃念着经文，再后来我又清楚地听到一句虔诚而庄严的话语：“我们日用的饮食，今日赐给我们。”祈祷的时间并不很长。如果天际深处真的有一双耳朵能听到凡间的声音，

① 典故出自海涅诗歌《北海》中第二部“问题”中的年轻男子。

② 日耳曼野蛮部落，曾在公元前 113、109 和 107 年的战争中接连战胜罗马人。——译者注

那么我敢肯定那个声音一定来自这片群山峻岭。

我们一起生活了一段时间后，杰克就建议我永远留在这里。

“住在城市里的人们有太多烦心事，”他对我说，“还是这儿清静自在，没有那么多烦扰。我们可以一起养蜂，种些麦子和玉米，再种点烟草，然后围着屋子栽些橘树、无花果和杏树。总有一天，会有更多的人到这里来，等到那时，这里的土地就值钱了。哪天我要是不在了，我的那份也归你，你就是两块地的主人了。老天知道！老天知道！这些地加在一起准能变成一个大得没边的农场，在大洋和干湖泊①之间没有哪个农场能大过你的。只有在树林里你才能过得无忧无虑。你一定要留下来。”

有那么一小会儿，我看到这个诱人的邀约像个迷人的林间精灵一般朝着我款款微笑。吸引我的并不是杰克那句愿意把地留给我的承诺。说实话，杰克给不了我任何东西。这里什么都没有，而土地也只属于大自然，所以我可以像任何人一样，随意标定一块远远超出我耕种能力范围的土地。然而，这一方远离尘世纷扰的世外桃源，这一种置身于大自然的田园生活，确实让我一时动了心。可是，随着时光流逝，初时的新鲜感便慢慢消退了。未知的海域、国土、民族，旅人所肩负的崇高使命、他的人生、他的挣扎和他的荣辱成败统统汇聚成一声声无法抗拒的召唤。最后，他终将踏上归途，回到故乡，在阔别多年的家门口掸去仆仆风尘。于是，我告诉杰克，我像只鸟儿一样来到这片山林，而我，也终会像只鸟儿一样展翅离去。

接下来，我便要说说十月中下旬发生的事了。临近中午，一种令人屏息的静谧降临在山川悬崖之上，整片荒野如同被困在了魔鬼的咒语中一样，甚至连树叶都停止了轻颤。我正在小木屋里写作，屋外的橡树上不时掉下来熟透的橡果，它们一路窸窸窣窣地擦过树叶，啪啪啪地掉在地上。屋子里热得难以忍受，空气似乎凝结

① 在加利福尼亚州境内就有二十五个干湖泊，所以这里杰克所指何处不得而知。

成了一团，几乎让人无法呼吸。不多会儿，我就热得写不下去了。我放下了笔。心脏和太阳穴突突突直跳。我也不明白我这是怎么了，究竟是病了呢，还是预感到有什么可怕的事即将发生。我想和杰克聊聊，可是一个小时前他去小溪那儿游泳，直到现在还没回来。我只好躺下来，不断地擦拭着额头上不断渗出的汗珠。

可是，我觉得呼吸越来越困难了。我不再怀疑，自己一定是得了什么大病。这时我听到远处传来哈里森重重的脚步声。过了一会儿，他走进屋子。他满脸潮红，目光呆滞，脑门上汗水直冒，看上去绝不会比我的少。

“杰克，我们这是怎么了？”我问。

“圣安娜之风。”他回答。

这下我全明白了。如果读者查阅一下加利福尼亚州的详细地图，就会一眼看到两条走向几乎完全平行的山脉——圣安娜山和圣贝纳迪诺山。看上去低矮袖珍一些的圣安娜山脉一直延伸至大海，相对高大巍峨一些的圣贝纳迪诺山脉则一直深入内陆，成为了大陆南部的一道脊梁。

在最后汇入科罗拉多河的希拉河沿岸，你会发现那里的原野非常荒凉贫瘠。事实上，这块区域被叫做希拉荒漠，这里流沙遍地，没有任何绿色植被，你看不见一个白人拓荒者，甚至连印第安人的身影都难得一见。一到春天，在加利福尼亚境内位于圣贝纳迪诺山和科罗拉多河之间的地带，湖泊涨满春潮，芳草覆盖大地，沉沉死寂一扫而光，触目所及皆是一派欣欣向荣、热热闹闹的景象。有时候，一群前往亚利桑那山脉的水牛腆着肚子穿过高高的草丛，骑在马背上的印第安人在它们身后紧追不舍；有时，拉丁混血的牧马人赶着野马由远及近；有时候，牲口贩子打这儿经过，去往东面的牧场；有时候，从普莱斯考特或图森远道而来的猎人会在这里迷失方向，茫然四顾。不过，这些情景只发生在圣贝纳迪诺山另一侧的荒原上，而希拉河却一年四季无声无息，寂寞寥落。

不过，等到春天一过，整片荒漠就像希拉河一样陷入沉寂。我之所以将希拉河称为险恶之境是有充分理由的。来自那里的所有一切都携带着一股死亡的气息。蝗虫在夏季的沙子中产卵，冬去春来，蝗虫的子孙后代破土而出，如同一片黑压压的乌云一般席卷了加利福尼亚大大小小美丽的山谷。它们所经之处，树木片叶不存，大地寸草不留。而圣安娜之风便是从希拉河、干湖泊一路吹到了阿纳海姆山谷。

其实，它应该取名叫沙漠之风或希拉之风，因为这股强热气流原本就成形于沙漠腹地，那里的高热已经成功消除了类似"湿润"、"新鲜"、"水灵"等词汇的存在意义，幸存下来的只有干燥带来的静电现象。有时候，热风来自南方的下加利福尼亚半岛，也就是从墨西哥那边吹过来，那边同沙漠也没什么两样。但是更多时候，它的源头在东边的希拉。圣安娜风对加利福尼亚而言，就像是西西里的西洛可风，西班牙的沙拉拿风和阿拉伯的西蒙风。也许它不及它们那样极具毁灭性，肆虐的次数也不那么频繁，它一般只在秋季和冬季出没，可只要它一来，就会让叶子转眼枯萎凋零，所有动物集体染上疯病，而人也好不到哪儿去，一下子变得心慌意乱，精神委顿。

当我一听到圣安娜之风即将到来的消息，我忍不住一个箭步蹿出了小屋。在一片无边沉寂中蛰伏着一种难以名状的焦躁不安，这种静谧非但不能让人定下心来，反而搅得人坐立不安，闷得人透不过气来。空气中原有的清澄灵透已经荡然无存，四面八方正弥漫升腾着一阵阵混沌的尘霾。穿射而入的阳光被雾霭滤去了灿烂耀眼的金色光芒，也不知怎么地染上了一层脏兮兮、病怏怏的铁锈红。而悬挂在半空的太阳也已收尽锋芒，敛去霸气，眼下它不过是一颗丧失威力的红彤彤的球体而已，你尽可以直勾勾地看着它，就好像隔着烟色玻璃一样，无须再担心会被阳光刺伤眼睛。

"杰克，"我问道，"会不会是印第安人在哪个地方焚烧森林?"

"不可能，"杰克回答，"我想这些沙尘来自沙漠。"

可我觉得杰克一定是搞错了，再怎么说，沙尘也不可能比风暴先到一步吧。我又问杰克是不是每次都是这样，杰克的回答依旧是肯定的。话音刚落，身边的橡树忽然瑟瑟发起抖来，树叶沙沙直响，橡子如雨般纷纷落下。杰克立即提醒我松开野马的套索，以免它受到暴风的惊吓，在挣扎中被绳索紧紧勒住最后伤了自己。我走近马儿，发现它身上的毛乱蓬蓬的，它耷拉着脑袋，鼻子几乎贴在了地上。我给它松了松套索，也许拉得太松了些。走回小屋时，我看见成群的鸟儿呼啦啦地从山谷飞向山腰处的树林，其中有玫瑰红的斑鸠，鹧鸪，蓝羽衣的山鸡，模仿鸟，还有红脑袋、黄肚皮、披着黑色衣衫的啄木鸟。灰色的野鸡跌跌撞撞一路小跑，它们离小屋如此之近，如果我站在窗边开枪，肯定一打一个准。老鹰和乌鸦在森林上方盘旋，不过不一会儿就一只接着一只坠入山林。最后，四周同时归于死寂。雾霾越发厚重混沌，阳光的热度似乎也更加炽烈。然后，第一波大风如期而至。

那种感觉就像是一只无比巨大的怪物朝着我猛地喷出一股热气。杰克和我立马躲进小屋，用毯子挡住墙上所有的缝隙，然后我们都躺了下来。屋子里热得空前绝后。我头昏脑涨，周身的血液像是被灌了铅似的滞重而缓慢地流动着。我想试着看书，可是眼冒金星，我甚至连气都喘不上来。空气中噼里啪啦的静电让我烦躁得恨不能找个由头和杰克吵上一架。我口干舌燥，但看了一眼放在角落水罐里的水又突然没了胃口。我想抽烟，可是风已经连着刮了一刻钟，我可怜的烟草早已被吸干了水分，手指轻轻一碰便化为一撮粉末。

杰克已经习惯了风灾，他看上去比我好过许多，可我的感觉却越来越糟糕。冲击波似的阵阵气流转眼汇成连续不断的飓风。森林里的树木被齐齐吹弯了腰，橡树的树枝在风中狂舞，无数的树叶在空中形成了一个个漂浮着的漩涡。林中飞沙走石，烟尘遮天蔽日，几乎让人无法睁眼。最后，这该死的风暴又幻化成强大的热流，就像悬在半空的大火炉不断地喷着能置人于死地的毒烟。杰克递给我一些溪水，我贪婪地一饮而尽。到了饭点，我却毫无食欲。我们没有像往日的中午或夜里那样在山谷中点上篝火，因为狂风会把火堆里的灰烬吹得到处都是，没准还会把火花吹到长满青草的野地里，星星之火转眼就能变成一场森林火灾。

那天晚上，我一夜都没合眼。第二天，风暴非但没有减弱的趋势，反而变本加厉，越发地嚣张狂暴起来。树木被生生地吹折了树干，溪流中到处漂浮着数不清的断枝烂叶。风灾持续的整个过程里天空中不见一片云朵。我勉强走出小屋去喂我的马。我浑身发痛，一点力气都使不上来。可是一到了第三天早上或者可能是第二天夜里，一切又都恢复了平静。

我走出屋子，深深地吸了一口气，整个人顿时神清气爽。空气是如此凉爽清新，天空是那么蓝，那么澄净。从海边吹来一阵阵柔和的微风。一抹嫣红的晨光如同娇羞的少女隐隐出现在东方的天际。天地万物都绽放着美丽的笑颜。我环顾四周。突然，从我嘴里冒出了一句阿纳海姆码头的水手常说的脏话。

我的马不见了。

套索孤零零地拴在树上。很显然，我把套索拉得太松了，野马一定是在风暴来袭时受了惊吓，狂乱挣扎中它钻出了套索，慌不择路地跑丢了。

杰克和我立即召开了一次紧急会议。马儿钻出套索后，唯一的可能就是冲下山谷沿着山涧行走，因为除此之外这儿没有其他出口。顺着山涧它或是东行去往圣贝纳迪诺，或是往西走向阿纳海姆。如果是前一种情况那就不难找到它，因为上游河段无法涉水趟过，但如果是后一种情况那就比较复杂了，因为下游河段逐渐变宽，而且那边山谷中的树林也更加茂密。我认为我们还是应该先在小屋周围好好找找，但杰克向我保证，像马这样体型较大的动物是不可能进入藤蔓纠缠团绕的灌木丛的。

综合各种因素看，即便我们展开搜索，最后也很有可能徒劳无功。没准它已在夜里成了美洲狮和山猫口中的大餐。也有可能，它已经被墨西哥人偷走了。在寻找过程中我们会遇到许多困难，甚至会有危险。可是我和我的马之间已经培养出了深厚的感情，我已经下定决心不惜一切代价把它找回来。再说小屋已经完工，我和杰克可以匀出足够的时间去找马。

吃完了早饭我们开始收拾行装。谁也不知道这场搜寻会历时多久，所以我们每人都装上了一些饼干和肉干。除此之外，我们还像即将奔赴战场一样带上了来复枪、左轮手枪、猎刀，还有能牵引着马儿回家的套索。

一切准备就绪后，我们先来到拴马的那棵树旁查看马儿逃跑的路径。在树边的草地上我们看到了许多凌乱的马蹄印。它们似乎都朝着一个方向跑去。可是我发现那不过是我经常带它去溪边喝水时留下的足迹。我实在瞧不出什么端倪，而杰克则趴在草地上仔细研究，很快他就像印第安人那样发出一声咕哝："咄!"

他发现了什么，或者说至少他以为自己发现了一条刚被踩出来的小路，虽然我看不出他所指的那条路和其他的有什么不同。最后我们达成共识，马肯定朝着小溪的方向跑了。我们又发现脚印踩出的小路出现了分岔，这一点也正好说明了我们的判断是正确的。马儿或许往上游方向去了，但也有可能沿着下游朝阿纳海姆那边走了，我和杰克不得不分头寻找。

我选择往阿纳海姆方向走，因为我跟着尼布伦在夜里走过那条路线，所以多多少少还有点印象。我打了个响哨，唤来我的狗，点上了烟斗，然后出发了。

暴风之后的早晨娇媚动人。海边吹来的和风凉爽湿润。山涧两旁的小鸟欢悦地唱着歌，就像是为专程来听它们演唱会的听众卖力表演一样。在开阔地带，石头通道渐渐消失在山谷中，溪流两岸栖息着好些小动物。鸟儿在河边啜水，黑色的小松鼠蹲在地上，一边咯吱咯吱咬着月桂的果实，一边梳理着自己的胡须。我的狗屁颠屁颠地欢叫着，山谷间远远地回荡着"汪汪汪"的回声，听上去像是形成了一种奇怪而强大的共振。此时正是清晨时分，是大地初醒的美好时刻，花草树木、飞鸟走兽都带着一股欢欣雀跃的劲头，似乎随时都会齐齐爆发出这样的欢呼声“哎哦！让我们彼此友爱，纵情享乐！”[①]在这样的时刻，眼前这炙热旺盛的生命之火甚至能温暖老人体内那把冰冷的朽骨，年轻人会为此大喜若狂，蓬勃的朝气几乎要为他插上快乐的翅膀，助他在林间尽情地翱翔。

当时，我就是被这种兴高采烈的情绪团团包围着。一路上，形态各异的山涧、岩石和草木接连不断地映入眼帘。之前的那个晚上我和尼布伦一同走过的路线现在看起来是那样陌生，那样新鲜。不过，有一个地方我却一直记忆犹新。那是一个非常宽阔的山谷，足有两平方英里之大，山谷里的植被并不像其他地方那样稠密杂乱。事实上，它就像是荒野中的凡尔赛花园一样到处都是一束束修剪整齐的花草，每一处的造型布局都是那样别出心裁，仿佛这一切全都出自园艺师的奇思妙想和一双灵巧的双手。这儿到处可见亭亭如盖的黑橡树和千姿百态的红枫树，矮矮的月桂树丛成双成对，相映成趣，一排蓊蓊郁郁的大树自我脚下一直伸展至视野尽头，恍若一条天然的绿荫大道。你简直不敢相信眼前这番匠心独运的园林美景竟然又是大自然的随性之作。不过，山谷中央的那片草地绿得略显招摇，一看就知道是底下的泥土太过湿润的缘故。周围的灌木丛不好意思破坏这一份浑然天成的和谐，于是全都安安分分地躲进了野葡萄藤织就的密实大网下。我几乎以为自己正漫步在一座精心设计的美丽庭院中，直到树叶底下突然蹿出一只黑灰色的斑点山猫才打破了这种错觉。

你不可能在欧洲任何一座山中邂逅眼前的奇景。大自然似乎无所不用其极地打造了一座华美壮观的花园，色彩的搭配，光影的交织，精巧布置的细枝末节，相得益彰的大小景致，无处不体现着创建者精准的计算和不俗的品味。置身于如此具有迷惑性的环境中，我探寻的目光不由自主地在密林中逡巡，期待着那里能突然出现一幢白色大理石宫殿，如同镜子般闪亮明净的落地窗，美人云

---

① 古罗马酒神节上狂欢作乐时的欢叫声。

集、衣香鬓影的露台，还有游弋着天鹅的一池碧波。①

可是这里却没有一丝烟火气息，除了小鸟儿追赶着金色的蜜蜂制造了些许动静之外，四下里一片寂然无声。我如同中了蛊惑一般走走停停，东张西望。此时，太阳已高悬天际，气温也开始逐渐攀升。往前走了两步，我发现了一处铺满苔藓的小山丘，于是我在橡树的树荫里躺下来，吃了一片饼干和一些肉干，嘱咐小狗在边上看守，然后便酣然入睡了。

这一觉睡得无比香甜，直到下午四点我才醒过来。太阳早已越过了每日所经轨迹的最高点，现在已开始缓缓西沉了。通往阿纳海姆必经之地的山脚下有几座可以落脚的牧场，但是我发现在夜幕降临前我既不可能到达那里，也来不及折返回到杰克的小屋了。权衡之下，我还是更愿意在离定居点近一些的地方过夜，所以我决定还是继续往前赶路。

风景秀丽的花园很快便抛在了身后，而视野中那个由赭红色岩石砌成的天然竞技场也变得越来越小，最后我踏进了一条幽暗狭窄的山峡。就在峡道口，我遇见了一个骑着马的墨西哥人，他看上去已有一把年纪，一头浓发跟马的鬃毛一般乌黑，不过他那副长相怕是和光明磊落这样的词汇终身无缘了。我们按照墨西哥人的说话方式交谈起来，你来我往之中充满了类似"您"、"骑士"这样的敬语尊称。我向他打听是否知道我那匹马的下落，而这位尊敬的"骑士"像一个蹩脚的小偷一样心虚地瞥了我一眼，然后回答说他不曾见过我的马，不过倒是发现了一头灰熊的踪迹。他说的话我一个字都不相信。接着，他带着墨西哥人由衷的敬意，彬彬有礼地请我原谅他的直率，随后便开始了一连串的盘问：我为什么进山？

① 作者注：之后我得知这一方迷人的仙境虽然尚未有人居住，但已经有了一个众所周知的美名：郊游胜地。阿纳海姆、奥兰治和圣安娜地区的居民还有附近农场的农夫们每年都会在这里欢聚庆祝。"踏青胜地"已不再是国有土地，而是归加利福尼亚地产公司所有，该公司拥有众多无人居住的处女地。"踏青胜地"之外的土地则是政府所有的闲置土地。

山里有没有朋友？我在那里落脚？也许他是想探明我是不是孤身一人，而他能不能毫无后顾之忧地在我转身的刹那抛出索命的套索拴住我的脖子，然后抢走我的武器。我太了解墨西哥人那套伎俩了，所以虽然我一口一个“您”地恭维着，可与此同时我的手指始终紧扣扳机，只要他一抖开他的套索，我就一枪轰掉这个老恶棍的脑袋。我一点儿都不怕这个老家伙，继续模仿他的措辞和他有一搭没一搭地说着话，其实我是想借此机会拖延打乱他的计划。不过，就算他没有动什么歪脑筋，我也准备等他先行上路，并且等他走出套索能甩到我的范围之外，才会继续赶路。可是，当我告诉他我和哈里森住在一块儿时，老家伙的反应让我立刻打消了所有的戒备。骑士的脸上写满了兴奋和崇拜，他说他认识杰克，说杰克是个响当当的人物，而杰克的朋友也必定和他一样了不起。说完，他便离开了。

显而易见，杰克在山里已为自己立下了赫赫威名。虽然墨西哥“骑士们”时不时地会动些偷鸡摸狗的念头，不过他们大都非常忌惮拓荒者休戚与共的精神。为了某位死于非命的同伴，其他人就算离得再远也不会放弃追讨这笔血债的权利，只要碰到墨西哥人或印第安人，他们就毫不犹豫地见一个杀一个，直到后者乖乖交出杀人犯。

之后我将详细描述拓荒者们在诸多方面与众不同的特质，不过眼下我想先说明一点，谋杀犯若想逃过私刑的处罚几乎不太可能。因为这些悍匪杀人越货之后，首先做的不是逃进荒漠中隐姓埋名，而是跑到最近的酒馆里寻欢作乐。这样一来，恐怖的“林奇叔叔”就很容易逮到他们。正是出于这个缘故，所以虽然拓荒者们都住得比较分散，对罪犯而言似乎少了些许后患，但是谋杀犯的人数始终非常有限。

时刻保持警惕是旅人途中最好的护卫，所以我还是准备等那个友善的“老骑士”走出危险范围后再转身上路。不一会儿，我就只能听到他的歌声和噼啪噼啪的伴奏声，那是他腰间的挎刀和马鞍的鞍桥撞击时发出的声响。

我继续走了四里地,直到太阳开始沉入地平线时才停下脚步。夜晚来得很快,在这样的季节,黄昏往往只在眼前稍作停留便匆匆忙忙地和黑夜汇合了。黑暗使者丛林狼已经迫不及待地在山谷深处引吭悲嚎了,我的狗随即烦躁不安起来,而我也得加快速度给自己找一张床铺。趁着天色还有一丝余光,我赶紧在灌木丛中砍了四大捆柴火,又在河滩上搜罗了大量的树枝。然后,我在石堆中找了块合适的地方,生起了篝火。

这一夜我几乎没怎么睡着,因为我得不断地往火堆里添加树枝,不让火熄灭。如同往常一样,夜里各种野兽的叫声此起彼伏,不过我并不担心,因为在我身边有一条保驾护航的狗,还有一把无所畏惧的枪。再说,能对人构成威胁的动物只有美洲狮和熊,而在这里它们的踪影并不多见,不过就算你运气不佳真和它们狭路相逢,只要你不去招惹,它们一般都不会率先向你发起攻击,所以没有什么好怕的。至于我那条狗,它只要隔上一小会儿就要从火堆边跑开,隐入黑暗中汪汪汪地狂叫上一阵。等到破晓时分,山谷终于安静下来。这时,我才沉沉睡去,直到早上九点才起床。

就在离我不出几十步的地方,我突然看到一条尾巴上长着五个响环的小响尾蛇正在石堆中间爬来爬去。我没有多加理会,继续赶路,不一会儿便瞧见溪流的两岸各有一片沙滩,沙子均匀细腻,还掺着金灿灿的云母。早些时候,在科森尼斯河附近的萨克拉门托河畔我就上过这些云母的当。当时,一见到这么多金光灿烂的石头,我就以为自己发了大财,马上就要富得连犹太财阀罗斯柴尔德家族都自惭形秽,哭着喊着要来帮我管理家产。那一刻,我的眼珠子瞪得几乎快要从眼眶里掉出来,眼前的一切实在太难以置信了。整片河岸都闪烁着金光,变换着色彩,大一些的矿石反射着刺眼的阳光,触目所及除了金子还是金子,估计得用一辆马车才能全部装上拉走。我狠狠掐了自己一下确定不是在做梦,然后开始拼命往口袋里塞我那些财宝。等到两个口袋都装不下了，我就火急火燎地冲到我的同胞W上校[①]的住处。那一阵子我就住在他家。上校是一个经验丰富的采矿人，所以我急着想和他一起分享这个天大的喜讯，有钱一起挣，合伙发大财，几个月里少说也挣他个几十亿。几十亿就够了，多了我也不敢想。那位老资格的矿石专家一听完我的大好消息后当场笑喷，你不难想象当时我脸上的表情有多尴尬。他掂了掂掌中的“财宝”，吐出一个词，“云母。”然而，即便是最清心寡欲的旅行者，当他穿越加利福尼亚的山川沙漠时，他也会情不自禁地琢磨在那些罅隙、石堆中有没有隐藏着巨大的财富。你的目光会不由自主地从波光粼粼的小溪滑过岩石的缝隙，巴望着什么时候能被一脉从远古时代遗留下来的金矿石闪花了双眼。这绝对不是什么无稽之谈。如果你问加利福尼亚到底哪儿有金子，答案就是金子无处不在。当然，在某些地方，金子非常稀有罕见，以至于淘洗金子的成本已经超出了金子本身的价值。但是，只要你挖上几车沙土，然后把它们倒进流槽，无论是多是少，槽里的水银铁定会逮住金子颗粒。

不久之前，我再次做了一场金子带给我的发财美梦。当时，我和一个拓荒者在一位来自奥兰治波兰裔钟表匠的陪伴下拜访一处位于小溪边上的定居点。我们在马车上待了一夜。第二天早晨，钟表匠下车去溪边梳洗。突然，他折了回来，只见他一脸兴奋，激动得连帽子都掉在了地上。

“怎么了?”我问道，心想莫不是他遇见什么可怕的野兽了。

“嘘!”他立马用手指点了点嘴唇让我噤声。他的声音都在发抖。

“到底怎么了?”

“金子!”

---

① 弗朗西斯·沃伊切霍夫斯基上校(Francis Wojcienchowski)，1830年波兰革命流亡者。显克维支曾在他位于加利福尼亚州塞巴斯托波尔的家里住过一段时间。弗朗西斯上校也是显克维支的小说《火与剑》中爱国者伯德比平特的原型。

“哪儿有金子?”

“跟我来。”

我跟在他身后走到溪边,虽然当时我一点儿也不相信他的话。如果真像他所说溪边有金子的话,早就被住在附近的拓荒者拿光了。到了岸边,我的朋友指着一块圆滚滚的小石头给我看,那块石头的表面露出了一条明晃晃的、带着金属光泽的亮斑。这一下连我都不得不相信了,我们甚至开始考虑是不是应该将这个秘密告诉我们的同伴,一想到他是一个经验老到、值得信赖的家伙,我们都觉得要是对他保守秘密那就实在有点太不够意思了。就在这时,拓荒者恰好朝我们走了过来。他看了一眼那块石头,漫不经心地对我们说,那条晃眼的亮斑其实是农夫镶着黄铜鞋掌的破靴子留下的擦痕而已。

类似这样的乌龙事件几乎每天都在上演,极具迷惑性的云母不断地让突然之间坠入发财美梦的人们骤然遭遇幻灭。云母在这里随处可见,我曾在阿纳海姆码头的海滩边,在威明顿,还有在其他许多地方看到过铺天盖地的云母矿石。虽然山涧小溪旁不会出现大面积的云母,但只要岸边有泥沙,那么你就会在动物脚爪留下的坑洼中发现一些闪烁的云母颗粒。

我一边走,一边寻找马儿的蹄印,不过我只发现了几个模糊不清的鹿蹄印,还有一串浅而宽的圆形足迹,那可能是山猫留下的。我开始怀疑我的马匹是不是真的往我前进的方向去了,甚至于有一刻我几乎想掉头往回走。与此同时,我发现自己陷入了一个进退两难的境地。这之前,我一直沿着一条溪流前行,可是突然之间,小溪迎头撞向了一道垂直的崖壁并由此分成了两股,加上之前的主流,整条小溪现在看上去就像是一个清晰的字母“Y”。我不知道到底哪条支流才能把我带到山脚下,然后走上通往阿纳海姆的那条路。相较之下,左边的支流看上去似乎更眼熟一些,所以我便听从直觉选择往左拐。可等我往前又走了三里地后,那条支流居然再度一分为二。很显然,这些小溪河道相互交织贯通,像是在群山间撒下了一张巨大而密集的网。它们在山间潺潺流淌，流过了阿纳海姆山谷，流过了广阔的平原，最后齐齐奔向无边无际的海洋。我意识到自己迷路了。峡谷中荒草萋萋，山石狰狞，目光所及之处无不是远古蛮荒的地貌景象，我甚至怀疑自己是不是第一个踏足于此的人类。

溪流的两岸不再有依岸而立的绝壁，而是长满了茂密的树丛。藤蔓四处攀爬，从树冠顶端一路悬至地面。它们甚至蹚水而过，从此岸一直蔓延到彼岸。满地牵藤缠萝，我不得不拿出猎刀割断这些枝枝蔓蔓才能开辟道路继续前进。这里的风景天然古朴，就连鸟儿都不像其他山谷里的同类那样见人就逃。四周充满着一种难以言喻的静谧，不露声色地展示着大自然未经人类侵犯的庄重与威严。同样地，周边的小峡谷中也没有人类居住，鲜有人类涉足。

我继续前行，对于迷路的事我倒不十分在意。我相信这里的任何一条溪流最终都会带着我来到山脚，来到阿纳海姆、圣安娜和奥兰治所在的山谷。正午刚过没多久，我终于找到了走出山间迷宫的小路。小溪两旁的山崖不再那么高耸入云，峡道逐渐变宽，最后通向了开阔的山谷，眼前的景致也跟着变得一片豁朗。最后，我停下脚步，仔细打量眼前的风光。

看样子，我似乎已经走出了群山的环抱。面前是一大片陡坡，溪水突然从二十多码的高处坠落，落差之大几乎形成了一道飞流直下的瀑布。陡坡底下坐落着一栋白色农舍，在一片无垠的桉树林中显得尤为扎眼。这里就是阿纳海姆山谷了，与它接壤的辽阔平原一直延伸到人海之滨。我倚着步枪，在原地一动不动地站了半个小时，目不转睛地瞭望着眼前令人屏息的美景。紫红色的落霞将浮动在天地交界处的薄雾染成了蓝灰色，那里就是太平洋，它是海中之父，洋中之神。我看到在雾霭中隐隐探出几座山丘的轮廓，那是圣卡塔利娜岛和卡塔丽娜海港，当我还在阿纳海姆逗留期间曾去过那里一游。太阳慢慢沉入海底，而在海洋之上，同样有一片闪金耀紫的波浪正席卷着整个天空。我一眼便看到了那条雄浑壮阔，沉积着无数泥沙的圣安娜河，它在紫色云雾笼罩着的山谷中从容不迫地缓缓流淌。远处那一大片黑沉沉的丛林中藏匿着阿纳海姆和奥兰治，而一小块一小块的黑影就是分散在整片平原上的农场。一幅壮观的全景图就在我的脚下静静地展开了卷轴。我像一只飞在高空的小鸟低头寻找着村庄和城镇。空气是如此清透明净，再远的景物都像是近在咫尺般清晰可辨。万籁俱寂。柔美的落日为大地披上了一层胭脂色的轻纱，沉静而淡雅，美得无与伦比。我的心在浩瀚无边的喜悦、宁静与感动中起起伏伏，不期然地，我听见自己正在轻轻地哼着故乡的歌谣，“我是多么怀念你，我的祖国！”①

太阳已经完全隐入天幕。我来到山脚下，敲响了那栋小白屋的门。说来也巧，屋主居然是我在阿纳海姆时认识的朋友，牧场主米歇尔。米歇尔热情地接待了我这位不速之客，他为我铺好床，对于在冰冷坚硬的石堆上度过了一夜的我来说，一个温暖舒适的被窝简直就是千金不换的恩物。

第二天一大早，我就动身赶往山中的家了。

听到我的脚步声，杰克立马高兴地迎了出来。原来马儿已经找回来了。那天，杰克沿着小溪上游大约步行了十里地，然后在他路易斯安那州老乡普莱森特安家的山谷中发现了我的坐骑。杰克开始兴致勃勃地向我介绍起他这位老乡。在杰克口中，普莱森特像是山中的首领一样，这片地界上的墨西哥人无不对他惟命是从。他之所以有这么大的影响力固然和他靠养蜂、放牧攒下了巨额财富有关，不过更主要的原因在于他有一个墨西哥太太，这个聪慧睿智的女人所说的每一句话对于她丈夫和她所有黑头发的亲朋好友而言都不啻神谕。杰克提议我们一起去拜会一下这位了不起的朋友，我当然欣然同意。不过另一方面，我又希望对话快点结束，这

① 这首歌由享有“乌克兰夜莺”美誉的约瑟夫·博赫丹·扎列斯基（Joseph Bohdan Zaleski，1802—1886）作曲。

样我就能马上看到那匹失而复得的马了。可是，杰克的眼里却闪烁着促狭的神情，他欲言又止，好像并不想就此打住话头，而我也只好一次次地按捺住内心的急切，眼巴巴地看着杰克的烟斗里飘出了一圈又一圈的烟云。

“还有什么事吗，杰克？”我问他。

“呃哼，呃哼，”他清了清嗓子。

“你是不是还有什么事想对我说？”

“没错。”他回答。“你是不是已经很累了？”

“是有一点。不过你到底想说什么呢？”

“我是想说，如果我们要去普莱特森那里，今晚就得动身。”

“什么！”

“你瞧，事情是这样的。眼下，普莱森特那边正聚集了起码十五个和他老婆沾亲带故的墨西哥人，他们都带着套索、马匹还有枪支。我可得警告你，这些人都不是什么省油的灯，虽说这一点和今晚的事没什么关系。不过，你可知道他们为什么都到普莱森特那儿去了吗？听我说，普莱森特在他房屋小溪边的沙地里发现了灰熊的行踪。他已经跟踪它两天了，而且确定这个大家伙的老巢一定就在溪流上游不到两里的地方。”

“太好了，杰克！”我忍不住欢呼起来。

“普莱森特立马派了老雷蒙叫来了墨西哥人一同参加这次狩猎行动。他们带来了葡萄酒，整日里杯不离口，他们还在那儿打牌，互相吹捧他们有多么胆大无畏，其实呢，老天爷知道！只要一有什么危险，这些吹牛皮的家伙立马就变成了没胆的孬种。老雷蒙也来找我参加打猎，可当时我正忙着找马。除了我们两个，还有什鲁斯伯里兄弟俩。明天天一亮就得集结出发。怎么样，你跟我一起去吗？”

那还用问吗！我不仅愿意一同前往，而且还像中了头彩似的热烈地拥抱了杰克。我们擦拭干净猎枪，把所有要带的东西准备齐全，两小时之后，我们便上路了。

和拓荒者们在一起的日子

当我和杰克来得到拓荒者普莱森特的小屋时已经是深夜了。他把家安在一片宽广的峡谷中，周围覆盖着茂密古老的橡树林。峡谷的半边围拢着一扇半圆形的山脊，另外半边则环绕着一条深邃的溪流。而在溪流的远方则另有一处深陷于群山腹地的山谷。

借着月光，我第一次打量普莱森特的屋子。和山谷中大部分拓荒者的家一样，他的房舍和四周的大自然无比协调地融为一体，透着一股诗情画意。两处崖壁加上一道山脊让这片山谷看上去既像宏伟壮观的古罗马斗兽场，又像一整排弧形的天然阶梯。在阶梯最底层，一条小溪沿着石滩淙淙流淌，就这样一直流向普莱森特的小屋。洁白的月光洒满了整片由群山合力打造的圆形露天剧场。四下里没有一点声响，似乎所有的生命都已安然入睡。仿佛一场精彩的斗兽表演刚刚结束，君王将相刚刚退场，无数的看客已纷纷四散在城市的大街小巷。然而，流尽鲜血的角斗士们却永远沉睡在了斗兽场的沙地上。极目远眺，错落有致的石峰绝壁在月光之下如同一座城池黑沉沉的石墙。有时候，华美壮观的舞台布景会给观众带来这样的错觉，而我也有些糊涂，刹那之间我几乎以为眼前呈现的正是舞台上一幕雄浑壮丽的布景。

我们的到来招来一片狗叫声。透过橡树交错重叠的树枝我看到熊熊燃烧的篝火和映在小屋白墙上的火光。火堆前后人影幢幢，还有些人就像印第安人那样蹲着围在火堆边。我们爬上小溪边的陡坡，来到了小屋前的院落中。普莱森特迎上前来欢迎我们，他随意地和杰克打了个招呼，然后向我作自我介绍。

主人领着我们走近火堆，把他的妻子介绍给我。原先正在忙着准备晚餐的妇人立即停下手中的活儿，带着西班牙式的周到殷勤和我攀谈起来。雷富西奥太太大约四十上下的年纪，尽管生着漂亮的五官，可却形容憔悴。我从来没有见过这般失魂落魄的神情。后来我才得知，原来雷富西奥太太最心爱的小妹妹莫妮卡被响尾蛇咬伤，就在不久前不幸毒发身亡了。膝下无子的雷富西奥太太一直都非常宝贝这个小妹妹，所以自打妹妹死后，她的脸上再也难见欢颜。

很显然，丈夫和亲戚们都非常体恤沉浸在悲伤中的雷富西奥太太。他们对她呵护有加，总是在她尚未开口前就满足她所有的愿望。这种无微不至的关怀让我深感惊讶，尤其当她那头漆黑浓密的长发和黝黑的肤色告诉我她的身上还流着印第安人的血时，我就更加迷惑不解了。然而，品格高贵的人，无论他有着怎样的出身或属于哪一个种族，都会得到众人发自内心的尊敬。通过一段时间的接触，我发现雷富西奥太太不仅天资聪颖，而且受过良好的教育。她举止优雅，教养出众，难怪在这片半开化的蛮荒之地，她成为了大家的精神领袖。附近的拓荒者，包括阿纳海姆、奥兰治的居民都会特地跑过来向她讨主意或寻求帮助，就连洛斯尼特斯的人们都不顾路途遥远前来找她出谋划策。洛斯尼特斯是她的出生地，直到现在她的父母在那里依旧拥有大片草原。雷富西奥太太的父亲是贵族后裔，她因此具有了墨西哥人血统并广受族人的尊重与爱戴，而她因为母亲的关系和梅斯蒂索人也成了亲戚。毫无疑问，富足显赫的家世更为她的智慧与品格增光添彩。

普莱森特是杰克的老乡，同样来自路易斯安那州，不过他在南北战争后马上就迁来加利福尼亚州。他是个强壮结实的家伙，比他妻子略小几岁，一张温和却不失坚毅的脸上闪烁着一双诚实而温柔的蓝眼睛。除了普莱森特，我还认识了另两位来自马德拉峡谷的拓荒者——塞缪尔·什鲁斯伯里和卢修斯·什鲁斯伯里兄弟俩。年长的塞姆生就一副美国拓荒者的典型长相。他大约有六英尺高，手脚骨骼粗大，体型匀称精壮，一看就知道他力气惊人。他长着老狼般的脑袋，目光友善却又不失精明。他的脸让我想起林肯，后者的长相同样是扬基人的出众典范。塞姆说话的时候喜欢伸直长腿，头略微向前探出，一只手摸着自己胡子拉碴的下巴，每次开口都以一句拖泥带水的"好吧，我说——"作为开场白。塞姆的嘴里总是不停地嚼着烟叶，隔上一小会儿就会吐出一口脏不拉几猩红色的唾沫。当然，在美国，这种习惯能让一个男人看上去更加爷们。塞姆除了是一把养蜂好手外，同时还是一个无与伦比的猎手、建筑师、家具工、木匠、铁匠和油漆匠。换言之，塞姆样样精通，无所不能。

在拓荒者当中，像塞姆这样的万事通并不罕见。只身一人生活在荒野之中，他所具备的本领和才能就是自己赖以生存的法宝，所以他必须涉猎各种行当。这样的生存环境最终塑造了拓荒者的品格，他们相当自信，非同一般地坚强独立，正是这种通过劳动安身立命或发财致富的过程才最终衍生出人人平等的意识。而且非常有意思的是，他们的品性中居然还融汇了某种从容与淡定。切莫以为这样的性格就一定意味着懒惰与无能。恰恰相反，它们传承自盎格鲁撒克逊祖先的冷静沉着，而这种深思熟虑又在和大自然打交道的过程进一步发扬光大。拓荒者们细致入微地观察，不慌不忙地思考，冷静客观地分析，但是一旦他决定开始行动，那么他会全力以赴地将其进行到底，甚至完成看似不可能完成的任务。

在塞姆一人身上几乎集中体现了拓荒者所具有的所有品格，正因如此，所以我不惜笔墨来描述塞姆其人。年轻几岁的卢修斯几乎在森林中漂泊了一辈子。他也和塞姆一样从事养蜂，不过真正照看他这摊子营生的却是长兄塞姆，后者简直就把他当成了自己的子侄般来疼爱。因为卢修斯没有自建房舍的打算，所以这两兄弟就一同住在塞姆建造的房子里。有时候，卢修斯一出门便是好几个星期，甚至一连几个月都不着家，不过等到他返家时，他往往会带回来数量惊人的美洲狮、熊、猞猁和鹿的兽皮。卢修斯是这一带出了名的神枪手，只要他扣动扳机，那就肯定弹无虚发。他经常穿过圣贝纳迪诺山脉另一边的沙漠地带前往遥远的亚利桑那州捕猎。总而言之，他是一个酷爱冒险的乐天派，手中的来复枪和一身彪悍的肌肉便是他的生存之道，故而他从来不会为了明天的生计而发愁。

我们这些人再加上二十几号墨西哥人都围坐在屋外的篝火边，因为一张占地颇大的双人床已经把屋子里唯一一间房间挤得转不开身了。因为这里气候温暖，所以山里的居民一般都在野外的空地上席地而坐，煮饭进餐也不进屋子，只有睡觉的时候才会回到屋檐底下。蚊子是温湿地带的常客，这些个瘟神曾在阿纳海姆把我叮咬得体无完肤，不过在这里却一只都没瞧见，所以看来露天生活倒也不会有什么大问题。普莱森特一家像其他拓荒者一样在离房子不远的地方用四根枫树的树干搭建起了一个棚架，月桂树枝和树叶在半空中相互勾连交织，像是撑起了一把大伞。我们的主人就在那里度过了一天中的大部分时光。凉棚底下有一张用木板搭起来的桌子，雷富西奥太太就在那里准备晚餐。墨西哥人不断地往火堆里扔月桂树枝，满耳朵都是细碎清脆的爆裂声。红彤彤的火焰如同群魔乱舞般蹿得比凉棚的顶盖还要高，它们团团围住一口被熏得乌漆墨黑的大锅，里面正咕噜咕噜炖着香喷喷的羚羊肉和四季豆。边上的锅里正煎着几片墨西哥人最爱吃的咸肉，它们被烤得噼啪作响，嗞嗞嗞地往外渗着油脂，就像受苦受难的灵魂一般在滚烫的锅里痛苦无助地蜷缩成一团。掺了蜂蜜的日本绿茶正静候一旁，就等我们享用完美餐后端起来一解油腻。

我略略后退片刻，在无边的夜色中打量着眼前的篝火和围坐成一圈的人们。人与自然形成了一幅原始奇妙的画面。亲爱的读者，试想一下皓月千里的夜空下，血红的火舌喷吐着成千上万朵火花;试想一下如水的月光为黑洞洞的森林披上银装,熊熊的火光又为它染上红晕;试想一下奔流的小溪沿着石滩一路低吟浅唱;试想一下远处群山围绕而成的竞技场在银色的背景下若隐若现地展露着静默的雄姿。围坐在火边的众生为此情此景增添了一番奇幻而粗犷的色彩,人们很可能会以为他们是来自卡拉布里亚或品都斯[①]的匪帮。墨西哥人的长相远比塞姆、卢修斯或普莱森特凶恶粗野,他们像印第安人一样蹲坐在篝火旁边,脸上带着印第安人的自重威严和西班牙人的桀骜不驯,这和他们衣不蔽体的寒酸装束形成了极为强烈的反差。他们让我想起了童年时见过的吉卜赛人。双方长着一样的脸庞五官,头发一般毛糙凌乱,胡须就和乌鸦的羽毛一般漆黑,身上与其说是穿着衣衫不如说是披着破布。然而墨西哥人的脸上所散发的光芒,那种庄严肃穆和不可一世的骄傲,还有那种对自我价值的认可,却是你在吉卜赛人身上永远无法找到的。

所有这些"骑士"都是女主人的亲眷,他们彼此之间亲密友爱。当主人向我介绍他们的时候只提及了他们的教名:多罗提,弗朗西斯科,安东尼奥,杰西等等,因为他们都共用一个姓氏,萨尔瓦多·格拉。之后我得知他们的祖上曾是拥有无数地产的大户人家,然而在美国佬扩张疆土的过程中,这个家族遭遇了毁灭性的打击,他们失去了一切,最后只好隐居山林,靠着大自然的施舍勉强度日。

这样坎坷跌宕的经历似乎是绝大多数西班牙裔地主们无法逃脱的宿命。机智勤劳的美国人夺走了他们的土地、财富还有他们的社会地位,骄傲的墨西哥"骑士"只好沦落为身无分文的穷光蛋。他们或是流窜在渺无人烟的深山老林,或是在草原上放牧为生,又或者在附近的定居点靠打零工维持生计。

当富有显赫离他们而去,道德也不再恋恋旧主。墨西哥人体格精悍结实,原本是深受农场主青睐的好帮手,可是他们对杯中之

① 卡拉布里亚(Calabria)是位于意大利版图"靴尖"部位的多山半岛;品都斯山脉(Pindus)位于希腊北部。

物的贪恋比起爱尔兰人有过之而无不及。墨西哥马夫和牛倌嗜赌成性，他们往往能一连几天泡在酒馆或客栈的赌桌上。而山里的墨西哥拓荒者们多半都是些好吃懒做的家伙，天知道他们靠什么来填饱肚子。他们中有些人豢养马匹，有些人无视政府禁令在荒山中砍伐、倒卖木料。不过他们中几乎每个人都热衷于打架斗殴，对偷鸡摸狗、强取豪夺的勾当情有独钟。这样不堪的秉性实在无法见容于盎格鲁撒克逊人后裔。事实上，把他们赶出农场、贸易圈和工商行业的并不是什么武力手段或政府颁布的驱逐令，而是流淌在美国人血液中刻苦耐劳、勤俭节约的天性以及知人善用的组织力。

当然，在加利福尼亚州还有为数不多的墨西哥家族依旧保有着自己的财富和地位，然而，他们拥有的一切终将收入新来者的囊中，而他们也必将踏上那条无数同胞已然踏上的不归路。这些即将亲历繁华落尽的末世之人[①]就像我们波兰某些阔佬一样依然不知死活地过着纸醉金迷的生活。换作是美国佬，哪怕他再有钱有势，他依然每时每刻都在尽心尽力地工作。如果他是一个商人，他会一心一意地经营好自己的商铺，如果他是农场主，他就会亲自播撒种子，犁田挖沟，耙地松土。总之，他和他的帮工们在一块地里劳作，在一张桌上吃饭。这在欧洲人看来简直是不可思议的事情，然而我向你保证，我所说的绝对属实。对于劳动的尊重和热爱就是美国佬身上所具备的不可战胜的力量，而凭借着这一特质，美国人必将迎来辉煌的未来，成为无人比肩的世界霸主。我想再次重复我的观点：美国人就是劳动者的代名词；无论贫富，他永远都是一个勤勤恳恳的劳动者。而墨西哥人正好代表着另一个极端，因为他们的天性与美国人的正好相反。

以欧洲人的标准来衡量的话，一个富有的墨西哥人完全称得上是一个绅士。在洛杉矶，我经常遇见这样有着贵族血统的墨西哥人。他们穿着时髦，黑色的外套里面搭配精致的亚麻衬衫，雪白

---

① 原文为拉丁语。——译者注

的布料衬着他们黝黑的肤色显得尤为出挑。无论是坐在马车里还是策马驰骋，他们身后总是呼啦啦跟着一群仆役。他们与众不同的外貌穿戴以及举手投足中所体现的自负骄傲格外引人注目。我注意到如果他们逛街想买什么东西，他们从来不会亲自走进商店，而是站在街上专等店主匆匆忙忙地跑出来询问他们需要什么。当听到我打探他们的来历时，知情者往往先递给我一个略带讽刺的微笑，然后告诉我那些都是约尔巴家族的老爷们，就在不久前，加利福尼亚南部的所有山谷还都是他们家的产业。他们中有些人依旧拥有大片地产，只不过总量加起来已不及原先资产的十分之一。我的朋友霍布森是一家小店的店主，根据他的估计，如今约尔巴家族中最有钱的人身家大概在四万到五万美元之间，然后他把握十足地加了一句，“这份家当他也保不了多久了。”

“那他们以后会怎样？”我问。

“以后？替我们放羊呗。你瞧，这非常简单。约尔巴有四万美元和四个儿子，每个儿子都会分到一万美元的遗产，对吧？”

“没错！绝对正确！”

“瞧着吧，先生，”霍布森继续说道，“他那几个儿子虽然每人只能继承四分之一的财产，但肯定会和他们的老子一样挥霍无度。谁都明白坐吃山空的道理。”

“我的朋友，如你所言，千真万确！”我自言自语，“大洋彼岸我的家乡有多少个约尔巴啊！你是对的！他们都得完蛋。为什么会这样？难道这是上帝对他们的惩罚？确实没救了，约尔巴们连坐吃山空这样浅显的道理都不懂。”如果霍布森懂拉丁语的话，他一定会用“末世之人”来形容这些下一步就要踏上穷途末路的墨西哥贵族们。

后来，我和约尔巴家族的成员面对面地打过交道。他们充分诠释了“绅士”这个词语的含义——殷勤好客，端庄稳重，彬彬有礼，英勇果敢——一言以蔽之，他们就是骑士，就连贵族只赊账不还钱的作风他们都照学不误。等到进一步了解他们后，我明白他们虽然有着良好的教养，精神世界却一片荒芜。从外表看，他们举止优雅，然而这恰恰掩饰了他们的蒙昧无知、诸多偏见以及常识的极端匮乏。任何一个满口烟叶、不系领带、跷着双腿、在欧洲人眼里和村夫莽汉无甚区别的美国商贩或工人，他们都要比衣冠楚楚的约尔巴老爷们掌握更多数学、历史、地理、社会和自然科学方面的基础知识。不过话说回来，约尔巴老爷倒是能说上一口流利的法语。亲爱的读者，如果你刚从波兰来到美国，肯定对于这里的两大政党——共和党和民主党——一无所知，要是你向约尔巴家族成员询问相关信息，你会得到什么样的答案呢？让我来告诉你吧，约尔巴的老爷们所知道的不会比你多多少。如果你硬是要从他们嘴巴里挖出些东西，最后他们一定会这样告诉你，"您知道……他们不过就是一群乌合之众罢了，成天为了些鸡毛蒜皮的事吵来吵去，我们才懒得趟这趟浑水呢。"

当然，凡事都有例外。在墨西哥人当中也有许多富裕的商人以勤劳诚实为自己挣来了"可靠商家"的美名，而加利福尼亚州政府中也有墨西哥裔担任要职。然而，绝大部分墨西哥人却在"乔纳森兄弟"[①]身边显得相形见绌，黯然失色。其中最好的例子就是我在上文中提到过的被从自家产业中扫地出门的西班牙裔大地主们。萨克拉门托和旧金山附近的一大片疆域以前都是那些豪门大户名下的产业，而今，那里到处都是美国人经营的小农场。只要看看加利福尼亚州的许多地名就能追溯这些地方原先的归属了。以旧金山或萨克拉门托为起点一路往南，我们遇到的都是西班牙语的地名：莫塞德，圣路易斯奥比斯波，圣巴巴拉，圣塔莫尼卡，洛杉矶，还有圣地亚哥。我这里只罗列了一些比较重要的城市，其实还有许多村庄、河流、山脉甚至大型牧场都是以西班牙语命名的。这些证据都能证明住在这里的大部分居民都是墨西哥人。我们当然不会忘记加利福尼亚州原本就是美国人在不久之前刚从墨西哥人

---

① "乔纳森兄弟"通常在正式场合被用来指代美国人。

手中夺取的疆域，然而现在美国人却在墨西哥人的城镇、村庄、农场和山脉中安家落户，当家做主了。在加利福尼亚州北部，西班牙式的印记几乎已荡然无存，而在南部你会发现社会最底层的劳动阶级中几乎清一色都是墨西哥人。

美国人或者美国政府从来就没想过要去改造任何人或任何事。在加利福尼亚州，没有一个西班牙语的地名被改成英语。如果德国人创建了一个定居点，那么他们就会把它叫做柏林，法国人把他们的地界叫做巴黎，波兰人的地盘则会被称为华沙，俄罗斯人自然会选择圣彼得堡，这些名字都“没有问题”。你甚至可以把某个地方取名为“上海”，美国人不会因此提出任何异议。而且，在美国，任何一个颇具规模的城镇都生活着不同肤色、来自不同国度的群体，为了保留、延续他们自己的习俗、语言和爱国情怀，他们都组建了自己专属的社团组织。对此，美国政府非但没有横加干涉，而且还极力维护他们的合法权益，并保证他们能享有其他团体所享有的一切权利。

顺便插一句，我必须承认世界上再也没有哪个国家能像美国这个大熔炉一样能在极短的时间内同化各地的少数民族。德国、法国、波兰、俄国新移民的孩子们虽然还能听懂父母说的母语，但是他们聚在一起时更喜欢说英语。然而，华人却是一个例外，他们是加利福尼亚总人口中一个不容忽视的部分，关于他们的情况我会在之后的信中[①]向各位作详细介绍。

话题回到墨西哥人身上。其实没有人想要剥夺他们的公民权利，将他们驱逐出境或是打压排挤他们。恰好相反，那些对往昔记忆犹新的墨西哥人直言不讳地坦承美国政府要远远优于之前的墨西哥政权，他们并不愿意重新回到祖国母亲的怀抱。墨西哥人和其他所有民族群体一样享有平等，受到保护，然而他们却永远失去了踩在脚下、原本属于他们自己的土地。

---

① 参见第十二封信。

在墨西哥人身上还有另一个独一无二的特质，那就是他们骨子里非常傲慢，他们认为所有异族全都低人一等，他们尤其看不起盎格鲁撒克逊人。试想一下，每一个墨西哥骑士的裤子膝盖处都磨破了洞，所有的家当不过就是一条毯子，一件衬衣，一条刚才提到过的破破烂烂的裤子，一头和堂吉诃德胯下一样骨瘦如柴的老驽马，一副套索，一盒烟叶，你们能想象吗？就是这样一个墨西哥骑士，仅仅因为他的血管里流着西班牙祖先的血，他就一根筋地认定自己远比美国雇主高贵优越。“和西班牙乞丐一样高傲”，这句著名的比喻用在美国墨西哥人身上简直再贴切不过了。他们的骄傲通常都有点虚张声势，其实是为了掩盖包裹在褴褛衣衫之下予取予求、贪婪低俗的本性。总体而言，墨西哥人下层阶级的道德水准和他们的教育程度一样低下。正如我之前所说过的那样，也只有盎格鲁撒克逊人无比旺盛的精力才能让墨西哥人明抢暗盗的行为有所收敛，才能有效抑制他们惹是生非的惯有作风。

然而正是这样的骄傲或者说是强烈的自尊，无论是真是假，却滋生出另一个将墨西哥无产阶级和其他民族区别开来的特质，那就是他们那套近乎可笑的繁文缛节。在日常交谈中，墨西哥人除了尊称对方为“骑士”，不会用其他称呼。即便他不赞同对方的观点，他也会一边称赞对方的英明智慧，肯定其无比的正确性，一边非常有策略地提出自己的异议。如果两个墨西哥穷鬼恰好同时出现在酒馆门口，他们会不厌其烦地你推我让，坚持要对方先进酒馆。总之一句话，如果美国人的不拘小节让一个习惯了欧洲礼节的游客心生不悦，那么墨西哥人的做法一定会让他觉得过犹不及，难以消受。

当普莱森特把我介绍给萨尔瓦多家族时，骑士们纷纷站起来，相继脱下帽子，那些帽子上面全是大大小小的洞，和犹太人酒馆的破屋顶有着几分异曲同工之妙。等他们轮番行完隆重的鞠躬礼后，每个人又伸出手与我相握，那姿态和架势简直可以媲美温雅雍容的加利西亚伯爵。我还注意到，虽然这些萨尔瓦多绅士们彼此都是亲戚，有些甚至是关系很近的堂表兄弟，可他们在交谈中一样不会忘了以“您”或“骑士”相称。他们都知道我不懂西班牙语，所以没有必要在我面前装腔作势，由此足见就算在日常交流中他们也是同样谦恭有礼。他们聚在一起，自成一派，虽然他们对什鲁斯伯里兄弟、杰克和普莱森特以礼相待，然而无形中却将白人们隔离在他们团体之外。眼前的情形非常奇特，甚至多少有点滑稽，因为大而化之的美国人欣赏不了这样毕恭毕敬的交流方式，在他们看来，美国人比墨西哥人有钱，所以他们更有优越感，而在对待这些黑发墨西哥人的态度中也多少有了那么一点纡尊降贵的味道。尽管如此，两组不同的团队彼此相处得还是相当不错的，也许最主要的原因就是墨西哥人中除了雷富西奥太太之外没人懂英语，而拓荒者们也无一例外地不谙西班牙语。

晚餐准备就绪。我们坐在凉棚底下用餐，这儿的椅子其实就是一些弃置的蜂箱。在我的再三请求下，卢修斯终于答应跟我讲讲他之前的打猎经历。

“老天知道！”他说，“一年前，我这条小命差点就断送在一头熊的手上，要不是塞姆救了我，我打包票此时此刻我就不可能好端端地坐在这里了。”

“我说——”塞姆一边摸着双颊，一边冷冷地开口道，“为什么不说说你在亚利桑那打猎的事儿？”

于是，话题转移到了亚利桑那州。卢修斯告诉我们他经常和一个叫做卢布的冒险家结伴去亚利桑那，所以对那里的每个角落都了若指掌。我问起亚利桑那印第安人的情况，在书报中我读过太多关于凶猛彪悍的阿帕切族和科曼奇族的传奇。不过，卢修斯对书中的描述不以为然，他说阿帕切族绝不像人们以为的那样野蛮。虽然他们经常会去普莱斯考特和图森拿兽皮交换各种物品，但看上去他们有些惧怕白人。卢修斯还告诉我们，多年前却又是另一番情形，当时几乎每天都会发生烧杀抢掠的恶性事件，即便是人数众多的定居点都处在水深火热之中。卢修斯还清楚地记得当年的混乱局面。比如有一次，卢修斯和卢布两人一同前去探望两个法国采矿人，可到了那里却发现朋友已经死于非命，并被残忍地剥去了头皮。卢修斯自己曾多次与印第安人交锋，说起他们的英勇善战，他的言语间总是充满了讽刺和鄙夷。他告诉我们，在正面交战中，印第安人从来都不是白人的对手，而且他们就爱乘着夜色偷偷摸摸地搞突然袭击。而如今，无数次血的教训终于让生活在白人定居点附近的印第安人学会了安分守己。几年前，山中发现了数条储藏量惊人的银矿脉，而且它们都不约而同地在这片区域交汇。消息一传十、十传百，很快来自加利福尼亚的各路人马便迁来此地，于是定居点人口暴增。白人人多势众，印第安人更不敢随便在他们的地盘上为非作歹了。只有生活在东西部平原和深山中的部落还依然过着强取豪夺的亡命生涯，特别是住在索诺拉边境的莫哈维土著因其野蛮残酷而闻名四方。

我析毫剖厘地询问每一个细节，因为我最大的梦想就是登上淘金者或拓荒人的大篷车，和他们一同前往亚利桑那州开拓疆土。要实现这样的计划其实并不难，因为如今整个加利福尼亚州南部正掀起一股迁往亚利桑那州的移民浪潮。不过就算有大批的移民举家东迁，但因为加利福尼亚本身人口就不多，所以亚利桑那不可能在短时间内实现人口激增。加利福尼亚州的面积大约为十五万平方英里，居民人数却还不到一百万，而且中部和东部的大片疆域几乎都是无人居住的蛮荒之地。幅员辽阔的亚利桑那州同样有大片等待开发的荒野。像普莱斯考特和图森这样的重镇也不过只有几百号居民。群山之中星星点点地散落着淘金者的聚集地；在树木茂密、水流充沛的山谷你还能偶尔看到几处农庄和牧场；希拉河和科罗拉多河沿岸也有淘金者的营地和羊倌们的帐篷。拓荒者大多秉承前辈的作风习俗，过着枪不离手的生活。然而，在更为广阔的山脉和平原，大地依旧沉闷寂静，看不到一点人间烟火。

那儿土地贫瘠，产量不足，人们无法靠山吃山，自给自足。而若要由外向内提供补给，那只有沿着复杂艰险的路线穿越平原，或者走水路绕过下加利福尼亚，经由加利福尼亚海湾最后穿过科罗拉多才能到达目的地。漫长的路途加上顾客手头拥有大量的白银，故而所有运往该处的商品都贵得离谱。一磅面粉售价1美元，一磅土豆的价格为50美分或超过5兹罗提[①]。在加利福尼亚情况同样如此。因为手头没有合法货币只有大量刚从银矿里挖出来还未及加工的银块和未经淘洗的砂金，亚利桑那的淘金者们只好用这些贵金属来交换日常生活用品。通过这样不平等的交易，商贩们趁机牟取暴利。基于上述种种原因，卢修斯劝我趁早打消去亚利桑那的念头。

“你无法想象，”他说，“那个地方有多无聊，简直能把人闷出鸟来。我去过许多沙漠地带。下加利福尼亚就是一片沙漠，但至少你能在那里看到仙人掌和棕榈树。像我们自己国家的加利福尼亚，洛杉矶到旧金山之间同样有一大片不着边际的荒原，但那里好歹也长满了棕榈树。可是在亚利桑那州那鬼地方既没有仙人掌也没有棕榈树。”

“那么，亚利桑那州有什么呢?”我问他。

“有什么呢?”他喃喃地重复着我的问题。“简单说来就是山，悬崖，石头，再就是沙漠——没有水，没有草地，没有树木，除了灰扑扑的石头和光秃秃的荒山啥也没有。没错，那里到处都是银子，不过如果非得逼着我违心地说一句‘那地方值得一去’，那我宁可舌头上长个疔!”

后来，我又继续追问关于希拉河和科罗拉多河的情况。卢修斯承认在两条河的沿岸确实土地肥沃，植被丰厚，但紧挨着绿色地带突然冒出了一大片广袤的沙漠，而那里正是令人闻风丧胆的圣安娜风暴的发源地。最后我又向卢修斯了解了一下亚利桑那州山谷的情况。

“那里的很多山谷我都去过，”他回答，“不过它们不像加利福

---

① 波兰货币单位。——译者注

尼亚山谷长满了茂密的丛林，而且那儿的峡道又小又窄，几乎无法穿行进入山谷。如果你刚好走过一片树林，千万别高兴得太早，因为树林里经常驻扎着阿帕切部落，单枪匹马或是三两成群的游客要是在那里晃来晃去简直就是去送死。该死的鬼地方！”卢修斯掷地有声地给亚利桑那州下了结论。“我打赌绝不会有人在那里落户定居的。”

我没有理由质疑卢修斯的话，因为我亲眼见识过许多地方就和他口中的亚利桑那州没啥两样。就像我在横贯东西的铁路沿线所看到的怀俄明州、犹他州、内华达州，要一一描述那些让人厌烦沮丧、心情沉重的景致对读者而言没有任何好处。眼之所及只有无边无际的沙漠，面目狰狞的巨石，还有名号让人吓破胆的悬崖峭壁。沿途中偶尔会有一片盐湖闯入眼帘，一潭死水中映出一方铅灰色的天空。在那些面积足够抵得上欧洲几个国家的土地上我甚至连棵树都没有看到。几头羚羊或鹿时不时地在岩石群中窜来窜去，可我至今也没想通在那种地方它们究竟靠吃什么、喝什么才能存活下来。就连深受大自然和人类青睐的加利福尼亚，虽然那里沃土万顷，气候宜人，但也有大片的土地上找不到一处水源，就像荒漠一般看不见一抹绿意。不久前，我曾去过加利福尼亚中部的大沙漠，那里留给我的唯一印象就是但丁笔下的死亡国度。

等结束了亚利桑那州的话题后，卢修斯便开始讲述他的狩猎冒险记。不久我们又转而谈到了第二天要去捕杀的那头熊。和普莱森特住在一起的老印第安人雷蒙接过了话头，他郑重地告诉我们这头野兽块头大得惊人。与此同时我也得知明天参与狩猎的只有什鲁斯伯里兄弟、杰克、普莱森特和我，因为墨西哥人除了套索和猎刀外没有其他装备，他们的任务就是负责看住山谷的两个出口，要是熊想从那里逃脱，他们就会甩出套索将它当场擒获。加利福尼亚的老猎手们仅凭套索就能对付熊，但猎人只有在马背上才能发挥套索无可匹敌的威力，而在悬崖或灌木丛中，这件武器就找不到用武之地了。

吃完晚饭，我们又回到了篝火边。老雷蒙取出一种叫肖特的乐器，将其一段含在唇间，他凝视上苍，摆开演奏家的架势，然后开始了弹奏。拴在树上的墨西哥野马在远处喷出一阵阵浓重的鼻息声，关在山坡畜栏里的安哥拉山羊只要一走动，便会带动系在脖子上的铃铛，于是夜色中又传来了丁零当啷的声响。拓荒者会给羊和马都挂上这样的响铃用来吓退不怀好意的野兽。耳边整晚都会传来铃铛声，不过声音并不清脆，听着反倒是略显喑哑，恍若远处的回响，它带着淡淡的惆怅，但同时又能安抚人心，催人入梦。

我们坐在火堆旁边，有一阵子谁也没有说话，周围一片静谧，只听到柴火的爆裂声和肖特柔缓的曲调。不过，就像山里无数个夜晚一样，这份安详恬静并没有持续多久，很快畜栏边传来一阵猛烈的狗叫，其他狗立马加入其中，不消片刻，接连不断的狂吠声响彻了整个山谷。普莱森特点燃一支长长的松明，背上了他的散弹猎枪，跑过去查看究竟发生了什么事，我和老雷蒙紧随其后一起跑到畜栏边。我们看到那些雪白的小可怜们正惊恐万状地咩咩直叫，所有的狗正围在大树底下疯狂地咆哮着。雷蒙抓起几块石头朝树上扔过去，一边吹响了尖利的口哨。一开始，树上没有什么动静，突然一个像狗一般大小的黑影从这棵树猛地窜向另一棵树，动作快得几乎没有给普莱森特留下任何瞄准射击的机会。

“什么东西？”我问。

“山猫！该死的，这家伙可真能躲！”普莱森特说。“每天晚上我都在畜栏里拴上一条狗，可不管用。去年我在旧金山买来一头羊和十二只小羊羔，后来全都被狮子吃了，买羊花的七十五美元全都打了水漂。”

我们默默地往回走。很快我离开了队伍，想抄近路回去。突然，普莱森特冲我叫道：

“快回来！别走那条路！小心脚下！那里有陷阱。”

我差点就踩上去了。两个畜栏毗邻而设，一个关着山羊，另一个关着小羊羔，畜栏重重设防，就像森严的堡垒一样足以让敌人望而却步。可是对于贪婪成性的野兽而言，再也没有什么能比畜栏里肥美的猎物更能激发它一探险境的勇气了。于是，普莱森特的生活就变成了一场和这些掠食者之间永无休止的战斗。作为最先来到圣安娜山中的拓荒者，普莱森特尝试在山里养起了安哥拉山羊。他发现安哥拉山羊能为他带来丰厚的回报，因为它的羊毛售价要比绵羊毛贵许多。目前，加利福尼亚州内有成千上万只，说不定甚至有几百万只绵羊，然而牧羊业的发展依旧面临着许多难以逾越的障碍。州境内的大小山脉里到处生长着一种山蓟，它那些小得几乎无法用肉眼看到的芒刺会粘在穿行而过的绵羊身上，这就给羊毛纺纱工序带来了许多麻烦。虽然人们绞尽脑汁，但是仍然没有找到什么好办法来解决这个问题，故而绵羊毛的售价有时甚至会低于其应有的价值。安哥拉山羊倒不受山蓟的困扰，因为它们的羊毛又长又直，一来不像卷曲的绵羊毛那样动不动就粘上芒刺，二来即便粘上也相对容易去除。虽然安哥拉山羊只能养在山里，但是我相信日后它们的饲养规模一定会不断扩大，并成为这个国家新的经济来源。

据我观察，安哥拉山羊的饲养方法并不特别复杂。天一亮，牧人打开畜栏，放安哥拉山羊进山，它们闲庭漫步，东走西逛，想吃什么就吃什么，等到了晚上再回到畜栏。白天，它们一般不会受到野兽的攻击，虽然它们身上气味熏人，不过这并不妨碍我在它们身边一待就是好几个小时。它们长得很讨人喜欢，一天到晚扑闪着一双温柔的大眼睛，一身银色或淡金色的羊毛如同绸缎一般闪着柔和的光泽，公羊身上的毛尤其长，所以一般你只能看到它的小腿。最可爱的还是那些小羊羔，它们一个个都长得矮冬冬、毛茸茸的，像小羚羊一样跳来跳去，到处扑腾。安哥拉山羊能自如地在岩石悬崖间跳跃穿梭，动作灵巧，姿态优雅。

羊群的首领是一头霸气十足的山羊，它长着一撮小胡子，带着一点老浪荡子的神气。每天早晨，它第一个离开畜栏，只见它目中无人地晃着脑袋，脖子上的铃铛随着脚步丁零当啷响了一路，而它身后跟着一群晃晃悠悠的羊兵羊将。羊群们在哪片草场上吃草由头羊说了算，它不允许手下散得太开，离得太远，对于那些听话乖顺的羊儿它会轻柔地抚蹭以示奖赏，而对于那些不守规矩的家伙，它也会警告性地用犄角轻轻地顶一下捣蛋鬼的屁股。总之，它似乎有些放荡不羁，不过同时又端庄威严，镇定自若。它头颅硕大，犄角张扬，身上羊毛又厚又长，乍眼一看，你会觉得它是一个庞然大物，不过它并不像看上去那么壮实，如果把它的毛剃掉，它的个头其实和它手下那些年轻的小伙子没什么两样。它不怕狗，要是它在路上遇见一只狗，它会迎面走上前，直愣愣地盯着对方，晃着自己巨大的脑袋，嘴里发出类似打喷嚏一样的声音，就像是在使劲发泄着自己的愤恨厌恶一般。如果狗不给它让道，照样寸步不让地坚守阵地，一边喷着鼻息一边戒备地打量眼前的怪兽，那么头羊就会往前走上两步，停下来，打喷嚏的声音里充满着威胁的意味，然后它低下头，像一道闪电一样冲向敌人。

我的狗经常成为类似冲突中的袭击目标。若有机会，这头好战的头羊甚至会趁主人打开畜栏的瞬间向主人发起攻击。碰到这种情况，主人会一把抱住它的脖子，一手揪住它的尾巴，然后干脆利落地把它扔进十码远的篱障内。遭此羞辱的头羊只好悻悻地爬起来匆忙地退回畜栏中，一边噗噗噗地吐着唾沫以泄心头之火。

这些山羊都是老雷蒙的心头之爱，他把它们当成儿女般精心喂养照料。山猫风波平息之后，我们回到火堆边。这时，我对这位红人骑士的了解又加深了一层。他已年逾七十，满头的白发，但依旧身体强健，精神矍铄。他有一张古铜色的脸庞，据说他并非是纯粹的印第安人，不过要是他的血管中真的留着白人的血，那比例一定微乎其微。我递给他水壶请他喝酒，几口白兰地让他消除了戒备，向我敞开了心扉。我们在火堆边紧挨着坐下来聊起了家常。我问他住在哪里，他回答说："山里。"

"那您的房子在哪里？"

他说："唉，可怜的雷蒙！他没有房子。有时候他和普莱森特一家住在一起，有时候和什鲁斯伯里兄弟挤在一块儿，有时候住在萨尔瓦多家的帐篷里，不过大部分时间还是住在普莱森特家，他们一家子都是非常、非常善良的人。以前，那是很久很久以前的事了，雷蒙也有自己的妻子、孩子、房子，还有自己的家畜。可是后来……可怕的烈酒让人吐露真言……唉，说这些做什么呢？现在，雷蒙只有一个人了，孤身一人，"他哀伤地重复着这个词语，"孤身一人！"接着，他把肖特噙在唇际，抬头凝望星空，缓缓地弹奏起忧伤的曲调来。

我好奇地盯着他口中的肖特，这一定是世上构造最简单的乐器了。它的样子有点像竖琴，不过只有一根琴弦，弹奏的方法也非常奇特。老雷蒙将较为狭窄的一端含在唇间，按住琴弦的那只手不停变换位置，而另一只手则负责拨动琴弦，弹奏出不同的音调。虽然音域有限，音色又略显单调，但雷蒙却能弹奏许多墨西哥乐曲，其中大部分都是令人心生惆怅的悲歌。萨瓦尔多家族中的某位成员不时以其洪亮的男中音与雷蒙的肖特唱和，嗓音之优美动听足以让众多歌剧演唱家艳羡不已。他唱的大都是些诉说衷肠的情歌。

我梦见你站在玉兰树下，
等我醒来，你却不在身旁，
我暗自伤怀，泪水濺湿梦乡。

唱完这段后，弗朗西斯科·萨尔瓦多便停了下来，一时间耳旁只有挂在山羊脖子上的铃铛声和肖特悠扬的旋律。片刻之后，歌者醇厚的嗓音再度响起，那是一段荡气回肠的副歌，"哦，朱丽叶！哦，朱丽叶！"歌声中饱含着至深的思恋。

还有一首更令人动容的歌表达的是准新郎失去未婚妻时的悲伤之情。

细雨为你带来清新的空气，
和风为你驱散恼人的暑意，
蚊虫不忍打扰你的清静，
无花果树枝低垂，
为你奉上的果实甘甜如蜜，
在你所经之处，
鲜花开满一路，
我爱你，哦，我是那么爱你，
可是为何你却无情地弃我而去？

一曲唱毕，四下一片寂静。忧伤的歌声让雷富西奥太太再度想起早逝的妹妹莫妮卡，她的眼中渐渐泛起盈盈泪光，为了掩饰内心的痛苦，她站起身走进厨房。

就这样，在你一言我一语的交谈中，在缠绵悱恻的歌声里，在追忆往昔的沉思冥想中，这一夜很快便过去了。深夜时分，哥哥塞缪尔伸直长腿，摸着下巴，转向主人说："好吧，大家伙都去睡吧，明天天一亮我们就得出发。"

我们各自安顿好，准备在这里过夜。墨西哥人都回到铺着干稻草的凉棚下。老雷蒙受不了羊群身上臭烘烘的气味也躲进凉棚里休息。什鲁斯伯里兄弟、杰克还有我则在火堆边躺下。虽然我累得要命，可或许正是因为累过头了，我一直无法进入梦乡，卢修斯、莫妮卡、老雷蒙，还有明天猎熊的事在我脑子里转个不停。大概凌晨两点，火堆里只剩下一些泛着红光的余烬，直到这时浓浓睡意才替我阖上了眼皮。

猎　熊

我在拔枪栓的咔嚓咔嚓声中醒来。在朦胧的晨光中，我看见卢修斯健硕的身影正弯腰贴着长长的枪管。塞姆也醒了，听凉棚那边的动静，墨西哥人好像也正在陆续起床，普莱森特小屋的窗户里也已亮起了灯火。这正是一天中光明之神奥尔穆兹德战胜黑暗王子阿里门[①]之后隆重登场的时刻，而这一刻在我眼中总是充满着一股动人心魄却又难以言说的魅力，我的灵魂仿佛听命于一个神秘的魔咒，恍恍惚惚地漫步于广袤无垠的森林中，加利福尼亚著名的骄阳熏热了整片天空，而我却依旧执迷不悟地追寻那些还没有被人类发现的昧芒大地。夜晚正缓缓褪尽沉重的黑色大氅，远处的树木看上去越来越清晰。一只早起的啄木鸟用它长长的喙敲打着树干，仿佛在说："笃，笃，笃，笃！别睡懒觉！山川河谷，迎来破晓！"从两座山峰的缺口处已隐隐地浮动着熹微，正如荷马笔下描摹的那般楚楚动人，"泛着玫瑰色红晕的晨光"正如水流一般涤荡着山川峡谷，将挂在橡树叶上摇摇欲坠的朝露变成了一颗颗璀璨夺目的钻石。美丽的大地如同一个刚从梦中醒来的少女，她一睁开惺忪睡眼，便立即换上神采奕奕的笑靥。鸟儿唱，羊儿叫，小狗欢蹦乱跳。山腰处回荡着一声声熟悉的"哦喔！喔！"，那是雄山鸡

① 奥尔穆兹德和阿里门是拜火教的神祇，前者象征光明和善良，后者代表黑暗和邪恶。

在呼唤它的爱侣。我们每个人的心情就像这明媚的早晨一样灿烂。就连不苟言笑的塞姆都在哼唱着一支耳熟能详的美国歌谣，它的副歌部分是这样唱的，“嗨噢，密西西比，密西西比河！”我们最后将枪检查了一遍，然后就一起出发了。

等到了石滩，我们便沿着溪流上游方向前进。熟知地形的普莱森特和老雷蒙在前头带路，卢修斯和我紧随其后，塞姆和杰克负责殿后。墨西哥人一早就离开凉棚了，有几个往下游方向走，另一些则去往反方向。往上游去的墨西哥人沿着溪流走了一段路后便折向山腹深处。一旦熊妄图从山中逃跑，他们就能阻断它的退路。按照雷蒙和卢修斯制定的作战计划，墨西哥人兵分两路负责堵死山谷的两个出口，把猎物逼入埋伏在山谷中猎手们的射程内。熊也有可能往山上逃，不过因为坡度很陡，而且也没有树木草丛提供掩护，我们可以轻而易举地发现它。雷蒙是个身经百战的老猎手，他告诉我们溪水流经之处有时会突然冒出一座山丘，河流因此变道拐弯，而熊也很有可能出现在这样的山丘上。

从距离普莱森特住所三英里左右的地方，雷蒙开始仔细地观察掺杂沙石云母的狭窄小径。一开始，似乎没有什么发现。可突然，这个老印第安人蹲下身，喉咙口含混不清地发出了一声“啃！”他指给我们看一枚较深的脚印，看上去它和小径其他地方似乎不太一样，定睛一瞧，原来那里掺和着更多亮晶晶的云母。我们一共看到三个脚印，不过只有两个清晰可辨，再往后，足印便湮没在石堆中消失不见了。可是，雷蒙却好像能见人所不能见，这个有着古铜色脸庞、顶着一头白发的老人像一条顺着气味搜寻猎物的猎犬一样，不时地弯腰蹲下，喉咙里不断发出“啃！”的声音。眼前这番景象让人觉得有些不可思议，就在昨晚，他还是个坐在火堆旁的老人，靠肘部支着膝盖才能勉强撑起脑袋，枯草一般蓬乱的白发诉说着风烛残年的凄凉。然而今天，他却判若两人。只见他用力翕张着鼻孔，像是在呼哧呼哧喘着粗气，炯炯有神的眼睛带着印第安人特有的灵敏不住地东张西望，他细致入微地勘察着脚下每一块石头，每一簇灌木，每一片土地，任何一点蛛丝马迹都别想逃过他的眼睛。

我们按照雷蒙的示意，逐步靠近熊有可能藏身的山坡，一队人马悄然无声地缓慢前行，唯恐一个大意打草惊蛇。耳旁只听见小溪流过石滩时发出的轻声细语，啄木鸟敲打树干的笃笃声，还有山林中松鸡呼朋唤友的啼叫声。这是一个美好的早晨。此时，太阳已经高高地挂在天际，空气中飘散着鼠尾草蜜糖般的香气，可是臭鼬却不识趣地到处散播着一股奇怪的味道。这种黑色的小动物是山中的常客，它散发的气味原本和浓烈的麝香差不多，只不过一丁点麝香能让人闻之欲醉，可要是量一多，简直就能把人熏得栽个大跟头。如果在臭鼬的巢穴上盖房子，那简直没法住人，驱之不散的臭气直往你肺里灌，呛得你无法呼吸，熏得你吐个不停。就连狗都受不了这股气味，小鸡仔索性直接倒地昏厥。在行进过程中，我们和臭鼬的恶臭遭遇了三四回，我想尽办法才把一阵几乎要冲口而出的咳嗽声硬生生地给憋了回去。

最后，我们终于到达了雷蒙认定的那座小山，它像是一座金字塔一样矗立在溪流中央。看来我们的猎物今天是在劫难逃了。老雷蒙指着一块铺满苔藓的大岩石让我们看，湿润的苔藓层上留有斑驳的爪印，很明显有什么动物不久前刚从上面攀爬而过，利爪留下的刮痕处裸露着岩石表层，上面还挂着亮晶晶的露珠。雷蒙一边指给我们看这些抓痕，一边喃喃低语："熊……"[①]我们迅速分成两组，卢修斯、塞姆和普莱森特绕到岬角的另一边，从那儿的斜坡上爬上去。其余人从这一边直接上山。山坡上密密匝匝长满了矮树丛，几乎没有下脚的地方。雷蒙、杰克还有我彼此拉开约四十步的距离，艰难地往山上爬去。

现在，狩猎正式拉开了帷幕。整座山头幽静得如同一座坟墓。我们三人在茂密的灌木丛里缓慢前进，就算最锐利的眼睛也无法

---

① 原文为西班牙语。——译者注

侦探到我们的行踪，甚至于团队中的每个人都不晓得另外两个的具体位置。只要隔上一小会儿，就会有人小心翼翼地探出脑袋，通过观察树叶颤动来判断同伴们的方位。有一次，我瞥见了杰克茶褐色的胡须，还有一次，我看到了雷蒙精光闪闪的眼睛。十分钟过去了，接着，十五分钟过去了，可是我们爬行的距离实在有限，离山顶还有很长一段路。当我爬过一处满是碎石的地方，脚下的小石头开始噼里啪啦地往下掉，发出了好大的动静，吓得我整个人只好趴在地上一动也不敢动。等再次前进时，我比刚才更加谨慎小心了。至少半小时过去了，我开始有点烦躁起来。太静了。我伸长脖子环顾四周，发现在我左右树叶都在轻微地颤动着。同伴们继续往上爬着。我忽然想如果那只野兽就在我们附近，也许一声尖叫就能让它立马现形。这话虽说没错，可要是熊不在近旁而是在离这里大约六百码开外的山顶附近，那么还没等我们跑上一半距离，熊就老早逃之夭夭了。

不过事实上，我的耐心并没有经受太长时间的试炼。不过几分钟后山的另一边突然枪声乍起，紧接着响起一声令人胆寒的咆哮声，声音之大几乎连脚下的大地都为之震颤，与此同时我们听到了惊心动魄的呼喊声，“小心！小心！”紧跟着便是第二下、第三下枪响。我们一跃而起，以最快的速度朝着骚动处跑去。雷蒙离那里最近，他最先到达事发地。没有片刻犹疑，雷蒙举起枪射出一发子弹。接下来又是两声枪响，熊的怒吼声再度响彻整个山头，另一队人马随即大喊：“小心！快到这儿来！”

我和杰克一路狂奔，等跑到了弯道处终于看清楚发生了什么事。在我们上方，并肩而立的什鲁斯伯里兄弟正在火速调换弹匣，站得远一些的普莱森特则沉着冷静地瞄准猎物。一开始，我并没有发现熊，但很快我就看到山脚下有一只巨大无比像球一样滚圆的灰色物体正在飞快地往山上爬。一时间，我有点搞不清状况，原本我觉得熊应该在山顶附近，而猎人应该在山下，可情况正好调了个头。一时半会儿也没时间解释眼前的情形。普莱森特再度开火，灰色的庞然大物又一次仰天长啸，可是它攀爬的速度却没有丝毫减缓。杰克和我同时开枪。熊脚下一绊，随即消失在树丛中，可不过眨眼工夫它又钻了出来。杰克趁热打铁，又开了一枪。熊应声猛地跳起来，然后仰面倒了下去，接着从山上一路往下滚，最后掉入山脚下的溪水中。“乌拉！”我们一大队人马爆发出一阵如雷般的欢呼声。我以为一切都结束了，可出人意料的是那头熊居然又从水中踉踉跄跄地站了起来，它咬紧牙关，伸出爪子牢牢抓住岸边的草丛，想借力朝什鲁斯伯里兄弟扑过去。兄弟两个没有给它喘息的机会，立即朝它射击，与此同时，杰克和我也端着手中十四发子弹连发的亨利来复枪接连向熊射出一梭子弹。就在这时，墨西哥骑士们像野兽一般嗥叫着从溪水另一头飞奔而来，他们中的两个人和熊之间仅一溪之隔，骑士们在头顶上方飞旋着可怕的套索，但还没等他们把套索甩出来，又一阵枪响结束了整场捕猎行动。猎物再度倒下，而这一次，它再也没有爬起来。

我正准备跑过去，杰克大叫一声：“别急！”然后我们开始慢慢地往山下走，每个人的手指都扣着扳机。当我们离猎物仅十步之遥时，大家都停了下来，如果它再度发难，我们随时都可以开火。熊抽搐着，背朝天趴在地上，四肢瘫软。它的嘴巴往外汩汩地涌着鲜血，喉头断断续续地发出死前的哀鸣。它身边的沙石草丛没有逃过那双魔爪的蹂躏，四处一片残败狼藉。最后一刻，想必它一定怒火攻心，气得咬牙切齿，以至于轰然倒地时双唇紧闭，冒着血水的的嘴巴和突起的鼻端因此沾上了厚厚一层沙土。卢修斯用枪管戳了戳熊的脑袋，又补了一枪。喉头的呜咽终于停止了，熊的身体最后痉挛了一下，而后归于平静。

“够了！”塞姆面无表情地说。

我们上前检查，熊的尸体像筛子一样布满了弹孔，其中一枚子弹打在它的右耳下方，另一枚在眼睛下面，众人最后一轮开火更是把它打得浑身上下都是洞眼。这头熊的个头虽然不如之前在夏延车站看到的那头熊大，不过在同类中也算数一数二的了，我即便用两只手都没法把它的脑袋抬起来。我使劲地想掰开它的嘴唇看看它的牙齿，可它的嘴上全是血水，而且都已经凝固了。它的前爪无比巨大，我们立陶宛的白颈熊和它相比简直就成了侏儒。

在当地，人们把美国灰熊简称为灰熊，而灰熊在拉丁语中的意思即为“可怕的熊”，是熊的家族中最具危险性的一员。无论它的力气、个头还有残暴凶悍的脾性，都是欧洲的熊无法比拟的。灰熊很少主动攻击人类，不过它并不怕人，在饥饿难耐的时候，也会捣毁拓荒者的小屋或木棚。当它遭遇人类，它先是呼哧呼哧地喷着鼻息，小眼睛燃烧着怒火，一旦被激怒，它便会毫不犹豫地掀起一场腥风血雨。因为受自己个头和体重所限，它不能像欧洲同类那样爬树。它身体素质上佳，耐受能力极强，即便被子弹射中后仍会绝地反击，奋力一搏。美国人总爱得意洋洋地吹嘘自己猎取灰熊的经历，以此作为炫耀的资本。他们固执地认定无论是捕杀非洲狮还是印度虎都远远不及捕杀灰熊来得惊险刺激。至于我，我倒是愿意相信就力气而言，赤道以南的大型猫科动物不是灰熊的对手，但是捕猎过程中的危险程度究竟哪一方更胜一筹，还有待我亲身体验后才能给出答案。[①]

在仔细检查了熊的尸体后，我们开始往回走。老雷蒙和墨西哥人留在原地剥下兽皮，割下美味的熊掌。我请他们帮忙留下熊的尖牙和爪尖。回到小屋时，雷富西奥太太已经准备好了早餐，正等着我们凯旋后一起享用。当我们谈起捕猎的经过，我终于弄明白为什么当时熊会在山脚，而猎人却在山顶。大致情况是这样的：卢修斯率先发现了山顶附近的熊，他朝它开了一枪并且击中了熊的要害部位，猎物在暴怒之下像一股旋风一般猛地冲向了卢修斯，就是在那时我们听到了塞姆惊惧的叫声，“小心！”情急之下，卢修斯往边上一跃，无比惊险地躲过了一劫，而失去重心的熊便一骨碌

---

① 1892年，显克维支在非洲参加了一次捕猎行动，并撰写了一系列旅非书简。多年后(1911年)，他创作了以非洲荒原为背景的《在沙漠与丛林中》，并成为波兰经典儿童读物。

滚下了山坡。这种情况在猎熊过程中并不罕见，因为熊的后腿要比前腿长一些，所以对它们而言上山容易下山难。很多时候，它无法控制平衡，所以不是跑着而是一路滚着下山。而今天我们恰巧和这样的意外不期而遇了。

一个小时后雷蒙和墨西哥人回来了。他们一靠近屋子，如同平地炸雷一般，所有的狗一下子吠声大作，原来它们无比灵敏的鼻子已经嗅到了刚宰杀的新鲜肉味，这番突如其来的狂乱骚动让听者还以为是有人要剥去它们的狗皮才让它们在惊恐万状之下发出如此惊天动地的叫声。这天下午，为了庆祝打猎满载而归，萨尔瓦多兄弟们组织举办了一场骑马比赛。我们所有人都聚集在一片开阔的平地上，那里只稀稀松松地长着两三棵橡树。所有的墨西哥人都手持套索跨上马背。比赛开始后，无论是马匹还是骑手的敏捷灵巧都让我大开眼界，叹为观止。其中一位骑士扮演逃跑者，只见他整个人紧紧贴在马鞍上，他的头、手和脚就像长在了马背上一样没有留下一处能让套索下手的破绽。还有一位骑士在头顶上方甩动着恐怖的套索，一边吼叫着，一边追赶那位逃跑者力图把他一举擒获。追赶者会瞅准一个最恰当的时机，朝逃跑者甩出套索，与此同时，他身下的马儿会立刻调转马头，然后全速朝反方向狂奔。如果套索没有逮到目标，那么双方就互换角色。不过一般而言，绳索都会非常准确地套住逃亡者的脑袋。要想避免被勒得七荤八素或被拖下马鞍，唯一的办法就是迅速让马掉头，跟在追赶者身后飞奔，一旦能赶上他，就开始一场激烈的肉搏战。这种竞技游戏对骑手来说要求很高，他们必须具备纯熟精湛的骑术，手拿套索负责追赶的骑士常常能出人意料地急速转身，打对方一个措手不及，把逃跑者从马鞍上拖下来。

在萨尔瓦多骑士当中要数杰西的身手最厉害，他大约三十岁的年纪，一副宽宽的肩膀，脸上长着一把黑胡须和一双鹰一般锐利的眼睛。在扮演追赶者时，杰西的套索只要出手，就没有一次落空过，而当他扮演逃跑者被对手的套索套住时，他总能立刻调转马头追上对方，然后将对方一把拽下马背反败为胜。在其中某个回合中，他让所有人见识了什么叫做力大无穷。当时他被兄弟多罗提奥的套索拴着了脖子，只见他轻巧地一个转身，转眼间便赶上了多罗提奥，随后他伸出一只手，就像提一捆木柴一样把追赶者轻轻松松地按在了自己的马背上，最后将这个可怜的“战利品”丢在了我们的脚下。卢修斯显然被杰西的身手激起了好胜心，他一心想在我面前表现一番，于是向杰西挑战，要和他来一场摔跤比赛，比试一下到底谁更加神勇威猛。一开始，墨西哥人有点犹豫，不过架不住卢修斯的一再请求，最后还是同意了。不出几秒钟的工夫，年轻的美国佬便把墨西哥人高高举过了头顶，而后狠狠摔在地上，杰西的手臂都被摔伤了。

骑马比赛结束后大家又接着玩了一场捉鸡游戏。墨西哥人从雷富西奥太太那里借来一只公鸡，这倒霉的家伙被捆住双脚埋在地里，只有脑袋和脖子露在外面。墨西哥人骑着马轮流从距离公鸡几十步远的地方开始全速奔跑，在经过公鸡时要想办法抓住鸡脑袋把它从土里揪出来。可怜的鸡经不起几下折腾便一命呜呼了。又玩了几轮后，鸡脑袋落入了某位萨尔瓦多骑士手中。后来我才知道这样的捉鸡大比拼是墨西哥人最爱玩的游戏，洛杉矶附近每年还会举办一次盛大的比赛，所有的墨西哥人还有城里镇上以及周边农场的美国人都会聚集一处，共迎盛事。

这天晚上，普莱森特家中来了三个卡丘拉部落的印第安人，这个半开化的部族驻扎在圣安娜山的另一边。他们像吉卜赛人一样有着古铜色的脸庞，头上既没有佩戴珠链，也没有插上羽毛，而是在两侧编了好多一绺一绺细细的长辫子。他们脚上穿着鹿皮缝制的软底鞋，身上套着遮不住前胸后背的衬衣。反正他们看上去不像武士更像乞丐，而且和我在横贯大陆旅程中见到的苏族人没有丝毫相似之处。苏族人身上那种令人过目不忘的自尊、忍耐和冷漠在我们的访客身上几乎找不到半点痕迹。他们身上散发着一股浓烈的体味，连我们的狗都被熏得坐立不安。他们当中没人配枪，所有的武器装备就是弓箭和战斧。因为他们不懂英语和西班牙语，所以我只好通过雷蒙与他们交流。这些可怜人告诉我们，他们的部落正在闹饥荒，所以他们不得不来向白人讨要一些食物。

“你们为什么不去猎鹿和大角羊呢？”我让雷蒙相帮翻译。

他们中年纪最长的尤瓦卡回答说：“自打山中迎来雨季后，鹿就不再下山去小溪边喝水了，我们又没法子在山上逮到它们。”

“难道你们就没有养牛和羊吗？”

“不是没养过，但好多家畜没能熬过旱季，活下来的那些都已经被我们吃光了。”

“部落里的人难道都已经流落在外了吗？”

“倒也不是，女人、孩子还有老人仍然留在老地方，年轻小伙子外出给白人打工。”

我给了他们一些烟草和威士忌，同时问他们借来弓箭，或者说，拿我的刀换来了他们的弓箭。尤瓦卡教我如何射箭，然后和我一起来到橡树林中，轻轻松松射下了几只啄木鸟和松鸡。我也按捺不住，想一试身手。比起饿得有气无力的印第安人，我手中的弓倒是拉得比他们满，可是我射出的箭好像总是差了口气，在离目标尚有几码的距离便一头栽下来，而身边的尤瓦卡基本上“弹”无虚发。我很想和印第安人多一会儿，于是问他们什么时候会再过来。

“一个月后吧。”他们回答。

“那我能去你们那儿吗？”

“当然可以！我们非常欢迎。白人兄弟经常和我们一起在峡谷里打猎，想来就来，想走就走。白人还会坐在我们的篝火边，和我们一起抽上一支烟，卡丘拉部落里没人会动他一小指头。”

这时，卢修斯像是听到了我们的谈话，于是走上前来问：“什么，你想住到他们的茅草屋里去？”

“嗯，是的。”

“难道你不怕？”

“他们不会真的对我不利吧？”

“他们敢！要是哪个红毛敢动这个念头，老子把他脑仁给打出来！”

“我也这么想。”

“就是这话！不过就怕你没法子对付另一个敌人：虱子。要是我口袋里的钱和这些红猴子头上的虱子一样多，那我准保能在旧金山开一家银行了。天地良心！这可是我的经验之谈。”

我不得不承认卢修斯的话一下子浇灭了我渴望和印第安人共同生活的满腔热情，甚至于有那么一刻，我对他们的同情心都不如一开始那般强烈了。不管怎么说，可怜之人多多少少都有可恨之处。以北方草原为家的印第安部落和像南部的阿帕切族和科曼奇族至少知道如何保全自己，直到现在他们依旧具备一定的实力抵抗白人侵占土地。然而加利福尼亚的印第安人却已经放弃了战斗。没有人听说或知道他们的存在。最好的证据就是在我动身前往山区的时候，许多加利福尼亚人都拍着胸脯向我保证，说加州已经没有野蛮的印第安人了。毫无疑问，如今我们在境内看到的已经只是印第安人残部游勇。他们藏匿在无路可寻的深山老林和荒漠草原，曾经叱咤风云的勇士们的后代如今却像浮萍一般漂泊无根，只能依靠饲养牲口和打猎谋生，靠采摘野地山林中的浆果野菜勉强果腹。他们不再受人迫害驱逐，因为他们已经手无缚鸡之力。一到秋天，有些半开化的印第安人便会跑去给白人当帮工，在果园里摘葡萄，拿到的薪水不是用来买些红色布料，就是用来买酒。可是对于那些尚未开化的印第安人来说，他们却夜以继日地遭受着饥饿的折磨，只有老天才知道他们是怎么一天一天挨过来的，特别是在圣贝纳迪诺山脉的这一边没有水牛栖息，而水牛是印第安人部落的主要食物来源。

雷富西奥太太给那些可怜人一些腌猪肉和豆子吃。等到夜幕降临，印第安人在树林里找了一个地方落脚。第二天早晨，他们便走了。

而我们也只比印第安访客多逗留了一天。好客的主人普莱森特带我们参观了他的养蜂场，这些小蜜蜂为他们一家带来了相当可观的收入。我们看到在一片开阔地带竖着一排木头支架，上面整整齐齐排列着两百多个白色的蜂箱。每个蜂箱中有十一个巢框，蜜蜂就在巢框上分泌蜂蜡，修筑巢脾，酿造蜂蜜。蜂窝一旦造好后就不会轻易破损，这样一来蜜蜂就可以将分泌蜂蜡的时间节省下来专心酿蜜，蜂蜜的产量也因此翻倍。采集蜂蜜的方法也很有意思，有一种机器专门用来完成这道工序。首先，将一格筑满蜂巢、沾满蜂蜜的巢框放进一个圆筒，然后高速旋转圆筒，在离心力的作用下，巢框上的蜂蜜被甩得干干净净，一滴不剩地全部掉进圆筒里，而巢框上的蜂巢却完好无损。等采集完毕，巢框又被放回蜂巢，勤快的蜜蜂不久又能将巢框填满。蜂蜜的产量相当惊人，就算是淡季，这儿的产量依旧是波兰的五倍之多。究其原因，大致有二。第一，在气候温暖的地方，蜜蜂的产蜜活动更加活跃频繁；第二，波兰的蜜蜂在长达好几个月的冬季蛰伏期中自己要消耗大部分的蜂蜜，而加利福尼亚的蜜蜂却是一年到头不停地采蜜。这里不管是夏天还是冬季，山坡上一直开满了鲜花。就口感、香味、透明度而言，加利福尼亚蜂蜜甚至胜过了欧洲最出名的立陶宛蜂蜜。

总而言之，这里的人们不像在波兰依旧依靠天然蜂巢养蜂，而是运用了各种先进的技术和方法。虽然交通不便限制了养蜂行业的发展势头，但是自从所有的养蜂人自发加入“加利福尼亚养蜂协会”后，他们的蜂蜜就可以直接运往利物浦，从而消除了中间商的层层盘剥，而他们的收入也随之稳步增长。人们期待着有朝一日养蜂业能成为美国最赚钱的一个行业。

旧金山杂记

旧金山

9月9日,1877年

我亲爱的朋友,[①]

我原本应该在很久之前就给你回信的。对于你把我上一封信刊登在报纸上的做法我有些难以释怀,因为无论从形式还是从风格上看它都不适合见报。[②] 另外,你所作的注解中有些地方曲解了我的本意,并有一概而论之嫌,读者阅读此信后很可能会产生误解,他们会以为我在嘲弄贬损犹太人,而事实却是我对这个民族充满了由衷的敬意。

只有在这里,我才真正认识到犹太人是一个多么精力旺盛、魄力十足的民族!在波兰,犹太人掌控商业和部分工业命脉的事实并不至于让人瞠目结舌,[③]可是在美国,所有人都在废寝忘食地埋头苦干,为了生存而展开的竞争激烈得近乎残酷,也正是在这种严酷环境的衬托下,犹太人的经商才华才真正显露无遗。在美国人的地盘上,波兰犹太人的生意做得丝毫不比东道主差,如果有必

---

① 这封信的收信人究竟是谁不得而知,之后他将信件刊登在了《华沙每日速递》上。

② 这里所提到的"上一封信"的内容和显克维支其他信件中的内容雷同,所以在本书中没有收录。

③ 由于波兰的犹太人遭受就业限制和土地所有限制,迫使他们不得不从事商业活动。

要，他们甚至能和魔鬼讨价还价，从他口中分得一杯羹。他们中绝大多数人初来美国时身上没有一分钱，语言不通，对于这片新大陆几乎毫无概念，换言之，他们的本钱只有一双勤劳的双手和肩膀上顶着的那颗精明的脑袋。从他们踏上这片土地的第一天起，每一个犹太人便开始了创业之路。如果有人想要欺骗他们，他会沮丧地发现到头来被骗的却是他自己。在商业交易往来中，犹太人和其他商人一样诚实，一样讲信用。我从来没有听说有哪个犹太人在美国住上一年后依旧家徒四壁，一贫如洗，他们每个人都为自己挣下了一份家业。诚如美国人所言，所有的犹太人都在“努力谋生”。过了一段时日后，每个犹太人的生活都有了起色，都问心无愧地拥有了一小笔财富，其中甚至还有人成为了百万富翁。然而，无论犹太人再怎么富有，来自波兰的犹太人却从来不曾忘本，他们时刻铭记自己从哪里来，铭记祖先埋骨何处，而那些来自奥地利和波森省①的人却更愿意给自己贴上德国人的标签。无可否认犹太人是一个坚忍不拔的民族。他们是波兰人口中不容忽视的组成部分，而他们身上那些熠熠生辉的优秀品质正是我们波兰人所欠缺的，如果我们能取其菁华，那么我们的国家必将拥有一个繁荣昌盛的明天。

以上这些观点都是我的肺腑之言。任何歧视犹太民族，认为他们出身寒微、血统低贱的人都是刚愎自用、心胸狭隘的傻瓜。当然，我并不是主张犹太人能因此享有特权，如果他们违法乱纪，就应该和其他人一样接受处罚。但是，我们决不能出于种族偏见而将犹太人无情地孤立于我们的生活轨道之外。好了，关于犹太人的话题我就谈到这里。

---

① 波森省在 1846 年至 1918 年间曾是普鲁士王国的一个省，首府是波森，今波兰中部波兹南。该地区被誉为波兰的发源地，居民包括波兰人、德国人、犹太人和其他少数民族。——译者注

在上封信中你问起莫杰泽耶斯卡女士[①]的近况，并提及直到最近人们才肯承认她的成就和地位无人可以取代。现在，我终于可以开诚布公，而不是在私下里告诉你，她已经登上了美国剧院的舞台。在寄给《波兰报》的一封信中，我曾详细描述了两周前的首场演出。[②] 她在舞台上可谓光芒四射，每天轮番扮演着三个不同的角色——阿德莉娜，奥菲莉亚和朱丽叶。我想即便我再妙笔生花都无法将她精彩绝伦的表演重现于笔端。剧院内如同雷鸣般的喝彩、铺天盖地的花束、你推我搡的观众、人声鼎沸的包厢，赞颂其表演足以和里斯托里和雷切尔相媲美的评论家们惊喜欲狂的笔触[③]，啧啧称赞的大众和媒体，还有将她称为"波兰杰出女性"的美誉——所有这些都无法将她辉煌灿烂的成功描绘于万一。在美国定居的波兰同胞与有荣焉地称其为"我们的 M 夫人"，那种骄傲喜悦之情几乎让他们都有点忘乎所以了。之前显得有些无动于衷的报纸现在正摩拳擦掌地争相比拼，看哪家的赞美恭维更富激情。夫人的成功随后在美国掀起了一股斯拉夫热，各大报刊开始连篇累牍地介绍斯拉夫人以及我们这个民族所与生俱来的非凡天赋。

莫杰泽耶斯卡夫人下榻的皇宫大酒店每天都聚集着无数剧院经纪人、评论家、报纸编辑和名人雅士。当她最后一场演出谢幕后，媒体代表向她敬献了一捧三色花束和一面锦旗以及一篇印在白色绸缎上的精美赞辞。诗情十足的赞辞结尾处这样写道：

就让波兰留在您旧的回忆，

---

① 此处为波兰语拼写的音译。为了便于美国观众记忆和发音，女演员之后简化了名字拼写，对应的音译为"莫杰斯卡"。

② 1877 年 8 月 20 日，莫杰斯卡女士在加利福尼亚大剧院举行了她在美国的舞台首秀。她在尤金·斯克里布(Eugene Scribe)和欧内斯特·莱格夫(Ernest Legouve)歌剧《阿德莉娜·勒库弗勒》中扮演女主角阿德莉娜。

③ 阿德莱德·里斯托里(Adelaide Ristori，1821—1906)和艾莉莎·雷切尔(Elisa Rachel，1820—1858)都是著名悲剧女演员，前者为意大利人，后者为法国人。

就让美国成为您新的故里。

诗句之后跟着一连串记者的签名。更加令人称道的是这些诗行出自《每晚邮报》的主编辛顿先生之手，之后这首诗歌被其他报纸争相传印。

简而言之，我们的华沙已经失去了这位闻名世界的表演艺术家。让我们好好反思一下，曾经有多少所谓的评论家在报纸上对莫杰泽耶斯卡夫人的演技冷嘲热讽，评头论足，接着他们就一边喝着咖啡一边吹嘘说："瞧，我给莫杰泽耶斯卡夫人写过评论，如假包换。"而后他们继续口诛笔伐，直到他们用唾沫和墨水逼迫夫人远走他乡。

纽约、波士顿、华盛顿和费城的各大剧院已经向她抛出了橄榄枝，所承诺的待遇条件好得简直令人咋舌。今年她会在美国所有的大城市进行巡演。之后她会前往伦敦演出，计划中的下一站便是华沙。她不会轻言放弃，并且将不惜一切代价重返华沙舞台一偿夙愿。结束华沙之行后她将回到英国，然后是美国，最后造访澳大利亚。她在美国的首演曾遭遇了重重困难，一开始，她甚至没钱置办行头。她也曾向华沙方面寻求帮助，最后却不了了之。难能可贵的是她最终克服了所有障碍，她凭借一双巧手把从华沙带来的旧戏服改头换面，而第一次登台便让她在一夜之间摆脱了经济上的窘境。如果我一年所挣的钱能和她一星期的进账相当，那么我一定会赶赶时髦周游世界，而且免费为报纸撰写专栏小品。

好了，现在你已经了解了莫杰泽耶斯卡夫人的近况。这一切发生得如此突然，如此出人意料，几乎让人难以置信。我不记得有没有和你说起过演出时奥菲莉亚的台词是用波兰语说的，你无法想象现场效果好得惊人，演出后好评如潮，《邮报》评论文章说这是美国人所听到过的最美妙、最甜蜜的语言。现在，美国人对于所有和波兰有关的事物都抱有空前高涨的热情，各大报纸开始鼓动我们的表演艺术家向大众介绍波兰戏剧。莫杰泽耶斯卡夫人正在考虑把著名剧作家斯瓦沃斯基介绍给美国人民，不过我觉得这似乎有点难度。

现在来说说我自己吧。为了赶上莫杰泽耶斯卡夫人的演出，我从马里泊萨回到了旧金山。在去马里泊萨前，发生了几件让人兴奋的事情。当时，美国所有的铁道工人都在举行罢工运动，反对政府降低每日薪酬。我亲眼目睹了疾风骤雨般的游行集会，愤怒的人群动用了砖头、拳头、木棍甚至手枪，武器不长眼，我差点就成了他们的活靶子。接着，危地马拉的领事汉兹先生就在我的眼前枪杀了一个叫莱斯利的人。[①] 我和周围的人一起抓住凶手，并从他手中夺走了凶器。坦率地讲，我非常遗憾当局没有给我戴上手铐，把我一起送进拘留所。在美国，只要发生凶案，警方一定会把目击者也送进监狱，目的是为了避免让他受到被告方家属的威逼利诱，在法庭上作伪证。关押期间，目击者每天能获得五美元的津贴，这可是一笔不小的收入，据我所知，还没有哪个作家每天能赚得这么丰厚的报酬。既然我没有这份运气享受“牢狱之灾”，于是便出发前往马里泊萨。

马里泊萨其实是一片茫无边际的森林。一个礼拜后的某一天，我背着一把没上子弹的双管猎枪正趴在灌木丛中忙着搜寻一只受了伤的秃鹰，突然间，我迎面撞上了一位美洲狮夫人。夫人倏地缩紧浑身肌肉，朝着我气咻咻地喷着鼻息。而我，还没来得及正儿八经地向她作自我介绍，就脚不沾地逃之夭夭了。实在汗颜，这番举动大概会让每个恭而有礼的绅士嗤之以鼻。说实话，当时我已经被吓得魂飞魄散了。试想一下，我身边没有带刀，手中虽然有枪，可其实就是一杆没上子弹的废铜烂铁！所幸的是美洲狮夫人此后马上跑到了一个废弃的银矿里，而我也趁机躲进了小屋中。当我平复惊慌后，便从墙上取下十四发子弹连发的亨利来复枪，接

① 显克维支似乎混淆了事主的名字。谋杀者是危地马拉前领事莱斯利・C.汉克斯，被害者是旧金山的股票经纪人约翰・E.戴利。

着又回到了银矿。整个夜里我一直埋伏在离矿井入口处大约三十步远的地方……可惜，最后还是无功而返。从那一刻起我就发誓，再也不会蠢到既不佩刀又不上子弹就往灌木丛里钻。

旅行中的经历真是妙趣横生！两年前还在华沙的我怎么会想到有朝一日我会在丛林里撞上美洲狮，而且还差点被它一口吞进肚子？当危险解除，你会发现这样的遭遇自有它滑稽可笑的一面。你不妨想象一下，一头美洲狮和一个记者，这两个生物出生在南北两个半球，可命运却让他们狭路相逢，而且几乎陷入了你死我活的绝境。唯一的问题就是谁死，谁活？是美洲狮把记者吃了？如果真是这样，这头该死的野兽会不会有哪怕是一丁点的概念她吃的到底是谁？她会不会知道当她津津有味地享受我这道美餐时，她同时也在吞噬《波兰报》多达上千篇的小品文，两百封旅行书信，短篇小说《徒然》、《幽默集》、《老仆》、《哈尼亚》、《炭笔素描》，还有那许多存在我脑袋里尚未成形的作品？它们就像是停在干草棚上的小麻雀，还没来得及展翅飞向蓝天白云就不幸早夭了。这头野兽会不会至少意识到吃了一个作者远比吃了一头牛犊或一只山羊要罪孽深重得多？当她回到巢穴，也许她会对她丈夫说："我觉得好难受。今天我吃了不该吃的东西。"瞧这让人哭笑不得的结局！

不管怎么说，旅行总好过像一块石头那样永远待在同一个地方任由自己文思枯竭，坐等才华凋零。游历四方能让你摆脱狭隘的派系争斗和个人偏见，不再愤世嫉俗、妒恨猜忌，不再纠结于鸡毛蒜皮的琐事终日耿耿于怀。旅行者的生活充实而洒脱，他的目光高远辽阔，心中能装下天地，旅途中的艰难险阻磨砺了他坚强勇敢的意志，培养了举世无双的鲜明个性，他不再是水泥森林中碌碌无为、营营役役的一员，他是自己的主人，这一点远比其他任何事情都要重要。不过，请不要以为我在怂恿你放下一切去浪迹天涯。那些职责在身的人们还是应该留在原地。至于我，我在华沙的工作是什么？我在那里从事写作。如果我前往南极或北极，我的工作又是什么？我想当然还是写作。总而言之，我会一直笔耕不辍，因为那便是我的职责所在，而通过旅行，也许我能为世人写下更加动人心弦、发人深省的文章。

你是否有兴趣知道我接下来的行程？眼下，我就像一个心急火燎想要迎娶新娘的新郎官，正望眼欲穿地等着大洋那边的钱款快快打到北美大陆，只要我一拿到这笔钱，我就立刻动身，马不停蹄地赶回华沙。我计划在华沙举办几场演讲，为此后的旅行筹措资金，这样我就能为我的读者奉献更多的旅行札记。我不会停下漫游的脚步，除非我不幸踏上那段无须任何旅资却最为漫长的旅程——黄泉之路。我不知道什么时候我会动身前往他界，不过如果那句“破烂斧子不怕淹”的俗语当真灵验，那么对我而言就不存在水路溺亡的危险了。

我对美国社会的种种都抱有无限的激赏感佩，唯独美国女性却始终无法让我心存好感。不过，因为我在东海岸停留时间不长，所知有限，所以对于美国女性的认识只限于加利福尼亚境内的观察与经历。总体而言，加利福尼亚女性没有给我留下什么特别好的印象。诚然，她们的穿戴一点都不比巴黎大街上的摩登女郎逊色，有时候甚至更加时髦出挑，可那种誓将炫富进行到底的做派实在让人侧目，即便在加利福尼亚如此炎热的气候中，她们依旧无论冬夏，一年四季都披着毛皮大衣、毛皮围巾、毛边外套以及诸如此类的皮草行头，唯一的目的就是为了炫耀一下她们昂贵的阿拉斯加海豹皮。她们成日里跷着腿躺在摇椅里，不是嬉闹玩笑就是痴头怪脑地卖弄风情，一天到晚无所事事，最擅长的就是虚掷光阴。每个女郎都能漫不经心地弹奏几首歌曲，可没有一个精于此道。对于语言学习她们毫无兴趣，却又偏偏喜欢装腔作势，摆出一副高雅博学的模样，她们身上所体现的浮夸奢靡完全背离了共和国崇尚的平等、自由的精神。她们似乎天生就缺少女性所特有的婉约多情。你永远不要指望美国女郎会沐浴着洁白的月光抒发心中最深切、最细腻的情感，她们更喜欢咋咋呼呼地跟男性公然调情。由于缺乏应有的智慧与专注，再加上从来不知道反躬自省，她们的心灵和精神世界就像一块春天乏人耕种、致使秋天颗粒无收的土地，而她们的生活就和整日里嬉闹喧腾的小猫小狗一样肤浅无聊。

不过我还是想再次提醒你，文中所涉及的只是加利福尼亚女性留给我的印象，而对于东部的情况我所知甚少。在加利福尼亚，虽然人们没有什么品位，但普遍都很富有，而所有这些财富最后都变成了女士们身上穿的和头上戴的。这些新兴有产阶级的夫人小姐们统统摆出一副贵妇名媛的派头，看上去不仅俗不可耐，而且无疑是在和民主、共和大唱反调。

当然，我只是在针对富裕阶级的女士们大放厥词，那些工厂女工、手艺人和农夫的妻子们都是克尽己责、朴实无华的可敬之人。她们的穿着并不寒酸邋遢，而她们之所以衣着体面完全是为了满足丈夫的愿望。美国男人从来不在乎自己的外表，而且总是丢三落四，不是少了一根领带就是忘记穿上外套。可是，他们无法容忍自己的太太布衣荆钗，他们竭尽全力地打扮自己的良配，让她们披金戴银，穿上绫罗绸缎，戴上长及肘部的丝质手套以及其他美丽的配饰。

总之，这里的女士们想尽一切办法效仿欧洲女同胞们的穿着举止，不过男同胞们对于欧洲的一切就有点敬谢不敏了。你简直无法想象两地男士在行为习惯上有着多大的差别。美国男人的不拘小节和大而化之几乎已经到了粗鲁愚钝的地步。我初到美国时觉得这里的男士都是不懂礼节的山野村夫。随着对他们的了解不断深入，我发现男人与男人之间的这种直截了当比欧洲绅士之间的繁礼多仪更加令人心生敬意。

看在上帝的份上，谁能告诉我为什么一个人必须去迎合讨好另一个人？在欧洲，如果两个绅士偶然相遇，他们会立即从各自的座位上跳起来，刷地摘下帽子向对方鞠躬示意，燕尾服的下摆随着他们兴高采烈的肢体语言愉快地飘扬招展。他们殷殷握手，脉脉温情地注视着对方，彼此倾吐着仰慕之情。接下来你就会听到从他们口中喷溅而出的一波又一波让人汗毛倒竖的恭维奉承，就像

“思慕良久，期许多年，暮暮朝朝盼能见君一面”，“久仰大名，如雷贯耳”，或是“今朝得以相见，实属三生有幸”。换句话说，眼前两个人的表现堪比两只发情求欢的猴子。这是多么荒唐无稽啊！你肯定想象不出美国人对于这套繁文缛节是多么鄙薄厌弃。正是因为这个原因，他们尤其不待见法国绅士。

在美国，要是为两个人介绍彼此，他只要简单地说：“X 先生，这是 Y 先生。”此时，X 先生不必起身，也不用脱下帽子，甚至不必伸手相握，他只是冲 Y 先生点点头说句“你好”。Y 先生同样点头示意，然后回应一句“你好”。就这样，两个人就算认识了。下次见面时，他们就会像老熟人一样互相拍打后背招呼道：“哥们，最近好吗？”整个过程就是这么简单。

一开始，我对如此随意甚至随便的方式大感诧异。当被介绍给某位当地人时，我总是按照欧洲的风俗习惯一本正经地弯腰鞠躬，可每次彬彬有礼换来的都是满不在乎的一记点头，好多次我都恨不得朝那些无礼的家伙甩上一巴掌。现在，我已经习惯了美国人的方式，而且更重要的是，我开始意识到虽然美国人的做法可能有欠正式，但欧洲人的装腔作势确实让人觉得有点肉麻。毕竟，所有那些点头哈腰和露齿而笑究竟有什么实际意义呢？

其实，两个人见面时彼此点个头打个招呼，至于之后两人的关系如何发展就顺其自然，这样做不是要简单许多吗？在一个民主共和制的国家，这种做法完全合乎环境，合乎规律，而且通过这种方式建立起来的关系并不会因为形式上的简陋粗略而更加脆弱。如果友情得以继续深化，那么它将比欧洲人所谓的友谊真诚牢靠百倍，因为美国人将他的朋友视若手足，朋友的问题就是他的问题，而在欧洲，朋友之间许下的诺言远比真正实现的要多得多。在美国，人与人的关系界定分明：要么就是人不为己天诛地灭，要么就是为了朋友不惜豁出性命。

美国所具有的社会制度和风俗习惯表明了它是一个值得让人学习、给人启发的国家。这里一直有一个让人倍感困惑的社会问题。四千万的民众来自不同的国家，他们中有很多人原本在欧洲大陆上彼此仇视，水火不容，而今，他们都成为了奉公守法、享有自由的美国公民，彼此之间相安无事，和睦相处。然而，就像世界上所有事物都有利有弊一样，美国的自由也许也有它无法回避的弊端。可无论如何，活生生的证据已经告诉我们即便美国的社会制度中存在某些瑕疵，但瑕不掩瑜，它包容了千差万别的思想、观念，让不同国家、不同民族的人民和平共处，鼓励各行各业蓬勃发展。

让我们再来看看欧洲诸国吧。比如，法国永远只是法国人的祖国；普鲁士，就只能是普鲁士人的家园。而美国从严格意义上来讲与其说是一个国家，不如说是一个政治实体。这里有四千万人口，而不是四千万美国人。这个政治实体从本质上而言也不具备一个统一民族的特性，但对于栖身于它广阔疆土上的不同的民族团体，它不仅没有阻挠它们的发展，反而是不断地加以鼓励和保护。如果德国人想继续保留日耳曼人的烙印，完全没有问题，同样的，爱尔兰人、瑞典人、英国人有绝对的自由保有他们的民族特性。但前提是，他们所有人必须先成为遵纪守法的美国公民。

弗吉尼亚城

旧金山

12 月 18 日,1877 年

虽然我一心期盼快点回到故土,可事与愿违,我在怀俄明州捕猎行动中不幸染上了疾病,所以直到现在我仍旧滞留在旧金山。在去往怀俄明州的路上,我们途径内华达州境内的弗吉尼亚城。这座城市距离横贯大陆的铁道线仅两个小时的路程。我们探险行动的领队乌斯拉普先生是该地区几家矿业的股东,和那里的矿主们都有业务往来,加上我非常想去银矿矿脉一探究竟,所以我们从里诺站下车后便朝着弗吉尼亚城进发了。

在描述银矿给我留下的印象前,我想先和你聊聊内华达州。这个宽广无边的州与加利福尼亚为邻,之间隔着巍峨壮丽的内华达山脉。高耸挺秀的山峰直插云霄,山巅终年积雪,然而山坡上却覆盖着美国首屈一指的松树林,这些在拉丁语中被唤作"重松"的松树苍翠茂密,山风呼啸而过,松林飒飒作响。在加利福尼亚州境内的山坡上溪流纵横交错,泉水长年流淌。请你闭上眼睛,尽情想象一下:一年四季充盈丰沛的水域,无数条潺潺奔流的小溪,温润和煦的微风,日渐苍翠的树林,闪烁着晶莹露珠的草地,四处荡漾着清新、蓬勃的气息,如果想象的画笔在你的脑海中勾勒出了这样一幅画卷,那么也许你就会明白山坡上究竟是怎样一番迷人的景象了。透过火车的车窗，你会看到许多伐木工人和拓荒者的小屋。远处坐落着锯木厂、水磨坊、矿工们的营区、成堆的原木，还有将水流引入金矿的流槽。这些流槽在这块土地上形成了一道独特的风景。它们时而紧挨着铁道，时而沉入山谷，时而穿梭于群山之间，时而跨越沟壑。有时流槽甚至能一路绵延好几英里。流槽由木板连接而成，外观和引水槽差不多。乍眼一看会以为流槽悬于半空，其实底下隔着一段距离便架有两根交叉成 X 形的高高的支架。若是一路上没有苔藓、藤蔓、野旋花、野豌豆以及其他攀缘植物紧紧抓住地面，填满了木板之间的缝隙，为光裸的木板挂上密实的绿色幕帘，那么这些光秃秃的流槽和木架一定显得无比丑陋。流槽中每隔几码就会有一段浸在水银中的槽沟。

以下便是淘洗金沙的具体流程：矿工们不停地往流槽的水流中倒入含有金子的泥浆、沙子和泥土。由于比重远远超过泥沙，故而金子的颗粒就会沉入流槽底部，并被附近槽沟中的水银所吸附，金子得以和泥沙分离。以相同的方法多次淘洗沙土后，剩下的工作就是通过蒸馏蒸发掉附着在金子颗粒上的水银，最后就可以采集金子了。

这是内华达山脉西部山坡的景象。而在另一边的东面山坡却是另外一个世界，那儿没有山泉溪流，植被也显得矮小稀疏，风景单调划一，呆板无趣。总体而言，整个内华达看上去灰头土脸，缺乏生气。在州的中心部位乱哄哄地聚集着一连串大大小小的山峰，它们一路往东一直延伸到犹他州中部地区。火车在群山之间的峡谷中疾驰奔走，机车头的前方似乎永远是一片向两边打开的开阔地带。和犹他州一样，内华达州的大片土地都含有大量的盐分，一眼望去就像洒上了白晃晃的雪花一般。除了一些多肉厚实的低矮植株能顶破黏性强、盐度高的土壤，其他植物根本不可能在这里生长。没有花草树木装饰点缀，内华达州看上去无限荒凉，那里甚至没有一条大河，只有若干湖泊，其中一些面积庞大的湖泊位于加利福尼亚的边境处，经常被人唤作“泥湖”。

在内华达州的南部，群山仿佛突然被夷为平地，变成了一大片广漠无际的草原。那儿也有大面积的湖泊，不同的是湖水中饱含碳酸钠，故而也被叫做苏打咸水湖。在南部还有许多大小不一的沙洞，一到雨季洞里便蓄满了雨水，其他时候都处于干涸状态。不过，内华达境内的山脉大都富含包括金、银、铜等矿藏，因此当地的大部分城镇都是从原先的矿工营区发展而成的。

弗吉尼亚城便是其中的代表，如今它已经成为拥有上万人口的大型城镇。人们更喜欢把它叫做“银之城”，因为银子在这里几乎随处可见，而不是仅仅埋藏在地表之下。弗吉尼亚城坐落在山上，地理位置绝佳，极目远眺，周边的景色尽收眼底。由于地处高海拔，所以气候非常寒冷，人们就像待在铁匠铺的风箱里一样无时无刻不经受着大风的凌虐，下雪天对他们来说也是家常便饭。这里水源稀缺，即便有，也不能直接喝，往往得兑一些加利福尼亚州葡萄酒才能入口。

我们一到城里就立即前往矿区。在一堆堆凌乱不堪的泥土中突然出现了一个黑洞洞的矿井。很快，我们的向导便从井里爬了出来。让我惊讶的是，乌斯拉普先生以一种非常正式的方式把他介绍给了我。在下矿井前，向导先带我们去了一个小屋子，在那里他建议我们先换上气囊状的制服，那套装备又湿又脏，面目可憎。我们穿上制服后回到井口边，跨进了一个由木板制成的“大篮子”，刹那间，四周便陷入一片漆黑。

装着我们的“大篮子”以一种能把人摔断脖子的速度飞快地下降着。借着提灯飘忽不定的微光，我看到了绳子，又或许是锁链，正在令人惊恐地飞速解绕。下降，下降，不断地下降，我几乎以为我们永远到不了尽头了……可是最后它还是停了下来，或者说突然之间来了个急刹车，所有人的脑袋几乎都撞在了一起。

我问向导：“这种疯狂的速度有没有发生过意外？”

“偶尔会，”他回答，“如果中途锁链断了，里面的人必死无疑。”

“当真发生过？”

答复依旧无比镇定：“是的，发生过。”

“可是，应该有绞盘装置可以让电梯停下来的，不是吗？”乌斯拉普问。

“有时候可以，”衣衫褴褛的向导回答，“十次里有一次能让电梯停下来。”

于是我把他的话理解成这样的意外并不是经常发生，不管怎么说，如果真是每天都来上一出，那也就不叫意外了。对于美国人而言，这样的心理安慰已经足够，不过当我在无边的黑暗中无限地下坠时，我几乎已经开始后悔来到这里了。

等到我们终于落了地，我发现自己置身于一个由曲里拐弯的走道、房间和大堂组成的迷宫中。我们那位脏兮兮的向导为人热心友善，他带着我们四处参观，回答问题时知无不言，言无不尽。装满银矿石的四轮车时不时从我们身边经过，然后被扣上锁链拉到地面。矿工们三三两两地分散在各处，每个人操着手中的铁镐专心致志地敲击着石英石。融于岩层的银矿脉较墙体颜色浅，很容易辨认，它们向四面八方延伸，时上时下，时断时续。想象一下这样一番情景吧，你肯定会觉得难以置信，如此富足的银矿石居然就这样呈现在你眼前，近得触手可及。这里肯定是全世界储藏量最为可观的银矿了。举目四望，你随时可以看到轰鸣的机车头，装满银矿石的四轮车，挥汗如雨的工人，四处驮运的马匹，还有将岩石冲碎以获取石英的蒸汽机。我们下降了九百英尺来到这里。蛛网般错综复杂的地道里摇曳着点点灯光，让人错以为进入了神秘奇妙的幻境。有些地方，地道陡然变宽，如同走进一个巨大的礼堂，头上的穹顶和四周的墙体经银色矿脉的勾勒镶嵌形成了天然雕饰的美丽画案。相信我，当我意识到双手触摸的、双眼看到的、双脚踩踏的每一个地方都是散发着内敛光泽的银子时，我几乎以为自己回到了迈达斯国王[①]统治的时代，或是走进了《一千零一夜》

---

① 迈达斯国王是古希腊神话中小亚细亚洲佛里吉亚国（今天的土耳其中部地区）的统治者。他大约生活在两千七百年前。传说中的迈达斯国王非常富有，并且具有点物成金的异能，可惜他的贪得无厌最后使他失去了理智。——译者注

的某一个故事里。

不断渗出的地下水在我们脚边形成了一个个泥潭和水坑。有些地方，水从岩石缝隙中滴滴答答地往下淌。脚底下更深处的某些通道中时不时传来蒸汽机的汽笛声、轰鸣声、哐当声、四轮车滚动时的咔哒咔哒声，还有矿工们敲打岩石时为自己鼓劲的号子声，而另一些通道里则像死一般寂静。有时候这份死寂也会被突如其来的呼喊声击碎，复杂的地下结构制造出一种奇特的音响效果，让那声久久回荡的呼喊听上去格外怪诞惊悚。

对像我这样从未下过矿井的人来说，这样的经历弥足珍贵。在距离地面九百英尺以下的地方，我再一次见证了人类的强悍与伟大。正是这些与整个世界比起来显得如此微不足道的人类，他们历经艰险，跨越了无边无际的海洋，他们不辞艰辛，进入了暗无天日的地下，驯服了钢铁巨怪为他们吞噬岩石，逆转了河流奔腾的方向，凿通了坚硬无比的山腹，如果群山不识时务地挡在他面前，他会毫不犹豫地将它们铲为平地。就在这里，在这地表之下，在这一片热火朝天的轰鸣吆喝声中，我看到了人类不屈不挠的精神——那种势不可当的勇往直前，那种为了改善生存环境，为了积累财富，为了提高生活境遇所做的不懈努力。他们不惜一切代价为之奋斗，就像他们能够永生一样。然而，他们确实能永垂不朽，因为虽然每一个人都难逃一死，但整个人类将世代相传，生生不息。诚然，年复一年从地下挖出来的银子会在不同的人手中流通，但只要一经开采，这些银子就会成为人类继续勇往直前的原动力，成为加快社会发展进程的润滑剂。

我们停留在地下九百英尺的地方没有再继续往下走，因为我的朋友想赶回城里照看生意。而且，地底下太过潮湿炎热，烟尘很大，现在我才明白刚才在入口处换上衣服有多么必要。我们急忙回到电梯上，随着一声大叫“好了！”载着我们的“篮子”便开始往地面攀升。

等看到了晃眼的日光，我才长长地舒了一口气。我们纷纷向向导致谢。正如我刚才提过的那样，他不修边幅，脏乱不堪。他身上穿着一件法兰绒衬衣，头戴一顶已经磨出洞来的帽子，脚上蹬着一双破旧的靴子。他的脸上虽然沾染了烟灰，却依然能看出不俗的长相，以及那双闪烁着智慧光芒的浅蓝色的眼眸。因为全程中他都那么周到有礼，所以在离开时我反复思忖，“我到底该不该给他一美元作为酬谢呢？如果他是欧洲人，毫无疑问他会欣然接受，但作为一个美国人，也许他会觉得受到了冒犯……我也不知该怎么办好了。从他的穿着看生活应该不太富裕……”最后，我决定效仿同伴的做法。他是一个地道的美国人，跟他学，准没错。

乌斯拉普没有给他任何酬劳，而且和他道别时的态度就像在和一个老朋友说再见一样随意自然，他对向导说晚上还会去拜访他，说实话这让我有点诧异。一身破烂的向导点头表示同意，而且邀我和乌斯拉普一同前往。我也点头称好，然后就和乌斯拉普一起离开了。

我们上了马车，一落座我便问乌斯拉普：“也许我们刚才应该给向导一点钱。”

乌斯拉普一脸惊讶地看着我：“你来美国多久了？”

“两年吧。”

“哦，你们这些老外！看来要真正了解美国，你还得再住上一段时间。”

“这话怎么说？”

“别管了，今天晚上你就会明白的。”

“今晚不是要去那位向导的家吗？”

“没错，不过在这之前我们还要跑许多地方。”

于是，我们到了城里。我跟着乌拉普斯走走停停，拜会了一些人，处理了一些事务。等到了晚上八点，我们站在了一栋漂亮的大理石豪宅前。宅院和街道之间隔着一圈栏杆，一个可爱的喷泉装点着修剪平整的草坪。

“主人在家吗？”乌斯拉普问前来开门的仆人。

“是的，先生！请随我来客厅。”

我们走进客厅，那是一个充满着浓郁东方情调的房间，青铜雕像、典雅的绘画、明亮的镜子、华丽的天鹅绒布艺，还有其他各种各样的家具、装饰品放满了整个屋子。不一会儿，我们的主人走了进来……当我认出眼前的屋主詹姆斯·利特尔先生正是白天带领我们参观矿井的向导时，我的下巴差点掉在地上。我得承认，眼前的一切让我尴尬万分。利特尔先生并没有打扮得像个暴发户似的，而是极有品味地穿着一件雪白的衬衫，他的脸洗得干干净净，头发梳得一丝不乱，整个人看上去即便不像一个王子（美国没有王子殿下），至少也像一个腰缠万贯的银行家。接着，他金发碧眼的妻子也来到客厅，她穿着一身华贵的丝质长裙，脖子上戴着一串金灿灿的项链。而这位美丽的太太身后跟着一位穿着打扮更加入时的年轻女郎，那是女主人的妹妹，埃莉诺小姐。

当女士们得知我来自波兰，便兴味十足地和我聊起了一个现成的话题，就在几个礼拜前，莫杰泽耶斯卡夫人前往纽约途中曾来过弗吉尼亚城举办了一场演出。当我告诉她们，我不仅和这位才华横溢的女演员来自同一个国家，而且我们两个私交也相当不错时，毫无疑问，我在利特尔太太和埃莉诺小姐心目中的形象一下子高大伟岸起来。两位女士都苦于找不到足够的赞美之词献给“这位世界上最伟大的艺术家”——这是埃莉诺小姐的原话。她们争相吹嘘自己都曾被引荐给莫杰泽耶斯卡夫人。利特尔太太还向我展示了她从当地报纸上剪下来的所有评论报道。这些文章不仅把我们的表演家夸上了天，而且还将她所说过的每一句话都如获至宝般忠实记录了下来。

“因为我们这个城镇位于旧金山通往纽约的必经之地，而且人均收入位列全国之冠，”利特尔太太说，“所以即便全城人口不过数千，但所有的大明星都会大驾光临。我们看过亚瑙谢克、克拉拉·莫利斯、鲍尔斯夫人和艾汀治小姐的演出，但是我们从来都没想过能亲眼见到像莫杰斯卡夫人那样绝无仅有的艺术家。她是一位天才！一位可人！她是那么风姿绰约，简直艳冠群芳！迄今为止，美国的舞台上从来没有出现过像她一样耀眼夺目的明星。”

“说得一点没错，”利特尔先生原本坐在角落里和乌斯拉普聊生意经，这时突然插话进来，“我很高兴能带着莫杰斯卡女士在我们矿区参观。”

“她难道没有赏给你几美元以示酬谢？”乌斯拉普问道。[①]

一听这话，我的耳朵噌地一下红了起来，我丢给乌斯拉普一个能杀死人的眼光，可他却假装没看见，继续一本正经地往下说：“我认识一位波兰来的绅士，他今天早上原本打算要赏你一美元来着。听到了吗，詹姆斯？”

所有人都开怀大笑起来。利特尔先生点评说：“这不稀奇，来我们矿井参观的外国人经常会这么做。就在前不久，一个英国游客硬要塞给我五美元，见我一再拒绝，他就锲而不舍地苦苦相劝，‘收下吧，收下吧，我的朋友。五美元虽不算多，但总有它的用处，我知道，你需要它们。’

“‘我不否认，’当时我回答说，‘五美元当然有它的用处，但我不能说我需要它们，因为在银行里我存着五十万个五美元，这还没有把我那些股份算在里头。’

“那位英国先生呆若木鸡地看着我，足足一分钟后才勉强咕哝了一句，‘好吧，现在你有五十万零一个了，’——说完我们便友好分手了。”

我不必再花时间向各位解释，其实利特尔先生不是一名矿工，而是矿区的总工程师和大股东。他那身脏不拉几的衣服和脸庞很容易让人看走眼。另一方面，出入矿区时也确实不适合穿其他装束。下矿井参观的访客都要换上专用的服装，因为地底下参差不齐的岩石很容易割破普通的布料，地下水、泥浆和烟灰都会把干净的衣服折腾得面目全非。当然，要在矿区里待上一整个白天的工

① 莫杰斯卡夫人在她的传记中曾提及参观矿区一事。

程师很快就会变得满脸灰尘，一身肮脏。另外，正如我在前一封信中所提及的那样，美国男人们乐此不疲地把自己的太太们打扮得花枝招展，却从不会在自己的穿戴上费心伤神。

好吧，让我们换个话题，说说弗吉尼亚城吧。这个城市富得冒油，家财万贯的矿主都在这里安家落户。因为财富取之不竭，所以物价奇高。比方说，在旅馆住一晚，包含一顿早餐和一顿晚饭要花上五美元。这里的工程师、办公人员以及矿工们每天的收入都相当可观。我敢拍着胸脯保证，波兰最多产的作家所挣得的稿费都比不过这里负责清理矿井垃圾的爱尔兰人。但是你如果看到满大街都是穿着法兰绒衬衣、戴着破帽子、一脸脏兮兮的人，你肯定会以为他们都是些穷得叮当响的破落户。不过这里的女士们倒是个个衣着光鲜，仿佛除了丝绸以外她们眼里看不上其他任何布料似的。当你饱览全城风景，当你看到街边小巧玲珑的宅邸比华沙贝尔韦代雷大道上的观景别墅还要华美数倍，当你看到原本寸草不生的土地因为投入了大量的人力物力平地冒出了一座座人工栽植的花园，你就会感慨，这里缺什么也断不会缺钱，而这座被当地居民称为“银之城”的城市的确名至实归。

这里的矿藏如同雨后春笋般涌现，而转眼之间，新开挖的矿井边上便会盖起一座新的城镇。矿工们建起了一排排的房屋，商人们将各种货物运送到此地卖给矿工们牟取暴利，街边开起了一家家商铺，成群的生意人不请自来，一幢幢旅馆拔地而起，随着资金大量涌入，银行也成了城中必不可少的建筑。于是，昨天还是野狼对月嗥叫、印第安人互相残杀的地方，今天却已矗立起一座新兴的市镇。旧金山、萨克拉门托、弗吉尼亚城还有其他许许多多城市的崛起都要归功于采矿业带来的巨大财富。而眼下，我甚至正在亲眼目睹着达尔文市和加利福尼亚城从无到有、接着添砖加瓦、最后巍然屹立的整个过程。可是，一旦矿藏开挖殆尽，那么边上的城镇就会像它突然出现一样在一夜之间销声匿迹。这样的事情几乎天天都在发生。当年，正当欧洲克里米亚战争打得如火如荼之际，一海之隔的萨克拉门县中建起了一个名叫塞巴斯托波尔的定居点。那里的街道两旁曾建满房屋，商铺林立，送信的马车来来往往，人口曾经一度达到好几万。可是现在当地的居民只剩下垂垂老矣的沃伊切霍夫斯基上校和他的法国仆役。原来车水马龙的街道如今也只剩下一抔凄冷的荒土，“曾经的特洛伊如今已不见丁点踪迹。”①

如果不是因为富含矿藏，气候如此恶劣、土地如此贫瘠的内华达州必定时至今日依旧无人问津。试问有谁会愚蠢到放着隔壁地肥景美、气候宜人的加利福尼亚州不住，偏偏跑到这块啥也种不出来的盐碱地，然后头顶一方混沌迷蒙的天空，呆呆地坐在一堆面目可憎的岩石中间呢？可是，要是屁股底下埋着金矿银脉，那就另当别论了。假以时日，如果周边的土地越来越稀少，也许会有更多的人来到内华达州，并像摩门教徒把情况更糟的犹他州旧貌换新颜一样将内华达也打造成一个美丽的花园。然而这样美好的未来还很遥远，因为至今内华达州只有大约四分之一的地方有人居住。除了加利福尼亚，从密西西比河一直到太平洋沿岸这片难以测量的广袤地带上仍旧没有人类的足迹。

说起摩门教徒，不知你是否听说过在当代的圣人贤士中有一位来自立陶宛的波兰人？因为他后来另取了一个英国名字，所以我并不十分清楚他的本名叫什么。我也不知道他究竟有几个妻子，不过我知道他在写给霍雷恩（从他那里我得知了这些细节）的信中曾称他为“我亲爱的兄弟”，并竭力说服他加入摩门教。霍雷恩还告诉我，在纽约的时候他曾看到窗外有个卖黄瓜的黑人，他就像一个土生土长的立陶宛人一样蘸着蜂蜜吃了好几根黄瓜。当时他让几个孩子追上黑人问他买些黄瓜回来。孩子们办好差事后也不避讳，当着黑人的面你一言我一语地嚼起舌根来，后者闻言后立马以纯正的波兰语问道：“你们说的是波兰话吧？”

---

① 原文为拉丁语。——译者注

可想而知孩子们有多么惊讶了。他们把黑人带回家，大人便追问究竟是什么样的机缘巧合让他学会了一口流利波兰语。原来他曾经是一个住在纽约近郊的波兰人的仆役，主人家给他起了个名字叫作梅杰。还在南方的时候他就被主人相中买了下来，不过当他们搬到北方后黑人就恢复了自由身，要知道当时北方已经废除了奴隶制。不过因为主人和他颇为投缘，处得跟一家人似的，所以他们仍旧住在一起。

“你家主人一直跟你讲波兰语吗？”霍雷恩问他。

“现在的确如此，”黑人回答说，“可在他刚把我买下来的时候，只有在发脾气的时候才会说母语。”

“他当时怎么说来着？”

黑人开始操着地道的马佐夫舍[①]腔调噼里啪啦抛出了一连串脏话。

美国人似乎和“大惊小怪”这个词没什么缘分，这个国度对于任何奇人异事都抱有一种宽容有加的态度，无怪乎你能在这里看到不少“与众不同”的波兰同胞，特别是上了岁数的“人物”。就在不久之前，有个名叫夏拉瓦的波兰老头死在了异乡。他一生命运多舛，颠沛流离，这个世界上几乎没有他未曾去过的地方，也没有什么他未曾经历过的苦难。他曾跟随印度人四处流浪，足迹遍布天涯海角，每当他刚挣得一块几毛，一转眼又花得一干二净。他就像一片暴风雨中的树叶一般流离失所，四处飘荡。

可是，在他的生命中确实度过两年安定愉悦的时光。在新格拉纳达[②]的阿斯平沃尔，离赤道不远的地方，他成为了一名灯塔管理员。他喜欢独自一人坐在凄清孤寒的礁石堆中，那儿一连好几个月都瞧不见一个人影，可这个古怪的老头却非常享受这样的日子，他猜想这片海滩便是他流浪的终点，他会在此地安详地度过暮

---

① 马佐夫舍曾是波兰中部的旧称，当地的居民，即马佐夫舍人以行事放纵粗野而著称。

② 新格拉纳达是西班牙在南美洲北部殖民地从 1717 年开始使用的名称，它的领域相当于今天的巴拿马、哥伦比亚、厄瓜多尔和委内瑞拉。

年，从容地踏上生命中最后一段通往永恒的旅程。每隔两个礼拜会有人给他送去食物和日常用品，并把这些补给堆放在海岸上。老人定期到那里取走补给，并留下上一次的空箱子。每晚六点钟，他准时点亮灯塔，每天早上六点准时熄灭灯火。工作之余，他大多在岸边钓鱼。无数次，他凝望着漂浮在蓝色地平线上的点点船帆，目光停驻在无尽远处，思绪沉浸在幻想与梦境中。

可他的幸福生活却出人意料地戛然而止，你可知道究竟谁是罪魁祸首吗？是齐格蒙特·卡兹考斯基。[①] 有一次，老人发现在送给他的补给箱里放着一摞波兰书籍。一见到这些书，老人立即跪倒在地，泪如雨下。他猜不透究竟是谁把书放在箱子里，而那个人又是如何获知有个波兰人驻留此地。他捧着书回到灯塔，随手取了放在最上头的一本开始如饥似渴地读了起来。那是卡兹考斯基的《莫德里奥》。老人手不释卷，不仅是他的眼睛，他的整颗心、整个灵魂已经完完全全融汇在字里行间。天渐渐黑了。他点上灯，继续读……第二天他被辞退了，而且还被告上了法庭。他看书看得太过入迷，忘了按时点亮灯塔，结果致使一艘轮船撞上了礁石。

后来，夏拉瓦来到纽约，最后好像是因为穷得走投无路服毒自尽了。人们发现，他的遗体边放着一本《莫德里奥》。

在加利福尼亚，人们还记得有一位名叫科瓦柳斯基的波兰老头，他的经历和夏拉瓦非常相似。他和沃伊切霍夫斯基一同住在塞巴斯托波尔，只是好几年他们都见不了几回面。一天清晨，科瓦柳斯基把换洗衣服捆扎好准备离开住所。

“你这是要去哪儿？”他的同伴问。

“我也不知道，我只是觉得这种无所事事的日子我厌烦透了。”

“可是老伙计，你连把枪都没有，要是半路上遇到一头熊或其他什么可怕的灾难，你不就有去无回了吗？”

---

① 齐格蒙特·卡兹考斯基（Zygmunt Kaczkowski，1826—1896），波兰历史小说家。《莫德里奥》是收录在他作品集《最后一位纽兹佳家族成员的故事》中篇幅较长、情节最为曲折的小说之一。

"瞧瞧，难道这家伙就派不了用场?"科瓦柳斯基不服气地顶了一句，随后不费吹灰之力，抄起一柄铁矛虎虎生风地要起把式来。那长矛一看就知分量惊人，一般人甚至都别想把它举起来。

说着他"出门散心"去了，这一去便是好几个春秋。这时候，加利福尼亚还是一片荒原，方圆几十里地空无一人，一个人独自远行路上肯定危机四伏，可所有这一切都没有难倒科瓦柳斯基。他回来的时候冲自己的同伴打了个招呼，那情形就像他出门不过才一个小时似的。要是他在用餐时分返家，他便一声不响地在桌边坐下；如果是劳作的时段，那他就会二话不说开始工作。没有人知道这段时间他究竟去了哪里，做了什么。直到有一天他返家的时候浑身乏力，形容枯槁，而且手中的铁矛也不知去向。

"我再也拿不动我的铁矛了，"他说，"看来死期不远了。"

没想到一语成谶，不久他便去世了。

崇尚自然和向往孤独的天性在人的身上塑造了一种由内而外的神秘感，而这种神秘感落在他人眼中变成了与主流社会格格不入的异类。在圣安娜山上的拓荒者中，我曾遇见过几个欧洲人，他们曾经都是知识分子，每个人身上都多少带着有别于常人的古怪。只有本性单纯率真的人，或者说只有美国人能够毫无芥蒂地全盘接纳这种原始与孤独的天性所造就的疏离与超然。

这封信的篇幅有点超出我的预计了，不过在信末我还是想回答你上封信中提到的问题。你问起我们的女演员近况如何，我想告诉你她已经去了纽约，并且计划于12月22日在全城最豪华的第五大道剧院登台亮相。我们经常在报纸上看到她的报道，内容大都关于她在东海岸所受到的盛况空前的欢迎，引述"这位极具才华的表演艺术家"在各种场合所说的每一句话，还有她对于旧金山的印象如何等等。你在信中告诉我，华沙有那么一些人极力宣扬说她在旧金山的成功演出并不是什么大不了的事情，还说这里的戏院不过是下里巴人的草台班子，旧金山演红了一两场并不能代表她就能在纽约一炮打响。那么就让这些家伙等待纽约传来的佳音吧。至于旧金山的情况，问问他们有没有亲眼观赏了夫人的演出。不晓得他们有没有概念，旧金山包括奥克兰在内的人口总数已经达到了四十万，不晓得他们是不是清楚这里有七家落地生根的剧院。这些数据本身就是夫人艺术成就的最佳证明。最后，还想请问一下，他们是不是知道里斯托里、亚瑙谢克、鲍尔斯、莫里斯还有其他响当当的人物都曾在这里举办过演出。就让这些贬低她的小丑们出尽洋相吧。之所以这么说，原因很好理解。当夫人在美国首演日期推迟的消息传到华沙时，有多少人众口一词地断定夫人必将在美国遭遇滑铁卢。如今我倒是想看看这些所谓的预言家们面对铁一般的事实将如何为他们之前的言之凿凿自圆其说。

盼君珍重。等我身体康复后，我会立即登上归乡的客轮。如果轮船没在半途沉没，那么一两个月后，我将兴高采烈地与你在彼岸握手言欢。

加利福尼亚华人

以克雷街为起点的旧金山城北地区一直都是华人的地盘。如果不是周围矗立着欧式风格的建筑物，行至此地的旅人没准会认为他被施了什么法术，让他在眨眼间就来到了千里之外的广东或上海。大街上熙熙攘攘，行人们个个步履轻悄。他们全都穿着似乎只有在戏台上才有缘一见的戏服，而且款式全都一模一样。每个人都有着黄色的脸庞，略略吊梢的双眼，身后垂着一根扎着绸带、几乎拖到地面的长辫子。无论是这身打扮，还是这副长相都让人觉得无比新鲜奇特。

到了午市开张的时候，这里就更加热闹了。人行道上挤满了沿街兜售的小生意人和货比三家的顾客。街边林立着许多正规的华商店铺，门面上刻着用中文书写的商号，店堂里摆满了中国货品，店门向两边敞开着，像是在无声地招徕南来北往的客人。你每走一步，都会发现前所未见的新奇玩意儿。这儿是一家华人金铺，橱窗里一条栩栩如生的青铜飞龙便是他家的金字招牌。那里是一家药店，柜台后面的老先生不仅是抓药的师傅，还身兼替人医病开方的郎中。只见他正透过金丝边眼镜照着药方一边认真比对，一边一丝不苟地为顾客挑拣称量药材。边上那家店铺专卖瓷器和葵扇。再远一些开着一家餐馆。隔着窗户，你能看见厨师们穿着白色衣衫，原本垂在身后的长辫子现在一圈圈地盘在了头顶上。他们像是牵线偶人一样在桌边跳来跳去，切着生面团，然后一块块抛进锅子的沸水里。附近还有一家理发店，五六个男人正跪坐在各自的理发师面前，脑袋搁在师傅们的大腿上。理发师一手执起自己的辫子，另一只手拿着刀片沿着主顾头颅的弧度小心翼翼地剃刮着头发。在隔壁的烟馆里，老少爷们正举着小巧精致的金属烟枪吞云吐雾（搞不好还是被政府严令禁止的鸦片）。

外面的街道上沸反盈天。勤快的苦力挑着竹子制成的长扁担走街串巷，扁担的两头或是挂着装满了蔬菜的篮子，或是吊着成捆的甘蔗、香蕉、奇形怪状的海鱼。几个华人妇女站在街沿，她们穿着长裤，长发挽成蝴蝶状的发髻，头上插着铜质的发饰。华人的语言仿佛是由一连串单音节组成的，听上去像是绵绵叠叠的叹息，又像是在敲打什么东西，对话间有时候还会蹦出类似喊叫或哀告之类的音节。除了街角上站着身穿灰色外套、别着银星徽章、不苟言笑的警察外，这片区域几乎见不到什么白人。美国文明在此地存在的唯一证据也许就是覆盖整片街区、上下坡时用来代步的交通工具——公共汽车，它既不靠马匹拉动，也不靠蒸汽发动，而是由看不见的铰链控制的。这里也看不见美国人开的商店。大部分商铺的门面上都贴着鲜红油亮的漆纸，自上而下写着古怪奇异的文字。

行文至此，我就要带领各位去参观一下华人的庙宇了。那儿的门口悬挂着五六个色彩缤纷的纸灯笼，据说这样做能让信徒们在鳞次栉比的建筑中一眼找到他们神圣的殿堂。好吧，现在就让我们进去打探一番。这个地方并不是什么防范森严的禁地，它大门敞开，迎接四方来客。等我们进入殿中，感觉就像是来到了中国。寺庙是由一件大屋子改建而成的，五光十色的彩灯和绚烂夺目的窗玻璃把房间照得透亮。角落里竖着固定在长柄上的丝绸大伞，半空中飘扬着绘有太阳、月亮和龙的彩旗，你还能看到顶端雕刻着青铜饰物的旗杆，很难说清楚这些雕饰究竟代表着什么，有时看着像某种花卉或动物，有时候又觉得两者兼而有之，令人难以明辨。窗玻璃将透进来的日光折射成不同颜色的光束，它们与灯光交织在一起，为整个大殿营造出一种神秘莫测的气氛。第一个神坛位于大殿正中央，它其实是一张低矮宽大的桌子，桌脚是两条二英尺高的银龙。桌子正中立起一座雕满动物和人形的宝塔。这方宝塔类似于神龛，里面供奉着至高无上的佛家宝典。

大殿最深处灯光半明半暗，仔细一瞧，原来只有两盏挂灯悬在半空。四周摆满了龙、虎，还有青铜莲花的雕像，那里便是安放主祭坛的地方。巨幅的丝绸帐幔从天花板倾泻而下，后面若隐若现地透着一尊巨大的佛像。释迦牟尼盘腿而坐，他伸出一手，食指指天，指间缠绕着一把须髯，仿佛正在普度众生，然而他那张古铜色的脸上却笼罩着一层百无聊赖而茫然不解的神情。

从天竺云游到中国，释迦牟尼似乎在漫长的旅途中逐渐失去了印度人的容貌体征，他的双目微微倾斜，颧骨突出，鼻梁扁平，完全是一副华人的长相。同样地，他身上穿着华人的长衫，外面罩着一件外套，上面绣满了各种图案，看上去有点像莫斯科马车夫的穿戴。他的裤子在脚踝处扎紧，脚上穿着一双鞋尖微翘的白色厚底鞋。在佛像前的神坛上，也就是类似于天主教教堂放置圣坛石顶板的地方，摆放着一些黑色的小木块，形状有点像编织匠用的梭子。每一个进庙祭拜的华人都会一手拿起一方小木块，相互敲打，一边念念有词地赞颂着大慈大悲的佛祖。祷告完毕后他们便立即转身离去，重返纷纷扰扰的万丈红尘。

虽然我经常在庙里遇见信徒，却从来没有见到过除此之外的其他祈祷方式。而且我还注意到当这些善男信女们手执木块敲击祷告的时候似乎少了些凝神静气的专注神情，在他们脸上既看不到任何发自内心的对于佛祖的崇敬虔诚，也没有丝毫迹象显示出他们正在冥思苦想着佛祖教谕的伟大真谛。整个祈祷过程持续时间很短，而且形式上异常呆板机械。这让我想起那些旋转轮盘诵经的僧侣们，他们把祷辞刻在轮辐上，然后一边旋转轮盘一边唱喏。他们坚信只要这样重复一千遍，祈祷就会被传至天界。

在旧金山大约有二十来座这样的寺庙，因为住在旧金山的所有华人都声称自己信奉佛教。当然，来自蒙古和满洲的苦力似乎应该有相当部分是萨满教的信徒。然而，在这里不会有哪个人说自己信奉回教或儒教。

虽然回教一度曾在这个天朝大国的西部，特别是在布哈拉[1]盛行多时，然而在血统纯正的中国人之间却没有一人是穆罕默德的追随者。回教曾让东方民族沉醉不已，甚至一度传至莫卧儿王国时期的印度。然而对于古老的中华民族而言，她似乎更加倾心于实际可行的世俗理念，所以充满奇幻色彩、情感大于理智的回教对她而言并不具备多少吸引力。

而儒教的教谕只适合统治者、朝廷、上层士大夫，或者那些生活在皇城中的知识分子。如果它的信条真的算是一种宗教的话，那么它也只是一种王道宗教。从本质上讲，儒教更像是一种道德教化的集大成者。我记得孔子有五本典学流传于世，就书名而言，它们中没有一本和神学有丝毫关联。这些典籍讲的都是如何治理国家，宣扬父权尊严，倡导克己复礼，但没有哪一本书中提到了至高无上的神。

华人几乎无一例外地一律信佛，或者更加精确地说，信奉佛教哲学。所有遭受压迫的民众，所有为了生存苦苦挣扎的穷人，还有印度的下等阶级以及中国的苦工，他们会在接下去很长的一段时间内继续在佛教中寻求慰藉。众所周知，佛祖眼里没有阶级之分，他不仅主张人在精神上是平等的，而且在极乐世界和红尘俗世里人同样不分贵贱。另外，佛祖还认为，一个终日操心劳力的穷人应该将生命看做一轮不幸或一场修行。这种悲观主义哲学较之叔本华和哈特曼所提出的理论体系整整早了数千年。佛教主张生命是转瞬即逝的，如同浮萍一般漂浮不定，它是一种业障，一场必经的苦难，而修行的最高境界便是涅槃重生。

---

① 今乌兹别克斯坦。——译者注

毫无疑问，印度佛教不同于华人的佛教，其间的差异来源于两个民族截然不同的民族特性。在印度，佛教已然成为极其严苛的苦行主义的代名词，而在中国，佛教却演变成了实用主义的基盘。印度虔诚的瑜伽修炼者盘腿打坐，他纹丝不动，眼睛凝视着自己的鼻端，这一坐往往就是几年甚至几十年，他认为只有这样的精修苦练才能让他彻底地忘却尘世烦扰。然而冷静理智的华人却辩称虽然生命苦短犹如修行，但如果他有的吃，有的喝，再想办法置一小块地以安度晚年，那么这场修行也许会更加容易熬过去。于是华人夜以继日地埋头苦干，精心耕种每一寸土地，把辛苦挣来的每一分钱攒起来。如果国内没有人雇用他，而他无法通过劳动获得土地，他就会把龙图腾和佛像放进一个小木盒中一起装入行囊，然后义无反顾地漂洋过海，去澳大利亚或加利福尼亚寻找工作谋生的机会。

从某种意义上说，他已经把整个中国一起带到了异国他乡，因为他没有背弃自己的宗教，没有忘记故土的风俗，甚至连穿着打扮都和在家乡时一模一样。如果有人妄图劝说华人改变他的信仰，那他注定会白费口舌。在那些刚刚建立起来的新兴国家中，基督教的宣讲布道结出了累累果实，因为年轻的土地从来就不缺乏激情与诗意。然而在华人中间，你却找不到这些特质，他们既不会被人一捧就沾沾自喜，也不会脑袋一热就抛财舍命。他们老成持重，世故现实，即便他们想弄明白但最终也还是无法理解为什么为了原则信仰而死、为了他人利益牺牲自己，或是为了帮助邻里而将自己的辛苦所得拱手相让是一种美德而不是一种愚蠢行径。照我看来，加利福尼亚的传教士们连一个中国教徒都没能争取过来。华人们就喜欢去供奉佛祖的寺庙里转一转，敲打那些形如梭子的黑色小木块，仿佛这样一来他就可以从世俗的责任义务中解脱出来了。

让我言归正传，重新回到加利福尼亚华人们的日常生活中去。现在，请随我走出寺庙去他们的戏院里瞧一瞧。从建筑物的外观看，戏院就是一栋老旧狭长的砖石平房，和华人的住所一样毫无特色。里面的格局摆设也很平常：几排的长板凳，供观众站着看戏的站席，还有设在前端的戏台。每晚八点过后，戏码准时开演，然后一直到深夜才曲终人散。早在鸣锣开场前，观众们便结伴来到戏院。如果有人单身前往，那么他很可能会在散场时发现他手腕上的手表、兜里的钱包，或至少一块手帕不翼而飞了。这样的事情屡见不鲜，因为除了前来看戏的华人观众，这里还经常聚集了一帮来自城中各个角落、被当地人称为"恶棍"的地痞流氓。戏院里拥挤不堪，闷热污浊的空气几乎能把人憋过气去。华人与"恶棍"之间时常发生争吵斗殴，有时甚至会激化成一桩流血事件。在一片喧闹嬉笑中，你会听见诸如"哦——阿——明！阿——王！陈——福！"之类的叫喊声。观众席中不时传来嗑瓜子的声响，噼里啪啦声贯穿于演出始终。

幕布缓缓上升。油纸扎成的灯笼照亮了整个戏台，你能在台上看到纸糊的树木，飞檐翘角的房舍，自然，还少不了龙。演员们一个紧跟着一个出场，戏码正式开演。我写过戏剧评论，可我发现我从来没有遇到过这样的难题——我到底该如何简明扼要、准确无误地复述剧情呢？一条龙从舞台右侧飞入场中，一轮红日从舞台左侧升入"天空"，龙想要吞噬太阳，太阳拼命反抗，而后在观众们雷鸣般的喝彩声中幕布徐徐落下，剧终。难道这就是这出戏所要表达的所有内容吗？当然不是！我观赏的是美国人交口称赞的"感人至深"的戏码。我猜想戏中讲述了一位清贫的作家爱上了一位富家千金。多么耳熟能详的主题啊！可是，这个女孩自始至终没有在舞台上出现过，因为华人女性不能登台参演任何戏剧。故事的前因后果我无从获悉，只能从戏台上发生的事情大胆推测。因为华人的剧情发展总是和我们惯有的思维方式南辕北辙，所以我想那位豪门闺秀最终肯定下嫁给了一贫如洗的青年才俊。

剧情描述之所以显得似是而非，原因很好理解。首先，我不谙华人的语言，听不懂一句台词；其次，那天晚上的剧目似乎没有演完。演员们在舞台上忙前跑后，你一言我一语，有些角色甚至在台上翻来滚去，上蹿下跳，可直到最后都没有上演婚礼或是葬礼。在华人偏于理性的思维模式中，他们无法接受主人公长达数年的人生经历在一个晚上就宣告终结，总而言之，这不符合常理。剧情中的时间跨度是几年，那么演出的时间就是几年——如果戏中讲述了三年间发生的事情，那么就得按三年的时间长短来演；如果时间跨度更大，那么演出的时间也相应延长。这其中包含着华人的思维逻辑。如果戏剧描述的是现实中的故事，那么就得按照现实的情形来演。华人创作戏剧时所遵循的这条原则其实和波兰作家以连载形式撰写小说有着异曲同工之妙。每一天晚上戏码都会以“待续”落幕，谁若是想要知道后文如何，那就请下次再来。就在我眼下动笔码字的时候，戏中坠入情网的作家尚未赢得佳人的芳心，不过看样子他好像已经获得了女方几位有权有势的亲眷的青睐，在他们的帮助下相信他很快就能和梦中情人喜结良缘。

如果有警察陪同，你可以自由出入华人开设的任何场馆，甚至包括一些禁止私人参观的隐秘禁地，比如妓院，地下赌场，鸦片烟馆，以及藏匿华人黑户或收容暂时没找到工作的苦力的小黑屋子。在这些类似于秘密避难所的地方，我曾见过几十号人挤在一个小房间里。一些新来的躺在稻草上睡觉，其他人或是喝茶，或是端着锡质的大碗，抄着两根代替我们刀叉的细长木棍往嘴里扒米饭。中国人使用筷子时手指动作之灵巧轻盈着实让人惊叹。当我为无法将大块的饭团安然送入嘴里而望饭兴叹时，边上的华人却能点着筷子像小鸡啄米一样将一颗颗米粒轻轻松松地挑拣出来。像这样被当成临时收容所的地方环境极其恶劣，每一样东西都布满污渍，豁牙咧嘴，四处飘散着令人窒息的臭味。男男女女混居一处，生病的和没生病的共处一室。华人群体的生存环境脏乱龌龊，隐患重重，他们没有讲卫生的习惯，再加上住的地方拥挤不堪，所有这一切都为梅毒、天花的滋生和传播提供了温床。另外，不仅初来乍到、两手空空的移民，甚至连富得流油的有产阶级都认为任何东西都能成为入口的食材，华人的勤俭节约简直让人觉得匪夷所思。

总体而言，华人胆小温顺，但是同胞之间却总是吵个不停，而且一个不小心口角之争就会让双方亮出刀子。而且他们都好顺手牵羊，没有哪个地区的警察会像唐人街的警察那样整日里为了偷鸡摸狗的案件奔波劳碌，可是天下再也没有比仔细盘问华人嫌犯更复杂困难的事了。他们的名字都没有备案，不仅难记而且难拼，几乎所有的名字听上去都是一个发音，让人难以区分。这里有数以千计的阿旺、阿明、家安，从中随便挑两个人出来，你都会发现他们长得几乎跟孪生子一样：稍稍倾斜的双眼，拖地的长辫子，扁平的鼻子，统一的服饰——一句话，从头到脚都是一个样。所以要逮捕一名华人罪犯对美国警察来说简直难如登天，尤其是他们内部还非常团结，而且这里的警察无论是对白人、黑人还是黄皮肤的华人都不允许暴力执法。

加利福尼亚华人的道德水准非常低下。他们在赌馆里流连徘徊，精通各种花样玩法。在华人社区里，女性堪称稀有动物，十个居民里有九个都是男性①，因此嫖娼现象蔚然成风。由于来美打拼的新移民几乎都是清一色的光棍，故此在挤着十来个华人的屋子里通常只住着一位女性，正因如此，该名妇女在这个小范围中可以说是人尽可夫的。我曾在加州，尤其是在城郊多次亲眼见识过一妻多夫的实例。隐蔽在城里大小角落的妓院其实可以遏制这种情况，然而由于加州政府既不允许公然开设妓院，同时又严禁通过移民手段输入妓女，故此一妻多夫的现象依旧在华人中间大行其道。这种无法无天的放纵行为令旧金山的白人们为之侧目，反华队伍日渐庞大，而反对华人移民的呼声也日益高涨。

旧金山的六个华人中介公司负责将华人从遥远的国度带到加州，而这六个集团之间有着千丝万缕的关系。在这里我就不一一

---

① 根据美国人口普查统计，1880 年加利福尼亚共有 71244 名华人，其中华人女性只有 3888 名。

列举公司名称了，因为这对于我的读者而言毫无意义。六大企业主要从太平洋邮轮公司租用船舶，然后在上海、广东和其他港口城市装满一船又一船的劳工，这些团体为劳工们垫付旅资和抵达加州后的基本生活开销，直到他们在旧金山找到工作为止。可以说，这是全世界最糟糕透顶的垄断手段之一，就其本质而言几乎和奴隶制如出一辙。可怜的苦力在开始挣钱前就欠了代理中介一屁股债，其中有他的船票，刚来美国时的衣食住行，农耕或开矿用的劳动工具，以及找到工作时需要付给中介公司的佣金，即便这个苦力想尽一切办法节衣缩食，到头来几乎都没办法偿还在中介公司所欠下的债务。于是，华人苦力成了纯粹的奴隶，他们的辛苦所得最后全都落入了中介公司的腰包。如果我再告诉各位一个事实，那就是中介公司牢牢掌控着劳工的一举一动，并且要求他们所有的生活用品都得在公司旗下的商铺里购买，而商铺同时可以提供放贷赊账，那么你们就能更容易明白为什么华人劳工无法摆脱公司的钳制了。

自从踏上美利坚国土的那一刻起，按说每一个劳工都应该自由了。他可以马上摆脱中介公司的掌控，使两者之间的关系变成单纯的债户和债主的关系。他甚至可以拒绝偿还契约上明文规定的债务，或者完全按照自己的意愿分期偿还。当找到工作后，他可以拒绝在公司开设的商铺里购物。总而言之，他可以在这片新土地上开始自己的新生活。可是，华人劳工们几乎没有人选择这条道路。首先，当劳工身无分文来到一个陌生的国家，他听不懂、说不来当地的语言，他孑然一身，举目无亲，于是很自然地他把中介公司视为他所能依靠的唯一监护人与保护者。一句话，公司便是设在美国的华人大本营。除此以外，他在家乡时就已经对满清政府的专制统治、竹杖、镣铐以及其他压迫折磨他的刑具习以为常了，故此中介公司的剥削在他眼里形同家常便饭。最后，他没有渠道得知当地的法律权威其实远远大于中介公司的势力，而且在大多数情况下，法律肯定会站在他这一边，而不会维护中介公司的利益。

在美国生活了一段时间后，华人劳工开始慢慢和白人有了接触，学会了当地的语言，了解了法律的条规和自由的概念，他对于自己的处境也逐渐有了一个比较清晰的认识。可即便到了这个时候，他依旧对公司心存忌惮。虽然当地的法律能保护他躲过明枪，却无法时时刻刻替他挡下暗箭，而每一个想要逃离公司摆布的劳工都将面临这种噩梦般的纠缠与报复。

如果不是因为没有一条明确的立法能够让打击此类公司的行动师出有名，那么美国所推崇备至的自由精神早就一举摧毁这样劣迹斑斑的垄断企业了。美国的法律允许建立任何形式的组织团体，并且允许公司向工人放贷。华人并非奴隶，因为从契约上看，他们和公司仅是债务人和债权人的关系，所有的垄断行为都是暗箱操作，并没有被堂而皇之地纳入契约条款中。总之，从法律角度而言，中介公司完全是在按章办事。然而公众舆论对此却有诸多诟病，反华情绪已显现燎原之势，可以说此类公司离关门大吉就像禁止华人移民法案的出台一样已经指日可待了。

现在，让我们来看一看华人在加利福尼亚究竟从事着什么样的工作？答案只有一个，那就是他们几乎什么都干。大部分华人都选择了务农。整个旧金山其实就坐落在一片荒凉的贫瘠的沙丘上，可是只要你来到市郊，你就会在尚未建成的公路尽头、簇拥的山丘、空旷的山谷、起伏的山腰、寂寞的小径，在目光所能落脚的任何地方看到无数小小的菜园，它们一个紧挨着一个，形成了一条翠绿的锦带将整个城市环绕其中。像蚂蚁一般勤劳的华人将一大片原本寸草不生的沙地生生地开垦成了肥沃富饶的黑土地。他们究竟是何时又是如何变废为宝的，也只有他们自己才知道。总而言之，在华人的悉心栽培耕种下，无论是覆盆子还是草莓，抑或是其他各种各样的果蔬，全都结出了累累果实，获得了喜人的收成。我曾在这里亲眼看到过梨子般大小的草莓，卷心菜比欧洲的同类足足大了四倍，南瓜几乎和我们的洗衣盆一般大。

华人的小木屋就盖在菜园中央。在白天任何时候你都能看到辫子拖地的黄皮肤园丁不是在挖垄松土，就是在浇水施肥。也许我接下来描述的部分会让读者们大倒胃口，可是我确实目睹了华人用水稀释粪便，然后浇灌在一排排还未开苞的卷心菜上，而旧金山居民每天吃的水果蔬菜都是这样如法炮制的。每天清晨，你都能看到他们赶着装满蔬果的马车前往市中心的市场或私人宅院。我们甚至可以这样断言，整个加利福尼亚蔬菜瓜果的种植运输已被华人垄断。可是，华人并没有属于自己的土地，他们都是在租来的地界上种菜。华人从没想过要购买土地，就像他们从来没有打算在加利福尼亚落脚生根一样，他们只想趁着自己还年轻力壮咬咬牙挣上几百美元，然后回到家乡安享晚年。除了对于故国的眷恋和宗教信仰的归属感，美元在加利福尼亚和在中国所具有的不同价值也是促成他们回国的一大原因。在天朝大国，同样是几百美元几乎可以算是一笔巨款，任何拥有这笔财富的人都能提前退休，不必再披星戴月地拼命工作了。“在加利福尼亚，我什么也不是，”一个华人曾经这样对我说，“但回到中国就不一样了，有了三百美元，我就是一个能呼风唤雨的大财主了。”

许多华人在白人农场或果园里工作。在从旧金山一路南行至圣地亚哥的所经区域里，农产品中的谷物种植所占比例很低，因为除了大麦，加利福尼亚的酷热气候不适合种植黑麦、小麦以及其他粮食。所以，在加州南部的农作物产量中唱主角的是葡萄和橙子，而北部挑大梁的则是果树和啤酒花。在旧金山近郊以及在阿拉米达县的铁路沿线地带覆盖着大片的果园，里面种满了苹果树、梨树、桃树和杏树；远远近近的田地里栽种着好几百亩的红醋栗；萨克拉门托边上坐落着一望无际的啤酒花园。所有这些果园、田里的农活都无一例外地落在了华人的肩上。而且农场主还认为，像采摘醋栗和啤酒花这样的细致活儿白人远不如华人干得出色，再加上白人劳动力的成本是华人的两倍，所以当然是雇用华人更加实惠划算了。

由于反华情绪不断强化蔓延，迫于压力，农场主们开始纷纷以童工代替华人。先不提孩子们边摘边吃以至患上痢疾不得不停工养病，单看草丛里掉落了那么多果子就足以说明孩子们工作时有多马虎粗心了。农场主非但没有盈利，反而还遭受了损失。

然而，在加利福尼亚北部种粮食，华人就比不上白人了。因为犁田、耙地、收割都是高强度的体力活，而白人比华人要强壮许多，他们的工作效率也远远高于华人。不过，在雇不到白人劳动力的地方，农场主们也只好退而求其次，让华人承担这份工作了。

在加利福尼亚南部的葡萄园里也鲜见华人忙碌的身影。这里有的是墨西哥人和印第安人，论体力，他们和美国佬不相上下，论酬劳，他们又和华人劳工一般廉价。在阿纳海姆和洛杉矶附近的葡萄园中，墨西哥人大都负责栽种葡萄，而半开化的印第安人则负责采摘和压榨葡萄。印第安人还有一点让雇主们有利可图的地方就在于他们常常一手刚接过酬劳，转手就拿这些钱去买雇主出售的葡萄酒了。不过，就像在加州其他地方一样，凡是和种菜有关的农活以及欧洲女性擅长的家务活儿基本上都由华人包揽了下来。

可是我几乎没有在太平洋海岸山脉、圣安娜、圣贝纳迪诺和圣塔露西亚的拓荒者间遇到过一个华人。要在草原和森林扎根必须要有强健的体魄和一身使不完的力气，而这却正是华人的软肋。在美国，没有哪条法律阻止华人立桩标地，在土地上开垦耕作、安定立足，等过上一段时日，这块地便名正言顺地成为他们的私有财产。然而奇怪的是，从来没有哪个华人这样实践过。自然，华人可以在草原上平静无忧地度过一生，但他却无法在那里得到他一心渴求的东西——美元。没有钱，他就不能实现自己告老还乡的夙愿。

住在旧金山城郊的华人所选择的另一份职业便是淘金，不过以此为生的华人数量远远少于务农的人数。从事该行业的华人无疑选择了一种艰苦卓绝的谋生手段，而最终依靠淘金真正发财致富的人却寥寥无几。最为著名的几大金矿早已被财大气粗的公司瓜分干净，故此比起从前，现在要想获得开采权更是难上加难。

以前，如果有人在某处找到了金子，那么他就可以立桩标地，声明这块土地归他所有，从而获取金矿的开采权。虽然加州没有哪条法令明文禁止华人立桩获得开采权，但事实上，这几乎已经成为了一条不成文的禁令。白人采矿者就是无法容忍华人在他身边安营扎寨，即使华人先他一步找到矿脉，长辫子的准矿主也必定架不住白人来复枪的威胁和驱赶。[①] 现在，所有的金矿已全部落入大公司的手中，成为了大型企业名下的资产，而那些未被占据的公有土地上已经找不到新的矿脉。在这种情况下，就连白人都不再奢望取得开采权，华人自然就更不用说了。即便华人最后能拥有某个矿井，那也肯定是某个开采公司或私营矿主弃置不要的土地。他们的收入非常微薄，因为他们淘金使用的设备和采用的方法非常陈旧原始，根本不能和那些有财有势的大公司相提并论。

我曾经参观过塞巴斯托波尔附近的华人采矿营区。整片山坡已经被前一波采矿者蹂躏得不成样子，只剩下斑驳光秃的地表。华人矿工摇摇欲坠的棚屋就建在那片荒夷之地上。棚屋的住客一大清早就下到井底，他们随身只带着一点点食物，一直要工作到深夜才返回住处。辛苦一天，他们所能挣得的薪酬不足二十五美分。如果某个公司来开采这片山头，那么他们会自掏腰包支付每个工人至少两美元的日薪。华人对于吃从来都不讲究，每天只要一杯白开水，一碗白米饭，还有一杯茶，便能随便对付过去。就这样，他每天从少得可怜的二十五美分里存下一美分，直到他攒够了几百美元，或者像很多人一样死于过劳。

现在，让我们将目光调回到城里的华人身上。毋庸置疑，城里的工作环境强过矿区百倍。华人无孔不入，几乎已渗入你所能想到的所有行业中。有的人开商铺做买卖，有些在工厂里做工，有人

① 反华浪潮最先始于加利福尼亚州的矿工营区。1850年州立法机构通过了一项针对华人的法令，规定外国采矿者必须缴税，法规的出台和执行旨在反对华人。

在手工作坊里当伙计；在旅馆里华人包下了所有又脏又累的杂活儿，在私人宅邸他们将主人家打扫得窗明几净，他们还是餐馆里的厨子和列车上的侍者。全城的洗衣店几乎都是华人开的，必须承认，他们清洗衣物又快又干净，而且收费也相当便宜。他们还是孩子们的保姆。私人宅院里的华人仆役几乎包揽了女仆所承担的所有工作：他收拾房间，扫地铺床，洗衣做饭，还要定期去城里置办生活用品。他头脑冷静，寡言少语，做起事来手脚麻利，为人温和有礼，安分守己，而且他的酬劳远远低于白人仆役。自从加利福尼亚的华人人口日益增长，所有的商品价格都大幅降低了。从华人手工卷制的香烟到各种食品，由于劳动成本的减少，所有商品的成本也跟着一起下跌。华人仆役的月薪一般从十五到二十美元不等（约合三十到四十卢布），对于波兰读者来说，这样的薪金似乎高得有点离谱，可是我敢保证，在加利福尼亚，这个数字其实已经低得不能再低了，它大约只有白人薪酬甚至只有白人妇女工资的一半。在乡村，如果仆人不住在主人家，那么他拿到手的可能会更少。一般而言，在主人家干重活的白人仆役日薪为两美元。华人干得慢些，时间也更长些，但如果每天给他一美元，他就已经非常心满意足了。由于华人提供了廉价的劳动力，所有产品和日用品的价格也就跟着降低了。①

综上所述，你们也许会认为如果不是因为华人的到来迫使白人工薪阶级不得不加入激烈的就业竞争，甚至让后者面临无以为生的危机，那么华人简直可以说是加利福尼亚的天使了。白人不可能自降身价，因为他做不到像华人那样几十号人挤在一个耗子洞里，他需要一个更好的生活环境，更加优质丰富的食物。另外，白人打工者通常都有家庭，他必须负担妻子和孩子的生活费用，而华人往往一人吃饱全家不愁。我们要认清一个事实，那就是加利

① 1873 年“大恐慌”是引起物价下跌的一个更为重要的原因，加利福尼亚州于 1876 年受到“大恐慌”的影响波及。由于干旱造成的粮食歉收以及黄金产量的骤降同样给加利福尼亚的经济带来了冲击。

福尼亚的十万个华人劳工抢夺了十万个白人的生计[1]，只有这样我们才能对加州的白人工薪阶级所处的尴尬境地有一个比较清晰客观的认识。在工厂，在车间，在列车上，在加州的每个角落，黄皮肤的劳工正将白种工人赶出原本属于他们的岗位。所以，如果说华人是天使，那么他们也只是那些需要仆役尽心伺候、需要工人创造利润的富人老板们的天使。在劳资双方的抗衡角力中，华人无疑为资方添加了砝码。就算白人劳动者愿意降低工薪，部分雇主还是更加愿意雇用被隔离在社会主流之外的华人，他们不是与资方平起平坐的市民，而是一群安静本分、逆来顺受的准奴隶。简而言之，华人对于工人阶级构成了威胁，当他们的人数不断增长，势必会在小型工厂、农场和企业中与白人劳动者展开你死我活的竞争。

终于，在旧金山乃至整个加利福尼亚成千上万的白人掀起了一股势不可当的反华浪潮。运动的目的旨在阻止更多的华人苦力移民加利福尼亚，同时不择手段地把已经来美的华人赶出加州。参加反华运动的人们来自不同阶层，不过运动主体还是那些动不动就采取暴力的工人阶级。曾在东部各州煽风点火的骚乱运动在加州再度上演，只不过运动被重重涂上了一抹反华色彩。[2]

某天晚上，一场针对华人的屠杀一触即发。那时，我恰好就在旧金山。海岸边的建筑熊熊燃烧，火光照亮了整片街区。一支由工人组成的庞大队伍手举“自保乃首条自然法则”的横幅正气势汹汹地在那里游行。街边的商店全部关门歇业。身受围困的华人劳工手持手榴弹聚集在山头严加防范，等候随时可能向他们发起的进攻。游行的暴徒们多少能觉察到虽然这些黄皮肤的苦力平日里胆小怕事，但这一次他们会为了保住性命同白人展开殊死搏斗。

---

① 根据更为确切的统计数据，当时在美华人总数约为 10 万人左右，其中四分之三生活在加利福尼亚州。

② 1873 年“大恐慌”影响深远，曾在东部诸州引发了无数次罢工和骚乱。1877 年，丹尼斯·吉尔尼(Denis Kearney,1847—1907)和其领导的加州工人党组织并发动了加利福尼亚反华运动。

与此同时，在道路的另一边迎面走来了地方武装组织和操着棍棒、手持手枪的市民。街上零零星星地响着枪声。枪击发生在火光冲天的建筑旁边，人群想借此警告并杜绝那些妄想熄灭大火的企图。无数的工人汇集成了一股群情激奋的怒潮，所幸的是最后并没有发生流血冲突。游行队伍决定派一支代表团去国会请愿，要求国会抵制所有华商产品。之后，人群便各自散去，然而大火却一连烧了好多天。铁路公司试图减少白人待遇是这次暴乱的导火索，直到公司最后让步，承诺不再降低白人工资，同时开除华人员工，当地才算恢复了太平。

除了这种如同狂风骤雨般的游行外，我还目睹过许许多多貌似风平浪静的集会，然而也许正是因为表面的波澜不惊，反而使反华运动更具一种山雨欲来风满楼的压迫感。目前，参加反华游行集会的不仅有工人，还有广大的记者、普通市民、商界人士、手工业者——总之，绝大多数居民都成为了反华浪潮中的中流砥柱。促使那些思虑周详的市民参加反华运动的不仅有个人的私心，而且还有他们的爱国主义情怀。只要经过客观地分析，白人就不得不承认加利福尼亚确实在华人身上获益，但得不偿失。诚然，当华人劳工离开加州的时候，他们把工作还给了白人，但他们同时也把劳动所得都带走了。华人的存在并不能促进地方经济和行业的发展，因为他只在自己同胞开设的商铺里购买日常所需。华人从来不购买土地，不会在异乡生根发芽，不会像农夫一样把一份家业传给子孙后代。虽然 1868 年的《柏林盖姆条约》已经声明黄种人可以和其他人一样亨有同等的权利，然而却很少有华人愿意申请入籍。[1] 最后，当华人攒够了钱，他们便头也不回地离开美国，重返故乡。

另外，华人不仅抢走了白人的谋生手段，而且还会给这个国家

---

① 虽然在国会通过《柏林盖姆条约》前后有少数华人申请加入了美国国籍，然而法院依旧认为这些华人没有资格享有公民权，因为根据 1790 年颁布的入籍法案，这是“自由的白人”才能享有的特权。1882 年的《排华法案》明文规定禁止华人入籍。

带来深远的消极影响：他们的存在阻挠了东部诸州的人口迁徙和欧洲大陆白人移民的进入，而这些人恰恰能成为永久居民，加入美国国籍，成为这个国家常住人口的组成部分，他们的子子孙孙会视美国为自己的祖国，世世代代在这里生活打拼，而不是捞足了钱后随即转身离去。①

最后一点：由于没有获得公民权同时又受雇于人，华人其实正在这个社会身体力行着某种奴役制度，而这个社会恰恰又是全世界范围内唯一一个平等不是一句空话的地方。无论是农场主、工匠还是任何一个雇用华人帮他干活，并慢慢开始适应这种主仆关系的人，他都很难忘记他和其他白人之间存在着的平等关系。也许这就是问题的关键所在，不平等的奴役关系与民主制的道德观相悖，而后者正是这个国家所有制度以及整个社会存在的根基。

这就是为什么加利福尼亚众多有识之士还有工薪阶级加入反华行列的根本原因。如果加州有哪个权威机构能够将华人驱逐出境的话，那么华人早就已经在这片国土上绝迹了。可是，华人是受美国宪法保护的。为此，加州政府在权限范围内做出了最大的努力，当局设立了移民专员这一职务，专门负责监督华人公司，搜查运送华人苦力的船只，禁止病患或妓女入境，说得更直白一些，就是限制华人移民，或为华人移民设置重重关卡。直到最近，加州的移民专员一职一直由我的同胞鲁道夫・考文・皮欧特洛夫斯基担任，从他那里我了解到许多关于华人的信息。② 另外，市政当局还

---

① 华人劳工通过自己的辛勤劳动在各行各业，尤其在建造铁路方面为美国的经济发展做出了不可磨灭的贡献。然而，反华主义的叫嚣者们却反咬一口，坚称华人是在“剥削”美国，将原本属于美国人的财富卷裹一空。

② 鲁道夫・考文・皮欧特洛夫斯基(Rudolf Korwin Piotrowski，1814—1883)于1848年来到美国，从事金银矿石开采长达三十年。他用挣来的第一桶金在离旧金山不远处购置了一大片土地。在那里，他建立了塞巴斯托波尔波兰人定居地，以此纪念在克里米亚战争中被俄军击败的惨痛经历。由于在南北战争中为联盟军立下赫赫战功，故而被加州执政官委任为移民专员一职以资嘉奖。同时，皮欧特洛夫斯基也是显克维支《火与剑》中查格沃巴的原型。

采取了一系列措施，其中最狠辣的一条就是禁止将华人遗体运回故国。华人向来以死者为大，按照他们的宗教信仰和长年遵循的习俗，死者理应叶落归根，他们一直相信，只有魂归故里，入土为安，才能去往极乐世界。于是，年复一年，一艘艘的船只运来了生者，又是同样的船只送走了死者。可如今，政府却下达死令，严禁船只将死去的苦力送回祖国。这条法令不仅能限制尚在中国的劳工离开故乡来到这个不通人性的"蛮夷之邦"，同时也可以迫使留在加州的华人趁早回国。

以上所述就是加利福尼亚华人的生存现状。华人的问题已经被提到了国会议程中，毫无疑问，这会让议员们头痛不已，因为华人问题势必会改变，或者至少重新解释美国宪法。宪法明确指出允许所有外国人进入美国，他具有申请入籍或不入籍的自由，他可以在美国自行创业或是为他人打工——总之，他有绝对的自由按照自己的意愿行事。从法律角度看，宪法应该站在华人一边。另一方面，坐落在太平洋沿岸的诸州或早或晚都会受到华人移民浪潮的冲击，加利福尼亚州已经首当其冲遭受了华人移民带来的危害，而对于华盛顿、俄勒冈、亚利桑那和内华达而言，这种危害已经近在眼前，无需赘言，这一定会引起那些坐拥宪法修改大权的头脑们的高度重视。

华人移民问题终将演变成一种极不和谐的声音，它会威胁东西两岸的团结，就像当年奴隶制的存在让南北两地势同水火一样。好在问题还没有发展到这个地步。眼下，它充其量也不过是漂浮在万里晴空的一小朵乌云。然而，必须做好万全的准备，以防它有朝一日演变成电闪雷鸣的狂风暴雨。很显然，反华势力已经成功地让海耶斯总统关注到这个问题。也许在不久的将来，我们就会知道国会找到什么样的对策了。①

---

① 自从1882年5月6日颁布关于禁止华人移民加利福尼亚州的法案后，国会接连通过了一系列排华法案。

波兰移民定居点

我此行的目的就是要将旅居美国期间的所见所闻一一记录下来介绍给读者们，然而，这片土地上的人们所呈现的生活形态实在太过五花八门、千奇百怪，所以要圆满完成这项任务绝没有想象中那么容易。美国北部的土地终年沉睡在皑皑白雪之下，而南边的棕榈树叶时刻都在风中嬉笑欢唱，说实在的，如果有人问我在这样一片广袤的国土上究竟栖息着怎样的一个民族，那么我要告诉他，这里住着的远远不止一个，而是许许多多个民族，事实上几乎所有的种族都在这里扎下了根。雅利安人，闪米特人，凸颚扁鼻的黑人，斜吊着双眼、拖着长辫子来自天朝大国的子民，还有这片大陆上最早的主人——骄傲的红皮肤勇士们，所有这些种族都生活在同一个气候带，同一片天空下，有时候甚至毗邻而居，朝夕与共。而高加索人也在很早以前就向美国派遣了从希腊人到苏格兰人以及爱尔兰人等不同分支、不同国籍的移民使团。

究竟是什么样的机构和制度才能肩负起这样一项艰巨的使命，将纷繁多样的种族凝聚成一个政治实体，并且让他们彼此之间和睦相处呢？要回答这样一个问题，那我就必须参照法国著名政论家亚历克斯·德·托克维尔的做法，撰写一篇关于美国社会制度的长篇大论。可惜我既没有足够的时间，也没有像他那样的才华。故此，我只能给出一个笼统的答案：美国从来就没有任何企图要同化任何民族，或是强迫一个民族效忠于另一个民族，千差万别的人们为何能在一起和谐共生仿佛就像是一个未解之谜。又或许，一个关键词便可以破解这个谜团，答案就是“自由”。在欧洲，“自由”不过是一个苍白的理念或一句空泛的口号，然而在美国，“自由”是看得见摸得着的现实。

正是这种政治、宗教、社交上的自由，以及这自由的种子所绽放出的三权分立的花朵，还有宽松的政治环境以及对于个人权利的无限尊重，才催生出了形形色色而非单一刻板的国民性。国家与公民之间的关系，联邦宪法，州、县、市自成一格的法律，成千上万的社会组织，还有其他不一而足的社会事务，所有这些问题都千头万绪，让人劳心伤神，断断容不得半点马虎。由于我不可能同时踏上不同的道路而不迷失方向，所以我挑选了一个自己最感兴趣的主题：美国的波兰移民和他们的聚居地。

从汉堡开往纽约的邮轮上设有统舱，多亏有了这样的舱位设置，穷人们想要远渡重洋才不至于成为痴人说梦。英国和法国船只的住宿环境相对而言还算过得去，然而德国客船的境况却是糟糕到了几乎让人难以启齿的地步。统舱通常就是一个昏暗的大屋子，日光不是从甲板上的窗口，而是通过船体侧面没入海水的舷窗照进屋里的。那里没有隔间，床铺直接贴着墙壁，某一处用围栏草草圈起来的角落便是女士们的专用铺位。当海面风浪大作时，汹涌的波涛重重地拍打着舷窗，统舱里到处闪烁着阴森森的绿光。厨房的油烟味，排泄物的恶臭，海水的咸腥味，沥青刺鼻的气味，还有湿漉漉的绳索所散发的怪味，统统交织混合在一起，空气污浊而潮湿，整间屋子暗无天日。到了晚上，吊灯投下昏沉沉、晃悠悠的光束。随着船体的颠簸，桌上的瓶瓶罐罐相互碰撞，乒乒乓乓的声音不绝于耳，房顶上的横梁也跟着吱吱作响。统舱上方不断传来水手们咒天骂地的喊叫和船长大副尖利刺耳的鸣哨声。穷苦的移民就是待在这样的鬼地方漂洋过海的。

乘客花二十美元在最便宜的小邮轮统舱里占得一个铺位，然后从汉堡出发前往纽约、波士顿、巴尔的摩或美国的其他港口城市。可是这样的旅程实在苦不堪言。我建议那些住在头等舱里的波兰人哪怕仅仅是出于好奇心一移玉步去统舱看一看。特别是在暴风雨的夜晚,当滔天巨浪狠狠地砸向甲板,当狂风猛烈地摇撼着船身,当风浪、大雨和黑暗携手营造出一个如同炼狱一般的世界末日的时候,那些养尊处优的波兰贵族真该去统舱开开眼界。站在门口,他的眼睛还没来得及适应那里幽暗的光线,耳朵里就先听到了熟悉的乡音,那是蜷缩在角落里的身影惊恐万状地发出的喃喃祈祷:"请您救救我们吧,圣母玛利亚!"

当贵族乘客问他们"你们是从波兰来的吗",那些黑黢黢的身影像是被某种神秘的力量猛推了一把似的立刻朝他这儿扑了过来。他们把尊贵的访客团团围住,激动得涕泪横流,浑身发抖,然后噼里啪啦向他抛去一连串问题。

"哦先生!最英明睿智的先生!我们是从波兰来的。那您呢,先生,您是否也和我们一样同是波兰人?"

当被问及他们来自波兰哪个地方时,他们会齐声回答:"来自普鲁士人、奥地利人和俄国人统治下的国土。"①

眼前这些人和我们一样都是土生土长的波兰人,他们分别从自马祖里、波兹南和西里西亚赶到了这艘船上。他们正要去往……对了,他们这是要去哪里?

"去美国!"马祖里人回答说。

"去自由之地!"西里西亚人补充道。

"为什么要去那里?"

"我们想要面包和自由,我们要去寻求故乡无法给予我们的东西。"

可是不消片刻,他们便开始喋喋不休地抱怨起来,一个劲地诉

---

① 显克维支原文中的"Moskale"在英译本中被译成了"Muscovites",前者原是古波兰语和乌克兰语中专门用来表示莫斯科大公国居民的术语。该词语沿用至今,用来指代俄国人,并且语带贬义,暗指俄国人是令人憎恨的东部野蛮人。

说自己是如何想念家乡的茅草屋，这次远行并非出自他们的本意，他们只是架不住某个客运代理公司或按人头收取佣金的中介机构的诱哄撺掇才登上了邮轮。可是他们万万没有想到航程居然如此艰苦，原来他们必须得挤在环境这般恶劣的统舱里，胆战心惊地横渡一片翻滚着惊涛骇浪的大洋。而且他们压根也没有想到，今后将不会再有人用天主教的[①]语言和他们闲话家常了。对他们来说，前途未卜。他们就像那些被卷入邮轮气流漩涡中身不由己的海鸥一样，除了听天由命别无选择。滔天的巨浪、暂时托付性命的邮轮还有船上的船员，在他们眼里是那样陌生。螺旋桨一刻不停地发出隆隆的轰鸣声，夜里呼啸的狂风似乎随时都会把邮轮一举掀翻，这些都让波兰移民提心吊胆，惶惶不可终日。不过其中最让他们恐慌的还是眼前那片仿佛永远也看不到尽头的大海。他们对于周身的一切毫无头绪，未知的事物让他们方寸大乱，恐惧焦虑几乎已把他们逼入了绝境。然而，他们却以一种近乎麻木的坚韧和农民所特有的卑微忍耐默默承受着陌生环境带来的慌乱惊恐、头等舱乘客的冷嘲热讽，还有无休无止的疲乏与不安。在狂风暴雨的夜晚和漫无边际的大海中，他们依靠心中对琴斯托霍瓦圣玛丽[②]的虔诚忠贞熬过了最艰难的日子。

白昼黑夜就这样彼此衔接，周而复始着。邮轮朝着西方不知疲倦地爬过了一座又一座的浪峰。它一路前行，直到大半个月甚至更长时间后，就在水天交界处突然毫无预兆地冒出了一片陆地。慢慢地，海岸线变得越来越清晰。设在桑迪岬上的检疫站就像漂浮在海浪中一样，远处能看到东河雄伟辽阔的河口，再往远一些是一大片橡树林，树林后面矗立着无数的屋顶、教堂尖顶和工厂的烟囱，一股股白烟从建筑物的顶端袅袅飘向天际。那里，就是纽约。

乘客们簇拥到甲板上，他们神情雀跃，每个人的脸上都洋溢着

---

① 在波兰许多地方，宗教是判断一个人国籍的标准。如果某人信仰天主教，那么他就被视为波兰人。

② 波兰人每年都要到琴斯托霍瓦市的圣玛丽神殿朝圣。

灿烂的笑容。我想任何一个没有客死途中、最后成功横渡海洋的旅人都不会忘记当看到陆地那一刻心中喷涌而出的激动之情吧。承蒙上天垂怜，他们就像沙漠里迷路的车队一样，在经历了千辛万苦之后终于抵达那片心之所向的乐土。原本他们已经习惯了了无生息的沉寂和空空荡荡的大海，现在却被沸反盈天的大千世界一把揽在怀中。领航员的小船如同一只轻盈的燕子一路劈波斩浪飞速地冲向邮轮，检疫站派遣的小船紧随其后。水下的螺旋桨开始迅速搅动海水，船体先是往后倒行片刻，随即便开始向前驶去。你可以听到绞盘解绕绳索时发出的咯吱咯吱声，乘客们的大呼小叫，还有水手们四处喷溅的咒骂声。又一个小时过去了，邮轮终于驶进了狭窄的港湾，开始卸载一批又一批的乘客。他们到了！从海关大厅里出来后，他们走上街道。之后呢？之后他们该往哪里去？

马修向巴塞洛缪讨主意，巴塞洛缪又转过头来看着法兰西斯。接下来他们该做什么？他们该投靠谁？他们该何去何从？邮轮就这样把他们丢在了纽约的大街上，至于后来的事情就与它全然无关了。自然，汉堡的中介代理曾向他们拍着胸脯保证，说一到美国就会有人在码头上接应，可是这所谓的“有人”不过是中介代理随手乱开的一张空头支票。中介代理和航运公司已经履行了他们的职责，对于移民他们不再负有任何额外的义务了。前者把他们塞进了统舱，后者把他们送到了大洋彼岸。现在，移民们自由了，他们可以想做什么就做什么。他们已经来到了热闹繁华的大都市，一种前所未见的生活排山倒海般地扑面而来。高速列车在他们的头顶上叫嚣而过，公共马车和私人马车交错而行，白人还有其他各种肤色的人群像是被人追赶着一样急匆匆地涌向城市的四面八方，街上的小贩拔高喉咙招徕行人，各种叫卖声就像是来自地狱的鬼哭狼嚎一般震耳欲聋。这些来自波兰的农民兄弟们突然置身于人欢马叫的锦绣红尘中，然而他们却比漂浮在荒凉无边的海面上时感到更加孤单无助，更加萧索凄凉。他们再一次跌入听天由命的境地。他们不知道自己还能坚持多久才能偶然遇上一位波兰牧师，告诉他们该在哪里拐弯，哪里能找到工作，哪里能讨到一点果腹的面包屑。而在此之前，码头边上能提供食宿的店主们会榨干他们身上最后一枚钱币。他们会缩在出租屋肮脏不堪的地下室里冻得瑟瑟发抖。好多喝得醉醺醺的爱尔兰人非常惊讶马祖里人怎么长着这么一双硕大的手掌，于是争强好胜的他们借着酒劲发起了挑战。可是没想到我们可怜的同胞居然打不还手，一个个被人揍得鼻青脸肿。原来他们唯恐自己出手不知轻重一不小心冒犯了“绅士”，于是主动放弃了自卫的权利。

他们命运多舛，若是将他们的遭遇一一细述，那无疑就是一部集人类所有苦难于一身的鸿篇巨制。[①] 有时候他们一连好几天都吃不上一口面包，饿得头晕眼花，百爪挠心；晚上躺在甲板上过夜，头上没有一砖片瓦为他们遮风挡雨；夏夜蚊虫叮咬，冬日北风呼啸，他们被折磨得夜不成寐。听人诉说和记录这些遭际远比自己亲身体验要轻松百倍。没有任何人向他们伸出援手。在上船之前，他们的前半生便是在痛苦、孤独、绝望和屈辱中度过。切莫以为我向各位描述的只是个别几个波兰移民的经历。事实上，数以几十万的波兰农民离开家园，在船上熬过了地狱般的十多二十天，他们都是为了到大洋彼岸去寻找更好的生活。美国的波兰移民和在法国、瑞士定居的波兰人没有丝毫相同之处。后者是在政治风暴中受到牵连、被驱逐流放的政治犯。而在美国生活的波兰人却没有一个和革命风暴有任何瓜葛。他们几乎都是清一色的农民和工人，来美国的目的就是为了面包和生计。请各位想象一下吧，在美国这样一个国家，那里的公民大都不是什么情感丰富、善心泛滥之辈，他们像牛一样拼命工作，一门心思在激烈的竞争中为自己谋取立足之地。而我们初来乍到的同胞几乎没有人受过良好教育，对于这个即将成为他们第二故乡的国家一无所知，他们不会英语，

---

① 显克维支对这个主题非常感兴趣，他在短篇小说《寻找面包》中以催人泪下的笔触细腻地刻画了波兰农民在美国的艰辛历程。

也不知道自己的未来在哪里。如果你想到这一层,你就不难明白同胞们的处境是多么窘迫,多么悲惨了。

然而,美国,或者更加精确地说是美利坚合众国,从来不会怠慢远道而来的新移民。这些粗枝大叶的民主主义者虽然手头上永远有干不完的活儿,但他们的内心远比表面看上去要慷慨大方。这个国度的国民心思单纯、表达直接。一个身体康健的青年男子经常听到的一句话就是"你自己来!"如果他采纳这条建议,那么他很可能就会饿死。而另一方面,一个风烛残年的老人、一个柔弱的妇人或孩童,他们在美国所受到的无私帮助肯定比其他任何一个国家都要多得多。然而,这种自发的民间援助对于成千上万的移民而言实在是杯水车薪。可是如果要政府提供援助,那么政府一定会先考虑这样的举措是否有利可图。比如,大批华人的涌入对年轻的共和国构成了威胁,而白人移民却有助于美国的发展。当后者成为了美国公民,他们会在这里扎根,把一望无际的草原打造成万顷良田。他们建起城镇,建立生意网络,为经济发展做出贡献。因此,为了实现国家利益,联邦政府自然会鼓励更多的欧洲人来美国安家。

正是基于这个目的,纽约有许多移民之家为新移民们提供食宿、教授英语,并指导他们做一些简单的手工艺品,而移民们则通过这样的劳动来抵充移民之家的生活费用。等到他们准备好独立打拼的时候,便离开那里开始自食其力的生活。

然而这些充分体现美国人智慧和慷慨的机构所能做的毕竟极为有限。首先,移民之家所能收容的人数只占移民总数的一半。其次,虽然机构尽心尽力地教授移民谋生技能,但是许多新来者,特别是波兰人仍然渴望以务农为生。另外,类似的组织虽然名义上是一种监护机构,但其实就是一个改头换面的济贫院。同时,因为技术水平各有差异,所以移民之家通常会让男人、女人和孩子分开劳作,这样一来,家庭成员就不能待在一起干活。也许正是因为这些缘故,再加上我们的农民同胞向来讨厌像医院、济贫院之类的机构,故而很少有人会好好利用移民之家，为顺利过渡到新生活做好准备。

不过，最主要的原因却是波兰农民压根就不知道类似机构的存在。我曾经遇到几个已经在美国生活了好多年的波兰人，要不是因为在交谈中我偶然提到了移民之家，他们至今都不知道美国居然还有这样一种机构。而且，移民之家不像旅馆客栈那样会派人员专门守候在港口码头拉客。

难道我们的农民兄弟就没有从家乡带来任何能确保他们在这个新世界安身立命的东西吗？当然有！他随身带来了知足常乐的心态，农民特有的坚韧和耐心，还有铜浇铁铸般的强壮体魄。德国人和法国人拼尽全力才克服的困难在我们的农民眼里简直不值一提。他可以打着赤脚走路，吃什么都能填饱肚子，夜里不管躺在什么地方都能安然入眠。他甚至想不明白为什么德国人和法国人会将各种名目繁多的享乐视作生活中的必需品。炙热的阳光不会把他晒得心浮气躁，冰冷的雨水不会淋出伤风感冒，还有大雪和狂风也休想冻僵他的手脚。在寒冷的威斯康辛州和明尼苏达州，漫天的吹雪不会让他愁眉不展；在地处亚热带的德克萨斯州，他刚一退烧，就立马像一个不惧酷热的黑人一样冲进热浪中继续干活。也许他的技术不如其他移民纯熟，但他一定是一个更刻苦、更谦虚、更沉默的劳动者。

在这样一个面积比德意志帝国和法国加在一起还要辽阔的国家，在这样一片矿藏取之不尽、农业资源用之不竭的土地，在这样一个劳动力因为稀缺而变得无比昂贵的社会，我们的移民原本应该大有作为。然而令人扼腕痛惜的是，他们明明已经站在了通往成功之路的起点，可却像来到进退维谷的十字路口那样彷徨四顾，踌躇不前。大西洋沿岸已经人满为患，而西部诸州，也就是密西西比河以西的许多州却依旧是无人居住的荒原。那里不仅能容纳欧洲中部的所有人口，而且农业、矿物资源无比充沛，足以支持建立又一个文明世界。而且，那里多的是无主之地。眼下，已经逐步有人开始在芝加哥西面耕田种地，不过即便如此，在拓荒者聚集地的周围仍旧绵延着一眼望不到边的荒山野岭。在那些边陲之地，任何人都能成为土地的主人。然而，我们的农民兄弟要在东部沿岸城市里经历千难万苦之后才有可能听到一句别人随口抛出的建议："去中西部吧，在那里你会拥有自己的土地，找到养家糊口的生计。"

要去中西部，必须先得知道它的存在，不过撇开我们的新移民对此一无所知外，真要动身去那里也不是一件易如反掌的事情。首先，从纽约到芝加哥的火车票比从汉堡到纽约的船资都要贵。等到了那片不毛之地，农民至少需要一把犁，一把斧子，一把镰刀，一辆四轮车，一匹马，一头骡子，一杆用来对付野兽的枪，还有播种用的种子——总之，他需要配备开荒所需的最基本的装备。可是，波兰农民一到纽约码头便被人骗去了身上最后一个子儿，所以他没钱坐火车去中西部。即便他到了目的地，也只能一个人孤苦无依地在荒野上徘徊流浪。他的命运就像是被狂风掀起的树叶，又如同一场正在上演的悲剧。然而被饥饿逼得走投无路的移民们不得不离开人口爆满的大西洋沿岸迁往这个国家的内陆腹地。在那里，不仅更容易获得土地，而且更加需要年富力强的劳动力。但是，旅途中困难重重，艰险无比。

如今新移民的境遇和前辈们相比已经不可同日而语。在美国发行的波兰报纸能将天灾人祸的消息及时告知波兰移民。同时，还有各种民间组织能在灾难发生后发放救助金。不过就算在今天，移民们的奋斗之路依旧坎坷崎岖。在他挣下一份不错的家当之前，他通常要经历无数撕心裂肺的痛苦，留下无数行苦涩的眼泪。当寥寥几片树叶最终抵达遥远的威斯康辛、伊利诺依、德克萨斯或内布拉斯加的波兰教堂时，更多的树叶却已经被狂风吹得不知所终，或坠入泥淖变得面目全非了。

我之前曾经说过，每个人的经历都是那么相似。美利坚合众国有这样一句谚语：来到美国的第一年，你恨她；第二年，你开始慢慢了解她；到了第三年，你便无可救药地爱上了她。我本人的切身感受验证了这句话确实言之有理。至于那些长年生活在美国的波兰人对这片土地究竟抱有什么样的感情，我觉得可以用这样一句话来概括：你可以在一个移居法国或瑞士的波兰人面前对他的第二故乡随心所欲地大放厥词，可是如果对方换成一个在美国定居的波兰人，那么在一番诋毁贬损之后你是否有机会全身而退，那可就不好说了。他并不是不再热爱自己的故土，而是除了波兰之外，他最爱的就是美国。

这并不奇怪。定居法国的波兰人永远只能寄人篱下，但是美国这片辽阔的疆土却立即敞开怀抱诚心接纳新来者，并视他为自己的子民。新移民站在一位联邦法官面前宣称自己愿意成为联邦公民。他得到的回答只有一个字："好！"在移民宣布自己放弃效忠故国以及以前拥有的所有特权后，法官开始宣读一项声明，宣读完毕后整个流程就此结束。从这一刻开始，星条旗便成为了他的终身护佑，而美国也不再是异国他乡，而是自己的国家。五年之后，他就能获得选举权，可以成为众议员、参议员、内阁部长，一句话，他拥有其他美国公民所拥有的一切权利。要知道，任何在美国出生的人都有资格成为联邦总统的候选人。只是，我们的马修和巴塞洛缪没有这方面的野心，否则他们可以享有所有这些权利。

其他国家无非只是为新来者提供一个收容所，而美国却将他们视为自己永久的国民，并且赋予他们同等的权利。这就与我之前所描述的移民们的悲惨经历形成了鲜明的反差。任何只要能够克服最初的艰难困苦，凭借超凡的努力冲出人满为患的东部沿海城市，并在遥远的中西部白手起家的人，他会发现半生潦倒的命运从此出现了转机。许多新移民，特别是那些普通的劳动者，都扎根在了劳动力需求日益增长、人手紧缺的工业重地。

由于当时大湖区沿岸的城市正在进行工业扩张，急需大量的工人，所以许多波兰劳动者便决定留在那里。在水牛城、底特律、芝加哥、密尔沃基等城市的大街小巷到处都能看到波兰人的身影，其中最集中的地区莫过于位于伊利诺依州密歇根湖畔的芝加哥了。据说在那座拥有近五十万人口的城市里居住着两万名波兰同胞。他们在城中的聚居地经常被德国人戏称为“波兰角”[①]，聚居地的占地面积如此之小，这不免让我怀疑“两万”这个数字是否有点夸大其词了。大部分波兰人都把家安在密尔沃基大道边。当我走在黎明时分的密尔沃基大道上，好几次我都几乎错以为自己正漫步在波兰大街上。太阳从密歇根湖的水平线上冉冉升起，柔和的日光照亮了房舍门廊口一个又一个波兰姓氏的名牌。如果没有悬在半空无数条纵横交错、在欧洲并不多见的电报线，还有那片万里无垠的湖水，没准我真会误认他乡为故乡。太阳一步一步缓缓爬上天际。街边的房门、窗户接连打开，从睡梦中醒来的伊利诺依州开口说的第一句话便是波兰语。沿着密尔沃基大道步行几分钟后，我在诺布尔和布兰德里大街的街角看到了圣斯坦尼斯拉夫·科斯特卡教堂。早晨八点，上学的孩子们开始聚在教堂门口。学校由牧师开办，就设在教堂边上。孩童叽叽喳喳的欢声笑语给我留下了深刻而奇突的印象。虽然他们是在波兰人开办的学堂里学习，然而英语的影响力在他们的日常交谈中依然显而易见。

等目送孩子们鱼贯走进学校大门，我继续缓步前行，准备去看一看位于密尔沃基大道和迪维逊大街之间的另一座教堂。从某种意义上说，那其实是第一座教堂的分部。由于波兰人口不断增长，一座教堂已经无法满足这里所有波兰移民的宗教需求。可惜后来因为新教堂无力偿付债款最终被政府充公了。

波兰移民定居点将生活在芝加哥的波兰人紧密联系在一起，它们的宗旨就是为新来的移民提供援助，帮助同胞们免遭外来文化的侵袭，保留并传承波兰人特有的民族精神。芝加哥共有九个这样的定居点，其中有七个是纯宗教性质的，另外两个非宗教性质的聚居地分别叫做“波兰村”和“科希丘什科社区”。然而，这些团体之间的关系却无法用精诚团结来形容，有时候甚至有点像《波兰天主教公报》和它的死对头《芝加哥波兰公报》那样势不两立。在

---

① 原文为德语，是德国人对波兰的蔑称。

大选时，涣散的人心让波兰候选人的当选前景一片灰暗，严重削弱了波兰选民从人数而言本该具有的影响力。

另一个生活着众多波兰移民的聚居地就是位于密歇根湖畔威斯康辛州的密尔沃基。那里的波兰居民人数应该和芝加哥的人口相当。作为一个更早建成的定居点，密尔沃基波兰人社区的生活环境要比其他地方优越舒适许多。那里建有小学和中学，所有的组织团体都和教堂密切相关。

威斯康辛州的波兰人定居点诺特海姆位于一大片几乎未经砍伐的密林中央。最初，那里的土地以非常低廉的价格入手，或者根本就是免费获得的。之后，工商业和农业开始逐步发展起来，土地的价格也跟着水涨船高。最后，波兰拓荒者发现自己手中的地产居然已经身价百倍。教堂管理着当地农民的日常生活，同时开办了一个接收九十个学生的学校。诺特海姆连同周边的马尼托瓦克定居点形成了一个独立的教区。在马尼托瓦克，还有一个由州政府拨款赞助开办的波兰学院。

在纽约大约住着八千名波兰人。他们曾经拥有一份自己的报纸——《纽约通讯》，不过就在最近，报纸停办了。另外，波兰人在各大城市的人口数也不尽相同。波兰知识分子大都把家安在非宗教性社区，而农民和工人则更喜欢紧紧依附于教区辖下的宗教组织。

几个主要的波兰移民定居点分别是伊利诺依州的拉多姆，密苏里州的克拉科夫，威斯康辛州的波洛尼亚以及德克萨斯州的潘纳玛丽亚。[①] 这些农业小镇通常住着几百户人家，它们都建有自己的学校、教堂和美国模式的管理机构。这些社区的波兰特质非常明显，看上去和本国类似规模的县镇几乎别无二致。你甚至能在社区里看到犹太人，不过人数自然不及波兰当地，因为大型的商业中心对于犹太人而言更具吸引力。

我在美国的大城市里遇到了许多波兰裔犹太人，几乎所有人

---

① 德克萨斯州的潘纳玛丽亚是美国最早的波兰人定居地。

都很富有。美国人喜欢把新移民叫做“好欺负的生面孔”，并抓住一切机会剥削他们的劳动成果。可是我们的波兰犹太同胞却没有让美国人占到便宜。他与生俱来的商业头脑和勇往直前的创业精神使得他周日刚到纽约落脚，周一便开店迎客，到了周二，原本想狠狠敲他一笔的美国商人便会发现他搬起的那块石头最后却砸在了自己脚上。美国人终于遇到了克星，而“波兰犹太人”这个称呼足以让所有居心叵测的美国奸商知难而退。正是因为犹太人无比精明，又会说德语，再加上一直秉持着先下手为强的经商理念，故而犹太同胞并没有经历农民兄弟们所遭受的苦难。在冒险家蜂拥而至的金矿区，暴行以及私刑依然疯狂猖獗，美国商人害怕自己赔了夫人又折兵，迟迟不敢进驻矿区，而第一个敢把商铺开在那里的就是我们的犹太同胞。他们与人为善，彬彬有礼，而且乐于放贷，他们的勤勉努力和经商策略同时征服了脾气火爆的冒险家和奉公守法的好公民。有了终日佩枪的亡命之徒为他们保驾护航，店主们就可以心无旁骛地安心做生意了。因为矿工们购买物品时所支付的不是钱款，而是未经称量的砂金，所以在那里开店简直可以说是一本万利。我见识过犹太人经商的环境，那儿就和我曾描述过的达科他州的戴德伍德、加利福尼亚州的达尔文和内华达州的弗吉尼亚城没什么两样。说不定再过上几年，在矿区经商的犹太人就能跻身百万富翁的行列。

我仔细思考着在美犹太人的生活境况，然后得出了这样一个结论：波兰农民迁往美国不论是对于他的故乡还是对于他本人都带来了一定的危害，而犹太人的迁徙对自身而言却是有利无弊的。在波兰的乡村，数以千计的犹太家庭由于被剥夺了谋生工具，无奈之下只好当起了靠耍嘴皮子过活的掮客。而在美国，只要有刻苦耐劳、敢闯敢拼的精神，再加上许多商业旁支有待拓展开发，这些无疑让犹太人拥有了足够的空间可以大展拳脚进而发财致富。

我已经在这个话题上投入了太多时间，现在还是让我言归正传，继续和各位探讨关于波兰移民聚居地的话题。类似拉多姆和潘纳玛丽亚那样的侨居地并不是什么商业重镇。住在那里的波兰人主要依靠饲养牲口和干农活养家糊口。在伊利诺依、威斯康辛和印第安纳，他们像在家乡一样种植西红柿和小麦；在酷热难当的德克萨斯，他们栽种玉米，甚至种上了棉花。虽然，他们的生活水平只能算是普通，离富裕二字还相去甚远，但吃饱穿暖已经完全不在话下，不仅如此，他们的收入已经足够建造教堂、学校，负担各种市政开支。最早在美国定居的移民们，只要他们一直坚守勤俭节约的美德，那么现在的日子都已经过得相当不错了。另外，那些结了婚特别是生养了很多孩子的家庭相对而言更容易过上宽裕舒心的生活，因为在美国，劳动力非常值钱，所以对移民而言，孩子就是宝贵的财富。

生活在城市里的波兰人大都在工厂里打工，靠挣一份工资维持生计。他们的日子确实不如美国人、德国人、英国人和苏格兰人，不过因为美国的经济比较发达，他们口袋里的钱绝对比在家乡那会儿要多，生活水平也改善了不少，加上他们比来自其他国家的移民更加省吃俭用，于是他们的生活也算是得到了某种程度的保障。我到许多波兰工人的家里做过客，看到他们都像美国人一样在房间里铺着地毯。在所谓的“客厅”或休息室里也一定会放上几把摇椅；晚餐时，餐桌上少不了牛排或肉糜布丁，自然还有啤酒。

不过，我还是得时刻提醒各位，我所描述的对象仅限于那些身强力壮，有毅力、有决心，并且克服了最初艰难困苦的移民们。但另一方面，在经济萧条时期，许多通过勤劳苦干已略有家底的劳动者在一夜之间失去了工作，生活一下子陷入了困顿之中甚至面临绝境。这种情况通常会迫使劳动者踏上新的旅程，迁往经济环境相对好一些的地区，或者从城市搬至郊区。在我旅居美国期间，两个新的波兰人定居点拔地而起，它们分别是内布拉斯加州的新波兹南和阿肯色州的沃伦霍伊诺，不过后者因为先天不足，所以随时都有可能不幸夭折。

综上所述，我们可以看到波兰人的足迹已经遍及整个合众国：

横跨东西海岸，南至墨西哥湾，北到圣劳伦斯河，换言之，他们所在的地域面积已经和欧洲大陆不相上下了。通过波兰人聚居地、报纸以及在芝加哥、密尔沃基和底特律开办的波兰书局，所有波兰人紧密地联系在了一起。

然而，将波兰人牢牢团结在一起，并形成一种坚不可摧的道德统一体所依靠的主要力量还是来自于教堂和波兰牧师们。工人和农民聚居在教堂周围，不断地形成了一个又一个的教区。牧师为新人主持婚礼，为新生儿施行洗礼，为死者祈祷，让他们入土安息，当然，最重要的任务还是教化布道。这些使命不仅为牧师们提供了收入保障，而且还能让他们有机会施展专长，扩大影响力，从而更好地控制本教区的选票。虽然也有人对这种政教不分的做法不以为然，但却无力阻止其继续存在和进一步发展。这种纯粹由牧师左右一切的做法可能会引起某种排外性，比如排斥在普鲁士西里西亚人和马祖里人中为数不少的新教徒，进而在整体上缩减美籍波兰人的群体规模。然而，从另一方面看，我们必须承认教会组织的确将波兰民众凝聚在了一起，依靠他们的力量组建了一个社会实体，避免了一个民族就此四分五裂，七零八落地混迹于不同外族中，最后销声匿迹的悲惨命运。另外，教堂还为新来的移民提供了唯一的避难所，关于这些人的遭遇我在本章节的开头已经向各位做过介绍了。

在建立波兰人定居点的过程中，牧师们发挥了极大的作用。在美国，尤其是在稍具规模的城市中，工人们经常会突然萌生跑去山野开荒种地的念头。这是因为经济不景气带来的失业问题迫使劳动者不得不另谋出路。虽然开头的日子颇为艰辛，但是拓荒者的生活其实要比工人更有保障。他可以立桩标地，只须在十年内为每亩地缴纳 1.5 美元[①]，或是向铁路公司分期付款，那么总有一天他就能成为这块地的真正主人。等到他熬过了最初的千辛万苦，拓荒者

---

① 参见第四封信脚注(P71)。

最终将拥有一片只属于自己的天地，并且过上旱涝保收的日子。

当然，无依无靠的拓荒者不可能远离人群孤身一人在荒原上奋斗。互帮互助的协作精神在这里不可或缺。一个具备一定人数规模的群体必须要做到同心同德，齐心协力。为了保证所有成员都能步调一致，共同进退，这个群体必须要选出一位领导者。打算建立定居点的各家各户通常都要选派一个或数个代表先去勘探土地。这些人负责和铁路公司讨价还价，确定如何起草合同，确保制定并落实对他们来说最为有利的条款，最后将土地分割给每一户人家。如果在国有土地上安家落户，那么就可以省略这些中间环节，因为政府的土地其实不属于任何人，从法律上讲，不需要事先和任何人达成协议就可以在上面建造家园了。当你在最近的土地管理局交付每亩1.5美元的登记费，或是支付了第一笔分期付款的款项后，这块土地就成为了你的私有财产。所以，当你想占据一块地时，有必要先搞清楚有没有人先你一步将土地划归己有——除此之外，你的面前不存在任何障碍。不过，拓荒者通常更属意铁路公司名下的土地，因为铁路沿线的地界发展前景更好，未来的升值空间也更大。在这种情况下，谈判者的角色就显得格外重要，因为所有的义务和权利都将明确写入与铁路公司签署的合同条款中。比如，铁路公司是否能承诺在新兴的定居点附近开设一个新的站点，到底会以高价还是低价出售土地，有没有可能延长分期付款的时限——所有这些都要仰仗谈判者的头脑与口才。

而代表波兰拓荒者与铁路公司斡旋谈判的工作无一例外地都落在了牧师们的身上。如果没有牧师，那么像拉多姆、琴斯托霍瓦这样的定居点就不可能建立起来，因为胸无点墨的农民兄弟们无论如何都不可能具有这样的心机和技巧充当谈判者的角色。由牧师全权代表比让其他世俗百姓担任使者更加可靠，因为后者有可能会收受贿赂，从而接收最糟糕的土地，签订最不利于拓荒者的合同，然后拿着回扣拍拍屁股消失得无影无踪。相反，波兰牧师和移民拓荒者同属于一个阵营，他是听他们告解的神父，他和定居点的命运息息相关。所以，让牧师担当此任可以说是理所当然的，而旅美期间的亲眼所见、亲身所感不由得我不心服口服，在土地谈判事务上神职人员确实具有凡夫俗子无法取代的优势。

当时，两个新的波兰定居点正在筹建中。一开始，一个非宗教界人士买下了阿肯色州的一块地，并将这片未来的定居点命名为沃伦霍伊诺。凭借一条三寸不烂之舌他把土地的前景吹得花好稻好，成功地召集了一百户准备在那里扎根的人家。这个项目随即获得戴尼维兹创办的报纸《芝加哥波兰公报》的大力支持，而这一举措立刻引起了死对头——由神职人员担任编辑的《波兰天主教公报》的极力反对。后者，或者说是后者的拥趸们担心《芝加哥波兰公报》借机笼络人心，于是摩拳擦掌准备在内布拉斯加州建立另一个名叫新波兹南的波兰移民定居点与沃伦霍伊诺抗衡。这样的计划总会有人趋之若鹜，所以很快他们便拿到了土地。于是，新波兹南就这样从最初的临时起意变成了既成事实。

接着，两份报纸开始无所不用其极地吹嘘自己所支持的定居点，同时他们又恨找不到足够的贬损之词能把对方的拥护之地批得一无是处。新波兹南背上的罪名是那块土地上找不到用来盖建房舍的树木，而且那里经常蝗虫成灾。这话倒也不是全无道理。内布拉斯加州原本就是一片一望无际的草原，直至今日你还能看到波尼族的印第安人在那儿四处游荡。除了普拉特河和其支流沿岸覆盖着绿荫，其他地方几乎看不到一棵树的影子。没错，蝗虫经常光顾那里，所经之处留下了一片片寸草不留的荒原。不过另一方面，内布拉斯加无比肥沃的处女地足以抵消拓荒者们可能遭遇到的所有困难。《天主教公报》自然不肯示弱，它反唇相讥，说还没等在阿肯色州铺天盖地的橡树林里砍倒足够的树、腾出足够的地方，拓荒者们就已成批倒下，饿殍满地了。而且，报纸还声称合同条款对定居者极为不利，买下的那片地其实只有表面浅浅一层黑土。另外，阿肯色河每年的某个时节都会把那片土地淹成一片泽国，大水退去后又会出现致命的疟疾和其他大批屠杀居民的可怕疾病。双方都派出调查团去当地了解实情，不过出于某种盲从心理，调查团只拣有利于自己一方的事实公布于众。

后来，沃伦霍伊诺的情况急转直下。阿肯色州以其万里沃土闻名全国，而取之不尽的森林资源对于任何一处定居点而言都具有无法抗拒的诱惑力。同时，那里的气候也不会像德克萨斯州那样让人望而却步。然而，虽然阿肯色州具备了上述这些优点，我却发现在那里建立定居点肯定不是长久之计。很显然，这块地的购买者并没有什么先见之明，无论抉择、行事都太过草率。为了个人利益，他把土地一一分割，而在资金管理上也是错漏百出。大部分已经前往沃伦霍伊诺的拓荒者们很快就踏上了回程，一路上悲号着“受骗上当了！”还有一些人，单程的旅资已经耗尽所有，而那里又实在不是什么久留之地，他们走也不是，留也不是，无疑被逼上了穷途末路。去沃伦霍伊诺的旅程和去西伯利亚所要遭遇的艰苦几乎相差无几。总之，很多责难都直指新定居点的发起人——非宗教人士。而一开始并不被众人看好的新波兹南却一路稳扎稳打，据我看，它的潜力必将随着时间的推移日渐显现。①

我之所以动用了一些笔墨介绍了一下两个定居点的由来，为的就是让读者了解移民聚居地从无到有的整个过程。同时我也想告诉读者们，在美国，波兰牧师所扮演的角色、从事的活动是多么举足轻重。神职人员谈判者对新波兹南定居点之所以尽心尽力，无疑是基于他们自己也会移居该处并建立教区的考虑。故而，新波兹南的所有一切都和他们休戚与共，新定居点就是展现他们未来成就的最佳平台。当然，我并不是想向诸位暗示，牧师们仅仅是为了实现他们的个人利益才如此尽忠职守，然而没有人会否认，当大众利益和掌权者的个人利益越接近，那么前者就会受到更强有力的保护，这是一条无论在何时何地都能大放异彩的真理。

---

① 两个定居点至今依旧存在，并一直保留着波兰的风俗习惯。不过它们都已经改了名字，沃伦霍伊诺如今叫做马什尔，新波兹南改名为法维尔。

说到这里，大家一定已经很清楚神职人员在很大程度上掌控着波兰移民定居点的组织机构。毫无疑问，类似的机构数目有限，无法照顾到所有波兰人的利益。定居点四散在美国各处，彼此之间几乎没有沟通联系。芝加哥的报纸很少刊登全美范围内各个波兰人定居点的新闻报道，这就让人找不到任何途径收集整理准确的统计数据。说实话，没有人知道美国究竟生活着多少波兰人，波兰语报纸所提供的数字没有丝毫可信之处，因为他们没有经过认真的计算与核实。他们往往会夸大其词，目的就是给读者一种错觉：他们的报纸覆盖面甚广，读者甚多，而且他们扮演着各大政党喉舌的重要角色。他们一方面以此来拉广告，这是他们主要的收入来源；另一方面，这样做能让他们在大选中拥有一定的政治影响力。

确实如此，像在芝加哥、密尔沃基或底特律这样波兰人口稠密的城市，候选人能否获得众多波兰人的支持绝对不是一件可有可无的事情。虽然他们的选票不能保证某位候选人就此平步青云，但在决定究竟是民主党人还是共和党人坐上头把交椅这个问题上，波兰人的选票也许就是决定成败的关键所在了。当然，想在某个民族群体内拉票的候选人对于每一位少数民族选民而言没有任何吸引力，但他却能给这个群体创办的报纸带来各种各样的实惠，并且承诺按照选票数的多少给予相应的好处。这就是为什么所有的报纸都不约而同地夸大了订阅者以及在美本国同胞的人数了。报纸上宣称美籍波兰人口已达二十万、三十万，甚至五十万，这些数字都是空口白话，与事实无关。① 然而，没有人想费心劳力地去核实这些数据，也没有人想到如果波兰人众志成城，那么这个群体会在美国衍生出多么巨大的影响力。

要将波兰人团结成一个密不可分的整体可谓任重而道远。但是如果要让所有的波兰人在某一个区域或州内共生共存，从而创

① 在美国人口普查过程中，波兰人被分别登记成了分割波兰领土的德国人、奥地利人和俄罗斯人，这是导致难以统计在美波兰人口准确数据的主要原因。

建一个自治体，那就未免有点异想天开了。这种“一厢情愿的痴念”[①]已经钻进了某些波兰人的脑袋里——所幸在美波兰人不那么痴心妄想。后者比较清醒，他们明白这样的理想主义要同现实较量无疑就是以卵击石。只有少数几个热衷于煽动狂热盲从情绪的新兴宗教派系才能像布里根姆·杨统一摩门教那样团结自己的教徒。在我逗留美国期间，有人主张通过在波兰人定居点建立下议院和上议院从而达到统一规划公众生活的目的，然而经过进一步调查却发现即便是这样的想法也很难付诸实现。

除了负责宗教和社会事务外，牧师们还承担起了保留波兰民族特性的职责。这一点也是波兰语报纸、非宗教团体和退伍军人组织——总之是所有波兰人组织的共同目标。[②]

然而非常不幸的是，他们的努力最终都付之东流了。在我看来，虽然每一个组织的领导人都殚精竭虑地为了这个目标奋斗不息，但是波兰移民内心最初的归属感和认同感迟早会分崩离析，然后完全被美国人所同化。不可否认，比波兰人更坚定强悍的民族都没能抵挡住盎格鲁撒克逊语言和文明的侵蚀。在这里，其实没有哪个人企图同化你，让你变成一个彻头彻尾的美国人，或是往你脑袋里强行灌输任何观念。每一个民族群体都可以自由地创办报纸，开设学堂，甚至建立一支军队。关于最后一项，政府也只会在使用枪支的问题上进行一定调解。

然而美国的影响力无孔不入，令人防不胜防。在美国生活以及加入美国国籍的外国人都要遵守当地的法律，同时受到法律的

---

① 原文为波兰语。——译者注

② 虽然波兰人没能保住自己的国土，然而他们却决心要保留波兰民族。强烈的民族激情不仅弥漫在知识分子中间，同时也存在于市井百姓中，而在波兰本土所推行的普鲁士化以及俄罗斯化的举措无疑是在火上浇油。无论是被流放的政治犯还是普通移民，他们都时刻牢记自己的民族特性。不管身在何处，即便与故国之间隔着千山万水，在他们心中，自己永远都是波兰人。然而，显克维支却极富前瞻性地预见到，无论是波兰还是其他任何一个民族的民族主义都不会在美国的疆土上开花结果，与在欧洲大陆不同，这里的民族热情无法代代传承。

保护。只要他们参与公共生活，那么有朝一日他们就会由外及内地变成美国人。另外，接受英语，把它当作日常生活中一种必不可少的工具也只是时间早晚问题。不同国家、不同民族的人混杂在一起生活自然需要一门通用语言，若不然，在海伍德的波兰人就永远不会明白他的葡萄牙邻居在说些什么。同时，在美国，英语还是社交、商业以及官方用语。另外，波兰语、意大利语、捷克语、西班牙语等其他语言中没有足够的语汇去形容描述美国当地特有的观念、情境和人际关系。这时，英语就会乘虚而入，如入无人之境一般填补空缺、搭建桥梁，而移民们的母语必将式微。有人也许会这样比喻，英语就像到处吹拂的风，来自欧洲大陆的人们只要一踏上这片土地，就会不由自主地张嘴呼吸飘散着英语的空气。

就像是缓缓上涨的洪流，虽然来势并不凶猛，但所经之处却无人能挡。在位于加利福尼亚南部阿纳海姆的德国人定居点，农夫们经常会揍孩子们的屁股，原因就是后者喜欢用英语聊天，而且屡教不改。值得注意的是，这个定居点坐落在墨西哥人社区中，他们几乎没有什么机会能直接接触到盎格鲁撒克逊元素。在美国最大、最重要的德国人定居点辛辛那提，我发现那里的德国年轻人同样受到了英语语言和文化的影响。至于波兰人，甚至于他们的牧师，报纸的编辑和记者都无法抵制英语的渗透与普及，而这些人都是受过良好教育的社会精英，是自主自发抵抗英语语言优势的中流砥柱。我敢说，在英语见缝插针、无处不在的影响下，会出现一种特别的美国波兰语，它的一般词汇由波兰语构成，而在波兰国土上从未出现过的美国特有的事物，比如商业、社会、政府、习俗、农耕等方面的词汇则用英语来表达。①

---

① 波兰人所吸收的英语词汇被赋予了波兰式的拼写，并且随时可以变格。以下是显克维支列举的一些词例，括号外为改良后的波兰式拼写，括号内为其对应的英语拼写：rajlrod(railroad，铁路)，tykiet(ticket，票)，stymer(steamer，轮船)，morgedz(mortgage，抵押)，drajwer(driver，司机)，czyken-jard(chicken yard，鸡舍)，salon(saloon，沙龙)，biznes(business，生意)，等等。

不过，报纸却监管着波兰语的纯粹性，戴尼维兹、彼得洛夫斯基和巴兹因斯基书局专售波兰语书籍，波兰人定居点也尽量以纯正的波兰语来操办主持各种活动。总之，美国的波兰人并不缺乏美好的初衷和爱国主义情怀，然而他们的语言却不可避免地从母语的根茎处旁逸斜出，不断弱化衰退，失去了原有的韵味与内涵，就像一棵被移植到陌生土壤的植株一样变得水土不服，不伦不类。

将所有波兰移民纳入同一个州界，组成一个独立的社会，制定地方保护政策，也许这样做可以延缓波兰民族精神支离破碎的过程。但真实情况是，波兰人分散在美国的四面八方，历史上也从未存在，同时也不可能存在这样一种自治体，所以波兰族群的解体只是迟早的问题。大势所趋，即便是有新的移民浪潮涌入美国也无法阻止。因为在波兰，出国移民热和造成这种流弊的社会现状都是暂时的，只要一遇到危机，它们就会立马偃旗息鼓，所以要指望依靠波兰人源源不断地移民美国从而避免一个民族在异国他乡日渐凋零那无疑就是白日做梦。无论在包括立陶宛的波兰王国，还是加利西亚和波森大公国，我们的情况和德国、英国无法相提并论，后者每年都要将那些在贫困线上苦苦挣扎、饱受困苦饥馑威胁的多余人口驱逐出境。故而，在波兰，你不可能找到一个合法的、真实存在的移民中介。我们的运气可真是非同一般地好！

当移民美国的热潮逐渐退去，已定居美国的波兰人将会加快同化的步伐。另外，由于所有的移民潮大多由男性组成，缺少相应数量的波兰女性与他们共结连理，于是他们只好和当地女性结婚生子。我从来没见过有哪一个来自东西合璧家庭的孩子能说上一口流利的波兰话，即便是知识分子家庭也不例外。这种情况无法避免。孩子们读不了波兰语书籍和报纸，就算他们从头学起，波兰语也不可能成为他们的母语了。而像拉多姆或琴斯托霍瓦那样只允许波兰人入住的定居点，特别是那些远离城市、建在大草原上的定居点也许能坚持得长久一些，或许要比我们的预期更长久，可是随着时间流逝，他们仍旧无法避免殊途同归的命运。我不得不再补充一句，一般而言，穷人总会受到富人的影响，而美国人就比波兰人富有。所以，波兰移民所面对的现状无一不在和他们的美好初衷大唱反调。留在美国的波兰移民只是整个波兰民族的沧海一粟，在大环境的影响下，他们迟早都会不留痕迹地湮没在异国他乡的人群中。一片被嫁接到另一棵树上的绿叶终究是要变成另一棵树的一部分的。

我们必须记住，现在只有第一代移民住在这里，他们会继续坚守下去。无论在大湖区的湖畔，还是在太平洋的海岸，那些出生在故土的人们不会忘记自己的祖国，而且会一生效忠于她。伊利诺依州的拓荒者们为了心中的念想一直珍藏着一把故乡的泥土。当亲人去世，他们便将那把泥土垫在逝者头下，或放在他的胸口，连同棺椁一起埋入地下。波兰的农民比他自己以为的更加眷恋故乡。今天，在内布拉斯加和阿肯色州的草原上，当他在磨石上磨着镰刀，他会突然间陷入沉思，继而泪雨滂沱，因为这磨刀的声音让他想起了家乡的村庄。在德克萨斯州的炎炎烈日下，当教堂的风琴奏响悠扬的旋律，当人们开始高唱“神圣的主”，他们会忍不住热泪盈眶，记忆像不惧风浪的海鸥漂洋过海飞回到了祖国波兰，飞回到了那栋日思夜想的茅草屋。

然而，第二代、第三代乃至第四代移民他们会怎样？那些母亲是德国人、爱尔兰人或美国人的孩子们他们又会怎样？早晚有一天，他们都会忘记。所有的一切都会改变，甚至包括他们的名字，因为在英语中的发音太过佶屈聱牙，和人打交道做生意都会造成不便。很难说从坚守到放弃需要多少时间。然而，正如波兰已经消亡一样，她的子民，那些在世界各处颠沛流离的波兰人也一样无法逃脱相同的宿命。